乡村志·卷九

大城小城

贺享雍 著

四川文艺出版社

图书在版编目（CIP）数据

乡村志. 大城小城/贺享雍著. —2 版. —成都：四川文艺出版社，
2019.7（2023.1 重印）
ISBN 978-7-5411-5453-9

Ⅰ. ①乡… Ⅱ. ①贺… Ⅲ. ①长篇小说—中国—当代
Ⅳ. ①I247.5

中国版本图书馆 CIP 数据核字（2019）第 126660 号

XIANGCUN ZHI DACHENG XIAOCHENG

乡村志·大城小城

贺享雍 著

编辑统筹 罗月婷 王梓画
责任编辑 李国亮 邓 敏
内文设计 史小燕
封面设计 叶 茂
责任校对 文 诺

出版发行 四川文艺出版社（成都市锦江区三色路 238 号）
网 址 www.scwys.com
电 话 028-86361802（发行部） 028-86361781（编辑部）

排 版 四川胜翔数码印务设计有限公司
印 刷 三河市嵩川印刷有限公司
成品尺寸 168mm×238mm 开 本 16 开
印 张 15 字 数 250 千
版 次 2019 年 7 月第二版 印 次 2023 年 1 月第二次印刷
书 号 ISBN 978-7-5411-5453-9
定 价 58.00 元

目　录 乡村志·卷九

春之卷

老孃子

“老孃子”是贺家湾上年纪的老太太对自己带点嘲讽的称呼，当然也不排除老伴儿用半开玩笑半疼爱的口吻这样称呼自己。至于年轻人，当面绝不敢这样称呼老人的，背后可就说不定了。贺家湾还有一个称呼是专送男性老年人的，叫作“老几几”。和“老孃子”不同的是，“老几几”这个称呼不只老年人可以叫，年轻人（哪怕是晚辈）也可以当面这样叫，“老几几”就是“老几几”，他们尊重事实，一般都会心领神会，不会生气。

老孃子李春英是贺家湾贺世龙老几几的老伴儿，今年满八十整岁。李春英老孃子平时生怕给儿女添麻烦也给自己找罪受，六十、七十一直没有大操大办过，即使儿女们想表达孝顺，也被老两口儿以各种理由拒绝了。可这次是满八十岁，贺家湾人从四十岁开始，每逢整数的日子被称为“大生”，在“大生”的日子里不管是穷是富，都是要隆重庆祝一下的。如果不办，脸上挂不住的不是老孃子和老几几，而是他们的大儿小女们。何况李春英老孃子的生日在正月初三，这是一个好日子！“正月里，闹新春，家家户户挂红灯”，电视里有这么两句言子儿。贺家湾过年虽然不兴挂红灯，却要贴春联、放鞭炮，和全国一样喜气洋洋。在这样一个万众欢腾的日子里，又逢三伯六舅、七姑八姨、姨兄堂姐、左邻右舍、族亲外友等像候鸟一样从天南海北飞回老家过年，平时难得一见，此时正好欢聚一堂，共喝老孃子寿酒。于是贺世龙老几几和李春英老孃子的两个儿子贺兴成、贺兴仁和女儿贺兴琼兄妹一合计，决定有钱的出钱，有力的出力，为老寿星热热闹闹大办一场，风光风光。

贺兴成

贺兴成是贺世龙和李春英的大儿子，文化不高，却很能吃苦，肯干。土地到户不久，他从城里买回小麦脱粒机、抽水泵、漩耕机等小型农业机械，最早把农业机械引进到了贺家湾，在贺家湾和周围村子开展农机服务。后来农业机械逐渐普及了，他又买了一辆手扶拖拉机，农闲时在乡下跑跑运输，小日子比上不足，比下有余。原以为就这样在贺家湾也慢慢过渡到一个像父亲那样的“老几几”，没想到在年过五旬这个半老不老的时候却遇到了新问题。原来儿子贺华斌在省城上了大学，读了研究生，又在省城找了一个饿不死又富不起来的半吊子职业，发誓是不回贺家湾住了。而贺兴成和老婆李红，做梦都想让儿子这只好不容易才从山沟沟里飞出去的“凤凰男”攀上城市的梧桐枝。研究生呀，从老祖宗拄着一根枯干的黄葛树棍，从湖北省麻城县高阶岭杨柳湾千里迢迢来到这里以后，几百年只出了他这个研究生的独苗呀！这是全家族的荣耀，更是他们两口子的骄傲！也不知祖坟哪儿冒了青烟，这样的好运竟落到了他们两口儿的头上，怎么还能让他回贺家湾这个屙屎都不生蛆的地方呢？可现实很骨感，眼下两口儿着急的是，既然要儿子栖上城市的梧桐枝，首先就得为他在梧桐树上安一个窝。这世界很公平，不能因为你研究生别人就拱手送你一套房子。可这窝是那么容易安的？两口儿翻箱倒柜，先从枕头底下的稻草里翻出了几张存折，又从一根晾衣竹竿的竹筒里倒出几张存折，又从墙角的瓦罐里摸出几张存折，拿到手里已是一大把，可无论他们在灯光下怎么加（兴成用的是算盘，李红用的是圆珠笔），也凑不够在省城买一间卫生间的钱。两口儿一急之下，方才明白他们眼窝子浅，没有早些为儿子做打算！不过眼下明白还不算晚，两口儿当下就做出也到城里打工给研究生儿子攒钱买房的决定。他们都是爽性人，说干就干，当年就背起蛇皮口袋，在满脸都开始打核桃壳皱纹的年龄，开始了“南征北战”。他们都是勇于拼搏、敢打硬仗的狠角儿，经过几多努力，兴成在深圳一个叫“宝鞍”的住宅小区物业管理处找到了职业——做保安。他给兴仁打电话告诉他这个职业时，差点把久闯江湖的兴仁也骗过了，以为他是管保安的保安，说："你那样大的年龄了，人家相信你，叫你管保安，你就好好管！"兴成显老相，看起来比实际年龄大得多，小区的人又有礼貌，进进出出都喊他"保安大爷"。李红在表姐的表妹介绍下，到杭州给人做钟点工。先做一家，女主人见李红做得好，便又把她介绍给自己的朋友，于是李红又去给主人那朋友家做。那朋友也认为李红做得好，又给自己的朋友介绍，于是李红由一家做到了四家。当主人的朋友的朋友的朋友的朋友还要继续做伯乐推荐李红时，李红说什么也不愿当这个千里马了，因为她的身体实在吃不消了。不过李红挣的钱比兴成多得多，这是她唯一骄傲的资本。两口儿每次打电话，李红都要数落兴成钱挣得少："照你这样下去，等到石头开花马上角，我们宝儿也买不起房子！"李红过去叫儿子不叫"宝儿"，而是叫"斌娃子"。可自从儿子上了研究生后，李红便"宝儿""宝儿"地叫开了。李红在电话里这样数落丈夫，既有鞭打男人，让他抓紧挣钱的意思，又透出自己几分骄傲之情，同时也表达了内心的焦虑。李红的骄傲还有一个原因，那就是一年三百六十五天，东家不做西家做，辛苦是辛苦了一点，但她不担心失业。

遗憾的是，在李春英老孃子八十高寿的大喜日子里，她最疼爱，也让全湾人自豪的研究生孙子没有回来，说是单位加班请不到假，也不知是不是这样，李春英老孃子为这事在被盖窝里悄悄抹了两回眼泪，不过没让人看见。

贺兴仁

贺兴仁是贺世龙和李春英的二儿子。和大儿子贺兴成截然不同的是，土地到户的时候，贺兴仁还在村里上小学，后来又到城里上初中和高中。等他高中一毕业，地里的活也不需要那么多人干了，贺兴仁整天东游西逛，即使干点活也是拈轻怕重，有点"二流子"的意思。他想出去打工，贺世龙又不准，正在这时，幺爸贺世海有个同学叫张大鹏，在城里开了一个"大鹏房地产开发公司"，叫贺世海去协助他管理这个公司（世海是村里的支部书记，刚刚被换下来），世海为了把自己的几亩包产地甩给哥哥贺世龙耕种（那时上面的政策是不许耕地撂荒），答应把兴仁带出去，这样兴仁很早就随幺爸在城里打拼了。他先在幺爸老同学的“大鹏房地产开发公司”打了一段工，后来张大鹏到省城发展，把县城的公司交给了幺爸经营，名义上他还是“大鹏房地产开发公司”的老板，实际上幺爸说了算。再后来，张大鹏在省城靠上了贵人，事业扶摇直上，早已看不起县城这个小公司了，便把公司的业务全部转交给了贺世海。世海以老同学在县城已经打下的天下为基础，办起了自己的地产公司——“三鑫房地产开发公司”，自任总经理。“三鑫三鑫，金上垒金，金山银山，尽归三鑫”，这是世海给自己公司员工提出的几句振奋人心的口号。他在公司门口立的那只闪闪发光的镀金元宝，比乡下一只晒粮食的大斗框还大，得用一辆小型载货汽车才能拉走。兴仁跟随世海从业务助理、总经理助理、部门负责人再到销售经理，经过近三十年的打拼，现在已成为“三鑫房地产开发公司”的第二号人物——副总经理。更重要的是，随着贺世海渐入老境，除了在十分重大的决策上偶尔为公司把一点舵以外，大多数时间都在省城的别墅里安心做自己的“寓公”，这样兴仁便以不辱使命的大无畏英雄气概成了“三鑫”的掌门人。经过这么多年的打拼，兴仁自然也成了所谓的“富人”一族，开的是无论内装还是外部仪表甚至车门把手上一个小按键都无不显示出高贵气质的奔驰S320L商务型轿车；穿的是意大利杰尼亚“顿悟时刻”的品牌时装，就连妻子范春兰的一只手提包，也是他花了三万多人民币从意大利给她买回来的。眼下，他正负责县境内一段十多公里用幺爸名义投标的高速公路的修建。一句话，无论从哪个角度看，他都可以算得上当今社会令人羡慕的成功人士。

但兴仁也觉得人生中有一点小小的遗憾，那就是儿子贺华彦有些令他失望。华彦从幼儿园开始，上的都是县城最好的学校，找的也是最好的老师。兴仁在儿子的教育上从不吝啬投入，除了正常的学费外，还常常以企业家的名义向儿子读书的学校进行各种捐赠，除此以外，也没少请老师吃饭，给老师送礼。可华彦似乎不太理解老子的心情，高考时勉强才够三本院校的录取分数。兴仁及时进行运作，华彦最终被省内一所三本学校录取。念了四年书回来，按照兴仁的财力和社会活动能力，不论在县内县外，给他找个一般的职业是没有一点问题的，可兴仁所找的工作一概入不了华彦的法眼：“那几个钱，还不够我抽烟，有什么发展前途?”华彦用这种不屑一顾的语气回敬了父亲。兴仁急了，问他什么样的职业才合他的意？华彦从鼻子里哼了一声，过了许久才慢慢地回答父亲：“我要干大事，你不懂!”兴仁要他把自己的人生规划拿出来与他分享分享，华彦却冒了火，对兴仁说："老汉，你是不是养不起我了？"一棍子把兴仁打蒙了。华彦又乘胜追击，"你要我到那种枯燥无聊的地方去仰人鼻息，让儿子就那么日复一日地浪费青春，永远也看不到出头的日子，你以为人家就只笑话我是不是？"兴仁一听，觉得年轻人的话也有些道理，又一想，人不可貌相，说不定他真是一个藏龙卧虎的角儿，时候一到，真像古人说的那样一鸣惊人、一飞冲天也可能呢！于是便不再对他说工作的事了。

贺兴琼

贺兴琼是贺世龙和李春英唯一的"小棉袄"，从小贺世龙和李春英就含在嘴里怕化了，捧在手里怕飞了，溺爱得不行。那年贺世海承包了一条乡村公路，贺兴仁回村里招工，初中毕业不久的兴琼便要跟二哥去。已经见过些世面、身上已经有了某些城市人派头的兴仁不想要她，见兴琼一身衣服大红大绿，嫌她太土，便奚落她是"红配绿，苕得哭"，把兴琼气哭了。但到底打碎骨头连着筋，兴仁最后还是把这个"土包子"妹妹带走了。那时贺世海的事业还是初创阶段，所谓的公司也不过是一个临时凑合的"山寨"产品，也没有什么文员之类的工作让兴琼做。兴仁只得叫她去给伙食团买菜，并附在兴琼耳边逗她说："'后勤部长'这职位够可以了吧？"就像孙悟空得了"弼马温"的封号一样，兴琼为这个"后勤部长"高兴了好几天。但没过多久，兴仁便发现这个"后勤部长"实在不称职，买回的菜不是质次价高就是短斤少两，弄得做饭的赵姐常常在兴仁面前抱怨。兴仁只得黑起一张脸将赵姐的抱怨和自己严厉的训示冰雹似的倾泻到妹妹身上："眼睛长哪儿了，连点菜也买不来？还这样，我撤了你的职，回家打牛胯胯去！"兴琼态度极好，对二哥的批评照单全收，并表示坚决改正。可下一次那些低级错误又会照样上演，最后弄得兴仁连教训她的心思都没有了。不是兴琼傻到连买菜这样简单的账都不会算，实在是她太单纯善良，一进菜市，便被那些菜贩子满嘴莲花似的胡言乱语海吹神侃弄得头脑晕乎乎起来，最后不知不觉地中了人家的圈套。

好在这样的日子不长，没过几年，兴琼就成了一个大姑娘，成了大姑娘的兴琼举手投足间也有了几分城市姑娘的派头和气质，加上兴琼本来长得不错，自然不乏一些小伙子像闻到花香的蜜蜂一样，来围着她“嗡嗡”转，但最后鬼使神差，兴琼和一个给工地送材料的货车司机对上了眼。那天这个一米七五一表人才的货车司机小伙把一车水泥卸到工地上后，进工棚来讨水喝，兴琼背对着他，听说他要喝水，便拿过一只碗，从温水瓶倒出一碗白开水转身准备给他递去时，她眼睛仿佛进了虫子似的眨了一下，接着瞪得比灯笼还大，像是十分惊讶，然后便瓷在对方脸上不动了。她觉得自己认识这个人，可在什么地方见过，她又说不清楚，好像是在梦里出现过好多次。此时她也像沉入了梦境，在脑海里搜肠刮肚地想叫出他的名字。而那个人呢，也和她一样，两眼定定地看着她，一副又惊又喜又恍恍惚惚的模样。两个人只隔了不到一米远，一个忘了把碗递过去，一个也忘了伸手来接，只那么傻傻地站着，成了两尊木雕泥塑，最后还是赵姐朝他们大喊一声：“嗨！”才把他们吓醒。兴琼手一松，碗“哗啦”一声掉在地下，然后脸红成一块绸布，转身跑了出去。

这个叫代江的小伙子比兴琼大七岁，是个当过志愿兵的复员军人，退伍后，用自己的退伍费买了一辆“东风”牌货车来开。她爱上他了，一天早上兴仁起来，有事找他的“后勤部长”，可兴琼却闹起了失踪的游戏。那时也没个手机什么的，急得兴仁像热锅上的蚂蚁团团转。直到吃过早饭，兴琼才回来，脸上红扑扑的，浑身上下洋溢着掩饰不住的喜气。兴仁问她到哪儿去了？她朝二哥做了一个鬼脸，说了一句：“你管！”然后像小孩子似的蹦跳着离开了。原来一大早，兴琼便坐上代江的卡车，出去兜风了。代江把车开得飞快，兴琼有一种飞翔的感觉。她把手伸到车窗外面，一边感受风从身边掠过的快感，一边“哈哈哈”地又叫又喊。世界在她面前渐次打开，是那么美丽、幸福和甜蜜，这时她早忘了什么“后勤部长”。不久她和代江结了婚，一结婚，兴琼就义不容辞地炒了幺爸和二哥的鱿鱼，由那个不称职的“部长”转而成为一个专为丈夫服务的合格的生活秘书。那些年是兴琼最幸福的时光，代江那四个轱辘的卡车载着她，足迹遍布云南、贵州、新疆、湖南、湖北、广东、广西、河南、山西等大半个中国的土地。她觉得全中国走的地方最多的人恐怕就要算自己了，虽然有时候只是和那些地方擦肩而过，但兴琼还是觉得很自豪，那种第一次坐在代江车里飞翔的感觉从没离开她过。她爱自己的丈夫，丈夫也很爱她，而跑车的收入也算得上不错，兴琼手上从没缺过钱花（当然是那种该花才花的钱，兴琼这辈子可从来没学会奢侈过），这样的日子使兴琼觉得人生再没什么遗憾了。可天有不测风云，就在他们日子顺风顺水的时候，代江在一次给山东一家客户拉货的时候出了车祸，不但自己的车毁了，还撞死了人。那次代江是疲劳驾驶，责任全在自己，巨额赔偿后，他们一下子成了穷光蛋，别说重新买卡车，就是买辆自行车的钱也掏不出了。好在代江的驾驶技术不会随着被毁的汽车而消失，在家里歇了半年之后，一个福建的战友介绍他去一家出租车公司开出租车。而代江也是一朝被蛇咬，十年怕井绳，别说没钱买卡车，就是有钱，他也不打算买了。而出租车只在福州市里跑，风险小得多，代江便答应了下来，这样兴琼便跟着丈夫到了福州。她先在一个玩具厂打了几年工，三年前女儿代婷婷要在县城的职业中专学校上学，她便回来了，一边在县城的劳务市场上找点小工做，一边照顾女儿。现在，婷婷已经从学校毕业，长得和兴琼当年一模一样，但性格却倔得像头驴，兴琼说东，她偏要说西，母女俩像是冤家对头似的，兴琼也拿她没法。兴琼准备再在家里待一两年，等婷婷有了着落以后（或找了一个稳定的工作，或寻了一个可靠的婆家），然后还是到福建和丈夫住在一起。

在李春英八十高寿的大喜日子里，代江说一定要赶回来，可临头了又打电话说回来不了，就在电话里给李春英祝寿了。吃了老板的饭，就服老板管，代江没回来大家都理解，包括李春英这个老孃子都没说什么。

贺兴成

兴成胸前挂着一条印有“中国移动××公司”字样的大红围裙，肯定是“××公司”搞什么活动的廉价赠品，裙边又印着绿色的斜纹花边，真像当年兴仁说兴琼“红配绿、苕得哭”，兴成挂在胸前显得有些不土不洋不伦不类，像个街头耍杂耍的小丑。可他此时却立在灶屋的土灶前扮演着大厨的角色。他的面前摆着一大一小两只不锈钢盆，小盆里是切好的肥瘦相间的肉条，大盆里是用面粉和成的糊，他的左手扶住大盆，右手指尖从小盆里抓起一根肉条，放到大盆的面粉糊里裹了裹，抓起来就丢进滚油锅里。立时，一阵不大但却很密集的“噼噼啪啪”声从锅里传了出来，紧接着那块肉条周围冒起一粒粒锃亮的橙黄色小泡，然后慢慢变黄、变硬，一股让人馋涎欲滴的浓香便弥漫到整个屋子里。

兴成炸的叫“酥肉”，是贺家湾办席必不可少的一道菜。本来，腊月二十九就炸了半筐箩酥肉在柜子里，可兴成怕明天客多，到时不够，临时抱佛脚又赶不及，便决定今天晚上再炸一些预备到那儿。即使用不着，这样的干货搁十天半月也不会坏，放到那儿让父母慢慢消受，再说，他们兄妹还要在家里住几天呢！

兴成可不是个爱做家务的主儿，尤其是下厨这样的活儿更是不爱干，因为他觉得这是娘们儿干的事，所以过去在家里，都是李红把饭做好了，端到他手里，他只管像个大老爷们儿一样享受就是。当然，贺家湾的男人并不只他兴成是这样，所有的大老爷们儿都和他的臭脾性差不多。可今晚上不同了，明天是母亲的八十寿辰，按说他这个老大应该担起更大的责任，但说出来让他实在不好意思，兄妹三人中他出钱最少。按照兴仁“有钱出钱，有力出力”的原则，这些活儿不落到他两口子头上，还该谁来干？所以这两天他只得老老实实放下大老爷们的架子，该使十分力气的，绝不使八分，把自己该干的活儿干好，免得在老二和幺妹面前落下口实，这便叫作人贵有自知之明。

不知是上了年纪，还是做了“保安大爷”缺少运动，兴成明显发福了。当年用机器给人脱粒、抽水、耙田，走路虎虎生风，胸膛宽得可以放下一扇石磨的小伙子再也不见踪影，取而代之的是满身的赘肉、像撒了一层严霜的花白的头发和在火光与油光映衬下额头上千沟万壑的皱纹，不过却比过去沉着和稳重了许多。他一边重复着不断往滚油锅里丢裹了面糊的肉条和隔一会儿用一把漏勺将锅里已经炸熟的酥肉捞起来倒进旁边的一只筲箕里外，还一边想着心事。贺家湾人喜欢炸酥肉，来了客人要炸，过年过节要炸，红白喜事也要炸，这辈子他不知经历过多少的炸酥肉，可给他留下难以磨灭印象的，还是他和李红成亲前一天晚上母亲炸酥肉的情景。那天晚上，他兴奋得睡不着觉，起码往灶屋里跑了十多次。母亲正在灶屋里炸第二天待客要用的酥肉，看见他一趟又一趟往灶屋里跑，便对他说：“你一早要去迎亲，不去睡觉老往灶屋里跑啥子？”他有些不好意思了，便说：“我来看看你炸了那么多酥肉，怎么还要炸？”母亲笑了笑，然后才洞悉一切地对他说：“咸吃萝卜淡操心，我才晓得你的心思！从明天起，你们就天天在一起，要守一辈子，日子长着呢，有什么值得睡不着觉的？”他之所以会把母亲那晚说的话记得这样清楚，是因为那是在他人生最重大最幸福的时刻对他说的。想到这里，兴成突然有些不好意思地笑了一下，想：“那时也不知怎么就那样激动呢？”可刚笑完，却又转喜为悲：那时母亲多年轻、多漂亮呀，那天晚上她忙完这样又忙那样，一夜没睡，为他操劳着，浑身上下仿佛有使不完的劲。可一眨眼工夫，母亲就进入了耄耋之年，八十岁了，也不知母亲还能活几年？人只有到了一定年纪，才能体会到可怜天下父母心这句古话，唉，但愿母亲能像大门上贴的那副大红寿联上写的一样："福如东海长流水，寿比南山不老松"。兴成一边想，一边又往油锅里丢了一只裹了面糊的肉条。

贺华斌

贺华斌从笔记本电脑的显示屏上抬起头来，将头顺时针旋转了三圈，又逆时针旋了三圈，接着像鹅颈项似的朝前伸出去，低下来，把下颚抵在胸脯上，然后又慢慢抬起来将脸使劲往上扬，两只眼睛望着天花板。在这前后左右的旋转和俯扬中，他听见颈椎发出"咔咔"的、像是一台老化得即将报废的机械的响声。他知道这样长期埋在电脑上对眼睛、颈椎、腰椎都不好，可他在这个城市里像个流浪儿一样，别看地方这样大，他却没处可去，同时也没心思出去。从单位放假以来，他像过去的大姑娘一样天天窝在自己的出租屋里，睡觉和看电脑成了他在这个春节打发时间的唯一方式。上午一般睡到十一二点钟才起床，起来洗了脸、刷了牙，便打电话叫外卖。吃了饭后，就趴在屋子里那张小小的电脑桌上，如醉如痴地盯着面前那张小小的电脑显示屏。他下载了几十部电影和最新的几款游戏，够他在这段时间打发孤独无聊的日子了。他可以几个小时一动不动，除非需要排除体内的废物而暂时离开；或者眼睛酸痛了，他要揉揉眼睛；或者颈僵腰硬了，他要站起来在屋子里走动几步或扭一扭腰。然后叫外卖，再回到那闪着蓝光的电脑屏幕前，直到深夜实在坚持不住了，才会让那台奉献了十多个小时光和热的电脑随着他的入眠而暂时获得休息的权利。

没办法，谁叫我们生活在了一个这样的时代呢？今天中午吃过午饭，他出去走了一走。一连在屋子里窝了几天，猛地置身在繁华的大街上，他有种恍若隔世的感觉。从母校后大门走过时，他忽然发觉旁边开了一家书店（其实很早就开了，他一直没注意），因为无所事事，他便信马由缰地踱了进去。看见书架上有本研究本省方言和民俗的专著，翻了翻，觉得很有意思，一问价钱，又是打五折，便想买下来。可当他拿着书去交费时，又忽然改变了主意，心想都是上了读书的当，还读什么鸟书？他想起在朋友圈内看到的一个段子，说读书出傻人，勤劳出穷人，实干出庸人，只有忽悠才能成为富人和名人。他觉得这话比现在那些没良知的所谓作家说得好多了，起码道出了这个社会的实情。自己前前后后加起来，好歹读了十五六年书，除了把家里读穷了以外，没带来丁点好处。都是读书把自己读傻了，还想继续傻下去？这样一想，便把那本书往柜台上一扔，扬长而去了。他一边走一边在心里说："唉，要是先前继续在幺公（公，贺家湾人对爷爷的称呼）和幺爸手下打工就好了，也不至于像今天这样既耽误了自己，也连累了家庭嘛！"想着想着，不禁发出了一声苦笑。

华斌说的还是上高中时的事。说实话，华斌先前并不是一块读书的料，上课坐不住，老在凳子上摇来晃去，像是屁股下有颗钉子。老师讲的也总进不了他的脑子，有时甚至是越听越糊涂。到了高二的暑假，他突然跑到幺爸的工地，对兴仁说："幺爸，我不想读书了！"兴仁像是吃了一惊，盯着他问："你不读书了想干什么？"他说："我到幺爸工地上来打工……"话还没说完，兴仁突然怒目圆睁，咬牙切齿般对他吼道："你龟儿混都要给老子混个高中毕业证来，混不到，休想到我手里来做任何事情！"说完从牙缝里迸出一个字："滚——"一句话就将华斌所有美好的希望给击破了。正当华斌噙着泪水准备离开时，幺公贺世海突然来了，看见华斌一副被霜打蔫的模样，便问他出了什么事？他咬着嘴唇还没答，兴仁便抢在前面把他不想读书了的事对贺世海说了。没想到贺世海听了兴仁的话，又看了看华斌一阵，忽然对兴仁说："让他来干两个月也好！"说完又对华斌说："明天你就来吧！"喜得华斌就差没给贺世海磕头，心想：还是幺公对我好！

可是第二天当他来到工地上的时候，他的幺公并没有看在亲侄孙的分上给他什么特殊照顾。世海从工棚里拿出一根杠子，让他去和几个民工一起往脚手架上抬水泥预制板（那时县城建房还普遍使用水泥预制板）。他一听愣了，又不得不接过他手里的杠子。那时他身坯子看起来虽然像个大人了，可毕竟还不到十八岁，又从没有干过粗活，杠子一上肩，就仿佛一张大嘴紧紧咬住了肩膀一样，还没动步，就先打了一个趔趄，好在他身架子还算结实，桩子稳，才没跌下去，一天下来，那肩膀又红又肿，用手摸一下都痛。他以为幺公和幺爸是在考验他，说不定第二天就要给他换一个轻松的活儿，可贺世海和贺兴仁像是什么也没看见，第二天还是让他继续抬。他委屈和痛苦的泪水在眼眶里团团打转，可又害怕幺公和幺爸骂他，只好咬着牙关坚持。那时，他心里对幺公和幺爸产生了一种咬牙切齿般的仇恨。他想，这些有钱人也实在太没人情味了，连对自己的亲骨肉也没有一丝同情心，何况对其他劳动人民？没想到一个多月的水泥板抬下来，倒把他的脑袋给抬醒豁了，当开学重新回到课堂上时，他屁股底下的钉子没有了，坐得像是打坐的和尚一样端正，脑袋瓜也像是变成了一个巨大的容器，不管老师讲什么，他这个容器都能迅速接纳和消化，他的成绩突飞猛进，连老师和学校领导都感到十分惊讶。到最后一个学期，他成了全校后来居上的一名文科尖子，尤其是历史特好，最后以优异的成绩考进了省里这所重点大学的历史系。直到那时，他才理解幺公和幺爸的良苦用心，心里禁不住又感谢起他们来。

更重要的是，脑袋开窍后，他似乎对读书上了瘾！四年本科读完，年纪也不小了，家里人都劝他赶快找工作，然后成家立业。特别是爷爷和奶奶，巴不得马上就抱上重孙子。爷爷对他说："娃，世界上的书读不完，读得差不多就算了，可别把脑子读坏了！"可他还是要坚持考研，原因便是当初引以为傲的历史专业。等到四年本科念完以后，他才知道在这个急功近利的社会里，历史就像是一块毫无用处的破布，在一种深深的懊悔中他决定重新扬帆起航。他想改学新闻，因为他觉得新闻记者不但走的地方多，接触的人多，经历的事多，而且头上还有一道耀眼的光环叫作"无冕之王"。更重要的是，在这个信息时代，它不是一块破布，而是一只香馍馍，前途无限。于是他怀着一种神圣、崇高和伟大的心态，报考了省内赫赫有名的新闻学泰斗、母校文新学院金鼎钟教授的研究生。可是天不遂人愿，面试的时候他被拉了下来，原因是要做金教授门生的人太多。鉴于他笔试成绩很高，本科又是学历史的，最后学校把他调剂到了另一个专业——民俗与方言学。他是第一次听说学校还有这样一个专业，而且还招研究生。他十分好奇，怀着种一探究竟的心情去看看，没想到那个马上要退休的姓黄的小老头儿看见他如获至宝，对他灿烂着一张满是菊花瓣的脸又是打躬，又是点头，又是拉手抚肩，然后又把他拉到家里，亲自下厨做了几个菜和他共进午餐，那模样就像他是学生而自己成了导师一样。最后他被老先生的谦和和礼贤下士打动了，再则又害怕今年不服从调剂，明年又考不上怎么办？终于答应做老先生的关门弟子。

过后他才知道，老先生是国内民俗与方言研究的泰斗，出了好几部学术著作，在学界有很高的声誉和威望。可自从允许他招收硕士研究生以来，从没有学生主动报过他的专业，只靠学校给他调剂。那些调剂过来的学生，大多出于无奈，只图混个文凭而已，因此大多数时间不是在寝室里蒙头睡觉，就是在外面鬼混。可他不一样，一则因为他还有浓厚的学习兴趣，二则他认为如果把这三年时光虚度，既对不起养育的父母，也对不起自己的青春，于是便怀着“既来之，则安之”和“行行出状元”的坚定信念，跟着黄教授学了起来。他不但勤奋好学，每门课程都取得优异的学分，而且还利用假期把家乡一带即将消失的语言与习俗做了详细考察，既给黄教授带回一大包十分珍贵的文字与影音资料，还交给老先生一篇后来发表在国内著名学术杂志《民俗研究》的论文——《川东民俗考》，喜得老先生手舞足蹈，连呼：“奇才，奇才，可堪造就，吾之幸也!”自以为找到了衣钵传人。可令他们都没想到的是，毕业以后，他连续向党政机关、高等院校、科研机构、事业单位以及一些大点的企业投了将近一百份的简历，但不管投向哪里，最后的结果都是泥牛入海。对这样的结局，不但他没想到，就是他的导师黄教授也没预料到，只得顿脚长呼：“老天无眼！老天无眼!”可有什么法呢？在毕业后的三年多时间里，他一边继续抱着“死马当活马医”的念头往外投着简历，一边在省城靠打零工维持着生计。他先后在电脑城为别人卖过电脑，又帮一家医药公司推销过医疗器械，甚至还帮人贴过小广告。直到去年，才在一家民营文化公司找到了一个“文化创意”的岗位。这“文化创意”听起来蛮有意思，实际上也不过是给一些党政机关或企事业单位的办公室或会议室，设计一些口号、标语和宣传栏一类的东西。但就是这样一些东西，他干起来还是十分认真，因为他很珍惜好不容易才得到的这份职业。怎奈这家文化公司总是半死不活，业务好的时候，他每月可以得到五千到六千元的工钱，可这样的时候不多，多数时候他每月都只能拿两千五百元的保底工资，刚好够房租和每天的两餐盒饭（中午在公司吃）。

考上研究生后，他不但知道爷爷奶奶和父母为他感到自豪，而且还知道全湾人也都引以为傲。在研一那次寒假回家中，正碰到世财叔教训他那考试得了“鸭蛋”又老缠着要钱的孙子，他现在还清楚地记得世财叔那几句话：“格老子就晓得要钱，怎么就不记得读书？你看贺华斌，人家是怎么考上研究生的？你也给老子考个研究生回来，吃龙肉老子都给你!”当时听得他满脸发热，不过那时他还信心满满，可哪知道后来呢？他知道贺家湾人仍然还在把他作为教育、培养后代的活教材，可哪明白他心中的苦楚？一没有找到理想的工作，二没有在这个城市栖身的房子，三谈了几年的女朋友半年前突然和自己分了手，这都是些什么事呀？他觉得自己有罪，父母养育了自己三十二年，现在丝毫不能有所回报，还逼得年过半百的父母为帮他买房而不得不外出打工，早知这样，当初真不应该离开幺公和幺爸的工地。如果做到今天，说不定也混成一个项目经理了！“去他妈的‘书中自有千钟粟’，去他妈的‘书中自有黄金屋’，去他妈的‘书中自有颜如玉’，统统都是骗人的鬼话！”有时他在沮丧绝望的时候，便会在心里这样愤愤地骂。

贺华斌活动了一会儿颈椎，还想继续战斗，可一看时间，竟然快到晚上七点了。时间怎么过得这样快？明天是婆婆八十寿辰，今天晚上该坐“夜席”。贺家湾的风俗，“夜席”一般不招待外人，寿星在这天晚上主要接受至亲和儿孙们的祝福。他没有回去，他早想好了，今天晚上也要在这个遥远的地方为婆婆祝寿，怎么一坐就坐到这时候了？家里恐怕早就开席了吧？“婆婆，孙儿迟了！”这样一想，急忙抓过手机就给楼下外卖店老板打电话。他要了一份芭夯兔，一份卤牛肉，一碗长寿面，一份蛋炒饭，一瓶二两装的“歪嘴”郎酒。他是楼下外卖店的长期客人，和老板已经很熟了，老板听说他要一碗长寿面，便用了有几分惊喜的口气问：“你今天生日呀？祝贺了祝贺了！”他没和老板啰嗦，只说了一句：“你就按我说的送就是！”

他再没有去看电脑，电脑的屏幕闪了一会儿蓝光，进入了休眠状态。他离开椅子，有些激动地在屋子里走了起来。走了五步，他到了厨房，折回来再走了五步，又回到了电脑桌旁。这幢建筑是建筑商修来专用于出租的“单身贵族公寓”，房间委实太小，只有十来个平方米的空间隔出一个狭小的厨房和一个刚好蹲下身子的卫生间后，卧室就只能摆下一张一米五的床、一张小电脑桌和小座椅，连衣橱都没有，衣服只好曝光在靠墙的一根晾衣竿上，鞋子箱子什么的，全都塞在床下。就这样，人还得侧着身子走路。外面有一个一尺多宽、两尺多长的小阳台，刚好可以并排站两个人。公寓没接天然气，厨房里只能用电磁炉和电饭锅等电器做饭，不过他很少动手做饭。卫生间挂的也是一只电热水器，要老半天才能将水烧热。但就是这样一间公寓，每月也要1800元租金，这对华斌来说，算是非常奢侈的事了。可对于这个城市来说，除了原来住的地下室，他再也找不到比这还便宜的出租屋了。

屋子里踱不开步，他只好来到外面的小阳台上。城市的灯光早已亮了起来，闪闪烁烁，明明灭灭，呈现出一派海市蜃楼般的虚幻景象。这儿远离了大街，前面又有一幢更高大的建筑挡住了城市的喧嚣，偶尔有一两声汽车喇叭声传来，也十分温柔，似有若无一般。平时嘈杂的、充满年轻人青春活力的公寓楼，此时像是喑哑了一般，静静地屹立在从周围高大建筑的水泥盒子里泻出的明亮灯辉里，仿佛一只在大海中搁浅的船，他就是唯一守候在这只船上等待救援的人。他将双手撑在阳台矮小的不锈钢栏杆上，上半身微微前倾，两眼眺望着远处电视塔上变幻和闪烁的灯光，好像那正是一艘前来救他的航母。不过他知道这是不可能的，他的心思正渐渐驶向远方。

一家子

贺世龙老几几和李春英老孃子确实开过“夜席”了！虽然几天前已经立了春，可并没有使白天长很多，加上等会儿办红案的大厨师傅要来，一家人得协助他把明天的席办好，好在明天吃过早饭就上笼，因此老孃子今天晚上的夜席便开得早。李春英娘家也没什么亲人了，世海两口子也没回来，老二世凤几年前便去世了，只剩下一个寡居的弟媳妇毕玉玲，也是七十多岁的老孃子了。弟兄妯娌只有今生，没有下世，李春英年轻时，没少和兄弟媳妇斗气，可现在老了，再没了年轻时的争强好胜，和毕玉玲老孃子倒亲得像是姐妹一般了，早叫兴成和兴琼去把二妈给请了过来。因此，老孃子这个“夜席”，真正是一个地道的家庭聚会，没有外人，只有亲人，世界上还有什么比亲人聚在一起更让人高兴的呢？贺世龙老几几和李春英老孃子被兴成、兴仁和兴琼郑重其事地扶到上首坐了，毕玉玲老孃子旁边陪坐，兴成、兴仁、兴琼兄妹便依次向父亲和母亲敬酒，感谢他们养育之恩，然后又祝毕玉玲二妈健康长寿。兴成、兴仁和兴琼敬完，才轮着李红、范春兰，妯娌俩不仅把自己丈夫说过的话重复了一遍，还额外加了一些诸如“要保重身体”呀，“想吃什么就吃什么”呀，“没有钱就吱一声”等等孝顺的话。贺世龙老几几和李春英老孃子口拙，也不知该怎样表达对儿媳妇的感谢，只好灿烂着一张皱巴巴的笑脸，儿媳妇说一句，他们点一下头，嘴里又“嗯”一声，表示领了儿媳妇的一片孝顺之情。轮到华彦和代婷婷时，两个别出心裁，像是商量好了似的，华彦对奶奶说：“婆婆，我们不说好听的话，我和婷婷一起给你唱支歌！”说完便一边拍手，一边像是逗老孃子开心似的，冲着她摇头晃脑地唱了起来：“祝你生日快乐，祝你生日快乐，祝你生日快乐……”范春兰和兴琼一见，似乎想给儿子和女儿鼓劲，也跟着拍手唱起来，然后兴成、李红和兴仁也加入了进来，成了一个大合唱，深情和嘹亮的歌声把晚宴推向了高潮。李春英这个寿星老孃子起初只是张着嘴，目光像是有些不知所措又有些受宠若惊似的在儿女们和孙子、外孙女身上扫来扫去。可扫着扫着，嘴唇一瘪，接着哆嗦起来，像是马上就要失声大哭。大家马上住了口，全都愣愣地看着她。半天兴成才过去扶着她问："妈，你怎么了?"李红急忙用胳膊肘拐了丈夫一下，接了兴成的话说："妈这是高兴呢!"说完也过去扶住老孃子的肩大声问："妈，你说是不是高兴?"寿星老孃子颤抖了一下，明白过来，这才瘪着嘴用不关风的牙齿对大家说："是，是，我高兴呢，你们都在，我高兴呢……"其实老太太刚才看见华彦和婷婷给她唱歌，突然想起大孙子华斌不在，心肝子就像被人扯去了一半似的，忍不住就想掉眼泪。兴仁真的以为母亲是被感动了，想让老太太高兴更高兴，便举起酒杯，大声提议说："来，我们为老太太的健康长寿共饮一杯!"于是众人一片欢呼，不管是喝酒不喝酒的都高高举了起杯子，其乐融融的场面真是再和睦美满幸福祥和不过了。

可是刚放下饭碗，贺华彦一句话便打破了这种美满祥和："妈，我要到镇上宾馆去住!"

李红正抱着高高一摞盘子碗碟之类的东西往灶房里走，听了华彦的话，身子像被什么咬了一口似的颤抖了一下，差点把手里的空碟空碗空盘都抖落下来。李红对华彦没什么好感，尽管她这个亲侄儿长得牛高马大，从外表看也是一表人才，年龄也是老大不小了，却除了吃喝玩乐外，什么本事都没有，还喜欢处处显摆，也不知老二怎么教出了这样一个孩子？有次华彦问她："大妈，华斌现在每个月挣多少钱?"他也不在"华斌"后面加个"哥"字，显得自己才是老大似的。但她当时也没介意，以为他是在关心华斌，便说了老实话："他能挣多少钱？每个月三千来块吧!"没想到华彦听了这话，却大大咧咧地说："还不够我一个月的零花钱呢!"李红一听这话，便觉得华彦是在故意奚落华斌，因为华斌研究生毕业后没找到工作，瞒得住外人却瞒不住家里，这不是在看华斌的笑话还是什么？便也没好气地说："哪个都像你？你倒有个有钱的爹哟!"华彦见大妈的脸上起了乌云，这才不说什么了。但李红从此对华彦没了好印象，觉得你再有钱，也不过是个"马屎外面光，里面一包糠"的花花公子，有什么了不起？除了对这个侄儿有意见以外，李红对兴仁也有一肚子怨气。你贺兴仁是赫赫有名的大老板，你们婆娘口子穿金戴银，连贺华彦一件马甲都是好几百欧元，可你哪里拿眼睛角角来照看一下你的穷哥哥？还是一个娘肚子出来的呢！要是你肯稍微帮扶一下，从手指缝里漏出一点钱，也够华斌在省城按揭一套房子了，哪还需要你哥和我土埋半截了才出去打工？这些都不说了，你不愿意帮钱，适当照顾一下你哥，让他在你工地上做点轻松的活儿，也比在外面当保安强嘛，可你竟然都没有答应，这样的兄弟还不如没有！

可对兴仁来说，他又有自己一套理论。他觉得对年轻人就是要逼，当年要不是自己和幺爸逼华斌，华斌能顺利考上大学，考上研究生？再说，现在机会这样多，年轻人不奋斗，只指望长辈帮助能有什么出息？当年自己和幺爸出来又靠了谁？对大哥想来工地干活的事，他不是没想过，也有过经验教训。当年他回贺家湾招工，二爸千求情万求情要他把他带去，他抹不过面子只好把他带到了工地，结果他在工地上干不了什么，还常常摆出一副二老板的样子对工人指手画脚，弄得工人不但对他有意见，还对幺爸和自己也产生不满。幺爸只好炒了他的鱿鱼，结果二爸和幺爸斗了几年气，甚至到了弟兄俩见了面都不说话的地步。他和幺爸吸取了教训，后来凡是有亲戚来工地上干活，他们都十分谨慎，何况他接手了幺爸的事业后，正准备把家族型企业转向现代型企业，这个时候，他怎么可以轻易答应大哥进来呢？何况企业里轻松一点的岗位早被那些关系户中的三亲六戚占满了，他怎么能为了自己的哥哥去得罪一个关系户？所以，他也感觉没有办法。这真是各有各的想法和难处。可李红哪知道兴仁这些，心里本就有气，所以一听华彦要住宾馆的话，便有些不满起来。但李红又是个心思缜密的女人，她心里不满，却并不在脸上表现出来，而是对李春英老嬢子大声喊道："妈，华彦要到镇上去住宾馆，是不是家里住不下？"

李春英老嬢子平时喝一两杯养身酒，可今晚上高兴，多接收了儿女几杯祝寿酒，此时身子发热，头脑有点晕晕乎乎的，正蹒跚着步子想进屋休息。听了这话，急忙用手把住门框，回头说："这么多的铺，怎么住不下？"李红说："那华彦为什么要去镇上住宾馆？"华彦听了这话，更像是和李红有气似的梗着脖子说："我就要去住宾馆！"李春英老嬢子听见，就对着华彦像哄孩子似的说："我娃别去住宾馆！你和你爸睡一张床，你妈和大姑睡一张床，你大爸和大妈回自己家里睡，婷婷去跟二外婆睡，我都安排好了的……"老嬢子哆嗦着嘴还要说，华彦突然打断她的话说："我不和哪个睡！"老嬢子一听这话又愣了片刻，才又颤动着嘴唇说："你想一个人睡？那你大爸大妈家里还有铺，你老汉就到大爸家里睡吧！"老嬢子以为自己的安排很理想了，没想到话音一落，一直坐在沙发上玩手机的代婷婷忽然站起来，也对外婆叫道："我也要一个人睡！"一下子把老太婆难住了，过了半天才看着婷婷无奈地说："你们一个要个整南瓜，一个要个整坛子，外婆哪儿给你们变得出张床来？"一听这话，华彦自以为得了理地说："所以说我要去镇上住宾馆嘛！"

这时兴琼从灶屋拿了一块抹桌布出来准备抹桌子，听了母亲的几句话，到底是女儿，心里永远都是向着母亲的，这时便对母亲说："妈，你不要将就他们，他们是些什么东西？"说完又对女儿吼道："哪儿就不能两个人睡？二外婆的床上难道会咬人？你倒想玩洋格，就是没那个命！"婷婷听了母亲这话，想反击却忍住了，只朝母亲翻了一个白眼，嘟着嘴，然后又气咻咻地一屁股坐在沙发上，继续玩自己手机了。

兴琼又对华彦半开玩笑半认真地说："专门回来给婆婆祝生，不在家里好好陪婆婆摆龙门阵，要去住宾馆，无非是宾馆干净些，住起舒适些嘛！你放心，我晓得你是个享福的人，腊月间专门抽时间回来把婆婆的铺笼被罩都洗了一遍，不得把你身上弄脏！"话说到这儿本来就可以了，华彦是晚辈，即使心里有些不高兴，也不会和兴琼顶嘴。没想到兴琼停了一会儿，突然又笑嘻嘻地补了一句："你妈是大忙人，她不回来给婆婆洗，难道大姑也不洗？"说着还朝在沙发上盯着电视屏幕的范春兰瞥了一眼。傻人也能听出兴琼话里含沙射影的味道，范春兰的脸也一下黑了下来。原来兴琼和李红一样，也觉得二哥现在腰缠万贯，富甲一方，但她这个穷妹妹却没沾上他什么光。但她主要不怪二哥，而是把心里的怨气全纠集在范春兰身上。俗话说有什么样的婆娘，就有什么样的男人，这个社会男人全是"妻管严"，要不是范春兰在背后使了什么坏，二哥怎么会不把大哥和自己当亲人？当初给二哥当"后勤部长"时，犯了那么多错，二哥却从没用外人的眼光看过她，打断骨头连着筋呢！你使坏让二哥置兄妹情分不顾也就算了，却把你娘家什么七大姑、八大姨的歪瓜裂枣弄到二哥的公司里来，连那个八竿子打不着的什么表侄女，也到公司来做了文员，成天袅袅婷婷地在办公室摆弄身材。那天在街上看见范春兰的嫂子，一大把年纪了，还穿金戴银，打扮得像个妖精，她哪儿来的钱？也不知范春兰把二哥辛辛苦苦挣来的钱，搬了多少回娘家？兴琼觉得这理不平，但和李红一样，她也只能把不平压在心底，只是偶尔得着机会了，说几句指桑骂槐的话发泄发泄罢了。

范春兰不是蠢人，她不但听出了小姑子今天晚上话里的意思和刚才大嫂故意扯旗放炮的用意，而且早看出大哥大嫂和兴琼对他们的不满。她也感到有几分委屈，别的不说，父母平时吃的穿的，你们拿了多少钱？就说这次给母亲办生，你们摸着良心说，谁的贡献大？没有我们，你们别说争面子，就是里子也没法争。说好了的，有钱出钱，有力出力，还要我们跟你们一样出力？腊月间回来洗了几床被单蚊帐，那是你做女儿的该洗，有什么值得拿来炫耀的？一个孩子睡不惯家里的铺，想去镇上住宾馆，又不花你们的钱，多大一回事？犯得着你们一唱一和说“烧杂话”……一想起这些，范春兰便想发作，但一想到今晚这个特殊的日子，又忍住了，只得沉了脸说：“他要到哪儿去住，就让他去，他那样大个人了，难道还值得你们担心他什么？”

兴成虽然老实，可早就听出她们妯娌和姑嫂话里的火药味儿，尽管他心里对兴仁确实有些不满，但一想到要是弟兄妯娌和姑嫂在这个节骨眼上闹起矛盾来，影响了母亲的生日，他这个做老大的脸上也不好看。听了范春兰的话，于是便以大舅的身份和颜悦色地说：“要去镇上住宾馆，怎么要不得？有车子，十多分钟就到了，又不走路。”说完便回头对兴仁说：“老二，你把车钥匙给华彦，让他自己开到镇上去！”兴仁喝了几杯酒，同样感觉脸上有点发烧，所以一搁下饭碗，他就披上风衣，到门外站了一会儿。屋子里李红和兴琼的话，他同样悉数收到耳朵里。可兴仁很大度，他觉得弟兄妯娌和兄妹之间，没有一点矛盾是不可能的，牙齿和舌头那么好，有时还要咬一下呢！他和兴成想的一样，再有矛盾，也不应该在这个时候来打肚皮子官司。听了兴成的话，兴仁也说：“既然都到了镇上，半个小时就回县城了，何不回家里去住？”兴成说：“回城里也行嘛，反正明天早点来就是！”谁知范春兰一听这话，马上站起来说：“既然回城里，车又是空起的，何不都回去！”李红听范春兰这么说，脸上马上浮现出嘲讽的神色，正要说什么，兴成瞪了她一眼，她便住声了。兴成又对范春兰说：“让华彦开车，你跟他一起回去也行，老二就留下来陪妈一晚上吧……”可话音没落，兴仁却说：“他开车？我还一百个不放心呢！”兴成一听，便知道兴仁也想回城里，于是又说：“好，好，你们都回去，我和兴琼留下来陪妈！”一听这话，华彦和范春兰便如获大赦似的，到楼上拿起自己的东西，就往外面走。这时，代婷婷突然站起来大叫一声：“我也要跟二舅和二舅妈到城里去！”一边说，一边将一只黑色双肩包往两边肩上一背，做出要走的样子。兴琼马上盯着她吼道：“他们是回家，你到城里去住哪儿？”婷婷说：“二舅家里不能住？”兴琼又吼道：“那也不行！”可婷婷又对兴琼以牙还牙地回敬道："我就是要去！"口气比兴琼还要坚决。兴仁见母女俩顶了起来，又急忙说："她要去就让她去吧，又不是没有住的地方！"范春兰像是想故意报复兴琼，不等兴琼回答，便过去拉起婷婷的手亲热地说："来，婷婷，和二舅妈一起走，有二舅妈住的，就有你住的！"兴琼还要说什么，兴成也过来对兴琼说："现在的年轻人和我们这些老家伙没有共同语言，就让她和她二舅、二舅妈一起去吧，她和华彦一起才有话说！"兴琼想了半天，这才冲婷婷吼出一句话来："明天客多，又睡到中午时候才起床嘛！"婷婷伸出舌头对兴琼做了一个鬼脸，便喜滋滋跟着兴仁走了。

等他们走后，李红才瘪了瘪嘴，对兴琼说："说半天，原来是自己也想回去。城里的席梦思睡起是要比乡下的硬板床好些哟！"兴成听见，忙息事宁人地说："哪儿那么多话，走了清静些还不好？"李红就不再说什么了。可李春英老孃子见二儿子和二儿媳妇走了，孙子和外孙女也走了，屋里一下冷清了许多，不由得伤感起来，便哆嗦着嘴唇说："我还活着，他们便嫌住不惯，要是我死了，他们就不会再回来了……"说着就哭了起来。兴成、兴琼和李红一听母亲这话，觉得老太婆这话说得有些不吉利，便一齐过去拉着老孃子的手，擦泪的擦泪，抚肩的抚肩，齐声说："妈，你怎么这么说？离了胡萝卜就不成席？不是还有我们陪你吗？"兴成又说："你放心，他们明天一大早就来了！"劝了半天，老孃子才收住了眼泪。

贺华斌

"笃笃"的敲门声把贺华斌从深思中惊醒过来。他像是吓了一跳，急忙奔过去拉开门。外面站着一个十八九岁的圆脸姑娘，穿着紫红色的羽绒服，两边脸颊上透出一种像是冻伤的褐色斑痕，双手端着一只盛外卖的盘子，看着华斌问："是你要的外卖？"华斌点了点头，问："小陈没送外卖了？"女孩说："小陈回家了，你们这幢楼好清静！"华斌说："再过几天人回来又嫌吵闹了，进来吧！"说着退到一边。女孩进屋四处瞅了瞅，华斌知道她是在找放盘子的地方，急忙说："你别忙，我来收拾一下桌子！"说着过去将电脑桌上的电脑、书本什么乱七八糟的东西，统统抱起来放到床上，然后将女孩盘子里的外卖一样一样端到桌子上，一边端，一边又不断打量女孩，这才发现女孩脸上的皮肤因为皲裂显得有点粗糙，但眉眼细看，却又有几分清秀，鼻子也小巧端正。再一看，女孩手上也有冻伤的痕迹，从羽绒服里露出的毛衣袖边也脱了线。华斌不由得对她产生了怜悯，便没话找话地问她："你叫什么名字?""罗红霞。"女孩半天才说，声音轻轻的，也没看华斌，似乎对他保持着怀疑和警惕。华斌又问："你怎么没回家过年?"红霞说："老板说过年给我发双倍工资。"华斌问："你出来就是为挣钱?"红霞低头看着盘子"嗯"了一声。华斌再问："没回去过年，想爸爸妈妈不?"红霞眼圈儿忽然红了，咬着嘴唇先摇了摇头接着又点了点头。华斌见了，一种"同是天涯沦落人"的感情油然而生，竟情不自禁地说："你还没吃饭吧？就在这儿和我一起吃怎么样?"红霞抬起头冲华斌笑了一下，说："不敢……"华斌这才看见女孩笑起来很美，两排细牙又白又亮，脸上还有两个圆圆的酒窝儿。华斌打断她的话问："怎么不敢?"红霞说："老板要炒我的鱿鱼。"华斌竟然拍着胸脯，好像他是什么不得了的人似的大包大揽地说："别怕，我去给你老板说，她不敢炒你鱿鱼!"红霞还是没答应，又不好意思地对华斌笑了一下，说："也不了，我还要回去送饭呢!"说完转过身就向门外走去了。华斌目送着她消失在门外，突然产生了一种怅然若失的感觉。他知道她不可能留下来和自己吃饭，但他希望能有一个人听他说话!

他关上门，想找只杯子来倒酒，却没找着，这才记起刚才忘了告诉外卖店老板顺便带只酒杯来，可这时再叫人家为只酒杯跑一趟，显得太过分了。他想了想，到卫生间拿出漱口缸子，用清水冲了冲，过来拧开瓶盖，将二两五十二度的酱香型白酒全倒进了缸子，端起来正要喝，又放下来，拿过手机，打开，拇指在屏幕上"唰唰唰"地急速翻动，在"相册"里翻到一张照片。照片上是一个瘦弱的老太婆，戴一顶咖啡色的毛线帽，从帽檐透出一圈银白色头发，着黑色羽绒服，外面套着一件印花外套，满脸皱折，眼窝深陷，像是一只被风干的果子。这就是他的奶奶李春英。这张照片是去年回家过春节，离开那天给奶奶照的。"孙娃呀，你能不能再陪婆婆几天?""婆婆，实在不行了，不按时上班公司不但会扣我工资，说不定还会炒我鱿鱼。""孙娃呀，我活一天算一天，也不晓得明年你回来，还看不看得见我这个老孃子了……""婆婆，你可别哭，你会长生不老的！你放心，今年放了假我就回来看你!""把你女朋友带回来哟！让我看一眼，我就是闭了眼睛也才放心!""行，婆婆，我今年一定把她带回来！婆婆，你笑起的样子真好看！别动，我给你照张相。我把你的相片带在身边，就随时可以看见你了!"他把手机靠在墙上，看着照片上的奶奶。刚才和送外卖的女孩说了一会儿话，心情已经好了一些，可现在一看见奶奶照片，又忽地沉重起来，有种想哭的感觉。他再次举起酒杯，哆嗦着嘴唇，在心里喃喃地说了起来。

婆婆，请原谅孙儿的不孝。你的八十岁生日，孙儿不能当面给你拜寿，只有在这儿祝你生日快乐了！人们都说隔代人亲，事实也真是这样。从小你就亲我爱你，听我妈妈说，我几个月大的时候，有次感冒了，我妈叫你把我抱到村医贺万山老辈子那儿瞧瞧，路过村里被称作“神仙”的贺凤山家时，你突然想起也去信一下迷信。贺凤山说是我一个远房姨姑奶奶喜欢我，来逗我时吓着了，给我画了一道符，烧成灰化进水里，让我喝了下去。你信以为真，没再把我抱到贺万山那儿去，回来对我爸妈说了，我爸和我妈听了大发雷霆，说你是老糊涂了，要是耽误了我的病，和你没完。你当时脸都吓青了，你不是怕我爸妈，而是真担心我有个三长两短，抱起我又马不停蹄地去找贺万山，从此你再不敢去信迷信了。你害怕我感冒，每天都要在我额头和小脸上亲好几遍，用你的嘴唇感受我体温的变化，只要我稍微有点发烧，你就抱起我往贺万山那儿跑。后来我渐渐大了，不好意思让你亲了，你才改为用手来抚拭我的体温。我小时候很调皮，老想吓你，放了学也不回家，和同学们在外面又打又闹，等玩累了才往家里跑。我很喜欢看你那副大惊小怪的模样，现在想起来真好笑。

我是在婆婆你的怀里长大的。那时爸爸妈妈忙着用机械给湾里和周边村子的人打麦、打谷、耙田、抽水等，天不亮就出屋，天黑了还不回家，有时甚至几天都在外面，把我完全甩给了你。你经常说我睡觉像只狗，“四只脚脚蜷到一堆堆”。可我完全不知道自己睡觉是什么样子，但我却记得在半夜里爸爸妈妈回来了，过来抱我，把我弄醒了，我死活都不回去的事，后来我就一直跟你睡。我还记得那时家里日子不是很好，来了客或过年过节，杀了只鸡或鸭，爸爸妈妈为了把好肉让给客人，常常哄我说：“细娃儿吃了脚爪跑得快”或“细娃儿吃了翅膀飞得起”！可你每次都要瞪爸爸妈妈，用你碗里的鸡腿或鸭腿换我碗里的鸡爪或鸭翅。

婆婆，你对孙儿的爱当然还不止这些，譬如你每次赶场回来给孙儿买的那些糖果和好吃好玩的东西，当我读书时从爸爸妈妈那儿要不到零花钱，你悄悄给我的那些钱，甚至我到县城上高中，每星期回来你站在家门口夕阳的余晖里翘首望着门前那条机耕道的情景……这些都历历在目，我说三天三夜都说不完……

可是婆婆，你八十岁生日孙儿却没有回来，不是孙儿忘了你的生日。孙儿没忘，孙儿早就在心里念着这个日子，孙儿也知道婆婆你也在想念孙儿！可为什么没有回来？我给爸妈说请不到假，这是假话。这个半死不活的公司，早在腊月二十五就提前放假了，是孙儿没脸、不敢回来呀！我知道爸爸妈妈对我寄托了很大希望，也知道婆婆和爷爷在为我自豪。我读研二那年暑假回来，妈妈对我说，爷爷去赶场，遇见熟人恭维他："你个老几几命才好哟，儿子是大老板，孙子又是研究生，好享福哟！"爷爷顿时笑得像是个弥勒佛。平时爷爷不喜欢赶场，从那以后，爷爷爱上了"赶溜溜场"。他赶场不买不卖，图的就是听几句人们的恭维话。我也知道湾里人都把我当作了和二爸一样的"成功人士"，教育孩子开口闭口就是"怎么不向你华斌哥哥学习"。可是婆婆，我心中的苦楚只有自己知道，我确实辜负了你们的期望。我怕回来看见你们又疼又爱又满是期待的眼神，我怕听见你们那些饱含着热情关怀的各种盘问，更怕湾里人投来的既是羡慕又有些说不清道不明的近似怀疑的目光……一句话，孙儿怕回家。让孙儿更没法向婆婆交代的是，我答应过今年过春节要带孙蓉回家，让你看看未来的孙媳妇，可现在没法做到了，因为孙蓉半年前就和我分手了！也没为什么，就是孙蓉的父亲要我在省城按揭一套房子，不然就别想和孙蓉结婚。按说来这个要求并不高，可是我没法做到呀！孙蓉只得在父母的逼迫下和我分了手，为这事她把眼睛都哭肿了。可我怕你们为我难过，现在都还把这事瞒着你们，恐怕婆婆你还在等着抱重孙子呢……

婆婆，我知道你们可能已经开过"夜席"了，也知道爸爸妈妈、二爸二妈、大姑以及华彦、婷婷，都给你祝过寿了，孙儿只有在这儿给你敬酒了！哦，还有，婆婆，我还给你叫了寿面！过去你生日时，妈妈给你煮了长寿面，你都要挑给我们吃，说是也给我们添福添寿。今晚上你不在这里，孙儿也帮你吃一碗长寿面。来，婆婆，孙儿祝你福如东海，寿比南山，孙儿先干为敬了……

华斌一仰脖，将缸子里的酒一饮而尽。也不知是先前思念奶奶心中悲戚，还是被酒呛的，他咳了两声，眼里忽然闪出了亮晶晶的泪花。

老孃子

真让贺兴琼头天晚上说中了，李春英老孃子第二天中午八十大寿的“正酒”眼看就要开席了，可贺兴仁一家子和代婷婷还没有来。虽然寿宴的席桌是承包给大师傅的，可主家不等于没有事做。来客这么多，就是拿烟递水、收礼记账、端凳子叫座这些活儿，也够几个人忙活。偏偏大厨师傅的下手说好的要来，却因为自己家里招待“年客”没来成，兴成只好去给大师傅打下手，这儿只剩下李红和兴琼两个女人。李红叫兴琼去收礼记账，可兴琼一想，收礼记账是大事，自己一个出嫁的女儿，要是礼金短了七七八八，两个哥哥不说啥，可明摆着自己和范春兰有点不对劲，到时二嫂还不说是自己藏着掖着了？这样一想，还是让大嫂去收礼记账，自己出来招呼客人。可没想到正月里各有各的事，客人来得七零八落，一会儿是七大姑八大姨拄棍戳杖、颤颤巍巍地来了，一会儿又是表嫂姨姐儿携儿带女地来了，一会儿又是湾里的老几几、老孃子来了，兴琼既怕得罪了哪位亲戚，又怕对湾里的老辈子招待不周，引起他们对自己这个嫁出去的姑娘埋怨，只得出出进进，招呼了这拨又应酬那拨，就像俗话说的“跑得脚板翻”，累得腰酸腿疼，看见二哥二嫂到现在还没来，不由得就在心里生起气来：“嫁出去的女回娘屋本该是客，这下倒好，客当了主人，主人倒在一边享现福了，还是妈的生日吗……”

正这么想着，一声汽车喇叭轻柔地叫了一下，接着兴仁的“豪奔”从屋角转到了院子里，终于姗姗而来。车子开到院子西头一块空地上停下，半天兴仁、范春兰、华彦和代婷婷才慢腾腾地走过来。兴琼本来有气，看见他们这副悠闲的样子更气，可她又不好明说，便故意笑着说：“哟，席还没有端到桌子上，你们就来了，还来得早嘛！”所有人都知道兴琼是正话反说，兴仁听了不介意，“嘿嘿”地笑着赔礼说：“是晚了一点，不好意思，不好意思！”范春兰却把一张脸沉了下来。偏偏婷婷没心思，又不会看大人脸色，这时对兴琼说：“妈，你看二舅妈这件衣服好看不好看？”范春兰今天头发烫成了小卷，上面是一件墨绿色的旗袍式毛料衣服，下面一条浅灰色大码弹力小脚萝卜裤，脚上一双红色中筒高脚女靴，脸上化了妆，看起来又比昨天年轻了许多。兴琼对二嫂穿金戴银本来就看不惯，这时心中又有气，哪儿会去欣赏她的衣服好看不好看？听了女儿的话，便又没好气地对婷婷斥道："好看你就去把那衣服撕几块来吃嘛！昨晚上就给你说了早点来早点来，结果困到要开席了才来，硬是莫得你一梁子事呀？你倒想吃现的，就是没有哪个该来服侍你！难道外婆那样大的岁数了，还该煮来让你吃现成的？你怕不怕遭雷打……"

兴琼的矛头自然是针对着范春兰的，可婷婷年纪还小，哪知道妈和二舅妈的"肚皮"官司？她见母亲当着这么多客人这样说她，便觉得很没面子，因此没等母亲说完，转身就往外面走。兴琼一见，又马上大声问道："你到哪儿去？"婷婷这才停住脚步，回头对母亲气冲冲地说了两句："我来晚了，不吃哪个的现成的，我走还不行？"说完又赌气地往前走。院子里的客人见了，便对婷婷喊道："婷婷别走，今天是你外婆生日，你既然来了怎么要走？快回来！"可婷婷没听，只管走自己的。兴琼以为女儿只是像平时一样，和她赌一会儿气便算了，便说："让她走，她走了哪儿饭就没人吃了？"婷婷一听这话，走得更快了，双肩包在背上一搭一搭，仿佛也在催促她似的。李春英老嬢子正在堂屋里陪几个老嬢子摆龙门阵，听外面说外孙女和她母亲赌气走了，急忙从屋子里出来，手把着门框一看，果然看见外孙女儿快要走上公路了，便喊了一声："婷婷——"不知是老嬢子的喊声婷婷没有听见，还是她听见了故意不答应，反正没有停下。老嬢子立即迈过门槛，蹒跚着下了石阶，一边喊，一边趔趔趄趄往前走，那样子似乎想去追婷婷。可刚走到院子边上，老嬢子的身子向一边歪了两下，突然脚上像是被抽了筋似的就向地上倒了下去。众人一边奔过去，一边惊慌地叫喊起来："怎么了，怎么了，老太太怎么了？"婷婷听见这边叫喊，这才停住脚步，回头看着院子里。可她没马上返回来，而是像傻了一般站在那儿。

众人扶住老嬢子，只见老嬢子口死眼闭，嘴角向一边歪着，"咕噜咕噜"地往外面冒着泡儿。众人又是摇，又是拍，可老嬢子除了嘴角冒泡儿外，全无反应。众人急了，便对里面屋子大声叫道："兴成、兴仁，老太太怕是不行了，快去请贺万山来瞧瞧，看还有救没救！"兴成、兴仁从里面屋子跑了出来，兴成一看，连身上的围裙也没解，便朝贺万山家里跑去了。没一时，兴成架着贺万山老几几来了。万山"老几几"也是七老八十，老伴郑彩虹死了多年，早就不行医了。兴成对他说："老辈子，我也不是想让你给我妈开处方下药，只想请你看看我妈还有救没救？有救的话我们好送医院！”不由分说就把老几几给架来了。万山老几几抓起老孀子的手把了一会儿脉，又让人拿来一支手电筒，掰开老孀子的眼皮照。老几几的眼睛也不好使了，一边照，一边把眼睛像是贴在老孀子的眼睛上。看了半天，才抬起头对兴成、兴仁说：“去把门上的对联撕了吧！”众人惊问：“撕对联干什么？”老几几说：“看样子寿宴办不成了……”

一听这话，兴琼忽然“哇”的一声便大哭起来，接着李红、范春兰也开始“嘤嘤”地哭起来，一些老孀子和老太太娘家来吃寿宴的女眷，也“嗡嗡”地抹起眼泪来。兴成、兴仁的泪水也“哗哗”地往下掉。万山老几几忙说：“莫哭，莫哭，老孀子还没咽气，听见哭声她会走得不利索！”兴琼她们听见这话，又马上住了声，只抽抽搐搐地哽咽着。有人便道：“既然还活着，就抱到床上去吧！”万山老几几说：“抱啥子床上，难道还要让老孀子背床？”“背床”就是在床上咽气，贺家湾人认为人在床上咽气是不吉利的。众人明白了，立即跑到堂屋里，七手八脚地把那些桌子板凳搬到一边，将一把沉重的硬木太师椅端出来，端端正正摆到堂屋中央，这儿兴成和兴仁才把母亲抱到椅子上。老孀子的头歪到椅子一边，嘴角带血腥的泡泡越冒越多，发出的“咕噜咕噜”声也越来越响，有人便又怀疑贺万山老几几的诊断，就又对老几几说：“老辈子，这老太太不像要咽气的样子呀！”贺万山老几几说：“慢慢来呗！”说完就叫老孀子的后人全部站到椅子前面来，兴成、李红、兴仁、范春兰、贺华彦、兴琼都站了过来。贺万山老几几问：“都来齐了？”有人便答：“还有老太婆的外孙女！”贺万山老几几问：“在哪儿？快把她叫过来！”代婷婷还在刚才那儿，不过这时不是站着，而是把双肩包垫在屁股底下坐着。她还不知道外婆就要咽气了，想回来又不好意思，只盼有人去叫她。果然这时她听见院子里有人在对她叫：“婷婷，婷婷你快过来，你外婆要死了——”一听这话，婷婷屁股底下像是被蛇咬了一下，倏地弹起来，抓起双肩包就往屋子里跑。跑进来一看是这样，“哇”地就哭了起来。兴琼这次没再说什么，轻轻拍了她一下，把女儿揽在了怀里。贺万山老几几对他们说：“你们都分别叫，就说我在这儿！”众人依言，兴成先对着老孀子耳边说：“妈，我是兴成，我在这里！”然后李红、兴仁、范春兰、兴琼、华彦、婷婷依次这样叫。可叫完，老孀子喉咙里仍是“咕噜咕噜”地叫唤和往外冒泡，一点也没有走的意思。贺万山老几几又问：“一定是有人还没回来！”一语提醒了众人，有人便说：“可不是，还有她女婿和研究生孙子不在面前！”贺万山老几几便对兴琼和兴成说：“你两个又去对她说，就说他们正在路上，马上就要到了!”兴琼和兴成又依言。先是兴琼上去，附在老嬢子耳边大声说：“妈，你女婿正在往家里赶，就要回来了!”叫完，退到一边，老嬢子喉咙里的“咕噜”声依然如旧。兴成又走过去，同样附在老嬢子耳边大声说了一句：“妈，你大孙子华斌已经走到半路上了!”话音刚落，只见老嬢子眼皮动了动，脸上似乎还浮现出了一丝笑容，接着便听见“咕咚”一声，头一歪，便咽了气。兴成、兴仁、兴琼、李红、范春兰、婷婷等立即扑上去，哭声大恸。贺万山老几几就拉了兴成、兴仁一把，说：“老嬢子已经升天，孝子别只顾哭了，快去把贺来福请来办丧事吧!”兴成明白过来，急忙又抽抽搭搭地往外走。还没走出院子，李红追了出来，抽泣着对他说：“你给华斌打个电话，看他能不能回来？他婆婆死都欠着他呢!”兴成哽咽着去了。

贺兴仁

贺兴仁趁贺来福给母亲写进入阴间的“通关文牒”时，悄悄地溜出人群，躲到后面竹林里回一个电话。经过几个小时的手忙脚乱，才将母亲的葬礼忙上正轨。湾里的“神仙”贺凤山年事已高，眼睛和耳朵都不灵，让自己的儿子贺来福继承了他的事业。贺来福青出于蓝胜于蓝，不但相面打卦算八字择吉等样样精通，相阴宅阳宅捉鬼打蘸等诸般技艺也不赖。兴成把他一请来，他便在堂屋墙壁上挂了一张巨大的黑幔，黑幔正中用白纸剪了一个很大的“奠”字，两边又各写了一句话，一句是“难忘淑德”，一句是“永记慈恩”。大门两边“福如东海长流水，寿比南山不老松”的大红寿联也换成了用白纸写的“西地驾已归王母，南国辉空仰婺星”的挽联。母亲虽然走得很突然，可几年前他们兄妹便把老人的“老衣”和寿材准备妥当，按照“成单不成双”的规矩，他们给老人准备的“老衣”是九件，而贺家湾最孝顺的后人给老人准备的“老衣”一般只有七件。寿材也是满尺的柏木，漆了很多遍，亮得能照见人影子。贺家湾又有一个规矩，遇白喜事全湾人都要主动地来帮忙，何况是李春英这样一个八十岁高龄的老嬢子？所以老嬢子一咽气，湾里人不等他们兄妹招呼，便“麻汗”的“麻汗”，穿衣的穿衣，装棺的装棺，没多久老嬢子像换了一个人，安安静静地躺在棺材里了。现在就等贺来福写好“通关文牒”，然后在他率领下孝子孝孙们去井里打来清水，再次象征性地给母亲净了身，就可以“开路”了。一旦“开”从阳间到阴间的“路”，母亲的灵魂便可以升入天国了。

电话是丽丽打来的，已经打了好几遍。刚才他们兄妹正在贺来福指挥下，给母亲三献三拜，贺兴仁没有时间回她。每响一次铃，兴仁都把手伸进衣兜里按断电话，每响一次按一次，好不容易等到现在才有了一点时间。他把电话打过去，刚对着话筒轻轻“喂”了一声，便听见丽丽急切地问：“你在干什么，怎么不接我的电话？”兴仁用一只手捂着手机，目光做贼似的又朝周围瞅了瞅，才压低声音说道：“一言难尽……”丽丽听了这话，语气马上变得着急起来：“出了什么事？”兴仁说：“没出什么事？”丽丽说：“那为什么不高兴？”说完不等兴仁回答，又接着问：“老太太生日坐了好多桌，热闹吧？”兴仁这才带着哭腔说：“老太太已经走……走了……”丽丽一听这话，愣了片刻，像是也惊住了似的，然后才问：“不是过生日吗，怎么走了？是怎么走的？”兴仁说：“摔了一跤，大概是脑溢血，摔下去就说不出话，抬到屋里就走了……”丽丽又沉默了一会儿，才说：“怪不得听你声音像是不高兴的样子，我还以为你是喝醉了呢！”兴仁说：“我哭都哭不完，哪还有心思喝酒？”说完又对丽丽问，“你给我打电话有什么事？”丽丽说：“你胃不好，人多事多，我就是提醒你少喝点酒！”兴仁一听这话，一股既温暖又感动的情愫从心底油然而生，便说：“我记着你的话，你放心！”末了马上又对她问，“老家过年还好吧？”丽丽说：“几个月不见，牛牛又长高了，我照了几张照片，等会儿发到你的手机里，你看看你儿子又长成啥样了……”兴仁忙说：“别别别，你发过来我也没时间看。你就存在手机里，等我回去了再细细地看！”说完又问，“你什么时候回来？”丽丽马上反问：“你呢？”兴仁说：“我可能还早着呢，最起码也得等给老太太烧了‘头七’才行吧！”说完把声音压得更低，像是耳语一般对着话筒说了一句：“要不你早点回来，我想你了呢！”丽丽像是小鸟依人般“嗯”了一声，说：“我也想你了呢！”说完才提高了一点声音，“你可要保重，千万别把自己身体拖垮了。”兴仁说：“知道……”还想说点什么，忽然听见院子里有人在大声叫喊自己的名字，便马上打住话头说：“有人喊我了，就这样，这两天我肯定很忙，人也很多，你尽量不要给我打电话，早点回来等着我就是！”说完便挂了电话。回到屋子里一看，原来是兴成、李红、兴琼、范春兰、华彦、婷婷等早跪在母亲的灵柩前，等他来给母亲叩拜“请水”的头。看见大哥大嫂、老婆儿子和外侄女都在母亲灵前跪得恭恭敬敬，自己却躲到一边给情人打电话，兴仁突然感到一种愧对母亲亡灵的罪过。他“咚”的一声跪下去，不等贺来福喊，便重重地对母亲的棺材磕了一个响头。

贺华斌

贺华斌只听完父亲第一句话，便“哇”的一声大哭起来，以至于父亲后面说了些什么，他一句也没听清楚。父亲又在电话里说了很多遍后，他才听明白是在问他回不回去？还说婆婆许久都咽不下那口气，还是他对着婆婆耳朵说了一句“华斌已经走到半路上了”，她才咽下那口气，可见婆婆死都想着他的！一听这话，他哭得更凶了，眼泪“哗哗”地流到手机屏幕上，一抽一噎，像是要背过气去。他知道父亲还在等着他的回答，便强忍着泪水对父亲说了一句：“不回来了，我就在这儿祭奠婆婆!”说完又哭。哭过一阵，心情好些了，便去卫生间扯下毛巾擦了一把脸，回来又坐在了电脑桌前。在网上找到一家专门卖丧葬祭奠用品的店铺，不过地方很远，在市郊一个叫“当阳”的小镇上，实际已经是乡下了。他需要先乘 68 路公交到动物园转乘 98 路过绕城高速的高架再转乘 112 路才能到达那儿。他给商家打了一个电话核实地址后，立即背起他那只帆布旅行包出门了。

两个多小时后，华斌到达了目的地。和他想象的一样，这个城郊小镇与繁华的都市格格不入。低矮的房屋，凌乱的建筑，凹凸不平的道路，满大街乱跑的摩托，一切都深深打着改革开放初期那种“离土不离乡、自带口粮上街落户”而仓促建成的印记。不过小镇也在破旧和苍凉中透出了一种生机，那就是很多房屋的墙壁上都用红漆写了一个大大的“拆”字，所以华斌相信，在不久的将来小镇旧貌换新颜后它一定会也是繁华都市的一个组成部分。不过那时，这个丧葬祭奠用品店也许就不复存在了。在一幢房屋底下，他看见几个老儿几坐在街边，每个人嘴里都含着一支烟，一边吞云吐雾一边聊天。他们身上都穿着厚厚的羽绒服，头上戴着帽子，面孔黧黑，脸上的皮肤也很粗糙，手上骨节宽大，身上同样打着曾经在田地里劳作的痕迹。看见他朝他们走过来，都一齐住了声，只抬起头很好奇地直愣愣看着他。华斌过去喊了一声“大爷”，然后向他们询问那家丧葬祭品店的位置。老人听他是问这个，便热情地给他指了方向，接着又各自聊自己的去了。

买到祭奠用品之后，华斌又走到在了小镇外面的一条小路上。这是祭品店老板告诉他的。走了大约半小时后，两边房屋渐渐稀少，眼前呈现出一大片平平整整的农田，种的都是蔬菜。有的盖着大棚，有的却露出本来面目，莴苣笋、冬芹、大白菜、包心菜等，长得郁郁葱葱，将灰蒙蒙的大地映得一片翠绿。华斌在路边找了一块空地，将肩上的旅行包放了下来。他先用钥匙在地上画了一个筛子大的圈，然后从包里取出一束香，两支蜡烛，插在圈子边上。接着又从包里掏出两只苹果、两只柑橘、一把红枣、四颗核桃、几粒桂圆，也分别摆在圈子周围，又取出一瓶同样是二两装的“歪嘴”郎酒，放到自己面前，最后才从包里取出一大捆上面写着“世界冥币银行”字样的冥币，面值有一万元、十万元、一百万元的，总计是一个亿。他打开冥币的包装纸，将冥币一张张抖开，堆在圆圈中间。做完这些，他才用打火机点燃香烛，然后再点燃中间的冥币。冥币一着火，先是冒出一缕烟，接着就腾地升起一团红光，将他的脸照亮了。他急忙跪了下来，对着火堆重重地磕了几个头。

婆婆，孙儿在这里给你送钱了！昨天晚上我还祝你长命百岁，可今天我们就阴阳相隔。都是孙儿不孝，最后都没有见上你一面，孙儿罪该万死！婆婆你就来领钱吧！婆婆你不要生气，这城市大了，想给你送点钱都不容易，得跑很远的地方。我原想买那种黄表纸的，买一大捆，婆婆你在阴间怎么花也花不完。可卖祭品的老板说，现在都卖冥币了，哪里还有黄表纸。还说有冥币也是好的，要是在城区，连冥币也不准烧了，要改为鲜花祭奠。我不知道鲜花在阴间怎么能变成流通的货币？我还打算给你买两挂鞭炮，可老板说没有，那也是禁用物品。我也没有“刀头”和五谷杂粮来祭奠你，只能因陋就简，聊表孙儿的心意。婆婆快来领孙儿一片虔诚的心意吧……

正说着，忽然一阵凉风“飕飕”刮来，将地上的纸灰卷到空中，又像黑蝴蝶一样纷纷落下。华斌吃了一惊，急忙抓起面前的“歪嘴”郎酒，拧开瓶盖，将酒徐徐倒在地下。顿时，风熄灰落，世界又恢复了平静。华斌扔掉空酒瓶，又伏在地上叩了几个头，这才直起身子看着火堆。直到火堆完全燃尽了，他才站起来。看看黑幔似的暮色渐渐从四面八方向自己包围过来，他知道时间已经不早，急忙揉了揉跪麻的膝盖，朝来时的方向走去。走了一段路又回头看了一下刚才烧纸的地方，只见蜡烛燃烧的两点红光还在暮色中摇摇曳曳，随时都要熄灭的样子。

走到动物园乘68路公交站时，时间竟然已过了晚上十点，68路已经收车了。不过已经到了这儿，即使没有了公交车他也不着急了，大不了花二十来块钱打车回去，也是挺方便的。他抬头看了看，红绿灯旁边有家卖刀削面的小店，大约因为过年或天晚了的缘故，店里只有稀稀落落几个客人。削面的大师傅四十来岁，圆头胖耳，脸上放着红光，拴一根白围裙，一只手拿着一只圆棒形面团，一只手捏着一只白铁刀片，像耍魔术一般将刀片舞得飞快，将另一只手的面棒削成大小厚薄十分均匀的面片飞到锅里。旁边站着的女人也大约四十五六岁的样子，脸有些长，穿一件红色羽绒服，戴两只长长的白袖套，面带微笑，虽说不上漂亮，但给人一种温厚平和的感觉。华斌看见沸锅里上下翻飞的面片，肚子突然"咕咕"地叫了起来。在县城读高中时，他就最喜欢吃这种刀削面，觉得这面片既筋道绵软，又扎实耐饿，比那些稀松软和的面条好吃多了。可自从到了省城，便很少看见这种小吃，没想到今天晚上被自己碰上了。于是他想也没想，便走了过去。

一碗又辣又烫的面片吃到肚里，华斌感到身上有些发热，精神气儿也比先前好多了。好久没有出来像这样走一走，趁着这个时间，他决定先不忙回去，就沿着南北两条大街逛一逛。他对这儿并不陌生，读本科时，他就和同学到这儿来过。那时，动物园这一带是这座城市有名的"红灯区"，南北两条街道及中间的岔街上，布满了一两百家鳞次栉比的KTV、舞厅、发廊、沐足中心、夜总会、休闲中心、酒吧茶楼等娱乐场所，一到夜晚，所有娱乐场所的霓虹灯广告牌争相辉耀。在那些暧昧朦胧的灯光下，站着很多浓妆艳抹、穿着暴露的女子。当然，他那次和同学绝不是为了来这儿买春，而是听说这儿的繁华后，只为满足一探究竟的好奇心理而来。后来政府开展了"扫黄打非"行动，情况才好了一些。华斌从南街倒上北街，满街的霓虹灯牌仍熠熠生辉，却再不是那些充满肉欲的娱乐场所的招牌了，街上也不见了那些女子的身影。华斌想：看来还是要政府加强打击……

正这么想着，身后突然响起一声惊喜的呼声："华斌哥哥……"华斌吃了一惊，急忙回头，只见一个小小巧巧的蓄短发的瓜子脸姑娘向他跑来。姑娘上面穿一件浅灰色羽绒服，但没拉拉链，里面是一件低领紫色羊毛衫，乳房将胸部顶得高高，脖子上围着一条白色丝巾，更衬出了脖子的洁白。下面是一条紧身黑色打底裤，外面又套了一条短皮裙，脚上是一双棕色皮靴。华斌盯着她看了半晌，才又惊又喜地叫了起来："冬梅——"一边叫，一边便把冬梅一双小手捉到自己手里了。冬梅像个孩子似的跳了两下，两眼熠熠地盯着华斌，兴奋地说："果然是你，华斌哥哥！刚才你从这儿过去时，我看就像你，可怕弄错了，没敢叫。等你往回走时，我越看越像你，这才叫起来！"华斌道："我也没想到会是你，你怎么会在这儿？"冬梅愣了一下，似乎在思考什么，过了一会儿才说："我在这儿上班呀！"说着往身后一家叫作"天王大酒店"的华丽建筑指了一指。华斌说："哦，原来在这儿上班，真是巧了……"冬梅没等华斌话完，便也急忙对他问："华斌哥哥，你怎么也在这儿？"华斌踌躇了一下，才垂下眼帘说："我给婆婆烧纸……"话还没完，冬梅叫了起来："什么，春英婆婆啥时走的？"华斌说："今天中午……"说着把父亲在电话里说的话对冬梅复述了一遍。冬梅听完，眼里忽然也闪烁出了泪花，半天才说："没想到春英婆婆这样快就走了，那年我回去，她身体还很健旺，拉着我不让走，一定要留我吃饭呢！"说完又幽幽地说，"早知道我也和你一起去给春英婆婆烧把纸……"华斌见了，便有意把话题岔开，问："你怎么也没回去过年？"冬梅神情仍幽幽地说："我回去做什么？哥哥嫂嫂在外面打工也没回去，家里也没人了！"说完又对华斌问，"你怎么也没回去？"华斌不愿回答，便说："从我上大学以后，就没见过你了，一晃就是八九年……"冬梅听了这话，也说："我也一样，华斌哥哥！"说完摇了一下华斌的手，又像小孩一样天真地看着华斌说："知道你研究生毕业后留在这个城市里，可就不清楚你住在哪儿？这下好了，在这个城市里我可有亲人了！"华斌说："我也一样，晓得你在外面打工，却不知道你就在这个城市！"冬梅从华斌手里抽出手，掏出手机，说："华斌哥哥，把你的电话告诉我吧！"华斌马上把自己的手机号码告诉了她，然后又记了她的电话电码，说："冬梅，我们到前面路灯下去，我拍张你的照片保存在手机里！"冬梅愉快地答应一声，随华斌袅袅婷婷地走到街口的路灯下，站好，把头往左一偏，右手食指和中指举到腮边，对着华斌的手机做了一个调皮的动作。华斌拍完照，冬梅又用自己的手机给华斌拍了一张。拍完照，华斌又对冬梅问："冬梅，你不忙吧？"冬梅忙问："有什么事？"华斌说："如果不忙，就陪哥哥走一走！"冬梅一听，高兴地叫了起来："好哇！"一边叫，一边真像个撒娇的小妹妹般挽住了华斌胳膊，陪着华斌往前面走了。两人沿着笔直的中南大道走了很久，冬梅才像突然想起似的对华斌问："华斌哥哥，你住在哪儿？"华斌告诉了她住的地方。冬梅听了，又忙问："你怎么回去呀？"华斌说："打的呗！"正说着，一辆亮着红顶灯的出租车正朝这儿驶来，华斌便对冬梅说："冬梅，时间不早了，下次我们再一起聊吧！"说着便向出租车招了招手。冬梅似乎还有些不舍，说："我还有好多话没说呢！"华斌正要回答，出租车已经在他们面前停下了。冬梅只好松开了华斌，华斌打开车门钻进车里，才从车窗里对冬梅挥手，冬梅却绕到前面，要给华斌付车费，华斌对司机说了一句，司机又把钱塞到了冬梅手里，松了刹车，汽车开始缓缓启动。经过冬梅身边时，华斌从车窗里伸出手来，对冬梅挥了挥，大声喊道："冬梅，过几天我请你喝咖啡！"冬梅"哎"了一声，目光潮湿地看着汽车尾灯。等出租车驶出约十多米距离后，她才想起一件事，于是一边朝车子追去，一边大声喊："华斌哥哥，我有嫂子没有?"可华斌已经把车窗玻璃摇了上来，他没听见冬梅的喊声。

贺兴仁

贺兴仁那辆奔驰 S320L 商务轿车正行驶在通往县城的柏油公路上，驾驶轿车的是儿子贺华彦，范春兰坐在儿子旁边的副驾驶座上。他和父亲坐在后排座椅上，华彦要开车载 VD，被他止住了。此时他把头仰靠在柔软的椅背上，一边听着轮胎摩擦着柏油路面发出的柔和欢快的"沙沙"声，一边想自己的心事。本来，他打算给母亲烧完"头七"就回城里的，可兴成和兴琼都不答应。兴琼说："'大年'还没过，我不相信你那工地就动工了?"兴成说："妈才走了，不说一定要烧了'七七'才走，最起码也要烧了'二七'或'三七'才走吧！"他一算，烧了"二七"恰好过了"大年"也即是"元宵节"。尽管国家规定春节只放假七天，可在老百姓眼里，只有过了"大年"，这个春节才算过完，才能出门的出门，做事的做事，他的工地也是一样。他实在找不出理由反驳兴成和兴琼，并且他也知道贺家湾的风俗，过去父母亡故，做儿子的三年内都不得出门。现在人们忙，便把守孝的时间大大缩减了。可不管怎么缩减，也正如兴成所说，做儿女的最低也得给父母烧上两个或三个"七"才能离开，否则便会被人们视为不孝。他贺兴仁在社会上再怎么混，可他还不愿背个"不孝之子"的恶名，所以只得遵从贺家湾这个风俗。不但他要遵守，连范春兰、华彦也不好说什么，只得老老实实地在家里待了两个星期。现在"大年"已过，他也有了离开的理由。可是新的问题又来了：母亲走了，老父亲怎么办？这是一个无法回避的现实问题，兄妹三人不得不在昨天烧完“二七”后，把这个问题摆到了桌面上来。

兴成：“妈活着的时候，都是妈服侍老汉，老汉是饭来张口，衣来伸手，现在妈走了，老汉一不会做饭，二不会洗衣，肯定不能让他一个人住了！”兴琼：“就是他能做饭，能洗衣，那么大岁数了，也不能把他一个人丢在贺家湾！”兴仁：“兴琼说得对，把他一个人放在贺家湾，谁都不放心！”兴成：“怎么养，是让老汉吃‘轮居饭’，还是就固定在一个人家里养？”兴琼：“吃‘轮居饭’，你让老汉这么大年纪，拄棍戳杖地今天走东家，明天走西家，这样的办法你也想得出来？”兴成：“那你说怎么办？”兴琼：“管你们怎么养，我是嫁出去的女泼出去的水……”范春兰：“现在男女平等，儿和女都一样，就是拿到法庭说也是这样！”兴琼：“法律上确实是这样规定的，可也要看实际情况！如果我在城里有几套房子，买得起百多万元的车子和几万块一只的包包，我二话不说就把老汉接去养起来了！”兴成：“兴琼话臭理不臭，十根指头有长短，确实不能拉到一样。我倒是想把老汉接去养，可接到哪儿去？接到我当保安那儿？我可明说了，连我自己都没地方住，只在保安室里支了一个钢丝床，白天收了，晚上支上，老汉去了住哪儿？接到李红那儿，你让李红说说，她一天做四家的活计，哪有时间照顾老人？再说一个老公公和儿媳妇住在一起，方便不方便？”范春兰：“儿媳妇和老公公住在一起不方便，总还有人方便哟！”兴琼：“我倒是方便，可我一个做零工的，今天给人家打扫清洁卫生，明天给饭店里洗碗淘菜，后天帮人家照看小孩，老板他不得给我这种方便！”范春兰：“这么说起来，你们都把养老汉的责任推得一干二净了哟？”兴成：“不是推卸责任，我还是刚才那句话，十根指头不一样长……”兴琼：“住得起别墅开得起好车，却养不起一个老年人，看别人会骂哪一个？不信你们把老汉背到大路上丢了试一试？”兴仁（在桌子上击了一拳）：“别说了，再说兄妹都生疏了。我把老汉接到城里去，不要你们养！”兴成：“不是我们不养，老汉一个月该摊多少生活费，你告诉我们就是，我们再穷，那点钱我们还是要给的。”兴琼：“就是，我们即使给不起也欠得起……”兴仁（突然哈哈笑了起来）：“你们太把我贺兴仁看得虾子没二两血，老汉那点生活费还要你们给？”范春兰（黑着脸像是要反驳）：……兴仁：“就这样了，大家睡觉，明天我就把老汉接走！”

其实，在母亲死后，兴仁便在内心做出了这个决定，他和大哥以及妹妹，虽然也有些龃龉，但总体来说他们都不是那么斤斤计较的人。何况事情明摆着，大哥和妹妹确实都不具备把父亲接到家里去养的条件。他好歹也算是一个成功人士，不为别的，只为顾及社会上对自己的议论，他也应该责无旁贷地挑起赡养父亲的责任。他知道范春兰还有点想不通，不过不要紧，女人嘛！他知道范春兰想不通并不是因为自己养不起一个老父亲，而是因为她们妯娌和姑嫂之间的小矛盾赌气罢了，慢慢做工作嘛。再说，范春兰也并不是一个不通情达理的人，过两天气一消，便什么也没有了。

这么一想，兴仁有些放心了。他听着轿车轮胎和公路的摩擦声，觉得华彦这小子没别的什么能耐，开车的技术倒丝毫不在自己水平之下。当然，这也可能得归功于这辆“奔驰”的性能。华彦这小子大约把空调开得高了，他感到有点热，便坐直身子，把风衣脱下来抱在怀里。这时他看见父亲正耷拉着脑袋，嘴角流着哈喇子，似睡非睡，头随着车子轻轻颠动而不断左右摇晃，于是他便喊了一声：“老汉，你热不热?”贺世龙老几几十多前耳朵就不好使了，蓦地一下醒来，看见儿子朝着他嘴巴在动，便像是很伤心地喃喃自语了一句：“叫你们把老婆婆的‘三七香’烧了才走呢，你们偏要走!”兴仁听了，便把嘴唇凑到老几几耳朵边上，像是打雷一样吼着说：“烧‘三七香’的时候又回去嘛!”老几几这次听清了，说了一句：“这还差不多!”说完又将脑袋耷拉下去了。

到了小区，华彦正要把车开到地下车库去停，兴仁却说了一句：“不用了，你们先回去，我得到工地上看一看。”华彦便把车开到单元楼门口停下，和范春兰一起下了车，最后贺世龙老几几也十分笨拙地从车里拱了出来。兴仁从后面绕进驾驶室，重新发动了汽车，才对华彦喊道：“把你爷爷牵到起!”华彦虽然露出了不乐意的神色，但还是伸手将老几几牵住了。兴仁重新把车开出小区，但他却没往石垭乡段家沟村的工地项目部去，而是朝东城“月亮湾”丽丽居住的“芝兰”小区去了。

代婷婷

一大早，婷婷便吵着要回家。兴琼说："你忙什么？外公今天就要到二舅家去了，这是在外公家吃最后一顿早饭，二天来就莫得人煮起你吃了！"可婷婷不干，还是吵着要回。兴成问："婷婷有啥事？"婷婷没答，兴琼便替她回答了："这死丫头说她今天有个同学生日，她怕回晚了赶不上同学的生日！"兴成道："等吃了早饭和二舅一起回去，哪有赶不上的？"婷婷这才说："二舅的车只能坐下一个人，反正还得有一个人坐公共汽车回去！"兴琼说："那也不要紧，等吃了早饭我帮大舅妈把外公家里东西收藏好了，我们一起坐公共汽车回去。"婷婷一听妈还要把外公家里那些七古八杂的东西收藏好了才走，更急了，马上嘟着嘴大叫了起来："不嘛不嘛，我就是要走！"说着就像外婆生日那天一样，背起那只黑色的双肩包就要走。李红见婷婷硬是要走，才对兴琼说："她一定要走，那兴琼你就陪她一起走吧！又不是外人，老汉的东西我在屋里慢慢收拾就是！"说完又叫兴成用摩托车把她们送到公路上。兴琼见拗不过女儿，也只好这样。母女俩便去给贺世龙老几几和兴仁、范春兰打了招呼，坐上兴成那辆几年前买的二手摩托，"突突"地走了。也是运气好，刚到大公路上，一辆过路的客车就开了过来。因此母女俩比兴仁早两个多小时回到县城。

兴琼住在城郊老粮站旁边，离城只有三里路的样子。当年兴琼答应嫁给代江，图的就是离城近，不像他们贺家湾，赶个县城得花上大半天。他们这儿属县城南郊，地势很平，还有几个旧工厂在这儿。还在婷婷上幼儿园的时候，当时一个姓牛的县委书记就雄心勃勃地宣布说县城要向南发展，因为城南靠近"318"国道，他们这一片区都属于城市规划范围。她和代江高兴极了，像所有这一片区的人一样，立即加班加点地拆了旧房盖起了一座二层小楼（那时还只有这样的勇气），等着政府拆迁补偿。可是刚把小楼盖好，牛书记调走了，又来了一个姓马的书记。马书记来了不久，又宣布说城市不能向南发展，得向东扩展，因为城东靠近火车站，你说是铁路厉害还是公路厉害？当然是铁路厉害，这是小孩子都知道的事。于是乎昔日城东又忽拉拉修建起了不少三层四层楼房，又紧接着，那些三四层粗制滥造的楼房便被一幢幢二三十层的高楼大厦和精品小区所代替，城东果然发展起来了。可刚把这座县城东区建设得稍像城市模样的时候，马书记又被调走了。接着又来了现在这位熊书记。熊书记一上任，立即又宣布东区不能再发展了，县城得向西区方向延伸，因为三年前，已经有一条高速公路从那儿穿过，还在靠近西区的螺蛳湾设了一个站，并且听说将来还有一条城际高铁也将光临那儿。于是这两年，昔日荒凉的西区炮声隆隆，尘土蔽日，半个县城都被笼罩在呛人的尘雾里。可以想见，不久的将来西区也会像东区一样高楼林立，变得繁华起来。只苦了兴琼他们这边儿，还以不变应万变一样守着自己的几分冷清和期盼。

一回到家里，婷婷便对母亲说："妈，给我三百块钱!"一听这话，兴琼像是吓了一跳似的，立即回头对婷婷问："你要那么多钱做什么?"婷婷做出一副不乐意的样子："给同学送礼呀！难道就打两只空手去吃人家的?"兴琼说："一个小孩子过生，哪能送那么多钱?"婷婷说："人家都参加工作了，还是小孩子?"兴琼斩钉截铁地说："那也不能送那么多!"婷婷更不乐意了，说："我还要买只包……"兴琼没等她说完，便盯着她问："买什么包?"婷婷把身边的那只双肩包举起来，对兴琼说："就是这样的!"兴琼说："这包不是还好好的吗?"婷婷说："这是哪个年代的，早过时了，我都不好背出去！告诉你，过年前我就看上了一只包，叫'怪兽包'。不是包上印着怪兽那种，而是整个包就是按一个怪兽的形象设计的，拉链暗袋，外面是尼龙，里面是棉布，包上面还有两只圆圆的大耳朵，我特喜欢那两只耳朵，走起来一闪一闪，就这样……"婷婷一边说，一面用手给母亲比了比。可兴琼不但没高兴，反而更生气了，说："什么乱七八糟的，中看不中吃，不买……"婷婷没等母亲说完，便一边跺脚，一边大叫："要买，要买，我就要买!"

兴琼一见，没辙了，便打算对女儿屈服，便问道："多少钱?"婷婷说："一百六十元!"兴琼一听这话，又吓住了，她以为那只不过些哄小孩子的玩意儿，大不了二三十块钱，可没想到这么贵，便说："一百多块买那么个玩意儿，挣钱不费力是不是?"说完还是那两个字："不买!"这儿还没完，婷婷又吐出一句话："我还要买件衣服……"兴琼又马上问："买什么衣服?"婷婷说："都快换季了，我难道不该买衣服?"兴琼说："换季还有一段日子，过几天我和你一起去买!"婷婷说："我自己买，就是自己买，你买的那些衣服都是老土穿的!"兴琼又没辙了，便说："管你怎么说，我反正没钱给你!"说着又从口袋里掏出五十块钱来，对婷婷说："拿去，给你同学随便买点什么东西，有那个意思就行了……"话还没完，婷婷突然将母亲手里的钱一下打落在地，并且噙着眼泪说：“我不要你的五十块臭钱！不要！不要！就是不要！”说着，提起背包，猛地冲进自己屋子，“哐”的一声便把门关上了。兴琼在屋子里站了一会儿，去喊她不是，不喊她也不是，她知道女儿的倔脾气，决定先不去管她。她把那五十块钱又从地上拾起来，放到桌子上，才去对着女儿的门缝说：“我上街买菜去了，那五十块钱在桌子上，你愿去就去，不去就拉倒！”说完，果真下楼去，推起自己那辆已经锈迹斑斑的电动自行车走了。

婷婷听见楼下电动自行车响，又急忙跑到窗户前，果然见母亲骑着车走了。她嘴角突然浮现出一缕微笑。她可知道母亲的钱放哪儿的！心里说：“你不给我，难道我不会自己拿吗？”这样想着，急忙打开门，跑到母亲卧室里，打开衣柜，在母亲那件半旧的深蓝色卡其外套的口袋里，摸到了一卷钱，拿出来一看，都是清一色的“红被单”。她数了三张揣进自己口袋里，将剩下的四张和母亲刚才留在桌子上的五十元一并又放回母亲衣服口袋，这才满意地走出来，背起双肩包一边哼着歌，一边蹦跳着往楼下走去了。一边走一边心里还说：“这可不能怪我，我可不想做贼，都是你逼的！”

现在，婷婷沿着公路往城里走去，她仍是嘴里哼着歌，显得十分开心。走出不远，她忽然感到肚子饿了，正好旁边有个卖包子的店，她立即过去买了一只包子和一袋豆浆。老板将一根吸管插进装豆浆的塑料杯里，她接过来，一手拿包子，一手举着豆浆，咬一口包子再吮一口豆浆，可她很快发觉那豆浆寡淡寡淡，很不好喝，便顺手将装豆浆的塑料杯往公路上一扔，跳着走了。路过一家小超市时，她又去买了一盒椰子味酸奶，一边走，一边含住吸管轻轻地吸着。

贺兴仁

丽丽，你个小冤家，这辈子不知怎么让我认识了你！五年前——他妈的日子过得真快，怎么一晃就是五年了？那天晚上，幺爸让他陪那个后来蹲了监狱的房管局长去“凰冠娱乐城”。这个一身肥膘、满面油光的四十岁秃头老儿，除了钱以外还喜好这一口，恰好幺爸“新世纪大厦”的预售许可证又卡在了他那儿。“哎呀，贺哥董哥，好久没见你们来了！”穿一件紫色露肩旗袍的妈咪老远就笑眯眯地迎了过来，秃头局长趁机在她屁股上捏了一把："有什么鲜货？"妈咪道："有有有，两位老板去坐到，马上就来！"一个瘦高个领班把他们带到一个雅间，刚刚坐定，四个姑娘在妈咪带领下，便悄无声息地鱼贯而入。一个身材颀长而丰满，穿一袭白色露背曳地长裙。一个个子稍矮，苹果脸，穿一件黑色束腰西服，敞着扣子，露出里面一件粉红色桃心领T恤，显得柔骨丰姿。一个瓜子脸，同样穿一件紧身束腰西装，却是米灰色的，里面是一件雪白的衬衣，领子翻到外面，底下一条黑色短裙。一个最小，像是一只还没成熟的青瓜，梳一个马尾辫，上穿白色花瓣衬衫，下穿黑色长裤，和一个乡下村姑唯一不同的是两只圆圆的耳垂上分别钉有一颗细细的圆形耳钉，还有脖子上挂了一条细细的白金项链。不知怎的，从她们一进屋，他对这个像是还没成熟的青瓜一样的小个子姑娘心里就怦然一动。后来他曾反复问过自己是凭什么对她产生好感的？想了半天才想起原来是她进屋时对自己和秃头局长那匆匆一瞥又马上把睫毛垂下来盖住目光那种羞涩、局促的样子。只有一个清纯，又没见过世面的村姑才会有这种表情。她那种淡雅又不俗的打扮，也正好和她的清纯相得益彰。怎么看她都不像一个夜总会小姐，可秃头局长不会看人，他选了穿曳地长裙、颀长而丰满的高个姑娘，他暗自庆幸秃头局长幸好没有把这个小个子姑娘选走，于是便毫不犹豫地让她留了下来。妈咪一见，对一高一矮两个姑娘吩咐了一声："把董哥贺哥陪好，这可是我们的重要客人！"说完便带着另两个姑娘出去了。没一时，跑堂的小哥抱来两瓶轩尼诗红酒和一箱青岛黑啤，"咕噜噜"地就倒进高脚杯里。正在这时，小个子姑娘的电话响了一声，她掏出来看了看，便回头对他说了一声："对不起，贺哥，我出去一会儿就来。"他以为她只是出去回一个电话，便点了点头，姑娘像得到赦令一样，立即飘然而去。

可是五分钟过去了，姑娘没来，十分钟过去了，仍没来，二十分钟半个小时过去了，还是没见那姑娘的踪影。那边秃头局长和高个子姑娘正搂搂抱抱，像是进入了火热状态。他忽然有些生起气来，便跑到大堂里找妈咪，妈咪忙四处去找。又过了一会儿，妈咪终于把她找来了，他憋了一肚子气在心里，这时，他对这姑娘的看法完全变了，黑着脸正想发作，却听见那姑娘先开了口："贺哥贺哥对不起！对不起啊！你大人不记小人过，我确实有急事，下回再不敢了，不敢了！这完全是我的错，你怎么罚都行，下回真的不敢了……"他一听姑娘一句一个“不敢了”，心又有些软了，再看她的样子，小脸上挂着孩子犯了错误后一副惶恐不安的表情，眼里一片潮湿，像是再说她一句，她的泪水就会掉下来的样子，更不忍心责怪她了。可为了让自己有台阶下，他想了想便看着茶几上的啤酒杯说：“光说对不起就算了？你把几杯啤酒喝了我就原谅你……”姑娘不等他说完，果然抓起一杯啤酒就“咕噜咕噜”喝了下去。喝完放下空杯，再抓起一杯又是一饮而尽，那种一醉方休的豪爽劲儿不但令他瞠目结舌，连妈咪、秃头局长和那个高个子姑娘也像是吓住了。她把茶几上几大杯满满的啤酒都喝完了，又要去倒，这时他一把将她抓过来，按到沙发上说：“行了，行了，好好坐一坐！”可姑娘屁股刚一落座在沙发上，上半截身就朝他歪了过来，把头枕到了他的大腿上，任他怎么摇晃、拍打，她嘴里只是“嗯嗯呜呜”的，一副醉意朦胧的样子。他感到她的身子在发烧，脸上也冒出了细细的汗珠。他不断从茶几上的纸盒里扯出餐巾纸给她擦汗，一边有点着急地对妈咪说：“怎么办？”这时那个高个子姑娘过来说：“她平时一点酒也不喝，肯定是醉了！”他听了，急忙叫妈咪找人把她送回去休息，又重新把先前那个黑色束腰西服的姑娘叫来。可这时，他已一点没有玩的心思了。

回到家里，他脑海里始终晃着她的形象，他想单独去见见她。过了几天，他果然又去了凰冠娱乐城，并且给妈咪说自己只要她。她进来了，这次她穿了一件乳白色雪纺衬衣，一条青色裤子，还是那条细细的白金项链一条马尾辫，不同的是长长的直发上别了一只亮闪闪的水晶发夹，显得比那天晚上还要清纯可爱。她显然还记得他，一见便直对他道歉说：“贺哥，那天晚上实在对不起，让你没耍开心……”他说：“别说那些了，坐下吧！”他拉起她的手，那小手柔弱无骨，既柔软又细腻。他把她拉到沙发上坐下，刚伸手揽住她的腰要抚摸她的时候，她忽然推开了他的手，说：“不嘛，不嘛，我和别的女孩子不一样，我不做那事嘛……”说着，脸颊上就腾起两片红云，并把头低下，显得很不好意思。他一听，竟然心痒痒起来，干脆一把抱住她说：“你真的不做那事？”她的脸更红了，看着他说：“我去给你换个姑娘来行不？”说着一下挣脱他的怀抱，站起来就要往外走。他又张开双臂，像铁箍一样紧紧箍住了她小小的身子，然后把她按在沙发上，附在她耳边说：“不要再在这儿干了，行不行？”她眸子里闪出了疑惑的光芒：“那我到哪儿干？”他说：“不干这个了，做我的情人，我把你养起来，我保证你一辈子都幸福！”她像是吓住了，过了半天才说："你不是哄我开心吧？你老婆知道了还不把我吃了……"他马上又说："你放心，我不会让她知道的！"她想了一会儿，突然又说："那也不行！"他又问："为什么？"她说："我只是一个又蠢又笨又丑的农村女孩……"他马上又说："我就是喜欢你这样又蠢又笨又丑的农村女孩！"说着，像是害怕她不相信似的，猛然抬起她的头，在她脸上亲了一口。她急忙背过脸去，过了一会儿才回过头对他说："你让我想一想……"他说："不用想了，我得不到你是不会甘心的！"她又愣了半晌，像小鸟依人一样把头靠在了他身上。

一晃五年了，这小冤家还让人爱不够，真他妈的前世的冤孽呀……

兴仁把车开到丽丽楼下，轻轻按了一声喇叭，然后开始往楼上爬。这是一幢小高层建筑，没有电梯，丽丽住五楼。这套两室一厅的临江公寓楼，是他当初专为丽丽买的，用的也是丽丽的名字。之所以选择这儿，是因为这里清静，又有一条大江把它和主城区隔开，范春兰不管是做保健美容或打麻将，一般不会上这儿来。加上这儿是新区，大多数都是外来人口在这儿买房，几乎没人认识他，安全。果然，和丽丽来往五年多了，还没人知道他在这儿还藏着另外一个家。他走上楼，发觉丽丽没像往常一样在门口等着他，只得掏出钥匙开了房门。把门一推开，看见丽丽上身穿着一件咖啡色短羽绒服，腿上盖一块淡红色毛毯，手里握着电视遥控器，正盘腿坐在沙发上看电视，一双棕色的绒毛拖鞋一只在前、一只在后地卧在沙发前面。一听见门响，蓦地抬起头，看见他来了，一边惊叫，一边掀开毛毯，跳下来，连拖鞋也没穿，便跑过来一把吊在了他的脖子上，叫道："可来了，想死我了！"兴仁也紧紧抱住了她纤细的腰肢，说："刚才我在楼下按喇叭，你没听见？"丽丽说："我被电视吸引住了……"说着便噘起两瓣鲜红的嘴唇朝兴仁仰起头来。兴仁将头低了下来，把自己一张满是胡楂的脸靠近了丽丽那张桃花粉面。刚刚靠近，他就感觉到丽丽潮湿温嫩的嘴唇含住了他的上唇，他马上将双唇张开，因为他不想让自己像刺猬毛的胡楂扎疼丽丽柔嫩的嘴唇和舌头。丽丽像是懂得他的意思，急忙将舌头擦着他启开的牙尖伸进他嘴里。兴仁的手早已撩起丽丽的皮裙，滑向那无底的深潭……

完事过后，丽丽去给兴仁倒了一杯水，然后坐在他身边，一边脉脉含情地看着他，一边摩挲着他的脸说："你瘦了！"兴仁把她的手拿下来，说："我回来就过来的，也没顾得上刮胡子，把你的脸扎痛了吧？"丽丽说："没有！"兴仁问："年过得快乐吧?”丽丽说:“我回爸爸妈妈那儿过年，怎么会不快乐?没想到你今年遇到了那些事……”话没说完，又突然想起似的说，“哦，让你看看牛牛的照片!”一边说，一边拿过手机，翻到牛牛的照片后就递给兴仁。兴仁接过一看，丽丽拍了很多张，有牛牛耍玩具的，有在他外婆怀里的，也有在屋子里跑的，还有睡着了的……兴仁一张一张翻看，越看越觉得喜欢。牛牛是丽丽给他做了情人的第二年生的，丽丽把他带到八个月后，为了不给他带来麻烦，便把他带回老家交给她妈妈带了，每个月他只是把生活费交给丽丽，让她给她妈寄回去就是了。这中间牛牛也被带回来几次，但住的时间都太短，没想到这小子都长这么高了。丽丽见他看得十分专注，便笑着问他:“怎么样，是不是越来越像你了?”说实话，他没怎么看出来牛牛像自己，但仍笑着说:“要是不像我，恐怕就有问题了!”丽丽听了这话，举起小拳头在兴仁肩上撒娇地打了一下，然后红着脸说:“胡说，自从跟了你，我可没别的男人，还有什么问题?”兴仁见她认了真，又捧起她的脸亲了一下:“我和你开玩笑的，难道我不知道你只有我一个男人?”丽丽这才像是放了心，又莞尔一笑说:“这还差不多!”说完才看着兴仁问:“中午你喜欢吃什么?我妈给我拿的香肠、腊肉可多着呢，都在冰箱里……”话还没说完，兴仁才像突然想起似的说:“中午恐怕不能在这儿吃饭了……”丽丽忙问:“又有哪个请你?”兴仁说:“我老爹住到我们家来了，才来，我得回去安排安排!”丽丽问:“他们在屋里不会安排?”兴仁皱了一下眉，又轻轻叹了一口气，才说:“自己的爹，还是我回去安排好些。”丽丽还想说什么，兴仁忽然又将她揽到怀里，一边亲着她嘴角边那颗米粒大的黑痣，一连拍着她的肩说:“放心，宝贝，我既然回来了，还没时间来陪你吗?”也许这样的事丽丽已经习惯了，听了这话，便像一个听话的孩子似的站起来，拿过风衣替他穿上，兴仁又抱着她亲了一遍，这才依依不舍地离去。

代婷婷

婷婷走进城里，发现街上商铺特别是那些服装门市，都在开展打折活动。一些商家用红漆在纸上写了“跳楼大削价”、“亏本大甩卖”的字样，还有些门市边的电动喇叭高喊着:“走过路过，不要错过，快来瞧，快来看，所有商品大甩卖!”

另一些商家干脆在门口立了一只音箱，像是和那些电动喇叭喊比赛一样反复播着“打折”“甩卖”的消息。婷婷想：要是怡海商城也打折就好了！走到那儿一看，果然商场门口拉着巨幅广告：“你买货，我送钱——全场商品八折，购满一百元再送二十五元”。婷婷一看，商场大门口果然摆满了作为赠品的电视机、电风扇、电磁炉等小家电和米、面、油、针织品及肥皂、洗衣粉、袜子、餐巾纸等。婷婷没想到有这样的好事，觉得今天运气真是太好了。她直奔楼上箱包馆而去，从货架上把那只早已心仪的怪兽包取下来，走到柜台前对营业员问：“这包也打折吗?”营业员说：“当然，美女!”婷婷说：“那给我开票!”婷婷拿了票正要到收银台交钱，营业员却喊住她说：“美女，你再买七十二元的东西就可以得到五十元的赠品了!”婷婷问：“我这只包一百二十八元能得到多少钱的赠品?”营业员说：“只能得二十五元，二十八元零头不算，除非你再买七十二元商品。”说完看见婷婷眼里露出了犹豫的神色，便又对她说：“美女，你再买七十二元的东西就多得二十五元赠品，等于是折上折，这样的机会实在难得呀!”婷婷一想确实是这样，要是上次在外面看的那件衣服这儿也有卖的，那就好了！这样一想，便情不自禁地往服装馆去了。到了那儿找了一遍，没看见那种样式和颜色的衣服。正犹豫着是不是要离开，一个营业员又走过来问：“美女，想买什么样的衣服?”婷婷说：“我想买的你们这儿没有!”营业员马上说：“这么多衣服，怎么没有?”顺手就从旁边衣架上取出一件大翻领的紫色紧身高腰上衣，一边抖一边对婷婷说：“你穿这件衣服，保证好看!”婷婷看了看说：“现在穿不着。”营业员说：“这几天寒潮一过，像你这么漂亮的美女，难道还穿羽绒服？买不买不要紧，美女，你来穿上试试，不好看我绝不劝你买!”婷婷一想也对，于是接过衣服，跑到试衣间，脱下身上的羽绒服，把衣服穿上，然后走出来，对营业员笑着问：“怎么样?”营业员把她拉到镜子前，一边替她抻着衣服，一边说：“我说好看就好看吧！你这个身架子，简直像是给你定做的!”婷婷也前后左右地看了一遍，便动心了，于是对营业员问：“多少钱?”营业员翻开商标牌看了看，说：“我给你算算!”说完拿过计算器快速地按动起来，然后对婷婷说：“原价九十八元，打折后七十八元四角。”婷婷一听只多出了几块钱，便毫不犹豫地对营业员说了一声：“要了!”

婷婷到收银台交了款，收银员递给她两张二十五元的赠品券，婷婷对收银员说：“我不要赠品，你给我五十元钱行不行?”收银员说：“不行!”婷婷又问：“五十元能领什么赠品?”收银员说：“你去领两袋大米吧!”婷婷说：“我不要大米!”

收银员说："那你就再去买两百块钱的东西，就可以领一件价值一百元的针织内衣，那你用得着。"婷婷想了一想，说："我不想买什么了！"收银员说："怎么不想买了？"一边说一边朝婷婷身上看，然后又突然说："你想穿着靴子过夏天吗？我们刚进了一批换季的皮鞋，价廉物美，样式又多，你去选一双自己喜欢的皮鞋，说不定就可以白得一件针织内衣了！"真是人在事中迷，就怕没有提，婷婷一听又动了心，因为去年买的那双鞋她早嫌不好看了，正说暖和了得买双新鞋呢！这样一想，便又往楼上鞋靴馆去了。她在琳琅满目的鞋堆中转了半天，选中了一双浅口的红色高跟皮鞋，既精巧又时尚，可一看价格要二百五十元，她又有些嫌贵了，想不要又舍不得放下。最后心里算了一下账：原价二百五十元，打折下来刚好两百元，可以领到一件价值一百元的内衣。这样算来，这么漂亮的鞋子等于只花了一百元！婷婷马上心花怒放起来，可从妈妈口袋里掏出的三百块钱，现在只剩下了一百块，幸好婷婷自己还有一百二十多块"私房钱"，婷婷便决定打开自己的"小金库"来用，于是她便买了那双鞋子走了。交了钱，婷婷拿了四张赠品券到大门口领赠品，工作人员交给她一件包装好的针织内衣，婷婷觉得今天确实是捡了大便宜。她提着几只花花绿绿的纸袋走出商场来到行人较少的地方，这才蹲下来，从纸袋里取出衣服和鞋子，把它们都装进那只新买来的怪兽背包里，然后拆开那件赠品包装，一看却是一件又宽又大也不知是什么年代的土黄色圆领内衣，别说她穿不得，即使能穿，她也不会穿这样老土的东西。她连呼了两声"上当上当"，正准备和那些纸袋一起塞到垃圾筒里，突然想到自己虽然不能穿，可老妈也许还用得着，还是别扔了吧！于是也把它塞进了已经鼓鼓囊囊的背包里，把原来那只双肩包和纸盒抱起来塞到了旁边垃圾桶里，提起怪兽包走了。经过商场旁边一个小巷子时，看见巷口一个老太婆摆着一个卖小饰品的小摊，她又停下来买了两个三元钱的绒毛小熊，分别挂在怪兽的两只耳朵上，这才将包背在肩上，一蹦一跳地往同学家去了。

婷婷的同学叫黄曦，她爸爸是农业局的一个科长。黄曦比婷婷要高出半个头，颀长的身子，既苗条又丰满，皮肤白皙，一张瓜子脸儿，一双又大又黑又亮的眼睛，比婷婷好看。黄曦和婷婷虽然都是念的县上职专，可黄曦念的是酒店管理专业，加上人又长得好看，所以上半年一毕业，她住在省城的姨妈便把她介绍到一家叫"王朝国际大酒店"的涉外宾馆做了大堂接待员，听说每月工资有四千元，让婷婷羡慕死了。婷婷念的计算机，这专业现在大街小巷都碰得着，加上人又没黄曦好看，毕业后也找过几次工作，可都没成功。尽管她们俩之间有差距，可黄曦对婷婷却是好得像亲姊妹一般，这其中的原因大概要归之于婷婷这种“没心没肺”的性格吧。

婷婷来到狮子街农业局家属院，上楼，刚一敲门，门就“吱嘎”一声打开了，黄曦像是早就等着一样出现在门口。黄曦一头披肩长发，穿一件粉红色高领毛衣，大约在家里气温高的缘故，也没穿外衣。婷婷一见，便撒娇似的扑了过去，双手吊在黄曦的脖子上，叫道：“寿星快乐！”黄曦也抱了她一下，说：“还以为你外婆的事没完，不会来了呢！”婷婷说：“其他人我可以不管，你的生日我怎么会不来呢？”一边说一边去寻拖鞋，看见地下正好有一双虎头形的棉拖鞋，便把脚上靴子的拉链一拉，抬起脚一甩，把靴子甩落了，然后把双脚拱进拖鞋里。两个人搂抱着正要往里屋走，黄曦的妈妈忽然从厨房里出来，看见婷婷，便笑着打了一声招呼：“婷婷来了！”婷婷到黄曦家来了多次，已不陌生，听了这话，立即恭恭敬敬对黄曦妈妈鞠了一躬，脆脆地说：“阿姨好！你看曦曦的生日，我可什么也没送，打起两只摆手来的哟！”黄曦妈妈说：“你一个小孩子，又没工作，要你送什么？你能来陪曦曦玩玩，就是好的，曦曦正等着你呢！”婷婷又鞠了一躬，说：“谢谢阿姨！”说完，才和黄曦拉着手进了黄曦卧室。

一进屋子，婷婷立即从肩上取下包，对黄曦问：“你说我这包好看不好看？”黄曦拿过来看了看，说：“好看！”婷婷便高兴地叫了起来：“真的？”黄曦又说：“好看就是好看嘛！”婷婷便更得意了，说：“真是英雄所见略同，我也认为好看呢！”说完又马上对黄曦问：“你猜多少钱？”黄曦说：“猜不着。”婷婷把价钱说了，不等黄曦说什么，又自豪地说：“我今天可大发了！”便把商场打折的事对黄曦说了一遍。说完，又打开包把里面的东西都拿出来让黄曦看，黄曦看一件，随口夸一句“好看”，喜得婷婷合不拢嘴。看完，婷婷才对黄曦问：“你明天真的要走？”黄曦说：“要不是半年时间我一天也没休息过，我的假期早满了！”婷婷忽然偏过头去，把嘴凑到黄曦耳边轻声问：“你们酒店里还招不招人了？”黄曦一听这话，马上对婷婷问：“怎么，你想到我们酒店来？”婷婷说：“我妈要我跟她一起到我爸那儿去，我才不愿意跟她一起去呢！”黄曦问：“为什么？”婷婷说：“你不知道，我妈像个唠叨鬼变的，我烦死她了！”黄曦朝外面看了一眼，也压低了声音说：“我妈也唠叨死了！”婷婷像是吃了一惊，说：“你妈看起来多懂道理似的，怎么也唠叨？”黄曦说：“在外人面前她看起来很懂理，可在家里唠叨起来可让人受不了！”说完停了一会儿，黄曦又才对婷婷说：“我们酒店还需不需要人，得回去问了才知道！不过东方不亮西方亮，在省城要找一个工作还是很容易的。省城专门有人才市场，经常有人在那儿招工呢……”还没听完，婷婷便叫了起来：“真的，什么工作都有吗？”黄曦说：“只要你不想当市长、省长，真的什么工作都有！”婷婷马上说：“那好，我来了就找你！”黄曦说：“那我们可说定了，拉钩！”一边说，一边朝婷婷伸出了一根指姆，婷婷也伸出一根指姆，两人紧紧钩拉住了。正在这时，门又被敲响了，黄曦说：“是李玉她们来了！”说完就又往外跑，婷婷也紧跟着追了出来。打开门一看，果然是张兰、李玉、王小琼三个人。这五个人，在学校里被人称为“五人帮”，可是几个好耍的小姐妹呢。几个女孩一见，又高兴地抱成了一团。

吃过午饭，黄曦忽然宣布说：“今下午谁也别走，我们到河边清韵歌城唱歌！”婷婷说：“我还以为是凰冠呢！”黄曦说：“凰冠不能去，听说那里面乌烟瘴气！”李玉也说：“就是，听说那里面还吸毒！”婷婷说：“真的，公安怎么不打击？”张兰说：“还打击？听说公安有人在里面入股呢！”黄曦说：“清韵歌城是我爸爸单位一个同事开的，没那些乱七八糟的事。”婷婷想了一想，忽然说：“你们去吧，我可不敢去……”话没说完，黄曦立即盯着她说道：“你敢重色轻友？”婷婷说：“我哪敢重色轻友？我怕我妈又骂我在外面当二流子了！”黄曦立即两肋插刀地说：“把你妈的电话告诉我，我帮你请假！”婷婷没有回答，她还有些犹豫。黄曦又大声催了她一遍，婷婷想起自己悄悄拿母亲钱的事，忽然有些不安起来，让黄曦探一探母亲的口气也好，于是便把母亲的电话对黄曦说了。黄曦果然给兴琼把电话打了过去，末了两手一摊，说：“OK，大功告成，我们走吧！”可婷婷却盯着她问：“我妈怎么说？”黄曦说：“还能怎么说？说只要我们几个在一起，她没啥不放心的？你明天后天回去都行！”婷婷还是有些不放心，又对黄曦问：“我妈……说话的口气没什么吧？”黄曦显得有些不耐烦了，说：“你真是婆婆妈妈的，口气亲热得很，叫我们好好玩呢！”婷婷这才不问什么了。

贺华斌

贺华斌在周末下午，约贺冬梅到他原来就读的大学西门霞仙中路旁边的星巴克咖啡馆喝咖啡。之所以选择到那里喝咖啡，并不是因为自己离那儿近，而是他喜欢那里的环境。这个城市有好几个星巴克连锁店，而这个咖啡馆似乎是专为大学里的莘莘学子开的。在念本科和读研时，他没少和同学们去那儿一边捧着一本书或讲义看，一边慢慢享受着一杯热气腾腾的咖啡。那种浪漫、温馨、随意的情调和氛围，给他留下了很深的印象。同学们都说，在那儿喝咖啡，不仅是一种享受，还可以找回很多失去的梦。那么，今天他是为寻找曾经丢失的梦才约贺冬梅到那儿的吗？他说不清楚，只知道这么多年没见冬梅妹妹了，如果要约她，也一定只有那地方才适合她。他最初以为冬梅忙，会抽不出时间，没想到冬梅竟一口答应了。

到霞仙中路还得坐三站公交车，天气暖和了一些，华斌脱掉了臃肿的羽绒服，换了一件米色的夹克衫和一条蓝色牛仔裤。他来到公交站，发现站台上立了许多人，都像鸭子一样伸着脖颈朝着公交来的方向望。一过完春节，那些像候鸟一样回家过年的人又从四面八方拥到了这个城市，触目所见，到处都是攒动的人头和来来去去的背影以及拥堵的车流，这个城市顿时变得像只巨大的蜂房。不过这没办法，自己不也是这只蜂房中的一只小蜂吗？正这么想着，车来了，却没有在站台正中停下来，而是又向前滑行了十多米，人们便跟着车跑。等车门一打开，大家便蜂拥着往上挤。他是最后一个上车的，等他挤上车一看，连过道里也塞满了人，一双双干燥枯裂暴着青筋的手吊在油腻腻的拉环上。他知道这些大多是进城来淘金的农民工，他们尽管有老有少，但脸上的神情无非两种：一种是眼神呆滞，黯淡无光，似乎对这个城市感到了绝望和厌倦。而另一种截然相反，不但眉毛飞扬，而且脸上泛着好奇、兴奋和满含期望的光芒。他知道后一种人肯定是第一次走进这个传说中神奇的城市，还不知道这个城市会张着怎样的巨口吞噬他们。他没把注意力在他们身上集中太久，因为公交车一启动，他身子不由自主地往前打了一个趔趄，一下便把他刚才的想法给赶跑了。他想找一个拉环抓却没有，只得抓住靠近驾驶台的一根不锈钢栏杆上。随着车身的微微晃动，他又想起和冬梅小时候的事来。

冬梅是贺家湾贺长寿的女儿，她母亲叫苏孝芳，他分别叫他们长寿叔和孝芳婶。长寿叔是全湾公认的用杠子都压不出一个屁来的老实人，他们一家就住在村小学那棵被称为全湾风水树的老黄葛树旁边的麻窝地里，他上学下学都要从她门前过。他发蒙读书时，冬梅还在她妈怀里吃奶，等他小学快毕业时，冬梅尽管还是一个拖着鼻涕的黄毛丫头，却常常追在他屁股后面"华斌哥哥"长"华斌哥哥"短地叫，好像和他特别亲。他到乡上念初中，冬梅也上了村小学，乡上初中那时还不是寄宿学校，每天放学上学，他都还得往冬梅的家门口过，每天照样能看见冬梅，这时冬梅看见他，已不光是"哥哥""哥哥"地叫了，有时还会拉着他，让他给自己讲作业。他没有妹妹，每次看见冬梅甜甜的样子，他都觉得很高兴。他就像亲哥哥一样，只要一有时间，不但给她讲作业，还带着她漫山遍野玩。初中毕业，他到了县城念高中，尽管每周只能回来一次，可还是能经常见到冬梅。他亲眼见到冬梅长高了，又渐渐变成了一个亭亭玉立的漂亮姑娘，可他们之间并没产生什么隔阂和距离，每次看见她，冬梅还是把"华斌哥哥"几个字喊得脆生生、甜蜜蜜的，有时还会拉着他的手，像有意要在他这个大哥哥面前撒娇。可在读大学第二年回去，他就没见着冬梅了，听说她出去打工了。再后来就传来孝芳婶和长寿叔过世的消息，接着不久又传来她那个和长寿叔同样老实巴交的哥哥贺平安，在湾里竖起一幢漂亮的两层楼房的喜讯。可当他这年暑假回去，却在湾里听到了许多风言风语，主要的意思便是说平安修房子的钱，是靠冬梅在外面做不正当的职业挣的。他十分清楚贺家湾人嘴里"不正当"职业指的是什么，打死他也不肯相信冬梅会去做那种职业。他一直想找冬梅问问清楚，可是后来再没见过冬梅，直到那天晚上在动物园北街突然相见。但不管怎么说，他会永远喜欢这个从小看着长大的妹妹。

华斌在霞仙中路公交站下了车，往前走了约两百米左右，来到星巴克咖啡馆，推开玻璃门走了进去。大厅里一阵轻音乐伴随着咖啡和空调的热气向他扑面而来，使他感受到了一股强烈的温暖气息。尽管他吃过午饭就赶过来了，可大厅里已经坐满了像是当年他们那样的年轻学子。也许是刚开学，大家正好凑在一起交流交流回老家的见闻和体会吧，人人脸上都放着红光，一边啜着杯里的咖啡一边在热烈地交谈。华斌在屋子里走了一圈，没看见空位置，最后在靠大街的一个火卡座上，看见一个四十来岁的中年妇女，个子不高，穿一件茶色的高领毛衣，身段歪斜着靠在边上的钢化玻璃上，边上放着一件深灰色羽绒服大衣，目光郁郁寡欢地落在面前一只空的咖啡杯上，也不知她是在怀念或思考什么？华斌急忙对她鞠了一躬，指着她对面的椅子微笑着对她问道："这儿有人吗？"女人抬头看了他一眼，突然叹了一口气，站起来什么也没说，抱起身边的羽绒大衣便走了。他急忙叫来侍应生收了咖啡杯，在卡座上坐了下来。一个穿橄榄色上衣和蓝裤子的女孩，一手拿笔，一手拿着个小夹子过来，问他喝点什么？他说："别忙，还有人要来！"女孩冲华斌甜甜地笑了一下，走开了。

没一时，冬梅便来了。和华斌一样，她也脱了羽绒服，上面穿了一件灰绿色的束腰西服，里面仍是那天晚上华斌看见的紫色羊绒衫，贴身是一件V领T恤，露出了脖子下更大一块雪白的皮肤，下面是一条亚麻色九分牛仔裤，肩上挂着一只棕黄色挎包，整个打扮既随意又衬出了身体的所有曲线。一见华斌，又像小时候一样有点夸张地张开了双手。华斌急忙站起来，冬梅果然扑过来，两只手臂大大方方地挂在了他的脖子上，华斌只得象征性地抱了抱她，手掌在她背上轻轻地拍了两下，然后松开，指了指对面沙发，说了声："坐吧！"冬梅将挎包往沙发上一放便坐了下来。可刚坐下，大约感到了屋子里的热度，又站起来脱了外面的西服，放到棕黄色挎包上。

华斌问："喝点什么？"冬梅又用两只手拢了拢头发，说："奶茶吧！"华斌于是招手唤来刚才那个侍应生，要了一杯咖啡和一杯奶茶。女孩走后，华斌才看着冬梅说："还以为你要等一会儿才能来呢！"冬梅笑着回答说："哪有让哥哥来久等妹妹的？"华斌说："早就想约你了，可一直没时间……"冬梅忙说："我以为华斌哥哥又把我忘了呢！"华斌说："哪能呢？我可是一直想着你的！今下午我们可以好好摆龙门阵了！"冬梅却没接他的话，只一边微笑，一边目不转睛地看着他。华斌被她看得有些不好意思了，便问："你看什么？"冬梅这才说："你今天的模样，才像我的研究生哥哥嘛！"华斌说："你别研究生长研究生短的，说得我身上的鸡皮疙瘩都起来了！"冬梅说："本来就是研究生嘛，有什么不好意思的？"

华斌一下不知说什么好了。侍应生端来了咖啡和奶茶，分别摆在他们面前。冬梅见华斌没答她的话，也不知该说什么了。于是两个人便把目光落到面前的杯子上，一个用银亮的小勺子轻轻搅动着杯里的咖啡，一个用塑料吸管慢慢拌着杯里的奶茶，似乎都沉在了各自的心事里。过了一阵，华斌端起杯子，轻轻啜了一口咖啡在嘴里，才打破沉默对冬梅问："冬梅，你在想什么?"冬梅像是吃了一惊，过了一会儿才说："没想什么呀?"华斌露出了不肯相信的神色："真没想什么?"冬梅一下不吭声了。

她确实是在想他们童年的往事，因为自从他刚上大学那年暑假见过他一面以后，她就再没见过他了，留存在她记忆里的，也只有童年那些时光。也不是现在才想，从那天晚上碰到他以后，这段日子只要一个人待着，那些往事便像过电影一样在脑海里浮现出来。她想起他把着她的手教她写字，那手是那么有力量。想起他牵着的小手漫山遍野到处跑，为她摘野果、掏鸟蛋，用野花编花环戴在她头上，说她好像一个公主。想起他光着屁股，在河里捉小鱼和泥鳅，把捉来的小鱼和泥鳅扔到岸上。小鱼和泥鳅在干燥发烫的泥地扭着身子一阵乱蹦，裹了满身泥土，然后不动了。捉多了，他才上来用一根草茎把那些小鱼和泥鳅穿起来，让她提着跟在他光屁股后面。有一次，大约是她五岁、他十岁的时候，她见他又开大腿撒尿，便怔怔地看着他那根小东西，他见了忙问："你看什么?"她说："怎么你有那个东西，我没有呢?"说着像是要让他验证似的，她"哗"地把自己的裤子褪了下来。他一见，急忙提上自己的裤子，说："羞羞羞，还不把裤子穿上!"说完才说，"你是女娃儿，怎么会有我们这东西呢?"她仍是不解，一边提裤子一边又对他问："怎么我们就没有?"他说："你们要是也有了我们这东西，今后怎么生娃儿呢!"她这才知道女孩和男孩的不一样在哪儿……

冬梅搅了一阵杯里的奶茶，这才像忆旧地说："我想起你才到城里读高中那年，有次你回来给了我几颗大白兔奶糖，我剥一颗在嘴里，好甜好甜，是我从没吃过的!我舍不得一下吃完，只含在嘴里慢慢地吮，慢慢地吮，吮几口又拿出来看，然后再放到嘴里，吮几口又拿出来看。那几颗奶糖，我一天只吃一颗，吃了好几天呢!"华斌说："真的，我怎么一点都没印象了?"冬梅说："糖吃完了，糖纸我都舍不得扔掉，我把它们展平，一张一张叠好，压到枕头底下，不时就拿出来看看，一边看一边对自己说：'等我长大了，我就买好多好多这样的糖吃'!"冬梅说完笑了起来，华斌见冬梅笑，自己也跟着笑，说："你怎么不早些告诉我?你早告诉我，我每周都给你买几颗糖回来了!"冬梅又红了一下脸，说："我怎么好意思再问你要呢?那时我就想，世界上只有华斌哥哥对我好了……"说着冬梅又深情地看了华斌一眼。

华斌也似乎感动起来，突然看着冬梅又疼又爱地问："妹，哥问你一句话，你可要老实回答我！”冬梅目光落到华斌脸上，像是有些警惕地问：“什么话？”华斌说：“这些年你究竟在干什么？”说完紧紧盯着冬梅。冬梅像是受到了惊吓，急忙把脸移到一边，半晌才回过头对华斌镇静地说：“打工呀！”华斌目光里仍然带着怀疑，又追问了一句：“真的在打工？”冬梅突然笑了起来，说：“哥，我不打工还能干什么呀？要是我也有你那样的命，读完大学又读研究生，那该多好！”说完不等华斌回答，又马上接着说，“华斌哥哥，你不知道，那天晚上看见你后，第二天我给同事说：‘我有个哥哥是研究生……’同事一听都哇地叫了起来：‘啊，你亲哥呀？’我说：‘可不是……’”看着冬梅夸张的神情，华斌“扑哧”笑了起来：“你可别乱说，我可不是你亲哥……”冬梅说：“我知道你不是我亲哥，可我们好歹也是一个祖宗下来的，一笔难写两个贺字呢！”华斌说：“一个祖宗下来的不假，但听说最早的老祖宗生了六个儿子，所以贺家湾有‘老六房’之说。都过几百年了，即使是一房下来的，也不能说是亲哥，何况我们还不是一房的……”话没说完，冬梅一下站起来，嗔了脸对华斌说：“这么说，研究生贺华斌哥哥现在富贵了，不想认我这个打工的穷妹妹了……”华斌见冬梅生了气，也急忙站起来隔着茶几把双手按在冬梅肩上，说：“我怎么会不认你了？我只是说一个事实。我永远都是你的哥，亲哥！”冬梅这才又笑盈盈地说：“这还差不多！”说完重新坐了下去。

坐了一会儿，冬梅又对华斌说：“华斌哥哥，我不习惯坐在这样的屋子里，我想出去走走！”华斌见这屋子里空气确实有些闷，因为热，冬梅脸上已红得像是擦了胭脂，便说：“那好，我陪你！”说完，两人便把杯子里咖啡和奶茶一口气喝干，冬梅把外套穿上，提起挎包，过来又像那天晚上一样挽住华斌的胳膊走出了咖啡馆。

代婷婷

代婷婷悄悄拿了母亲三百元钱后，起初不以为然，还有些得意。及至听到黄曦说给她母亲打电话请假，她才有些慌了。因为从小到大，她从没悄悄拿过家里的钱（她觉得不能用“偷”这个字），所以母亲放钱才不避着她。可现在却把母亲的钱拿走了，她知道母亲发现一定会很生气，便有些惴惴不安起来。现在越往家走，心里就像藏了一只小兔子般“扑通扑通”地跳个不停。不过昨天晚上和黄曦睡在一起时，她就想好了对策：回到家里，首先要做出一个乖乖女的样子，讨母亲喜欢，其次不管母亲说什么，绝不还嘴，只当自己是一个哑巴！

婷婷走上了她家那幢灰扑扑的二层小楼的楼梯，一边上楼，一边取下背上的怪兽双肩包，从里面取出那件土黄色的针织内衣，又将包挂在肩上，两只脚一迈进屋子便像报告特大喜讯一样大声喊道：“妈，我给你买了件内衫！”兴琼从她屋子里走了出来，脸上笑嘻嘻的：“什么内衫?”谢天谢地，妈不但笑了，还笑得那么亲切！婷婷急忙把衬衫递到兴琼手里：“这不是！”兴琼接过去翻过来覆过去地看了一遍，突然往椅子上一掼，脸黑了下来，盯着婷婷问：“哪儿别人丢下不要的东西你给我捡了来?”糟了，要打雷了，真是比川剧中的变脸还快！婷婷吃了一惊，可还是强作笑脸地看着兴琼说：“妈，我可是在怡海商城给你买的，别看颜色有点不好看，却是全棉的，现在全棉的可不好买呢……”话还没完，兴琼又叫了起来：“你就是金子的，我也不要哪个给我买！你以为你拿个减价货回来就能把我哄高兴呀……”她也看出是减价货了，沉住气，别管她！兴琼说着，突然向婷婷伸过一只手，接着刚才的话又大声命令道：“拿来！”婷婷故意装疯卖傻，跑过去把母亲刚才扔到椅子上的那件“贡品”双手捧起来，递到母亲面前。兴琼“呼”的一下将婷婷手上的衣服扔到地下，两眼继续盯着婷婷说：“钱，你把我三百块钱还来……”终于来了，图穷匕首见，这可怎么办？婷婷垂下眼帘，目光看着自己的鞋尖，半天才喃喃自语地回答了一句：“我花了……”

一语未了，兴琼忽地操起桌子上的鸡毛掸子就怒气冲冲地朝婷婷打来：“我让你花！我让你花！现在偷针，以后偷金，再不管教还不知以后会怎么样……”婷婷见母亲挥着鸡毛掸子要打，早忘了给自己定下的规则，急忙跳到一边，冲母亲大声喊道：“我没有偷……”兴琼听见，又挥着鸡毛掸子追了过来，说：“你没偷，我的钱到哪儿去了?”婷婷又一边躲一边冲母亲说：“是你自己不给我……”兴琼又挥着鸡毛掸子追过去，这次婷婷没躲开，头上“叭”地挨了一下。婷婷从没挨过打，这一棍像是把她打蒙了，愣了半晌才像是回过了神，眼泪“哗哗”地就掉了下来，然后一边哭一边冲母亲说：“我就要花，就要花，你们这也不值得花，那也不值得买，钱挣来做什么？也没见你们穿上钱衣服……”兴琼打了一下女儿，气本来消了，可一听婷婷的话，突然觉得自己十分委屈，便指着婷婷道：“为什么？你说我们节约起是为了哪个？难道我们还会背到棺材里去？”婷婷知道母亲这话暗示的是他们辛辛苦苦挣钱都是为了她，便说：“我不要哪个的钱，不要哪个的钱……”兴琼说：“你不要哪个的钱为什么要偷？真是个白眼狼，永远都不满足……”婷婷又听母亲说出一个“偷”字，更气了，便说：“我就是不满足，就是不满足，别人的爸爸妈妈也是在外面打工，可为啥赚那么多的钱回来？想买什么买什么，为啥你们就赚得那么少？你们打工简直是在浪费时间！你看看，你看看，我究竟买了什么？我买点东西都是打折的……”说着说着竟然委屈地哭出了声。兴琼听了女儿的话，又见婷婷伤伤心心地哭起来，也突然有种万箭穿心的感觉，将手里的鸡毛掸子一扔，伏到桌上“哇”地就哭了起来。她想不明白婷婷为什么这样说？他们这样辛辛苦苦攒钱，难道不正是为了改善家里的条件，让她过上好日子吗？可她现在竟然嫌弃他们没挣到钱？这还不说，竟然说出了他们打工是在浪费时间的话，这是一个女儿应该说的话吗？儿不嫌母丑，狗不嫌家贫，做女儿的不体谅父母，还把他们的好心当成了驴心肝，天下有这样的女儿吗……婷婷见母亲哭了，不但没止住自己的哭声，反而更加伤心了。婷婷有婷婷的想法，觉得母太小气了，钱挣来不就是用来花的吗，不会花钱还会怎么挣钱？不去不来，一味节省有什么意义？何况我只拿了区区三百元钱，回来我就给你赔笑脸，也算得上是知错就改嘛，何至于还这样大动肝火，拿鸡毛掸子打我，难道我不是你的亲生女儿？人家都说，男孩要穷养，女孩要富养，可你们富养了我啥？因而她也倍感伤心。

母女俩各怀心思，一个靠墙洒泪，泪飞如雨，一个伏桌恸哭，哭声呜咽，像表演一曲忽高忽低的二重奏。哭了一阵，兴琼觉得心里好了一些，便抬起头抽抽搭搭地对婷婷说：“你嫌我们没出息，我们只有那点本事。你有出息就自己出去挣，看你自己能挣多少钱……”好个婷婷也真不肯示弱，听了母亲的话，忽地止住哭声，又拿手背在脸上擦了一下，才对母亲说：“你以为我不敢出去挣？要不是你阻挡我，我早就出去挣钱了！”说完又把手伸出来，对兴琼说：“把路费给我，我下午就走！”兴琼一听这话，愣了，半天才说：“我没有路费给你，我打电话叫你老子回来接你！我管不了你，看你老子会怎么管你……”婷婷没等母亲说完，便气鼓鼓地叫道：“我才不会到他那儿去呢！”一边说，一边冲到自己屋子里，又“哐”的一声关上门，不再理她母亲了。

贺华彦

贺兴仁、贺华彦和邢教授呈等腰三角形坐在花江市五星级的江州宾馆二楼一间叫玫瑰厅的豪华餐厅的一张大圆桌上，因为人少，包间显得很空旷，但大圆桌上的酒菜却十分丰盛。兴仁以为邢教授会带着他老婆孩子一起来，却只有他一个人孤身赴宴，浪费是要浪费一些，但只要华彦能够成功，浪费一点也是值得的。邢教授是一个面孔清瘦、头发花白的干瘪老头，脑门有些宽，脸颊狭长，下巴又有点尖，像张马脸。鼻梁上架着一副浅棕色镜片的金丝眼镜，鼻孔很大，露出几根又粗又长又黑的鼻毛。吃饭和说话时不断抽鼻子，似乎患有鼻炎。嘴唇不厚，并且向外噘着，又有几分可爱的样子。邢教授全名叫邢德恒，原是花江大学政治学院教行政学的教授，后来专攻国家公务员考试与培训与继续教育等等，出版了好几本国家公务员考试的教材，曾经被省里公务员考试中心聘为阅卷和命题专家。公务员考试热兴起后，他干脆扔了学校的“铁饭碗”，又婉拒了省公务员考试中心委给他的虚职，在花江市注册了一家名叫“德恒公务员考试培训中心”的民办学校。由于他参加过省公务员考试中心的阅卷和命题工作，又有多年行政学教学经验，因此他的培训充满特色，不仅上课幽默风趣，而且经过他培训的学生上线率特别高，于是一时名声大震，吸引得省内省外很多学子都投到他门下，希望得到他的神奇点拨后得以一跳“龙门”。现在，他的名字已被人们改称为“行得很”，而以他名字命名的培训学校自然也顺理成章地就成了“得行公务员考试培训中心”而被广泛传扬。

兴仁今天就是带华彦来拜在邢教授门下，参加他为迎接全省上半年公务员考试而举办的培训班的。在将近三十年的商海打拼中，兴仁深知权力的重要性，因此华彦一毕业，他给他定下的目标便是考公务员。他对他说：“你不愿去做那些拿钱不多又没什么前途的工作就算了，就好好地给老子考公务员，有朝一日也混个出人头地，让别人也来给你烧香上供、磕头作揖！”华彦说：“你别说那么多，不就是当个官嘛！可当官就要当大官，当个小官有什么意思？”兴仁说：“还没学爬就想学跑，再大的官也是从小官当起的，你先给老子考个小官再说！”说完怕影响儿子的积极性，又说，“现实而今眼目下，凭老子这点实力和关系，只要你考上了，不愁混不出个人样儿来！关键是你要先跨进那个门槛，你进了那个门槛以后，剩下的事就交给老子来办，用不着你操心！”华彦再也找不到理由反驳父亲了，只好默认下来。他被父亲赶着，连续两年参加了省上的公务员考试，可都名落孙山，而且那成绩像戴着草帽亲嘴，离录取线还差得老远老远。可这并没有动摇兴仁坚持让华彦考公务员的信心。他觉得华彦没考上，并不是儿子缺乏“当官”的才能和天赋，而是因为偶然的因素没发挥好。加上儿子又口口声声要干大事，又让他误以为华彦也是铁定心思要走这条路！因此他更加笃定了让儿子继续考下去的决心。凑巧几天前他请县上一位领导吃饭，那领导也有一个儿子和华彦一样，大学毕业后没找上理想的工作，只得在家“啃老”。闲聊中那领导突然告诉他儿子已经在去年下半年考上了公务员。他吃了一惊，忙问是怎么考上的？领导才对他说了儿子经人介绍参加了邢教授公务员培训班培训，一下就高中了。兴仁一惊，这才恍然大悟，原来儿子两次落第，才是没得到高人指点。他急忙向领导要了邢教授的电话，回来就和邢教授联系上了，在网上给华彦报了名。接着又在花江市给儿子预定了宾馆，并且约了邢教授今晚在宾馆吃饭。

吃饭就吃饭，可邢教授几杯五粮液一下肚，心思便转到了本职工作上来。他将外面蓝灰色西装脱下来搭在椅背上，露出里面一件米黄色薄毛衣和贴身的条纹衬衣，又松了松领带，然后举筷从铁板牛肉烧里夹了一只香菇在嘴里，一边咀嚼，一边用筷子点了点兴仁和华彦，才说：“你们选择考公务员这条路，真是太英明、太伟大了！可以说，世界上再没有什么职业有比考公务员更正确的了！”兴仁忙说：“可不是！到底是教授，真是高瞻远瞩，一语中的……”兴仁还要说，邢教授挥了一下手里的筷子，打断了他的话，把头掉过来看着华彦，继续说：“我给你说，我有一个学生，农村的，那个穷呀，说出来你们不相信，就不摆了。只说毕业那年，他问我毕业后干什么？我说你考公务员！他听了我的话，果然去考了。你们猜怎么样？考上了省人大的公务员，现在都当处长了！前年随他们教科文主任到我们学校视察，你们猜怎么着？嗨，校长书记副校长副书记院长系主任等陪同，前呼后拥的，我连边都沾不上。后来我说我想见他一见，他随从回答说：‘我们处长正在听你们校长汇报工作，你等着！’你们听听，要不是考公务员，他能够有这么风光？”说完回头又扫了兴仁一眼。兴仁一心指望华彦考上公务员，听了邢教授的生动例子，眼睛早已放出了红光，似乎那个学生的今天就是华彦的明天，便“呼”的一下站起来，捧起桌上的酒杯，心悦诚服地对邢教授说：“那是那是，要不是考公务员，凭他们家那个样子，这时候最多也是一个打工仔呢！教授今天真是给我们上了生动的一课，我们父子受益匪浅！”又看着华彦说：“你听见没有？听见没有？事实就摆在眼前，我说得不假吧？一日为师，终身为父，来，我们爷儿俩再敬教授一杯！”

华彦有些不情愿地站了起来，邢教授却又朝他们挥了手，说：“酒慢慢喝，慢慢喝，听我把话说完！古人说富贵富贵，什么叫富贵？打个比方说，贺老板你那天晚上给我打电话，说自己在包点小工程，我就知道贺老板是谦虚，所谓小工程实际不小，可贺老板赚再多的钱，譬如说你手里有几个亿甚至几十个亿，我们花江市市长每个月只有几千块工资，但假如你们走在一起，你看看是朝我们市长点头哈腰的人多，还是朝你贺老板点头哈腰的人多？”说完又双手抱拳，对兴仁晃了两晃说：“对不起，贺老板，得罪了得罪了，我只是打个比喻！”兴仁又急忙笑容可掬地说：“哪里哪里，教授这话可是千真万确，我哪儿能和市长相比？”又马上回头对华彦说：“听见没有？听见没有？你可一定要把教授的话记在心头！”接着又转回来看着邢教授笑着说：“听君一席话，胜读十年书，这次我们父子俩真的要敬你了！”说罢又对华彦使了一个眼色，两人都端起杯子站起来。邢教授见父子二人都举着酒杯望着自己，觉得有些不好意思，便也站起来和兴仁与已经投到自己名下的弟子碰了一下，将酒杯送到自己嘴边，“哧溜”一声便吸到肚子里去了。放下酒杯，三个人的筷子都从自己面前的菜盘子里夹起一箸菜丢到嘴里，立时一阵“吧嗒吧嗒”声取代了邢授热情洋溢的师道演说。可没过一时，邢教授两只黄豆大的眼珠在眼缝里闪动几下，又对兴仁和华彦迸发出两道灼灼的兴奋的光芒来，显示出他这个年龄少见的旺盛精力和饱满情绪。他又挥了一下手对父子二人说道：“不瞒你们说，从我这儿考出去的公务员，上到国家机关，下到县乡政府，哪儿没有呀？上次我开车到鹤岗县，路不熟，违章了，一个交警过来，啪，给我敬了一个礼，说：‘请出示你的驾照！’正在这时，又一个交警过来，看见我，又啪的一下，给我敬了一个礼，然后过来紧紧抓住我的手说：‘邢老师，我可见着你了……’我问：‘你是谁？’他说：‘老师记不得我了，当年我可是你公务员班的学生呀，要不是你，我哪有今天？’说完又对那个交警说：‘这可是我的大恩人！’先前那交警立即又啪地对我行了一个礼，说：‘有眼不识泰山，不知你老是我们队长的恩人！’随即对我做了一个路线的讲解。我走出老远，回头见那交警还把手高高地举耳朵边呢！你们看，你们看……”兴仁看见邢教授脸上得意的神色，马上又说：“那是，那是，受人一饭之恩，便以万石相报，这是应该的，应该的！”说完又对华彦说：“听见没有？听见没有？你格老子今后要是发达了，可也不要忘了教授……”邢教授却像是没听见兴仁的话，兀自挥了一下手，目光又朝兴仁和华彦身上扫了扫，然后接着说：“不瞒你们说，我们德恒公务员考试培训中心也像政府一样，刚刚制定完一个五年计划，叫作‘百千万’工程！具体来说，就是我们计划在五年内要考取一百名国家机关公务员，主要是国务院、党中央下面的部门，一千名省级机关公务员，也主要是省委、省政府、省人大这些部门，一万名县乡两级公务员。这个目标大不大？一点也不大，很容易实现……”说到这儿，又突然歪头看着华彦说：“年轻人，你是打算考国家机关、省级机关还是县乡机关，可要把目标找准……”话还没完，兴仁立即笑着帮儿子回答了这个问题：“嘿嘿，教授，我的目标也不高，只要他能够考到我们县上哪个部门就行……”邢教授一听这话，马上挥了一下手，说：“考个县上公务员，这还不容易？没问题……”兴仁觉得时机已经成熟，立即从口袋里掏出一只鼓鼓囊囊的信封，俯过身子塞到邢教授手里，说：“这就全靠邢教授了，全靠邢教授了……”邢教授的手像是被烫了一下，马上盯着兴仁问：“这是什么意思？”兴仁忙说：“一点小意思，一点小意思，不成敬意，还请教授笑纳！”邢教授看了一眼手里的信封，皱了皱眉头，像是有点为难似的，说：“这怎么行？我怎么能无功受禄？”兴仁以为他会把信封还回来，急忙按住了他的手，说：“这是应该的，应该的！如果他考上了，我们还会有重谢！”邢教授想了想，说：“那好，那好，恭敬不如从命，我就只好收下了！”说着扭过身子，把信封放进了椅背上西装的口袋里，然后才回过头对华彦问：“你住在哪儿？”华彦还没答，兴仁便道：“就住在这儿……”邢教授没等兴仁说完，就惊得叫了起来：“江州宾馆？我上次电话里不是给你说了吗，学校附近就有招待所……”兴仁说：“不瞒教授说，我们怕学校附近招待所嘈杂，影响他学习……”邢教授说：“这儿清静倒清静，可标间一晚上就要八百八十八元，半个月要花多少钱……”兴仁又忙说：“只要他能考上，花点钱是小事！”邢教授还是把头摇得像是货郎鼓，说：“太奢侈了，太奢侈了！”可感慨完毕又马上对华彦说，“你看看，你看看，真是望子成龙、望子成龙呀！你可要好好学习，千万别辜负了父母的期望……”说到这儿，又蓦地想起了似的对华彦说，“从这儿到学校的公交车知道吧？就从门口坐 8 路到万惠路转 55 路在德阳门下车，往前走一百米就到了……”

话还没完，兴仁又急忙说："坐什么公交车？明天我坐大巴回去，把我那辆车留给他用！"说完又补了一句，"我那辆奔驰差是差了一点，不过他开起来也不丢份儿……"邢教授干瘪的脸上更露出了惊讶的表情，又看着华彦说："可怜天下父母心，真是可怜天下父母心！"说完又马上对兴仁说："贺总，今晚我们就到此为止吧！"兴仁没有反对，却又伸过头对邢教授问："教授的车停在哪儿的？"邢教授说："就在宾馆停车场……"兴仁说："那好，那好，我们还给教授带了一箱酒来，是我们县酒厂生产的，虽算不上名酒，却也不错，请教授帮我们宣传宣传！"说完马上对华彦吩咐说："下去把酒搬到教授车里！"邢教授一听，又直摇头，说："太破费了！你们真是太破费了！"一面说，一面拿起椅背上的西装往身上穿，边穿边对华彦叮嘱说："明天你可要早点到学校来，来晚了坐在后面，投影上的字可能会看不清楚。"兴仁一听，又生怕华彦没听清楚地对他说："听见没有？听见没有？可要记住教授的话，明天一定早点去哟！"说着，将邢教授让到前面，三人下楼了。

代婷婷

代婷婷拖着一只浅橙色的拉杆塑料旅行箱往城里走，旅行箱的万向轮摩擦着公路的水泥路面，发出"咔嚓咔嚓"像是老鼠磨牙一样的声音。这段日子婷婷的心情一直有点不太爽快，不爽的原因倒不是由于和母亲吵了架，而是想起自己这么大了，还只能依靠父母生活。她想起那天母亲和自己吵架时说的那句"你有出息就自己出去挣"的话，以下便寻思：要是我自己出去挣了钱，自己的钱自己做主，就像黄曦生日那天下午，她用自己的钱请我们唱歌一样，想怎么花就怎么花，他们再也管不着我了，那该多好！这么一想，便恨不得马上就像鸟儿一样展翅高飞，脱离母亲的"苦海"。她又向母亲要了两次路费，可兴琼还是没给，说："你忙什么？我已经给你老子说了，等他给我们找到工作后，我带你一起去。"但婷婷还是那句话："我不和你一起去，我要到省城去，黄曦会帮我找工作！"兴琼见她不愿和自己去，更不愿给她钱了。婷婷没法，又和母亲赌了几天气。一天，趁母亲出了门，婷婷又去翻母亲衣柜里的衣服，可她把母亲的衣服口袋都摸了个底朝天，也没找出钱，接着又去拉开所有的抽屉找，还是没看见钱的影子。婷婷知道母亲把钱藏起来了，又气又急，可又拿母亲没办法。今天早晨起床时，她突然想到了一个主意，不由得一边笑，一边跳下床，对着衣橱上的镜子，又是扭腰，又是唱歌，像拾到金元宝一般。等吃过早饭母亲出了门，婷婷便把自己的衣服和洗漱用品收起来装进读书时那只拉杆塑料旅行箱里，背上不久前买来的那只怪兽形状的双肩包，高高兴兴地出了门。

婷婷拖着箱子径直来到二舅贺兴仁住的鹏业花园小区，这是县城一个豪华小区，小区里的建筑不高，绿化面积很大。婷婷一走进大门，但见满园的松木樱花、紫玉兰、白玉兰、黄玉兰、红叶碧桃、榆叶梅树还有海棠等等，都迎着春风竞相开放，满小区一片姹紫嫣红，连空气也和外面不同，吸一口满口溢香。婷婷上到二舅门前，摁了摁门铃，有人过来开了门。婷婷一看，原来是保姆晁姨。晁姨四十多岁，肤色黧黑，宽嘴唇，上唇长着一颗兔牙，头发干巴巴的，手指粗短。她上面穿了一件半旧的蓝点鹅黄薄外套，袖子上戴着两只长长的黄袖套。下面是一条青色的九分裤，裤腿卷得很高，没穿袜子，脚上是一双塑料拖鞋，手里拿着一块抹布，一看就知道她正在打扫卫生。婷婷来过几次，她已经认识她了，一见婷婷拖着箱子站在外面，便说："是你呀，姑娘，快进来吧！"婷婷却没有马上进去，只看着她小声问了一句："我舅在吗？"晁姨说："不在。"婷婷又问："我舅妈呢？"晁姨又说："吃过早饭就出去了。"婷婷再问："我表哥呢？"晁姨像是有些不耐烦了，说："你表哥也不在，听说到哪儿学习去了，学了回来要考公务员呢！"婷婷一听，像是放心了，一步跳到屋里，然后才对晁姨问："我外公呢？"晁姨关了门，回头对婷婷说："你外公在外面屋子里。"二舅这套房子一百六十多平方米，有四个卧室，三个卧室从客厅直接进出，一个卧室从后阳台进，晁姨所说的"外面屋子"便是指的那间卧室，平时那间卧室通常是做客房用的，婷婷曾经在外婆生日前那天晚上随二舅他们回来，就是住在那间屋子的。现在听晁姨说外公在那间屋子里，高兴了，急忙换了鞋，拖着箱子朝那间屋子去。

到门口一看，贺世龙老几几果然像个小孩子一样蜷缩在屋角一只单人沙发里，头耷拉在胸前，将满头霜一样的发茬对着门外，嘴角吊着一丝涎水，像是沉入了梦乡。屋子里原来那张一米八的大席梦思床被换成了一张一米五的硬板床，其他没什么变动。婷婷咳了一声，贺世龙一点没动。婷婷便几步奔进屋里，对着他的耳朵大叫了一声："外——公——"贺世龙猛地一惊，这才抬起头来，觑着两只浑浊的眼睛将婷婷看了半天，才说："是婷婷呀！"一边说，一边要抬起袖子擦嘴角的涎水。婷婷急忙说："外公，我来——"一边说，一边掏出一张餐巾纸，将老头子嘴角的涎水擦了。然后婷婷就挨老头子身边坐下来，对他说："外公，你肩膀疼不疼了，我给你捶！"说完举起两只小拳头，轻轻在老头肩上捶打起来。边捶边对着他耳朵大声叫道："外公，我要出去打工了！"说着用脚把箱子勾到贺世龙面前。贺世龙把手落到婷婷箱子上，像是验证真假似的摸了摸，才又看着婷婷问："打工呀，到哪打工？"婷婷叫道："省——城——"贺世龙突然咧开嘴唇"嘿嘿"地笑了起来，说："省城呀，是不是你华斌哥哥叫你去的？"婷婷一听外公开口闭口都是"华斌哥哥"，有些不高兴了。她本想回答说"不是"，可一想又改变了主意，大声回答老头子说："是——"贺世龙更高兴了，满脸的皱纹绽得像朵金菊似的，看着婷婷嘱咐说："是你华斌哥哥叫的，你去了可就要听你华斌哥哥的话，把工作干好，可不能给你华斌哥哥丢脸哟……"婷婷没等他说完，便冲着他的耳朵一连回答了好几个"是"，然后才又大声对他说："外公，我妈妈叫我来给你借钱！"贺世龙老几几这次却没听清，盯着婷婷问："啊，你说什么？"婷婷只得把手合拢，做成喇叭状，对贺世龙耳朵一字一句叫道："我——妈——叫——我——来——给——你——借——钱——"贺世龙听清了，马上警惕地对婷婷问："借钱干什么？"婷婷继续吼叫道："我——做——路——费——"贺世龙道："她没给你路费？"婷婷叫道："没——有——"贺世龙道："我哪来的钱？"婷婷又叫："我——妈——说——你——有，外——婆——死——了——你——收——了——不——少——情——"贺世龙说："我收了情以后得还人家嘛！"婷婷叫："妈——说——不——用——你——还，他——们——还——"贺世龙听了这话又笑了，说："狗日的些，就晓得来打我的主意！"说完便对婷婷问："你妈说借多少？"婷婷伸出一根手指在贺世龙面前晃了一下，才大声叫道："一——千——"贺世龙说："你要那么多路费呀？"婷婷说："我——还——要——做——其——他——的——事——"贺世龙没吭声了，过了半天，果然从贴身的口袋里掏出一个塑料袋，层层打开，露出一沓里面的钱。他瞪着昏花的眼数了半天，数出一千块钱交给了婷婷。婷婷收了钱，见老头要把塑料袋往口袋里装，又突然在他耳边叫了起来："外公，我——跟——你——说——句——话——"贺世龙又忙问："啥子话？"婷婷又一字一句地说："过去——我——走——哪，外——婆——都——要——给——我——钱，你——就——不——要——给——了——"贺世龙一听，似乎想起了什么，马上又咧开嘴笑了，说："外婆都给你钱，难道外婆不在了，你就不是外公的外孙女了？"说完，又重新打开塑料袋，从里面掏出了三张百元的票子，递给婷婷说："给我婷婷，路上喝开水！"说完又说："出去可要听话哟！"婷婷接了钱，却又叫了起来："外公，我还向你——借——五——百——元——"贺世龙一惊，忙问："还借五百元做什么？"婷婷："我——怕——不——够——用——嘛——"说完不等贺世龙回答，便抱着老头子摇晃着说："外公，我——以——后——会——还——你——嘛——"贺世龙老几几像是被这个淘气的外孙女缠不过了，半晌又才笑着说："你倒怕还我，还不是写到水瓢把把上！"但说归说，最后还是又抖抖索索地从塑料口袋里掏出五百块钱来交给了婷婷。婷婷这才满足了，突然在贺世龙老头的脸上亲了一口，大声叫道："外公，我——走——了——"说完也不等老头子回答，站起来拉着箱子便往外走。贺世龙老几几在后面叫道："不吃饭了？"婷婷回头答了一句："我得去赶火车——"可这句话声音有些小，贺世龙没有听见，正要还问什么时，婷婷已经走出门了。

婷婷见万事已妥，走到楼下便给黄曦打电话。和黄曦聊妥以后，她想告诉母亲一声，可又马上改变了主意，决定先不让母亲知道，让她在家里也着急着急。她拖着箱子来到街上，思考着是到前面站台坐两块钱的公交车到火车站，还是打的？想了一想，她决定打的，于是随手招了一辆出租车，对司机说："火车站！"司机看了看她，冷冷地说："二十块哟！"婷婷说："二十就二十，有啥了不得的？"那口气仿佛自己已经变成了千万富婆。

贺华彦

贺华彦第一天到邢教授那儿上课就迟到了。他走进教室一看，前面已是一片黑压压的人头，邢教授正在前面讲台引经据典、口吐莲花、唾沫四溅地为这些准"公务员"们"传道授业"。挂在正面墙壁上的投影银幕上打着几排又粗又大的黑体字，一为"什么叫公务员"？一为"何谓公务员精神"？一为"公务员考什么"？第一部分邢教授大约已经讲毕，此时正神采飞扬地进入银幕上第二个问题。刚讲到"《公务员法》通篇贯彻公开、平等、竞争、择优的原则和任人唯贤、德才兼备的原则……”时，一眼瞥见了在教室后面朝前面四处张望的才走进教室的华彦，便一下在“原则”上打住了，而抬起头对华彦问：“你怎么现在才来?”华彦没答，还是朝前面瞅，邢教授也跟着华彦的目光把前面座位看了一遍，只得说：“前面没位置了，就在后面坐下吧!”邢教授觉得心里有些歉然，因为昨天晚上回来后，他打开那个自称只做点“小工程”的老板装在信封里的“小意思”竟是整整一百张连号的百元大钞，再看装在自己汽车尾厢里的两箱白酒，他虽然不清楚具体价格，但从精美的包装上看就知道价格不菲。邢教授是个“受人之托，忠人之事”的君子，见人家如此礼遇自己，也在心里下了决心要尽自己所能好好照顾照顾这个叫贺华彦的小伙子，必要时给他开点“小灶”。可现在见前面已经座无虚席，他也没有办法，只好让他暂时在后面委屈一下。没想到华彦听了却大度地说：“没什么，邢老师!”说完随便在后面找了一个位置坐下来。刚坐下，工作人员就给他抱了一大沓书籍和资料过来。华彦翻了翻，有《行测真题》《申论冲刺》及分段教学内容、随堂训练、全真测验、考纲详析、课后作业等等。华彦没吭声，把这些教材和资料摞齐，放在自己面前。邢教授一见放了心，又继续以诲人不倦的精神接上了刚才讲解的内容。讲完国家公务员应具备的热爱祖国、忠于人民；恪尽职守、廉洁奉公；求真务实、开拓创新诸种精神和品格后，开始进入今天最重要的内容即“公务员考什么”?此时教室里一片肃静，邢教授从眼镜片后觑出目光扫了扫后排的贺华彦，只见他坐得端端正正，目光直视前方，像是听得十分认真的样子，邢教授十分满意地点了点头，可是等他讲完公务员考试两大内容和具体要求时，再抬头一看，却见贺华彦已伏在一大堆教材和资料上睡着了。邢教授皱了一下眉，大声咳了一下，可没把贺华彦震醒，邢教授想过去喊醒他，又恐引起众人笑话，影响课堂秩序，只得作罢。好容易等到中间休息，邢教授才走过去在桌子重重敲了两下，把华彦从梦中敲醒。华彦愣怔了几秒钟，看清了是邢教授，有些不好意思地笑了笑。邢教授看着他问：“你怎么了?”华彦没答，仍笑着对邢教授说：“不好意思，真是不好意思!”邢教授没再继续追问，转换了话题：“你爸爸回去了?”华彦看了看时间，说：“恐怕快到家了!”邢教授想了想，说：“等会下了课，你到我办公室来一趟!”华彦目光在邢教授脸上扫了扫，先是愣了一下，然后一边点头，一边“嗯”了一声。

“邢老师，你就是不说，我也知道你叫我来的原因了！实在对不起，早上我睡着了！在家里，八九点钟我睡得正香，不到十一点我可不会起床，可到这儿，八点多钟就要我起床来上课，我怎么做得到呢？说出来不怕邢老师笑话，我从小就不是读书的料，一听老师讲那些什么什么我就想打瞌睡。你一定会在心里问：‘那你是怎么念到大学的？’不哄你说，混吧！反正我老爸这个小地主手里有几个钱，他会给我想办法。大学里我几乎门门功课都要补考，有几科还是我老爸拿钱去疏通了老师的关系，我才拿到毕业证的。对不起，邢老师，让你笑话了！我实话实说，邢老师，我知道自己不是考公务员的料，一点都不想来凑这个热闹，都是我老爸强迫我来的！我对邢老师说个老实话，我已经参加过两次公务员考试了，第一年申论打了二十五分，行测打了三十分，第二年行测打了二十五分，申论打了三十分，我老爸说：‘行，申论还是有进步嘛……’昨晚上为什么没有告诉你？我跟你说，我老爸路上就给我打了招呼，让我不要给你说我参加过公务员考试的，怕你看不起我，不过我现在说了也没关系，反正我不是那块料！我老爸整个一个小地主，还以为只要我一考上了，就能给我弄个省长、市长、县长当当！他也不瞧瞧自己是个什么角色，能够给我弄个乡长当当，也不知要等到猴年马月？即使他能给我弄个乡长当当，花出去的银子也不知要多少？与其把银子拿别人用，还不如先给我花了！再说，邢老师你是知道的，那乡长有什么当头？成天转田坎，满身土气，就是叫我当，我还不愿意当呢……你问我想做什么？不哄邢老师说，这一点我还没有想好，天生一人，必有一路是不是？反正我不会像跟班一样去给人跑腿跑路开车门端茶杯提提包，最起码的，也要像我老爸，有辆奔驰开，有一身品牌时装穿，你说是不是，邢老师……眼前靠什么生活？你放心，邢老师，我老爸暂时还养得起我……邢老师，我和你商量一件事，花江市有什么好玩……什么意思？邢老师你怎么还不明白？你讲的那些，我反正是听不进去，也反正是考不起，你何必还在我身上白花费那些心思？再说我在课堂上打瞌睡，也会影响你的教学和课堂秩序，倒不如让我趁这个机会到花江市到处看看……怎么给我老爸交代？这就看邢老师你了！我老爸如果打电话来问你，你就说我上课认真，学习很努力就行了，反正他也不来查岗！我也不会让老师白帮忙，这是五千块钱，聊表学生心意……什么，封口费？老师这话言重了，什么封口费？明明是学生一片心意嘛！老师千万不要推辞，不然就是和学生过意不去了……要是出了什么事情怎么办？老师放心，我的驾驶水平绝对一流，比我老爸这个小地主还强！退一步说，我都是成人了，即使出了什么事，一人做事一人当，绝对不会把老师连累上！再说，我只是到处看看，绝对不会做犯法的事，绝对不会，你就把心放到肚子里好了！邢老师，现在你可以给我说一下花江市好玩的地方了吧……什么？凤凰山、汉王楼、千神洞、南山自然风景区、双龙湾、仙云台……有这么多好玩的地方，这太好了！老师，下午我就不来上课，在宾馆里好好睡一觉，养精蓄锐，明天我就到那些地方玩去……我们就这样说定了，再见，老师保重!”

华彦见邢教授无可奈何地摇了摇头，却没有说什么，知道他是默认了，十分高兴，便朝邢教授挥了挥手，走出办公室，来到停车的地方，钻进父亲那辆奔驰车里一溜烟便走了。

夏之卷

贺兴仁

贺兴仁拎着包走进屋子，屋子里的人立即站了起来，冲他叫了一声："总经理好!"兴仁挥了一下手，让他们在座位上坐下。这是一幢村民的民房，上下三层，靠近省道，前面临水，后面靠山，老百姓把这称作是"前有照，后有靠"，门口还有一个大院子，可以停车。更重要的是离房屋约一千米远的正前方，有一座小山包像只大元宝，兴仁曾悄悄问过当地人那山叫什么名字？村民回答他就叫"元宝山"。兴仁觉得这是个好兆头，又亲自驾车回去，把贺家湾的贺福来"神仙"接来。贺福来在堂屋正中架起自己那只筛子大的罗盘，从大门的中轴线一直朝前看去，看了半天，才回头对兴仁连叫了几声："妙！妙！妙!"然后断定这是一块能招财进宝的风水宝地。兴仁大喜过望，便不惜血本，用了比别人高一倍的价钱租下了这幢楼房。楼房内部宽敞，房间多，也正好够整个公司铺排。可眼下屋子里却十分简陋，只有一张原来房主吃饭的老式大方桌，上面到处都是油渍，几条大板凳和几把小木条椅子。现在大家都七零八落地靠墙坐在板凳和椅子上，只把中间的方桌和椅子空起来。兴仁朝大家看了一眼，嘴角不由得露出了微笑，他把包往桌上一放，在上边的板凳上坐了下来，然后笑着对大家说："大家注意了，'三鑫'生产队队委会开会了……"众人一听，互相看了看，也都忍不住"扑哧"笑出了声，可马上又止住了。兴仁仍笑着说："怎么不笑了？看见这样子，我倒真想起过去生产队开队委会的样子！不过这只是暂时的，今天开会就要解决这个问题！”说完目光一一从众人脸上掠了过去，然后才正了脸色说：“大家知道，我们十三标段承包的项目已经进入正式施工阶段，段家沟大桥桩基已经起来了，马上进行桥墩浇灌，青龙岭、罗家寨两条隧道也已完成前期准备，也即将开挖。我们是第一次承建高速公路，只能建一条优质工程，决不能出半点纰漏。按照指挥部的统一规定，所有标段的项目部在进入正式施工以后，一律不得窝在城里搞遥控指挥，必须搬到工地上来，所以我们租了这幢老乡的房子，从今天起大家就开始在这里办公了！下面我讲这样几个问题……”兴仁停了一下，又扫了扫众人，见大家都在认真做记录，才接着说下去：“第一便是办公室问题！人要有精气神，企业一样也得有精气神。企业的精气神是什么？那就是形象！而办公室就是企业的脸。这幢房子总体上说还不错，但有些地方已经陈旧了，我的意思是，该粉刷的粉刷，该装修的装修，特别是灯，我建议一律换成枝形吊灯，会客室和总经理室的布置要显得大气、堂皇一些，我建议以红色为主。办公室找人来量一量，在屋顶烧个大铁架子，装上‘三鑫路桥’的霓虹灯，要让人在很远都能看见我们的标志。此外还找人写副反映我们‘三鑫’人修路架桥豪迈气魄的对联贴在大门两边，内容我都想好了，说出来让大家斟酌斟酌。上联是：‘与时俱进修建康庄大道’，下联是：‘开拓创新架设幸福金桥’，横批是：‘三鑫精神’！大家认为怎么样？”众人立即一边鼓掌，一边叫了起来：“好！好！总经理这副对联果然说出了我们‘三鑫’人心里话！”兴仁道：“你们别只管叫好，多提意见，多提意见才是！”停了一下，又继续说，“除了对联，还有吊牌。吊牌我不多说，就比照我们‘三鑫’房地产公司做。这里我要强调的是标语也不能少，我也想了几条，供你们参考。一条‘尊重业主，服从监理’，一条‘精心组织，科学管理’，一条‘安全第一，预防为主’，一条‘团结拼搏，求新务实’，大家还可以想，但一定要紧贴我们路桥的实际！办公室要多制作一些，不但外面墙上要挂，里面屋子也得挂。虽然这有些形式主义，可必要的形式也要搞嘛！不然以后县上和指挥部的领导来检查，我们的精气神体现在哪儿？还有各部门的牌子，也要制作好挂到自己办公室门口。这里有一个小问题，过去你们都称作‘秘书处’、‘监理处’、‘工程处’、‘安全处’、‘公关处’、‘宣传处’‘财务处’等。可我最近想了一想，我们县委书记、县长才是一个处长级别，你们出去就被人‘处长’‘处长’地叫，这他妈的不好，有点犯上的意思。所以我想了一想，准备把‘处’改为‘部’，你们也都由‘处长’变为‘部长’，大家议一议看行不行……”兴仁话音未落，众人便说：“总经理考虑得真周到！行，行，叫‘部长’比叫‘处长’还好听些！”兴仁见大家同意了，便对办公室主任说道：“那就这样定了，改为‘秘书部’、‘监理部’、‘工程部’、‘安全部’、‘公关部’、‘宣传部’、‘财务部’，门牌也就按上面说的制，制好了钉在门上，这叫作‘麻雀虽小、肝胆俱全’，也能显示企业形象，小看不得！这是我讲的第一个大问题，这个问题由办公室和财务部抓紧落实，争取下次开会大家就能坐在宽敞明亮的会议室里，不再现在这样像生产队开会了……”

话没说完，两个人腾地从板凳上站了起来，一个是宽额头、头发后背、两道眉毛又粗又黑的办公室丁主任，一个是两颊长着淡淡雀斑，单眼皮小眼睛，一对饱满的奶子高高地顶起淡粉色上衣的账务部部长孙女士，两人几乎是一同对贺兴仁说：“总经理放心，散了会我们就去办！”兴仁点点头，示意他们坐下，这才又说：“青龙岭隧道和罗家寨隧道就要开挖了，兵马未动，粮草先行，炸药的事，宁部长，你这个公关部长联系得怎么样了？”一个脸上长满痘疮的中年汉子应声从板凳上站了起来，对兴仁回答道：“昨天我已经和公安局管民爆的治安大队长谈妥了，没问题，只等开票提货！”兴仁说：“那就好！”说完又对一个穿浅蓝色短袖衫，深蓝色裤子的三十多岁的汉子说：“按照规定，存放炸药的地方要远离城镇和村庄，还得二十四小时专人值班看守，派出所还要来安装监视器，放炸药的地方肖部长你找好没有？”被兴仁点到的肖部长身材高壮，体格结实，眼睛不断眨动，给人一种装怪相的感觉。他也立即站起来说：“已经找好了，就在青龙岭山下，一个单门独户人家，正要请总经理去看看呢！”兴仁说：“找好了就好，我去看了不算，你先给派出所打电话，要他们来验收了才算！”那人答应了一声，坐下了。兴仁又问了其他几个问题，都得到了满意的答复，兴仁这才说：“今天开个短会，散会后大家分头去行动！特别是工程部和监理部两个部门，一定要到现场去，发现问题及时处理！”说完便大声宣布：“散会！”众人一听，便纷纷离座，一边拍打着屁股一边向门外去了。

兴仁等众人走了以后，这才拎起皮包，正准备出去，秘书小廖便袅袅婷婷地走了进来，高跟鞋磕打着地面发出清晰的嗒嗒声。小廖便是让兴琼嫉妒和不满的范春兰娘家那个表侄女，二十三四岁，一米六五的个头，鹅蛋脸儿，皮肤白皙，一头瀑布般的披肩长发，把一张光滑白嫩的脸衬得更加好看。此时她上穿一件白色T恤，下着一条绿色乔其纱短裙，露着两只藕白柔软的胳膊和一抹月牙般的脖颈。她手拿一张红色纸片，对兴仁微微躬了一下身子，然后才对兴仁说：“总经理，这儿有你一张请柬！”

兴仁伸手接过小廖手里的请柬，眼睛却落在了小廖十根洁白娇嫩的纤纤玉指上，眉头不由自主跳了两下，他似乎意识到了什么，马上便把目光转到了手里那张纸片上：

为孙女儿满月设宴姚德栋、王世碧恭请德兴高速十三（石埡段）项目部总经理贺兴仁先生光临

时间：公历 2016 年 5 月 12 日（农历二〇一六年四月初六日）上午 11：30 入席

席设石埡乡鸿运饭店

兴仁一看，目光马上黯淡下来，突然爆出了一句粗口：“他娘的，龟儿子些又出来抢钱了！”愤愤地骂完，突然看见小廖还在面前，便又不好意思地说了一句：“对不起，我骂人了！”小廖脸红了，忙说：“没什么！”兴仁又朝手里的纸片瞥了一眼，一看日期正是今天，便又对小廖问：“你什么时候收到的?”小廖说：“收到好几天了。”兴仁做出生气的样子：“那你为什么不及时告诉我?”小廖立即显出几分不安的样子来，说：“我以为一个乡书记，没什么重要的，见你又忙，便……”兴仁没等她说完，便说：“好了，我知道你也是为我好，可是你难道不知道我们这段路，正好在石埡乡他的地盘上?”小廖红着脸，眼睛看着地下说：“是在他的地盘上不假，可我们修我们的路，土地也是国家征用了的，他也不能给咱们工程带来什么利润，明摆着他这是敛财，我们为什么要白白出血?”兴仁一听这话，心里忽然一阵感动。其实兴琼的嫉妒和不满有些毫无根据，兴仁喜欢这个姑娘，倒不是因为她是范春兰娘家的表侄女，而是由于这个姑娘的眼睛尖，乖巧懂事，工作也不错。她刚来时，随着范春兰的辈分对他一口一个“表姑爷”地叫，他沉着脸纠正了她几回，后来便改称“总经理”了。转变的并不只是一个称呼，更重要的是他在她面前有意画出的那道鸿沟和距离，否则像她这样一个漂亮的姑娘每天都在他面前晃上晃下，难免不使他产生一种想入非非的念头。当然，他喜欢她还不光是因为工作不错，她的漂亮也是重要的一个方面。尽管他并没有对她做过什么，但一个男人整天有个漂亮女人在身边转来转去，既养眼又养心，总归是一件好事。何况她笑起来，那清纯可爱的样子和丽丽真是一模一样，就让他不由自主地在心

里产生一种怜香惜玉的感情来。兴琼抱怨了好几次说好处都让范春兰娘屋占了，他们没沾到什么光，兴琼的意思兴仁怎么不明白？可即使把婷婷招到公司来，她能够做什么？兴仁停了一会才说："你只知其一，还不知其二，这些地头蛇我们可惹不起！他确实不能给我们带来什么利润，可他不给咱们制造麻烦，让我们工程顺利开展也是利润！"小廖不知是听懂了兴仁的话，还是其他什么，抬起头瞪着水盈盈的大眼对兴仁点了点头。兴仁对她说："去把公关部宁部长叫来！"小廖又朝兴仁瞥了一眼，转身"橐橐"地走了。

没一时，宁部长来了，一进门就问："总经理，有事吗？"兴仁说："喝酒去！"宁部长不明白："喝什么酒？"兴仁没答，顺手把请柬递给他。宁部长接过去看了看，也骂了起来："龟儿子又敛钱了！"说完，却把眉头皱成一团，又抱了肚子，才对兴仁说："总经理，你能不能……换个人去……"兴仁问："为什么？"宁部长说："不哄总经理说，昨天联系炸药陪公安局治安大队长喝，把胃喝伤了，现在还疼……"兴仁没等他说完，便说："你是公关部长，你不去谁去？"宁部长见实在躲不掉了，过了一会儿才又对兴仁说："那把小廖叫上吧？"兴仁说："她能喝酒吗？"宁部长问："喝完酒谁开车回来？"兴仁明白了，点了点头说："那好，把她叫上吧，可别让她喝酒！"宁部长立即转身去了，兴仁盯着他的背影说："让小廖到财务部领五千块钱出来用红包装好！"说完，又将手里的包狠狠地掷到桌子上再次咬牙切齿地骂了一句："老子五千块钱又被狗日的贼娃子抢走了！"

贺兴琼

贺兴琼头戴一顶紫罗兰色的软布遮阳帽，上穿一件白色花点短袖衫，露出两条长长的棕色胳膊，下着一条深蓝色的宽松长裤，右肩上挂着一只胀鼓鼓的好又多超市的红色购物袋，里面装着她几件换洗衣服和两双袖套，又朝滨河路码头旁边的劳务市场来了。代婷婷赌气不辞而别后，她伤心了一段日子，才给丈夫打电话，想去福州。可代江却在电话里说，福州现在许多老板关门的关门，跑路的跑路，像她这样年龄和文化的妇女，除了在街道上打扫卫生和给人做家务外，想找一个好点的、体面的工作很难，还不如就在县城找点"零八天"事先干到。她一想也对，远走不如近爬，在县城即使找不到事做，起码也不用付房租费，可出去了，见天都要一二十块钱开销呢！这样一想，她便又留了下来。

县城本来没有什么劳务市场，大前年夏天，天气奇热，太阳烤得大街小巷都直往上冒青烟。一伙穿大裤衩、光着上身、肩上扛一条缠了两根绳子的扁担到城里找活干的乡下“棒棒”，热得受不了，又一时找不着消暑降温的地方，一个长一头粗壮茂密像鸡窝一样乱发、身板又壮实得如一头水牛似的“棒棒”，一边不断用手擦着额角的汗，一边对大伙说：“反正又没活干，不如到河里泡他妈一哈儿！”众人一听，齐声叫好，于是一群人便朝河边走来。才走到大桥辅桥底下的荫凉处，还没下码头，突然感觉河风飒飒，一阵清凉扑面而来，好不令人心旷神怡！一伙人立即大叫：“安逸！安逸！硬是安逸！”一边说，一边把扁担立在地上，张开双臂，似乎是想把这清凉都拥到怀里一样。一时也忘了下河洗澡，干脆一不做、二不休，将扁担往地上一横，身子往光滑的水泥上一躺，手脚再摊成一个“大”字，尽情享受起这难得的舒服来。后来一传十，十传百，那些一时没有活干又无处消暑的“棒棒”便都往这河边大桥底下来了。这一下，可乐坏了这个小城的城管部门和一些商家。原来这个小城的管理者和商家，都在为这些季节性拥到城里来的乡下“棒棒”发愁。他们要么像现在这样只着一条遮丑的大裤衩满街晃荡，要么就是十几二十个聚在街头打扑克、扯金花，大喊大叫，吆五喝六，既影响市容，又有碍观瞻，严重影响了这个小城的全省文明城市创建工作。要么就是一窝锋拥到银行或超市里去蹭空调，有时拥去蹭空调的人甚至比顾客还多，赶也不好赶。现在可好，这些光上身满街晃荡的乡下劳力往大桥下一聚，街上顿时像一个去掉了脸上渍斑的妙龄少女一样，光洁了许多。城管部门灵机一动，立即写了一块“劳务市场”的大牌子，挂在了大桥入口处。这样一来，城管再看见那些满大街晃荡的扛扁担的大裤衩光上身们，便理直气壮地将他们往河边赶去，这滨河路大桥下便渐渐成了一个乡下劳力的聚集地。事有凑巧，这年秋天上面来检查下岗工人再就业情况，其中有一个硬杠指标，就是必须要有一个为下岗工人再就业提供方便的“劳务市场”。可在如此短的时间里，怎么能建起一个成熟的再就业劳务市场？城管部门这时便借花献佛，在通往滨河路码头的入口处，焊起了一个巨大的拱门铁架，上书了“全县下岗职工再就业劳务市场”十几个大字，又在大桥两边的空地上，用不锈钢管焊接了几个铁架子，上面盖着蓝色PC耐力板铝合金雨棚，因陋就简地建起了五六个既可挡雨又可遮阳的大敞棚，又把滨河路老城墙下面几间年年被水淹基本废弃不用的半地下室房屋腾出来，动员了三四家做劳务生意的中介免费搬进去，又在大路下面和两边，张贴了许多关于下岗工人再就业的标语和劳力市场管理的若干制度等等。这样一来，一个像模像样的“下岗工人再就业劳务市场”便形成了，也果然在检查时得到了上面的肯定和赞扬，小城因此获得当年“全省下岗工人再就业先进县”的殊荣。第二年，上面又一个部门来检查“巾帼建功立业”情况，城管部门再顺势一为，这个劳务市场又变成了“巾帼建功立业再就业劳动力服务中心”，同样又获得了上级大加赞誉。两件事让城管部门尝到了甜头，于是便决定加强管理，把这个市场划归县劳动就业局管理，成立了专门的市场管理办公室，规定凡是全县用工单位和个人，都必须到劳务市场来招聘，而一些需要出卖劳动力的人，也渐渐地都集中到这儿来了，于是倒真成了一个劳动力交易市场。

可不管市场入口处铁架拱门上招牌如何变幻，到这儿来找职业的，始终都是那些季节性从乡下来到城里临时找活干的劳动力，比如搬运、装卸、送货、墙面粉刷、疏通下水道、油漆、杂工、洗车、洗碗、家政、保姆、月嫂、临时保安、保洁、饭店传菜员、洗碗工、砌墙师傅等等，他们才是这儿的常客，城里真正的下岗工人和“巾帼”们则很少到这儿来，这里纯粹是一个农民工的“苦力”世界。

兴琼刚进入铁架拱门，便听见一阵嘈杂的声音传了过来，她感到一种特别亲切的热烘烘的气氛。她下了几级台阶，正式拐进了市场，这时便看见大桥和几座不锈钢敞棚里，东一堆西一堆坐了大约一百多个人。这儿的人大多也按照“物以类聚、人以群分”的规律聚在一起——“棒棒”们或把扁担垫到屁股底下，或立在背后，三五成群或十个二十个一伙，或是打牌，或是吹牛聊天。现在天气还不太热，身上大多穿着半旧的T恤或衬衣，但总是少不了大呼小叫和满口粗话。一些有点小技术凭手艺吃饭的人，比如刷墙的粉刷工、漆工，通下水道的水管工，砌墙的瓦工等，则显出了不肯与那些“棒棒”为伍的派头。他们很少说话，即使说话也很少大呼小叫。他们只把自己用以谋生的工具如粉刷工的刷子、油漆桶，瓦工的瓦刀，水管工的扳手、钳子等放到自己的面前，然后静静地等待雇主按图索骥。至于像兴琼这样的女人，则不分什么工种，她们都喜欢待在一起，一边等待雇主，一边聊些家长里短或做工的经历。

兴琼从一堆正打着扑克的“棒棒”身边经过时，一个穿黑边蓝背心、满脸胡茬的人忽然抬起头对她说：“贺幺妹，还没找到事做呀？”兴琼经常来这儿，一些人和她熟悉了，她当然也认识不少人。她知道此人姓孙，年龄和她差不多，因他一脸猴相，人又干瘦，兴琼便叫他“孙猴子”。兴琼听了他的话，便说：“找没找到事关你啥事，难道你还要给我介绍工作？”“孙猴子”正色道：“还真有一件工作适合你做。”兴琼一见他认真的样子，马上停了脚步，对他问：“什么工作？”“孙猴子”这才嬉皮笑脸起来：“晚上给我煨脚！”兴琼一听，便说：“你喊我三声妈，老娘给你煨就煨！”“孙猴子”一听这话又认真地说：“真的，我就喊你妈，可你也要答应我一个条件，我喊了你妈，你要当到众人把奶奶拿我吃……”还没说完，众人早看着兴琼哈哈大笑起来。兴琼窘得满面通红，正想回骂“孙猴子”，忽然从里面半地下室的屋子里走出一个穿条纹衬衣的管理人员和一个大高个、留寸头、穿一件雪白衬衣满面红光的中年富态男子，管理人员举起手里的电喇叭就喊：“棒棒——”只见地上的“棒棒”不管是打牌的还是聊天的，都抓起扁担从地上跳了起来，朝那两人拥过去。穿白衬衣的中年富态男人一见，急忙高呼：“要不到这么多，我只要十个卸货的！”可“棒棒”还是蜂拥而去，把他们围得水泄不通。中年男人便伸手在人群中点：“你，你，你，还有你……”点了十个便不再点了。那些被点的人脸上便露出得意的神色，跟着中年男人往外边走，没点到的人则垂头丧气地走回去，继续打牌或是聊天。

兴琼走到一群女人身边，一个穿红色蓝花衣服的女人立即对她问：“贺姐，这几天你到哪儿去了？”兴琼说：“我被一个在医院里生孩子的女人请去当月嫂去了！”女人说：“怪不得没见你，满了吗？”兴琼说：“可不是，那孩子吵得很，特别是晚上，烦得我睡不着觉，再不满我也不想干了！”说完又对那女人问：“赵姐，你这几天活儿怎么样？”那女人面前摆着一只打扫清洁的塑料桶，里面放着两根毛巾，一把擦玻璃的刷子，听了兴琼的话，急忙说：“还行，昨天做了两家的保洁，一家老板特大方，做完还多给了五块钱，一家老板又特小气，做完以后，说我这儿没做好，那儿也没做好，要扣我十块钱，我和她大吵了一架，我说，你扣我十块钱也是拿去吃药！她一听要打我，我也不是好惹，举起这把擦玻璃的刷子要和她对打，最后还是别人来把我们劝开了！”

兴琼正要回答，突然又来了一个招“棒棒”的人，那些“棒棒”又把刚才的经过重演了一遍，最后挑了五个“棒棒”走了。兴琼见了，便羡慕地说：“还是男人好找事些……”一语未了，先前那个穿条纹衬衣的管理又持着电喇叭走出来大声叫道：“保姆，保姆，一个女老板招保姆……”一听这话，许多人又都纷纷往那儿跑，一边跑一边问：“什么样的保姆？”管理人员见一些男人也往那儿跑，便又叫道：“男人不要，男人不要！”男人听了这话，只好站住了脚，嘴里却不干不净地说道：“女老板就要招男保姆嘛，男老板才招女保姆嘛！”兴琼等十多个女人听了，急忙跑了过去，问：“招什么样的保姆，干什么的？”那管理人员说：“照顾她父亲！”一些人听说，又问：“她父亲怎么了？”管理人员说：“她父亲瘫痪了，要人照顾！”一些人马上显出了泄气的样子，说：“原来是照顾一个瘫子，这叫什么保姆？明明是护工嘛，这可不是什么好活儿！”一边说一边退了出去。兴琼却挤了上去，问：“老爷子多大年龄了，是全瘫还是半瘫？”管理人员说：“我也说不清楚，老板在里面，愿意应聘的，进去和她说！”兴琼等几个女人便随他到了里面那间半地下室里。进去一看果然见桌子前坐着一个四十多岁的中年女人，一副大墨镜遮住了大半个面孔，一头短发，脖子上挂一串红玛瑙。上面一件紫色开米司短衫，下面一条深色紧身筒裙，裸露的小腿光滑而白皙。兴琼又把刚才的话说了一遍，那女人把墨镜往上推了推，这才对回答说：“我家老爷子今年六十七岁，瘫痪有两年多了，工作呢，就是喂他吃饭吃药，洗衣服，有时给他洗洗澡，天气好的时候推到小区晒晒太阳散散心……”兴琼不等她说完，便又问：“上厕所能不能自理？”女人笑了一下，露出了一种和气又无奈的表情：“要是上厕所能自理，那就好了哟！”可说完又马上说，“不过我们有纸尿裤！”可众人听罢，还是有人嘀咕似的说道：“说到底，还是要揩屎揩尿，这样的老人不好服侍！”一边说，一边又有几个人退出去了。

可兴琼没有走，她又对女人问：“多少钱一个月？”女人听了这话，没给兴琼一个具体的答复，只说：“钱不是问题，只要能把老爷子照顾好，我绝不会亏待你……”话音没落，穿条纹衬衣的管理人员忽然对大家说：“知道人家是谁吗？怡海商城的大老板呢！”听了这话，众人都“啊”了一声，穿条纹衬衣的管理人员又说：“人家大老板说得对，只要把她老爷子照顾舒服了，怎么会亏你们？”兴琼说：“可也还得说个具体数字！”女人想了想说：“基本工资两千元，浮动工资一千，基本上每月能保持在三千元左右吧！”一些人听了，又马上说：“服侍这样的瘫痪病人，三千块钱就多呀？现在做小工还要一百多块一天呢！”女人听大家这样说，生怕没人愿意去，马上又说：“做好了还可以增加嘛！”众人便互相看看，可没人答应去。停了一会儿，兴琼又问：“包吃包住吗？”女人忙说：“那是当然，那是当然！不包吃包住，还怎么照顾老爷子？不瞒你们说，我实在太忙，根本没时间照顾他，我就是想找一个长期的，省得我整天来烦这个事情！”说完又看着兴琼说：“这位大姐如愿意去，我们马上就签协议！如果你不放心，你先做三个月试试，如果满意，三个月后你继续做，我保证会给你增加工资!”一听这话，穿条纹衬衣的管理人员马上说：“这样最好，这样最好，也符合《劳动法》!”兴琼回头看了几个女人一眼，似乎是想征求她们的意见，没想到赵姐却拉了她的衣服一把，说：“贺姐，你真想去呀？这样的老爷子真的很麻烦呢!”兴琼说：“麻烦是麻烦，可这事能长久一点，省得天天往这儿跑!”说完便像是下了决心似的对女人说：“那我们就这样说定了，如果不满意我可要离开的!”女人说：“有白纸黑字呢，大姐怕啥?”穿条纹衬衣的管理人员见她们已经说妥了，便立即从抽屉里抽出几张打印好的纸说：“那好，那好，签合同!”兴琼突然对管理人员说：“可我没有中介费……”女人忙说：“没有不要紧，我替你付!”兴琼只得点了点头。那管理人员立即在纸上“唰唰”地填起字来。屋子里几个女人一见，便一边摇头一边退了出去。穿条纹衬衣的管理人员填完了字，让女人先签了字，摁了指印，又让兴琼在上面写了自己的名字，也摁了指印，才大叫了一声“OK”，把协议给了兴琼和女人各一份。女人忙掏出二百块钱给管理人员，然后过来执起兴琼的手，说：“谢谢你，大姐，从今以后我们就是一家人了!”兴琼觉得这个雇主还不错，于是也说：“大姐说得对，但愿能够成为一家人!”

代婷婷

婷婷穿一条黄色棉麻圆领收腰连衣短裙，肩上挂着一只小巧玲珑的棕色迷你欧美小方包，露出两只雪白柔嫩的胳膊和圆润光滑的小腿，匆匆跑过斑马线，来到了她们公司斜对面一家肯德基快餐连锁店。一个多月来，她不知从这里路过了多少次，每次闻到从店里飘溢出来的香气，她都忍不住馋涎欲滴，想进去大快朵颐，可她还是忍住了。她想等发了工资，用自己的钱来吃才更有意义。她终于等到了这一天——刚才她从财务那儿领到了自己的第一笔工资，虽然不多，因为她现在还是试用期，只有二千五百元，可她仍然很高兴，一下班，她就跑来了。她想用这种方式为自己庆贺庆贺!

玻璃门上绘着一个戴眼镜的外国老头形象，她知道这个微笑着的外国老头就是肯德基的创始人，但她不知道他叫什么名字。她推开玻璃门进去一看，屋子里已经坐满了人，大都和她年纪不相上下，年轻漂亮，生机勃勃，活力四溅。她的目光在屋子四处瞅了瞅，看见一个带着孩子的女人对面还有一个位置，便立即走了过去。那女人穿了一件水绿色的低胸长裙，胸脯很大，嘴唇有些厚，两边嘴角微微上翘，旁边的小男孩大约六岁的样子，圆圆的脑袋，胖乎乎的身子，正抱着一只鸡腿在啃。女人面前只有一杯果茶，看样子她只是陪孩子来吃的。婷婷对女人礼貌地笑了笑，便在她对面坐下了。女人也同样对婷婷回敬了一个微笑，在女人微笑时，婷婷才看见她的牙齿白晃晃的十分整齐，配上美白的肌肤和一头光滑的长发，显得很美。她有三十岁了吗？不，最多不超过二十六岁！她的胸真大，把裙子衬得那么高，像两座喜马拉雅山，真好看，可我的胸怎么就只像两只没有发泡的小馒头大呢？婷婷朝自己胸脯看了一下，觉得有些不好意思了，便回头逗孩子说："小朋友，好不好吃？"可那个小胖墩只斜了她一眼，没答话，继续啃自己的鸡腿。女人便轻轻推了他一下，说："姑姑问你呢，怎么不回答？"男孩又狠狠地白了婷婷一眼，突然冲女人说："你说过，不要和陌生人说话！"女人一听，不禁"扑哧"笑出声来，婷婷也跟着笑了。女人又笑着对婷婷说："对不起，这孩子没礼貌！"婷婷说："没什么，小孩子挺可爱的！"说完却没什么话说了。

婷婷又等了一会儿，见没服务员过来，便大喊了一声："服务员，点菜……"话音没落，满屋子的人都朝她扭过头来，十分诧异地盯了她一眼。婷婷不明白众人为什么会这样盯她？女人才对她说："这儿不兴服务员点菜，自己到服务台点，交了费再领食！"婷婷一听这话脸马上红了，有些不自然地说："原来是这样！"说完又对女人说："麻烦你帮我把位置看到，我去取菜！"说罢便把刚才按到膝盖上的小方包斜挎在肩上，起身朝服务台去了。

到了那儿，婷婷又愣住了，原来她没吃过肯德基，并没有想好要吃什么，也不知道什么好吃。服务台后面的墙壁上，挂着各种菜谱的大幅照片，那些照片都拍得很好，仿佛一盘盘色香味俱全的菜摆在面前一样。婷婷的目光一一掠过去：牛油果香辣鸡肉卷、牛油果香辣鸡腿堡、BBQ手撕鸡肉卷、伴鸡伴虾堡、藤椒鸡肉堡、圣诞红辣鸡腿堡、黄金咖喱猪扒饭、脆鸡八分堡、香辣鸡柳饭、新奥尔良烤鸡腿饭、香烤照烧鸡腿饭……看了半天，她也拿不定主意吃什么。服务员似乎看出了她的犹豫，便过来问："美女，想好了吃什么吗？"婷婷的脸又立即发起烧来，过了半天才问："你们说，什么最好吃？"服务员说："我们这儿什么都好吃，美女你几个人？"婷婷说："就我一个人。"服务员便说："那我们给配一个五味小吃桶吧，既实惠品种又多……”婷婷忙问：“都有些什么？”服务员像背书一样立即背了出来：“新奥尔良烤翅四块、香辣鸡翅两块、黄金鸡块五块、劲爆鸡米花一份、红豆派两个，外加青金橘鲜果茶一杯，你一个人吃完全够了！”婷婷又问多少钱？服务员说：“不贵，一共七十元！”婷婷一听便答应了，立即过去交了钱，没一时，一桶早已配制好的“五味小吃”和一杯鲜橘果茶便端出来了。

婷婷接过盛着食物的盘子回到座位上，那小孩已经吃好了，女人对婷婷说了一声：“慢吃！”说完拉着小孩便走了。婷婷把小孩的盘子和女人的杯子向旁边推了推，把自己的盘子放到桌子中间，在座位上坐下来。她俯下身子，把鼻子凑到那些鸡翅鸡块上使劲嗅了一下，一股异香立即沁入肺腑，她不由得张大嘴巴夸张地出了一口气。然后她端起果茶，轻轻啜了一口，那味道酸酸的、甜甜的、香香的，真是说不出的惬意。她又吸了一口，突然想到要是老妈在这里，又不知道她要怎么唠叨呢！啊，自己挣钱自己花真好……真好，真好，城市真好，早知道大城市这么容易挣钱，这么好玩，我早就出来了！我老妈真是老土，还左也不放心，右也不放心，还想把我像一只小鸡那样永远遮在她的翅膀下面。有什么不放心的，我现在不是好好的吗？我不过用了她三百块钱，就红眉毛绿眼睛的，等过年的时候回去，我给她买一件三千块钱的皮衣，看她还会不会说我是个白眼狼了，会不会说我不会过日子了，会不会说现在偷针以后偷金了？那给我老爸买什么呢？我可得仔细想想！哎，我老妈会不会是到更年期了，要不怎么会那样唠叨呢？没准儿是到更年期了！好久没给她打电话了，晚上给她打个电话吧。她可千万别又在电话里，要我这样，又要我那样，好像我还是个三岁小孩子，我可是个大人了！要不要把今天吃肯德基的事告诉她呢？不告诉，告诉了她又会说我不会过日子了……

婷婷慢慢享受完了盘中美食，又把杯子里的果茶一口气喝光了，感觉肚子饱饱的，真像服务员所说又实惠又便宜。她把空盘子和空杯子往桌子中间一推，还不想离开。屋子里十分清凉，虽然天气还不太热，但老板已开了空调。她从小方包里取出一只小圆镜，对着脸照了起来。镜子里浮现出的是一张放着红光、像只熟透了的苹果似的面孔。一只小巧端正的鼻子，一双没画眉毛、没做任何修饰的单眼皮小眼睛，虽然没黄曦那对双眼皮大眼睛好看，可和她同住一屋的同事娟娟说，她笑起的时候特别迷人。她问娟娟怎样迷人？娟娟想了半天才说：“我也说不清楚，只感觉你眼里闪出的光芒特诚实、特善良、特纯洁的样子！”她觉得娟娟说得对，她就是特别诚实善良和单纯，像个中学生一样！还有自己这张嘴唇，和刚才那个女人一样，厚是厚了一点，却又如娟娟说的仿佛一朵亮晶晶的果冻，特别肉感，充满着活泼的气息。娟娟的嘴唇就薄了一些，怎么涂唇膏都没她嘴唇好看。婷婷兀自笑了，觉得来省城尽管才一个多月，可她比在家里更白更妩媚了。她又从方包里拿出一支变色口红往那两瓣果冻一样的嘴唇上抹了抹，这才站起身来打算离开。可就在她反身这瞬间，她看见服务台食品架上做得十分精致的淋花冰激凌，馋虫又一下涌了上来。于是便又走过去，买了一筒冰激凌，服务员递给她一只塑料小勺，她这才一边挖着冰激凌往嘴里送，一边像孩子似的跳着走了。

贺兴仁

贺兴仁把车停在石垭乡鸿运饭店门口，这是一个小乡场，公路两边矗立着许多三四层的楼房，其中一些楼房差不多修到公路上来了，使公路像一截得了肿瘤的结肠。老街却破烂不堪，偶有一两幢小楼耸立在一片低矮昏暗的小青瓦房中，益发衬托出这些房屋的颓败来。鸿运饭店就修在乡政府旁边，兴仁、宁部长和小廖下了车，没见门口有人迎接，走进大厅，也是空无一人，一点不像有人办酒席的样子。正疑惑间，石垭乡党委书记姚德栋和他叫王世碧的胖老婆从里面一间屋子出来拱手迎道：“欢迎欢迎，没有远迎，还望贺总海涵!”兴仁也没看见登记收礼的地方，回头一眼瞥见了姚书记老婆肩上挂着一只黑亮的挎包，急忙朝小廖示意，小廖立即掏出了准备的红包递了过去。那女人果然接过来就放到了包里，这儿姚书记执了兴仁的手正要往里面走，忽然想起了什么，看着小廖对兴仁问：“这位姑娘……”宁部长抢在了兴仁前面回答：“我们办公室小廖!”姚书记忙说：“哦，哦，明白了！对不起，小廖姑娘请楼上坐!”说着对老婆努了一下嘴，胖老婆立即甩着大屁股，带小廖上楼去了。等她们走开以后，兴仁才对姚书记问：“这么宽的地方，怎么不把席桌摆在一起?”姚书记有些神秘地笑了笑，半晌才说：“贺总埋头搞企业，还不晓得当下形势，中央抓……”说到这里停住了，过了一会儿才接着说：“贺总是聪明人，一提你就明白的，明白的!”兴仁恍然大悟，原来这老东西是怕在当前反腐的高压态势下有人曝光出去吃不了兜着走，所以才把席桌化整为零。

兴仁没再说什么，和宁部长一起走进里面一个大雅间，见屋子里只有两张桌子，已经坐满了人，一桌坐的是乡上的头头脑脑和段家沟村的段支书，还空下两个座位，看来是专为他们留着的，另一桌有乡上一般干部。姚书记要让兴仁和宁部长去上首坐，兴仁坚决不答应，说："颠倒了，颠倒了，我在这儿只是姚书记你的一个子民，怎敢坐父母官的位置？"谦让了半天，还是姚书记和郑乡长坐了上位，兴仁和宁部长打横坐在姚书记左边。刚一落座，派出所邬所长便对兴仁问："你们炸药库找好没有？"兴仁忙说："找好了，找好了，就等所长大人百忙之中去验收了呢！"邬所长听了便说："那就好，那就好，监控器材我们所里都买回来了，就等着验收后安装呢！"说完又突然对兴仁说，"炸药库要请专门的保安二十四小时值班，你们知道不？"兴仁又忙说："知道，知道！"邬所长说："知道就好！"说完不再说什么了。姚书记拿起桌子上一瓶用矿泉水瓶装的白酒，拧开盖子往每个人杯子里斟了满满一杯，一边斟一对边对大家说："现在贯彻中央八项规定，我们可要带头执行，啊！今天就委屈大家喝点我们乡上酒厂自己生产的白酒，啊！"说完举杯感谢大家光临。兴仁将酒杯举到嘴边呷了一口，却喝出了五粮液的味道，便笑着对姚书记说："姚书记，你们酒厂生产的酒可太好了，完全可以和五粮液媲美了！"姚书记听了这话，也心照不宣地笑着说："那是的，我们酒厂的酒是不错哟！"众人听了也都嘻嘻地笑。大家一边喝酒，一边吃菜，桌子上气氛显得融洽而又活跃。正在这时，姚书记的胖女人却抱着一个襁褓走了进来，身后跟着一个还戴着帽子、穿着厚厚绒衣的"月婆子"。一看见婴儿襁褓，兴仁马上回过了神，想起刚才走得急，忘了吃满月酒还有一个婴儿祈福的风俗，即在吃酒时，婴儿的奶奶或母亲要将婴儿抱到每个客人面前，让客人对婴儿说一句祝福的话，并要赐以红包。果然，那胖女人抱着婴儿走到桌前，便对客人们说："我丑丑来拜见各位爷爷、叔叔，求各位爷爷叔叔把你们的洪福都让我丑丑分享分享！"说完又对姚书记问："从哪开始呢？"姚书记想了想，便指了段家沟村段支书说："就从他外公开始吧！"兴仁一听，才知道段家沟村段支书和姚书记是儿女亲家。果然，胖女人便抱着婴儿走到段支书身边，对了婴儿说："丑丑，丑丑，这是你外公，听你外公说什么？"话音一落，段支书便站起来，在婴儿脸上摸了一下，然后从口袋里掏出一张纸，像做报告似的漱了漱嗓子，便朗声念道："一祝我孙一品当朝，二祝我孙二仙得道，三祝我孙三元及第，四祝我孙四季发财，五祝我孙五子登科，六祝我孙六位高升，七祝我孙七巧相逢，八祝我孙八仙庆寿，九祝我孙九九长寿，十祝我孙十全十美!”众人一听，都鼓起掌来，叫道：“说得好，说得好，把我们的话都说完了，我们说什么呢?”段支书对众人不好意思地笑了一笑，才从怀里摸出一沓百元大钞，故意轮开，在众人面前晃了一下，然后放在了婴儿的襁褓里，众人估计是一千元，便又叫起好来。胖女人微微弯了一下腰，对段支书说了一句：“丑丑谢谢外公了!”说罢便转向了段支书旁边的张副乡长。兴仁正准备听张副乡长怎么说，宁部长却扯了他的衣服一下，他急忙扭头看去，只见宁部长将一根手指弯成了一个问号状对他晃了晃。兴仁知道他在问什么?便摇了摇两根指头。可抬头一看，张副乡长给孩子的红包是五张百元大钞，接下来王副乡长、吴纪检、邬所长等人也都是五百元，兴仁又急忙将五指并拢，在宁部长大腿上戳了一下，宁部长会意地点了一下头，急忙低下身子准备红包，他先将五百元大钞悄悄递到兴仁手里，然后自己也握了五百元。一会儿，胖女人便抱着婴儿来到兴仁面前，兴仁朝襁褓里瞥了一眼，那丑丑确实丑，满脸皱纹，但他也像早就准备好了似的，展开手里的五百元钱，在丑丑襁褓上一边挥，一边说：“丑丑，叔叔没你外公说得好，叔叔给你的是钱，却又不全是钱，你看这‘红被单’上有什么?全是伟人!你今后当了伟人，不但光有钱，想有什么就有什么，叔叔祝你早点当上伟人!”说着把钱也轻轻放在了丑丑的襁褓里，众人也都叫起好来。轮到宁部长时，也同样说了两句升官发财的话，丢了五百块钱。这儿进行完毕，胖女人又抱着丑丑到那一桌去了。这时兴仁突然对宁部长说：“你去看看小廖，叫她不要喝酒，等会儿还要开车呢!”宁部长知道兴仁的意思，是怕等会儿胖女人把丑丑抱到楼上去，小廖没带钱，会让她尴尬呢!果然一边捏着口袋，一边起身去了。

吃好喝好，众人都起身告辞，兴仁也正要走，姚书记忽然喊住他，说：“贺总，请留步，我还有个事要向你汇报!”兴仁知道他不会有什么好事，便把宁部长喊住了，说：“宁部长你等等，姚书记还有指示!”宁部长果然又折身走了回来。姚书记见了，皱了皱眉头，兴仁便说：“放心，宁部长自己人!”姚书记这才不说什么。等众人全走出去后，姚书记才看着兴仁说：“是这样的，贺总，我有个亲戚开了一个沙石场，你们马上就要浇灌段家河大桥桥墩了，能不能采购一些他的河沙?”兴仁一听这话，便说：“这事是工程部在负责，我还不知道具体情况!”说完便对宁部长问：“宁部长你听没听工程部说过这事?”宁部长马上说：“这事我知道一点儿，马上浇灌桥墩了，河沙的事自然早定下来了，听说是县委汪书记给介绍来的!”听了这话，姚书记便又对兴仁说：“贺总，真佛面前不烧假香，那沙石厂不是别人开的，也有我老婆的一点股份！你是晓得的，我们这些跑田坎的芝麻官，除了几个死工资没其他进项，多少得找点糊口的钱是不是？贺总你就看着办吧！”兴仁听他这么说，便道：“好，姚书记，我尽量想法，看能不能将汪书记介绍那家挤点下来，让工程部采购你们一些，大家都是朋友嘛！”姚书记听了这话，这才说了一句：“那就多谢贺总了，我等你的好消息，啊！”说着三个人便走了出来。

来到停车的地方，兴仁正要上车，段家沟村段支书像是早就等着似的，过来一把又拉住他，说：“贺总贺总，借一步说话？”兴仁问：“有什么事？”段支书往两边瞧了瞧，见除了宁部长和小廖没外人，便对兴仁说：“我给你们介绍个工人来行不行？”兴仁问：“是谁？”段支书说：“我父亲！”兴仁问：“你父亲，多大年龄了？”段支书：“不大不大，才晋七十！”说完又接着说，“你不知道，我老父亲身体可好着呢……”兴仁没等他说完，就说：“身体再好，你知道工地上都是些苦力，七十岁的人了能干什么？”段支书也不生气，说：“刚才王所长一句话提醒了我，你们炸药库不是得有专人看守吗？他做这活儿肯定能行，高速路嘛，钱可多着了，反正他闲着也没事，好歹也让他从贺总你这儿挣几个养老钱，你看行不？”兴仁想直接拒绝他，但想了想却说：“你刚才也听说了，我们炸药库还没验收，事儿还早着，等验收了再说吧，行不行？”段支书还是拉着兴仁说：“行不行还不是贺总一句话，你现在告诉我不就得了？”兴仁为了摆脱他，便对宁部长说：“宁部长把这事记下来，回去研究一下！”说完也不等段支书再说什么，就钻进了车里。小廖将车发动起来，调过头，一轰油门，车子便朝前驶去了。驶出了场口，兴仁才愤愤地骂了一句：“妈的鸿门宴，真他妈鸿门宴，高速公路人人都想来啃一口！”听了这话，宁部长俯过身来对他问：“这两件事怎么办？”兴仁说：“怎么办，过两天直接拒绝了他们就是！”宁部长提醒他说：“老板，我们这段路主要就在他们的地盘上呢！”兴仁把头仰靠在椅背上，过了半天才说：“在他地盘上又能怎样，谅他们也掀不起什么大浪！”说完便疲惫地闭上了眼睛。

贺华斌

华斌哥哥，上次在这间星巴克咖啡馆里，你问我这些年在外面干什么？对不起，华斌哥哥，我没有对你说实话！回去以后，我心里很矛盾，觉得从小你就这么喜欢我、相信我，把我当亲妹妹，可我却对你说了假话。我想，你肯定是回贺家湾时听到了什么，这才问我的，看我对你说不说实话。也难怪，麻雀飞过都有个影影，何况这些事？我们贺家湾不是有句俗话，叫作“好事不出门，坏事传千里”的么？骗谁都行，我却不该骗你，今天我约你出来，就是想把我的事像竹筒倒豆子——稀里哗啦全倒出来。你听完以后，要鄙视要嫌弃甚至不再认我这个妹妹就全在你了！不过我相信你不是那样的人，因为你是研究生，读了那么多书，懂得那么多道理，不会用社会上那些世俗的眼光来看我们，要是别人，打死我也不说！

长话短说吧，华斌哥哥，这些年我在外面做“小姐”。“小姐”这个词的含义，不用我解释，华斌哥哥你也肯定知道吧？说白了，就是出卖自己的身子……我这话太出乎你的意料了吧？如果你生气了，马上离开就是，我不会生气的……哦，你不会走？那好，我就继续说下去。

我是怎样做起小姐来的，还得从我妈生病说起。我是在你考上大学那一年出去打工的，在广州一家玩具厂，每个月工资一千多元。我妈也是那年生病的，先是肚子胀，不消化，有一种烧灼的感觉，还经常反酸嗳气。家里没钱，去不起大医院，只能去万山爷爷那儿看。万山爷爷以为是胃病，开了几剂中药吃了不但没好转，反而还严重了一些。我爸我妈还到二面山大庙里去求过神，去的时候，我爸搀着我妈还能走，回来时，却是完全趴在我爸背上，让我爸给背回来的。看看实在不行了，我爸才给我打电话，让我赶紧回去。我一听，立即去老板那儿结账，因为我还有一个月工资被扣在老板那里做押金，我想把它退回来。可老板不给，说：“是你自己要走的，哪有什么押金退？”胳膊拧不过大腿，我只好在心里骂他几句，收拾东西到火车站买了一张站票连夜往家里赶。赶到家里时，我腿都站肿了。我一见我妈那个样子，便“哇”的一声扑到她身上哭了起来。华斌哥哥，你不知道她那个样子有多可怕，脸色蜡黄，真像俗话所说的“搭张纸就可以找阴阳先生开路了”。我哭完后就对我爸和我哥说：“为什么不把我妈送到县医院去看?”我哥埋着头不吭声，我爸过了半天才说：“没钱……”一听这话，我“呼”地掏出了打工的钱，对我爸说：“我有钱，明天就把我妈送到县医院检查!”我有多少钱呢?不瞒华斌哥哥说，只有七千多块钱。我出去只打了一年工，工资又低，除了吃喝，每月也只剩几百块钱，何况老板还扣了我一个月工资！不过在当时，我觉得七千多块钱完全可以让我妈去县医院看病了。没想到我的话刚说完，万山爷爷就对我说：“丫头，进了县医院的门，七千多块钱恐怕不够!”说着便从口袋里掏出两千块钱对我爸说：“长寿，我这儿还有两千块钱，先拿去用着吧!”说完这话，又对我爸和我哥说：“宽备窄用，你爷儿们再到湾里挪借挪借，备到那儿吧!”万山爷爷为啥对我妈那样好?虽然一个湾，华斌哥哥可能还不知道。说起来，我妈才是个苦命人！我外婆生我妈时，难产，大出血，是万山爷爷和彩虹婆婆去接的生。万山爷爷和彩虹婆婆把我妈从我外婆肚子里拖出来了，却没能救活我外婆。所以我妈从生下来，就没见到母亲一眼，是我祖外婆把她带大的。小时候我妈营养不良，经常生病，是万山爷爷用草药做成蜂蜜药丸给我妈吃，我妈身体才慢慢好起来的。我祖外婆感激万山爷爷和彩虹婆婆，就让我妈拜万山爷爷和彩虹婆婆做了“保保”。我爸我哥听了万山爷爷的话，果然去借。那天晚上，我爸还到你家里，向你爸借钱，你爸说：“我华斌才考上大学，开学就拿走了好几千，实在是手长衣袖短呀!”可他还是借了五百块钱给我爸。东挪西借，凑了一万二千块钱，第二天我爸和我哥抬着我妈就到了县医院。一检查，我妈得的是肾结石！不但如此，因为耽误了治疗时间，出现了许多并发症，有胆囊炎，还有胰腺炎，得先在医院住下来，等炎症消了才做手术。医生一开口，就叫我们先去交到一万五千块钱入院费。我们一听都傻了，天啦，我们一共才一万二千块钱，现在叫先交一万五，后面还不定要交多少钱呢?我们在医院走廊里蹲成一团，围着担架上的母亲，全都像霜打蔫的丝瓜。母亲见了，就要我爸、我哥把她抬回去。就在这时，我忽然说：“你们等着，我出去想办法!”说完我就朝外面跑出去了。你猜我这时出去做什么?原来我想起了一年前和我一起进那家玩具厂并且住在一个寝室的叫叶亚娅的好姐妹，半年前她突然回来到凰冠夜总会上了班，我们一直有联系。我跑到凰冠夜总会，果然找到了她，那时她还在睡觉，蓬头垢面的，见到我很亲热。我把妈住院的事给她说了，她二话没说，就借了两万块钱给我。我跑回医院，交了费，我妈便在县医院住下了。

有了我借来的两万块钱，加上我们原有的一万二千块钱，终于保住了我妈的命。我妈出院后，我得赶快出去挣钱还账。我去向叶亚娅辞行，也顺便说说还钱的事，可叶亚娅却拉住我说："冬梅，我告诉你一个好消息，我们娱乐城这几天正在招人，你到我们娱乐城来，可比你打工强多了！"我一听这话脸上就像被火烤着一样热辣辣起来，急忙说："不，我决不做三陪！"叶亚娅一听这话又说："死丫头，我这都是为你好，做三陪又怎么了？你知道我为什么不在那个玩具厂上班了？一个月除了吃喝，就剩几百块钱，如果你再去买件衣服，什么都没有了，两万块钱你得多少年才挣得来？还不说家里要是再出事怎么办？"我一听确实是这样，就有些犹豫了。是呀，我现在不但得赶快挣钱还账，我爸我妈身体又不好，我哥又是个老实疙瘩靠不住的人，一旦家里再出事，靠谁呀？这样一想我便动摇了，千错万错，只怪我那时的一念之错，我答应了叶亚娅。起初我十分恨自己，看不起自己，可几次坐台下来，觉得做小姐也就这么回事，慢慢习惯了。可是我仍然害怕，因为是在县城，难保有一天不被熟人看见传回贺家湾，人活脸、树活皮，我堕落了倒没什么，可我爸我妈我哥还要在贺家湾活人。于是只在我们县城凰冠夜总会干了两个月，我和叶亚娅便到了广东。那时广东的色情业十分发达，我和叶亚娅在一家高级夜总会里，很好挣钱。在你读大学的第二年，我便拿钱回去，让我哥把家里那座破旧的小平房扒了，盖了一座两层小楼。就是这座小楼，引起了贺家湾人的怀疑，因为俗话说得好："家中有金银，隔壁有戥秤"，我哥那样的老实疙瘩，也没见他在外面挣钱，他哪来的钱盖楼房？大家自然怀疑我在外面干不光彩的职业。我爸我妈受了刺激，我妈第二年旧病复发，去了，接着我爸也去了。我爸我妈走了以后，我哥和我嫂也到外面打工去了，这样家里也没什么亲人了，我好几年再没回过贺家湾，所以华斌哥哥这些年一直没看见过我，我也没见过你，后来我便转移到了省城。真没想到那天晚上在动物园北街碰到了你……哦，你猜那天晚上我在那儿干什么？华斌哥哥你还不知道，我们这行业竞争也十分厉害，越是高级的夜总会，对小姐的要求越严，一般到了二十四五岁，在那些夜总会里便成了“黄脸婆”，很少再有人光顾。不哄你说，我现在是一名站街女。你知道，动物园那一带，过去是省城有名的红灯区，现在虽然经过政府打击，明里没有了，可暗里还有许多小姐在那儿拉客。那天晚上，我就是在那儿站街等待拉客的，没想就碰着你了……好了，我讲完了，华斌哥哥你想骂就骂，想朝我脸上吐口水就吐，想打也行，不过可别打我的脸……

华斌长长地吁出一口气，然后俯下头，用勺子轻轻搅着杯子里的咖啡，咖啡已没有一点热气了，他端起来一口喝了下去，然后才抬头去看冬梅，见冬梅还两眼直直地看着他，带着期盼，也带着一丝请求原谅的眼神。华斌又咽下了一口唾沫，这才迎着冬梅的目光问：“你说我该骂你、恨你吗？”冬梅说：“该！因为我是小姐，我脏、我贱……”华斌挥了一下手，打断了冬梅的话：“错！我是想恨你、骂你，可我却没法恨起来，也没法骂出口！同时，我有什么理由和资格来恨你骂你？你说你脏，你贱，可你们只是凭自己身子挣钱，看看现在一些贪官，台上说的是马列主义，背地里一贪就是几百万几千万甚至上亿，养情人几十个都不多！再看一些商人，满嘴的仁义道德，暗地里不是偷税漏税，就是造假做假或是坑蒙拐骗，好话说尽，坏事做完。就是我们大学，就算干净了吧，可一些教授表面上冠冕堂皇，背地里男盗女娼，比你龌龊多了……”一听这话，冬梅眼里忽然闪着两点晶莹的泪花，可她没让它们掉下来，看着华斌说：“哥，你真不恨我？”华斌说：“没法恨！”冬梅又说：“还把我当妹妹？”华斌说：“你比我小，要不我就把你当姐了！”冬梅“扑哧”一笑，两滴泪水趁机涌了出来，她马上从桌上抽出一张餐巾纸迅速擦了，然后又看着华斌问：“你说我今后还有男人要没有？”华斌肯定地说：“一定有！不过哥也有一句话想告诉你……”冬梅忙说：“别说一句话，就是一百句一千句我也听！”华斌便说：“从现在起，别再做那事了，另找一个职业吧！”冬梅沉默了一会儿，才回答华斌说：“我会考虑哥的话的！”说着却又神色黯然地补了一句：“没人要也不要紧，反正我是破罐子破摔了！”说完，像是要感谢华斌似的站起来道：“华斌哥哥，你想吃什么？我今天请客！”华斌说：“怎么要你请？”冬梅说：“今天是我约的你，自然该我请！有时间了我请哥到我的房子里去，我亲自炒几个菜招待哥！”华斌一听便叫了起来：“你买房子了？”冬梅说：“不好意思，一套小房子！”说完见华斌还是十分诧异的样子，便又补充说，“我们这样的人，总得为自己留点后路吧！”华斌仍沉浸在一种激动和兴奋的状态中，半天才看着冬梅说：“好哇！我冬梅妹妹在省城都有房子了，我一定要来看看！”冬梅高兴了，叫服务员来买了单，又挽着华斌的手出去了。

贺世龙

贺兴仁腋下夹着包，打开房门，在门口换了鞋，兴致勃勃地走进屋子，正准备到后面房间去找贺世龙，却见父亲穿了一件白色的圆领老头衫，一条深灰色棉布长裤，手肘正倚靠在后阳台的不锈钢栏杆上看着下面。这幢单元楼房当西晒，这时夕阳的光辉正像舞台的追光一样打在贺世龙身上，使他一头雪白的发茬在金色的阳光下显得格外夺目。一看见那满头白晃晃的发茬，兴仁突然对父亲产生了一种特别亲近的感情。贺世龙耳背，没听见兴仁开门的响声，更没听见他朝自己走来的脚步声，直到兴仁冲他耳朵像打雷似的吼了一声：“老汉，你在看啥子？”他才兀地抬起头来。一看清是儿子，满脸的皱纹便荡出了慈祥的笑容，无限亲切地说：“回来了呀！”兴仁说：“老汉，你进来，我给你买了一件好东西！”这话兴仁说的声音小了，贺世龙没听见，只愣愣地看着他。兴仁也不打算再像刚才一样“打雷”了，便伸出手去拉贺世龙。贺世龙不知道儿子要干什么，只问了一句：“啥事呀？”但他还是跟儿子一起走进了自己的屋子。

说实话，自从兴仁把父亲接到自己家里，可没少为他花精力。贺世龙老几几离开贺家湾那天，抱了一大捆叶子烟，兴仁让他不要带，可他不答应，说你不让带，我巴什么？兴仁让华彦去把他手里的叶子烟夺下来，可他像是护宝贝一样紧紧抱在怀里，华彦夺了几次都没夺下来，只好让他带了。结果如兴仁所料，抽得满屋子都是刺鼻的旱烟味，别说范春兰和华彦闻不惯，就是自己和保姆晁姐一走进屋子，也得重重地打几个喷嚏。一次他实在受不住了，到他屋子里把那捆烟叶找出来，藏在了杂物间一只纸箱子里，又搁了一条软中华在他床头柜上，可当老几几发现叶子烟不见了的时候，竟把那条软中华拿出来掼到兴仁面前，大吵大闹要他的叶子烟。兴仁没法，只得又去把他的那捆旱烟给找出来，让全家人继续忍受这满屋子辛辣的旱烟味。除了吸旱烟外，老几几才来时还坐不惯马桶。兴仁这套屋装修豪华，连公共卫生间的马桶也是几千块钱一只，可是贺世龙坐上去，憋得满脸通红，“吭哧吭哧”半天就是拉不出来。有次他急了，便对兴仁喊道：“儿啦，我拉不出来……”兴仁立即进来，对他大声问：“你是不是便秘？”老头子说：“你这是什么茅坑，连屎都拉不出来？”兴仁以为他是便秘，专门去买了一包“三清茶”来泡水让他喝，可他喝后还是拉不出来。兴仁便让华彦把他扶到楼下小区对面的公共厕所拉，可华彦不去，兴仁便只得亲自扶了他去。到了公共厕所里，兴仁扶他蹲下，只听得老头子“噗”的一声，像是什么大门打开了，随着一连串“噗噗”的响声发出，老头子脸上立即露出了一种舒坦和释然的表情。拉完，老头子站起来，一边往上拉裤子一边对兴仁说：“儿啦，你那个茅坑不行，给我换成这样的茅坑！”兴仁没法，这吃喝拉撒少了一样都不行，总得要老头子出路通畅才行呀！只得找人来把那只马桶抬出去，在屋子里开膛破肚，重新安装了一只蹲式便盆。可是老头子在蹲过几次后，有一天兴仁、范春兰、华彦都出去了，保姆也去买菜了，他见兴仁和范春兰主卧室的卫生间门大开着，便想起在马桶上拉不出来的事，自己也感觉奇怪，便又想去试一试。这次，他稳稳地坐在马桶上，一点也没费力，肚子里那些废物便十分顺畅地从肠子里滑到了马桶里。原来他来时，看见马桶是瓷做的，怕一屁股坐上去把它压坏了，便只是把屁股高高翘起来，不敢坐下去，结果像是蹲马步一样。越是这样蹲，肛门越是往紧里收缩，越拉不出来了。现在稳稳地一坐，见并没有把它坐坏，心情一放松，肚子里的废物便顺利排出了。不但如此，他还得出了一个深刻的体会，那就是坐着拉比蹲着拉舒服多了！每次蹲着拉完，他起来时眼睛都会发一会儿麻，现在坐着拉就一点没有。尝到甜头后，他又对兴仁说：“儿呀，我蹲着拉屎起来后眼前一大团蚊子飞，你还是给我换个坐着拉的茅坑吧！”兴仁一听不禁生起气来，大声说：“你糊涂了，一会儿要蹲着拉，一会儿要坐着拉，到底要怎样拉？”老几几听了这话却显出了几分委屈，说：“我把你带这样大，小时候我抱着你拉屎，我现在老了，我还没有让你抱着拉就便宜你了，你还不想管我了？”兴仁没法，又只好叫人去卖卫浴的商店抬回一只马桶，又叫人来在屋子里开膛破肚，重新装了一只马桶。范春兰看见，便冲兴仁道：“你将就他嘛，将就他嘛，这个家不让他折腾穷才怪！”兴仁只有息事宁人地说：“有什么法？就一个老汉，就顺着他点吧！”范春兰就挖苦地说：“一个老汉不够，你还有几个老汉？”兴仁知道自己说错了口，便讪笑着说：“我们家里又不缺这几个钱，你胡说什么？再说，如果他蹲了起来眼睛花，一下跌倒了，还要去多的。”范春兰这才住了口。

比起这些，更让兴仁着急的是老头子由于听力障碍，无法和人正常交流，来了三个多月，几乎成天窝在家里，要么打瞌睡，要么坐着自言自语，把陈时八年的事都翻出来说，也不管有没有人听，要么就是一个人傍在阳台栏杆上看着外面发呆。这样，没病也会闷出病来。即使是在家里，也不可能每个人对他说话时都要在喉咙里安个扩音器嘛，那样谁受得了？因此，兴仁托人从省上一家医疗器械公司，花了一万多块钱买回一只西门子电脑编程的高端助听器。

兴仁一走进老头子的屋子，一股刺鼻的旱烟味便扑面而来，好在兴仁现在已经习惯了。他把老头子按在沙发上坐下，从包里掏出一只小盒子，打开，取出一个浅黄色的带弯钩的小玩意来。贺世龙老几几不知那是什么，一对深深陷落下去的小眼睛闪着疑惑的光芒对兴仁问：“做啥子?”兴仁大叫了一声：“别动!”说完，将那个带钩的小玩意儿挂到他左边耳朵上，又拿出一个什么东西在他耳孔旁比了比，取下耳朵上带弯钩的玩意，掏出指甲刀，剪去了一小截塑料小管子，把刚才在耳朵旁边比画的东西连在带弯钩的玩意儿上，接着他又连上了一只塞子，这才将带弯钩的玩意儿重新挂在了他耳朵上，并且按住他的脑袋，将那个塞子塞在了他的耳孔里，然后兴仁开始调节助听器上的程序和音量按钮。老几几只听得耳朵里一声尖叫，猛地从沙发上跳了起来，看着兴仁惊恐地问：“我耳朵是啥子东西叫唤，打雷了?”兴仁急忙又把他按下，紧了紧老几几耳孔里的塞子，一边继续调整程序和音量，一边对老头子问：“现在怎么样?”老几几脸上露出了几分惊喜的笑容，对兴仁问：“儿啦，是你在说话?”兴仁也露出了高兴的神情，说：“老汉你听见了?”老几几说：“我听出了是你的声音，但你说的啥子我没听清，里面太吵了!”兴仁说：“别忙别忙，我再调调!”说着又紧了紧贺世龙老几几耳孔里的塞子，把音量又调低了一些，再问：“现在听不听得清了?”老几几脸上露出了孩子似的微笑，说：“听得清了，听得清了，不像刚才那样吵了!”兴仁说：“除了我的声音外，还听得清什么?”老几几偏过耳朵听了一会儿，说：“街上在过汽车!”兴仁一下欢喜起来：“连街上的汽车声都听得见了?”说完马上又说，“你坐着别动，我到客厅里说话，看你听不听得着?”说着就往外面跑去。到了客厅里，便喊：“老汉，老汉，听得见不?”贺世龙老几几在屋里兴奋地答道：“听见了，听见了，儿呀，你在喊我!”

兴仁急忙跑进屋里，笑着对老几几说：“老汉，能听见了就好!”贺世龙老几儿却偏着头对兴仁问："儿呀，这是什么宝贝？"兴仁在他旁边床上坐下来，对他说："老汉，这叫助听器，专门给你买的，你一戴上，就可以和别人摆龙门阵了！"老几几愣了一会儿，却看着兴仁突然问："二娃，这要花不少钱吧？"一听"二娃"两个字，兴仁不由得浑身一震，这乳名有几十年没人叫过了吧？今天猛然听父亲一叫，兴仁觉得既诧异又亲切，童年时许多往事突然涌上心来。他鼻子一酸，又看了看老头子的一头银发和满脸皱纹，这才想起有许多年没和老父亲安安静静地说说话了，现在老头子耳朵能听见了，突然便想陪他好好说上会儿话，于是便说："老汉，没花多少钱，只要你耳朵能听见就好！"说完不等贺世龙回答，便又问："老汉，住了这样长的时间，现在习惯了嘛……"话音还没落，贺世龙却突然说："二娃，你还是把我送回贺家湾去吧！"兴仁一惊："回去做什么？"老几几说："啥季节了，小麦都怕要打黄影了吧？"兴仁说："老汉，你这样大年龄了，还欠着庄稼做什么？再说，你也没种庄稼了！"老几几说："在贺家湾，哪个田边地角，我想去就去……"兴仁忙说："老汉，田边地角有什么好去的？你现在耳朵听得到了，明天我就叫保姆晁姐带你出去，先在小区转转，然后到滨河路和湿地公园走走，比乡下田边地角好看多了！"老几几说："二娃，我不能光在你这里吃闲饭，你一个人不容易，要养活一大家人呢……"兴仁鼻头又是一酸，忙又说："老汉，你放心，我再没能耐，养你还不成问题！你要吃什么，要穿什么，给我说就是！"老几几说："我看你这个家有些不成！"兴仁又是一惊，忙问："怎么不成？"老几几说："你看华彦，多大年龄了，放过去生产队，早就是全劳力了，可现在也不找个事做，成天东游西逛，还要吃要喝呢！"兴仁忙说："老汉，你不能和过去生产队相比，现在年轻人都这样。再说，他过几天就要去考公务员了，只要考上，就像被戴了笼头，再不会东游西逛了。再说，我也没指望他挣钱……"老几几又说："二娃，范春兰你也该管管了！俗话说媳妇儿媳妇儿，首先得习个好份儿……"兴仁一听这话，吃惊不小，马上又问："老汉，你看见了什么？"老几几说："我看这女人不行……"兴仁又立即问："怎么不行？"老几几说："她也没干啥事，家里还请个用人做啥？"兴仁一听是这事，便笑了起来，说："老汉，你操这些心做什么？"老几几忙不满地说："你是我生的，你妈不在了，我不操心谁操心？"兴仁说："老汉，你真的不要再管这些闲事了……"老几几却仍是说："二娃呀，男人是抓耙，女人是笆篓，女人的笆篓扎得不紧，男人耙再多的财回来也守不住！我看你这女人，碗一丢就往外跑，像有人勾了她魂，成天只晓得往脸上涂涂抹抹，穿身换套，不晓得料理家务，这样的女人迟早会败家……”

话音未落，范春兰突然一下冲到门边，黑着脸对贺世龙吼道：“谁败家了？谁败家了……”一边吼，一边将肩上包拿下来就朝贺世龙掷去。兴仁和贺世龙都惊呆了。原来父子俩只顾说话，范春兰什么时候回来的他们都没有听见。加上他们过去说话大声惯了，一时改不来，所以他们的话都被范春兰听在了耳里。听见老几几挑拨儿子好好管管她，还说她的“笆篓”扎得不紧，迟早会败家，加上今下午手气不好，输了钱，便一下被激怒了，忍不住冲了过来。兴仁一见，急忙过去推她，说：“干什么，干什么，不过是摆几句龙门阵，你当什么真？”范春兰却不走，手把着门框仍怒气冲冲地对贺世龙说：“没见过你这样当老人的，我供你吃，供你喝，把你养肥了，你才来挑拨儿子媳妇的关系！你想怎么样？想把我撵走，让你儿子娶嫩婆娘是不是？你怎么不去死……”范春兰以为老几几耳朵还像过去一样，由她骂几句出出心里的气就是了，没想到老几几戴着助听器，她的每句话老几几都听得一清二楚。因此她的话还没完，贺世龙便站起来，脸上的皱纹一边哆嗦，一边对范春兰说：“我是你养起的呀？没有我儿子，你说不定连自己都养不活呢……”兴仁一听，知道今天会坏事，急忙过去一把将贺世龙耳朵上的助听器摘了下来。贺世龙见兴仁摘了他耳朵上的宝贝，急得直叫：“你给我摘了干啥？给我摘了干啥？”兴仁没管他，又过去推范春兰。范春兰仍余怒未息，把着门框又说了起来：“嫁汉嫁汉，靠汉吃饭，我碗一丢就往外头跑又怎么了？我有那个命，你管得着？你看不惯各人走，我不稀罕哪个在这儿……”这话贺世龙没有听见，也便没有回答。兴仁又劝了好一阵，范春兰才过去抓起包，嘴里骂骂咧咧地走了。

贺华彦

凰冠夜总会去年重新装修过，承担这个装修项目的正是贺世海三鑫地产集团旗下的房屋装修公司，具体负责人又是贺兴仁。装修完毕后，凰冠却拿不出那么多现钱来付兴仁，只得把余额挂在那儿，用兴仁以后的消费来抵冲。都是县城几个熟人，兴仁也没在意，反正公司有许多关系户，免不了常常要来这儿消费，抵冲就抵冲吧，省得每次消费了还要付钱或刷卡。可他没想这给了贺华彦绝好的机会，他便经常邀一群狐朋狗友来这儿玩乐，完了便把账挂在父亲名下。而兴仁很忙，他哪里顾得上每消费一次，就做一次登记。这不，贺华彦和两个朋友在外面喝了夜啤酒以后，就勾肩搭背地朝这儿走来了。

贺华彦今天晚上穿了一件银灰色亚麻衬衣，一条深蓝色牛仔裤，一双黑色软牛皮休闲鞋。左边那个朋友二十三四年纪，一张国字脸，上面全是红红的青春痘。个子不高，滚圆结实，头发蓬乱，上穿一件白色休闲服，下面也是一条牛仔裤，脚上本来是一双白色球鞋，可因为太脏，已经看不出原来的颜色了。右边那个朋友则是一个瘦高个，额头很宽，两腮凹陷，留着寸头，脸上倒很光滑，可皮肤黑黑的像是一个非洲友人。上面穿一件格子花衬衣，下面一条宽大的土黄色长裤，更显得瘦骨嶙峋。三个人都像是喝了不少酒，脸上红彤彤地放着涂了油彩的光芒。凰冠夜总会老板为了与世界接轨，在装修前，曾派了几拨人到省城几家著名的夜总会悄悄考察过，现在就完全是按照那些奢华夜总会的格调来装潢的。大厅里，黑色内饰和头顶的紫色荧光灯搭配在一起，显得既暧昧欢快又神秘典雅。一整面墙壁的玻璃酒架上，摆满了各式各样的名酒和饮料，诸如芝华士皇室、尊尼获加及长城葡萄酒等，也不知是真是假，却一律被从隐在墙壁里的小孔射灯照得像是稀世珍品一样。华彦带着他的两个朋友，轻车熟路地推开夜总会的玻璃大门走进来，站在大门两侧一字排开的十个穿亮闪闪金色细吊带晚礼服的女服务员，立即将身子弯成九十度，向他们深深鞠了一躬，并同时莺声齐鸣地喊了一句："晚上好!"惊得一胖一瘦一高一矮两个朋友立即张大了嘴巴，将目光瓷在了那排姑娘身上。华彦却见惯不惊地挥了一下手，说："少废话，叫你们妈咪出来!"话音刚落，就从后面转出一个穿紫红色露背装、头发盘在脑后的三十多岁的女人，一见兴仁便兴奋地叫了起来："哎呀，老弟怎么这么久没来了?"华彦正想答话，那位矮胖的朋友抢在了他前面："我们大哥参加公务员培训了……"话没说完，妈咪脸上故意露出了惊讶的神色："哎呀，我们老弟什么时候当上公务员了?"瘦子朋友立即纠正说："不是当上了，是过几天就要去考了，我们今晚提前来祝贺祝贺!"妈咪这才明白了，说："哦，好事，好事！你们几位？三位，好好，莎莎带贺哥到玫瑰屋……"妈咪还没说完，华彦便不满地挥了一下手，像是下命令似的说："什么玫瑰屋？总统房!"妈咪有些犹豫了，看着他说："总统房可……"华彦说："不就是保底消费三千元吗？就总统房!"妈咪不再坚持，于是又对刚才那姑娘说："带贺哥去总统套房!"那被点到的叫"莎莎"的姑娘立即从人群中走出来，袅袅婷婷在前面带着他们走了。

所谓总统房就是一间可容纳二十多人唱歌跳舞的大屋子，装修和大厅一样，墙壁和头顶的紫色荧光灯把屋子照得朦朦胧胧，里面一排真皮黑色沙发，一张黑色钢化玻璃大茶几，茶几上的长颈大肚花瓶里插了两朵红玫瑰绢花。沙发对面墙边立着三个电视屏幕，中间是一部五十七英寸的液晶彩电，专门用来播放卡拉OK音乐录影带，左边一个小屏幕用来点歌，右边一个则是点酒和饮料及水果用的。一胖一瘦两个朋友一走进屋子，便直对那个叫莎莎的女孩叫："把冷气开大点，把冷气开大点!"说完往沙发一躺，接着摊开四肢，像是很累了似的。叫莎莎的女孩果真走到屋角两只柜式空调前，把冷气开到了最低。华彦则到那个点酒的电视屏幕前，手指一阵乱敲，然后才走过来。没一时，三个年轻服务生一人托着一只大盘子走了进来，依次在大茶几上摆上了葡萄、哈密瓜、圣女果、草莓、冰块、柠檬片、苏打水、红牛、芝华士、长城干红、青岛黑啤等果品、饮料和酒水。服务生刚退出去，穿紫红色露背装的妈咪便带了七个虽穿戴不一，但无一例外都穿得十分暴露的小姐进来。几个女孩在门口站成一排，然后一齐躬身莺声燕啼似的喊道："先生晚上好!"喊完，却都像怕似的将裸露的肩膀往上耸了起来。华彦的两个朋友就要过去挑选小姐，华彦却对他们挥了一下手说："慢，让我先看看!"然后又十分老到地对妈咪说："你别把那些丑八怪拿来糊弄我们。"妈咪忙说："笑话，我这里的小姐个个可都是大美女呢!"华彦细细地将那几个小姐瞅了一遍，突然一挥手对妈咪说："换!"妈咪脸上露出了不高兴的神色，却又没有办法，只得对那几个姑娘也挥了一下手，带着她们退出去了。只一会儿，妈咪又带领一队姑娘雁行有序地走进房里，同样在门口重复了一遍刚才那些小姐的动作。华彦又过去看了一遍，说："这还差不多!"说完便叫两个朋友去挑。那一胖一瘦两个朋友却要华彦先挑，华彦说："叫你们挑你们就挑，啰嗦什么?"那两个朋友这才走过去，像是要有意弥补自己的缺陷一样，胖子选了一个穿墨绿色丝质长裙的瘦高个姑娘，瘦子则选了一个穿粉红色短衣、深黄色短裙，身子十分丰腴的矮个姑娘。华彦等他们选完，又突然对妈咪挥了一下手，说："再换!"妈咪像是不满意了，说："老弟的口味真高，那好，我再给你叫个人来，要是老弟再不满意，我就没办法了!"说着一挥手，又把剩下的那几个女孩带了出去。过了两三分钟，妈咪果然带了一个女孩进来，大约十八九岁，圆圆的脸庞，上身紧裹着一件类似渔网的衣服，仿佛一条漏网之鱼，下身一条斜摆短裙，裸露的半截大腿和小腿白得晃眼，头发染成红色，在紫色的荧光灯照耀下，仿佛一束燃烧的火焰。和父亲贺兴仁头脑里还残存着几分农民朴素的价值观，喜欢那种有些淳朴、害羞甚至保守的姑娘不同，华彦喜欢姑娘身上那些时尚、放荡不羁和玩世不恭的现代品质，他一见便对这个姑娘有些倾心，便对妈咪说："好，就她了！"妈咪松了一口气，便对姑娘说："小琳，把客人陪好！"说罢出去了。那叫小琳的姑娘果然大方，马上便把双手吊在华彦脖子上，发着嗲对他说："哦，老公，我们过去坐嘛！"一边说，一边搂着华彦到沙发上坐下了，然后将一条白生生的大腿搭在华彦大腿上，顺手拈起茶几果盘里的一颗葡萄，往华彦嘴里塞去，又嗲声嗲气地道："老公，吃葡萄嘛！"华彦果然含住葡萄，一口吞了下去，像一头被驯化了的乖猫。吃完，才仿佛想要庆贺一下似的，突然跳起来大声说："喝酒，喝酒，先喝酒后唱歌！"说着，"乒乒乓乓"就把桌子上十几罐青岛黑啤全打开了，一人面前摆了两罐，一边分配一边又道："每人先两罐啤酒打底，然后再红酒，最后白酒，大家尽着喝，可别为我节约，啊！"说着，像是要以身作则似的，端起一罐啤酒便"咕噜咕噜"喝了下去。

贺兴仁

贺兴仁刚把车开到项目部院子里停下，小廖就从办公室跑出来拉开前面车门，兴仁下了车，反身从驾驶室拿过文件包，小廖又马上接过来，往二楼的总经理办公室嗒嗒地去了。项目部早已按照兴仁的意见布置完毕，总经理办公室一张小乒乓球台子一般大的老板桌，一把大班椅，虽然都是山寨红木，但看起来还是很富丽堂皇。靠墙一溜棕红色真皮沙发，也给人一种豪华奢侈的气派。小廖把兴仁的文件包放到办公桌上便退出去了。兴仁刚在大班椅上坐下，公关部的宁部长便走了进来，坐在兴仁对面的沙发上。兴仁问他："炸药的事还没落实好？"宁部长马上皱着眉说："我就是为这事要向你汇报呢！我终于弄明白了炸药卡在公安局治安大队的原因了……"兴仁抬头定定地看着他，生怕漏了一个字似的。宁部长继续说："昨下午治安大队曹队长对我说，她老婆不久前下了岗，还没找到活儿，问我们能不能给她点活干？他说他老婆是学会计的，不过又说眼下他孩子上学，不能天天上班，每月来做一次账倒是可以的，问我们要不要……"宁部长一边说，一边看着兴仁。兴仁一听这话脑袋就大了，马上说："财务部早满员了，哪还需要会计？"宁部长说："可我们如果不答应，他在炸药审批上卡我们的脖子怎么办？"兴仁鼓着腮帮沉默了半晌，这才把拳头往桌子上一击，然后愤愤地说："狗日的，就像过去的'棒老二'，不如干脆明抢算了！"宁部长看着兴仁，嘴唇嚅动了两下，想说什么却没有说出来。又过了一会儿，兴仁才对宁部长说："让他老婆在财务部挂个空名，每月给她四千元工资，你去落实吧！"说完又说，"尽快把炸药买回来！"宁部长答应一声，马上起身去了。

宁部长刚走，兴仁的手机就响了。兴仁一看是安全部肖部长打来的，忙问："有什么事？"肖部长说："贺总，刚才派出所邬所长带人来检查了储存炸药的库房……"兴仁问："没说什么吧？"肖部长说："既没有说行，也没有说不行。"兴仁皱了一下眉头："怎么会是这样？"肖部长说："邬所长说他要推荐两个人来看守炸药仓库……"肖部长话还没完，兴仁便叫了起来："什么？"肖部长说："邬所长说看守炸药的保安得是经过派出所考核通过的具有专业知识的人！"说完又压低了声音："可据跟邬所长一起来的小吴说，这两个人一个是邬所长的老表，一个是邬所长的连襟，两个人都六十多岁了！"听了这话，兴仁又不吭声，过了半晌才语气十分坚决地说："你告诉他，我们只同意一个，另一个人我已经早定下了，也是上面领导介绍来的关系户，他要不同意，我就只有找公安局领导了！"说完不等肖部长回答，便挂了机，接着就给大哥兴成拨起电话来。

原来，兴仁说的他早已定下一个看守炸药的人，这人便是兴成。自从那天黄昏和父亲说过一阵话后，这段日子，兴仁心里时时都泛起一股对父亲、对大哥和妹妹浓浓的亲情。他想兴琼说得对，自从自己赚到一点钱后，确实没帮到哥哥、妹妹什么忙，眼下一条高速路，四面八方都想来啃一口，可自己的哥哥、妹妹却一点没沾到光。这样一想，便想把看炸药仓库的事交给兴成，在自己手下做事，肥水不流外人田，总比在外面当保安好。这样一想，便在心里定下来了。他拨通了兴成的电话，问："大哥，这段日子怎么样？"兴成说："就这个样子呗！"兴仁便说："你不要再在外面干了，赶快回来……"兴仁还没说完，兴成在电话里忙问："老汉出了啥子事？"兴仁说："我这儿有个职位适合你！你放心，在我这儿干，我不会亏待你，一定会比你在外面当保安强……"兴成仍没等他说完，便在电话里兴奋地叫了起来："老二，今儿太阳怎么从西方出来了……"兴仁说："废话少说，你赶快回来，晚了，我又得另外找人了！"兴成连回答了几个"好好好"。

挂了电话，兴仁觉得十分累。这段日子，他几乎没有安生过。范春兰和父亲吵架过后，生了好几天气，非要他把这个挑拨离间的“老不死的”弄走，可是他能把他弄到哪儿去呢？这事稍停息，华彦参加省上公务员考试，成绩比上两次还差，简直都羞于向人提起。他不知这是怎么回事，但知道自己的希望全落了空，心里又不爽了一段日子。今天一来，又遇到了治安大队长和派出所所长塞人的事，这些神仙哪一个都得罪不起，他只有出血消灾了事。他知道幺爸把这段高速公路的施工重担交自己，带有考验的意思，如果做砸了，下一步幺爸还会把整个公司都交给他么？偏偏过去又没做过高速路工程。高速公路看似简单，可却涉及工程学、结构力学、材料学、管理学等各学科范畴，技术含量很高，在具体操作中，国家又制定和实施了严格的水平考核、资格认证、监督管理等制度体系。哪个环节都不能出问题。然而上面那些什么学什么学都还是次要的，最重要的还有一门摆不上桌面的学问，那就是“关系学”。省上有高速公路管理局，地方有政府、路政、运管、税务、交警、国土、公安……到处都是伸手要钱的主儿，有像强盗一样公开吃拿卡要的，也有背地里使阴招逼你给他上供的，有塞人的，也有塞物的，一想起这些他觉得脑子都大了。他把头靠在大班椅上静静地坐了一会儿，突然又提起包，下楼对小廖说：“我到城里去了！”说完又开着车走了。

兴仁把车停到丽丽楼下，夹起包便往楼上走。兴仁每次遇到不开心或压力大的时候，便都会往丽丽这儿来，好像丽丽就是他的一个减压阀。他打开屋门，喊了一声：“丽丽！”却没有答应，换了鞋子进去一看，屋子收拾得很干净，像他每次来看见的一样，可丽丽却没有在家里。兴仁忙给她电话，问：“你在哪？”丽丽反问：“有什么事？”兴仁说：“我回来了，在我们家里！”丽丽一听像是有些着急了，过了一会儿才说：“我在外面买点东西……”话还没说完，兴仁便说：“你快回来，我想你了！”丽丽更像是有些慌了似的回答说：“那你等一会儿，我马上回来！”

兴仁收了电话，把头仰在沙发背上，闭上眼想休息一会儿，没想到很快就睡着了并且做了一个梦。他梦见自己在一个旷野里，后面有很多人追他，并且都高喊着“拿钱来”！他使劲地跑，看看要甩掉那些人了，却从斜刺里又冲出一伙来，拦住他的去路，仍是高叫着“拿钱来”！他从他们中间冲出去，没跑多远，前面又一队人挡着他的去路，也是高喊着“拿钱来”！他又往回跑，可这时四面八方都是人，把他包围在了中间，一个个张开血盆大口向他扑来，仍是高喊着“拿钱来”

几个字。他兀地惊醒了，一摸身上，竟然汗涔涔的，心脏也像只小兔子一样“扑通扑通”跳个不停。正在这时，丽丽穿一件灰绿色翻领衬衣，一条绛紫色裙子，脖子上挂着一条银色小项链回来了。兴仁每次看见她这身朴素而不失优雅的打扮，都为之心动。她像是走得很急，有点气喘吁吁的样子。一见兴仁，像过去一样，扑过来便抱住了他。兴仁正要吻他，丽丽却推开了他，撒着娇说：“谁叫你不先打个电话回来呀，这阵就猴急猴急的了！身上全是汗，我先去冲一下！”说完不等兴仁回答，便往洗手间里去了。

兴仁仍坐着没动。没一时，便听见从洗手间里传来“哗哗”的水声。他觉得今天自己有点奇怪，如果是过去，他会和丽丽一起去冲凉，互相欣赏和抚摸对方的裸体。即使不一起冲，他也会站在门边看着丽丽冲，看着看着，他的性便起来了，会迫不及待地冲进去，用浴巾裹着她的身子，把她抱到床上。可今天却懒得动，下面也没什么反应。没一时，洗手间里的水声停了，丽丽裹着一条浴巾出来了，头发湿漉漉的往下滴水。上半身光洁照人，水滴在皮肤上熠熠闪光。她一边用毛巾擦着头发上的水，一边走到兴仁面前，叉开双腿站着。她以为兴仁会像往常一样把她身上的浴巾拉下来，然后将她一把按在沙发上。可是兴仁今天却没有。她看出了兴仁像有什么心事，便把手里的毛巾丢开，在他身边坐下来，并把身子靠在他身上，轻声问：“亲爱的，你怎么了？”兴仁说：“没什么！”一边说，一边去吻她的脖颈和耳垂。丽丽也把头抬起来，去吻兴仁，同时拉开兴仁裤子拉链，把小手伸进去，捉住兴仁那个东西轻轻揉弄。兴仁也将手落在了丽丽那两只小鸽子样的乳房上，抚摸了好一阵，兴仁才感觉下面终于有了反应，这才一把拉下丽丽身上的浴巾，两个人拥着进了卧室。刚刚起兴，丽丽放在枕头边的手机忽然传来发送信息的像是蛐蛐一样的叫声。兴仁正打算伸手去把手机拿过来给丽丽，没想到丽丽却反过手，先抓了手机。她将信息迅速瞥了一眼，就马上删掉了。兴仁问她：“谁发来的？”丽丽说：“别管他，垃圾短信！”兴仁正在兴头上，便不再问。

欢娱过后，兴仁心里感到轻松了一些，见时间还早，便又要回项目部。丽丽也没有挽留，兴仁便下楼开着车走了。丽丽从窗口看见兴仁的车驶出小区后，突然像是如释重负一样长长地出了一口气，神情放松下来。

贺兴琼

晚霞虽然还斜斜地像打开的一把折扇那样照在对面建筑的墙上，可热力已经不行了，从屋顶上掠过的一股一股的风，把地面的热量也裹去了不少，兴琼决定把黄老头儿推到小区里去走一走。兴琼来黄老头儿家已经二十天了，她对这份工作还是非常满意的。黄老头儿虽说还有三年就满七十，可看起来还像刚进入六十岁的人，面色红润，额头上只有两道不太深的皱纹，脸上也没有老年斑，头发也没怎么白，虽然口歪眼斜着，但隐约还可以看出年轻时的英俊和一副风流相。其实老头儿并没全瘫，右半边身子还能勉强活动，有时兴琼搀扶住他左边身子，他用右手扶着墙壁，还能挪动脚步，只是动得有些吃力。老头儿只有一个女儿，就是那天来劳务市场雇兴琼的那个女人，兴琼现在叫她黄姐。黄姐在外面也有房子，很少回来，便把家里的一切都交给了兴琼。因此，如果黄姐没有回来，这套一百二十平方的房子里便只有兴琼和老头儿两人，十分清静。兴琼的工作并不多，也不繁重，就像黄姐在雇她那天时所说的，就是给老头儿喂喂饭、擦擦身子、换换纸尿裤、洗洗衣服、照顾好他大小便、早上和黄昏天气凉快的时候推他到楼下走一走，再就是做点家务。可两个人的家务有什么做的？黄姐是超市老板，又是个细心的女人，每次回来，都要顺便从超市里带回一大堆东西，从绿叶蔬菜瓜果调料海鲜鸡蛋到猪肉羊肉牛肉鸡肉鸭肉鱼肉等等，把冰箱塞得满满的，因此兴琼连菜也省得买了却从不缺吃的。兴琼看得出来，就像黄姐那天所说的，只要能把老头子照顾好，钱对于他们来说，是不成问题的。兴琼看见黄姐待她不错，将心换心，觉得自己也应该尽心尽力地把老头子照顾好。兴琼又是个能吃苦的女人，其实她刚来时还有些心理障碍，特别是给老头子换纸尿裤和擦洗下半身的时候，她感到很难为情。可是又一想，要是有一天父亲也瘫在床上，难道就不这样去为他拾掇和擦洗了？都这么大的岁数了，把他当自己父亲好了！这样一想，就慢慢消除了心理障碍，再给老头子擦洗起身子来就特别细心。有次去给老头子擦洗下身的时候，看见老头子大腿根红红的，知道是一直戴纸尿裤的缘故，便想暂停几天，于是找出一条内裤给老头子换上，外面又穿了一条宽松的棉质休闲裤，把老头子扶到轮椅上对他说："大爷，白天就不用穿纸尿裤了，你想尿了就告诉我，我用尿壶来接!"老头子像是很高兴，急忙"嗬嗬"地点头。可大约只过了五分钟，老头便"呜呜"地叫了起来。兴琼知道老头子想尿了，急忙提了尿壶过去，可老头子只尿出几颗，就再也尿不出来了。兴琼刚把尿壶端到卫生间倒了，用清水洗干净，老头子又"呜呜"地叫起来，兴琼又急忙端了尿壶过去，可这时老头子已尿到裤子里了。兴琼这才知道老头子前列腺也有些问题，又只好给他把纸尿裤穿上。尽管这样，老头子对兴琼的照顾，似乎也十分满意。每次兴琼去给他喂饭、换衣服、擦身子的时候，他眼里都会闪出一种火花似的光芒。有次他还用那只勉强能听使唤的右手紧紧抓住兴琼的手，左边身子不断乱抖，显得十分兴奋的样子。除了一日三餐给老头喂喂饭、擦洗身子和换纸尿裤，就是早晚把他推到楼下小区散散心。如果遇到下雨，连这样的活动也免了。洗衣服也很方便，兴琼只需把脏衣服丢进那只全自动洗衣机里，机器自会给她洗得干干净净，她只需从机器里拿出来晾晒就是。因此，兴琼每天还剩下大把时间，她又是闲不住的人，没事时，便把地板拖了又拖，把家具擦了又擦，黄姐每次回来一看见屋子窗明几净，家具锃光放亮，地板一尘不染，东西收拾得井井有条，便满心欢喜，对兴琼说："贺姐，辛苦你了!"接着又补充了一句，"我绝不会亏待你!"有次回来，黄姐从一只纸袋里拿出一件青绿色袖边镶黄色条纹的短袖衬衣和一条藏青色裙子，对兴琼说："贺姐，这是我送你的，你看看喜不喜欢？不喜欢明天我再拿到商场里换。"兴琼一看，有些不好意思了，忙说："我有衣服，黄姐……"黄姐说："你有是你有，我的心意是我的心意，不要客气，贺姐，你辛苦了，权当是我给你的工作服!"兴琼听了这话，才说了声"谢谢"，收了下来。等黄姐走后，兴琼打开衣服看了看，无论是布料还是做工，这衣服和裙子都不像是商场的打折货，起码也得值二三百元。兴琼十分感激，照顾起老头来更像是亲生女儿一般。那天，黄姐带了一袋大虾回来，兴琼做了一份清蒸大虾。不知是兴琼做得好还是老头本身喜欢吃虾的缘故，那天晚上他吃了很多。没想到半夜里老头却拉起肚子来。兴琼虽然就住在老头对面又敞着门，可因为睡着了，没听见老头含糊不清的呼唤。第二天一早去给老头换纸尿裤和擦身子，才发现老头的稀粪从纸尿裤里溢出来，不但裤子黄糊糊一片，连床单也印上了地图，一片臭气熏天。这天晚上，兴琼怕他又拉到床上，便把自己的小床搬到老头子屋子里。老头子睡的是他们家的主卧室，很宽，兴琼就像在医院病房里陪床一样在老头对面支开自己的床。老头见兴琼把床搬到自己屋子里，像是非常高兴，脸激动得红彤彤地放着光，一边发出“唧里哇啦”含混不清的叫嚷，一边用那只右手使劲拍打着床沿。兴琼只好穿着睡衣睡裤走过去，对他问：“大爷，怎么啦？”老头却一把抓住兴琼的手，使劲往下拖，嘴里叫道：“睡、睡……”兴琼一下明白了，老头是叫她在他的床上睡。兴琼也没往别的方面想，只说：“大爷，你睡吧，你要上厕所，我听得见！”一边说，一边挣脱了老头的手，回自己床上睡下了。老头眼里露出了一种失望的神情，嘴里又像是骂，又像是咬牙般咕哝了半晌，直到像是累了，这才睡下。第二天，兴琼见老头子没有拉了，这才又把小床搬回去。老头见兴琼搬床，立即充满仇恨一样瞪着兴琼，像是兴琼欠了他什么。

兴琼是个爱面子的人，夏天气味大，每次推老头儿出去，兴琼都要把老头儿的纸尿裤换了，把身子擦洗一遍，换上新衣服，把老头儿收拾得干干净净，还要喷上一点香水，使别人闻不出一点老人身上的味道。可越是这样，小区的人每次见到她和老头儿，目光都怪怪的，既像是羡慕这个瘫痪的老头儿有好福气，又像是诧异她为什么会把老头儿照顾得这么好。她听小区的人说过，老头儿家的保姆经常像走马灯一样换，从来没人能干上半年。兴琼也不明白，照顾老头儿的活儿并不重，黄姐为人也不错，给的工资也不低，可怎么没人干得长久呢？但兴琼没有深思这个问题，觉得自己既然得了黄姐的工资，就应该忠人之事，这是天经地义的，至于别人用什么眼光看，她管不了。

兴琼先把老头扶起来靠在床上，给他换了一件圆领白汗衫，然后又把他的长裤拉下来，因为穿的纸尿裤，兴琼便没有给他穿内裤，这也是黄姐告诉她的，省得脱来脱去麻烦。兴琼解开了他的纸尿裤，一股热烘烘的尿臊味便扑面而来。兴琼已经习惯了这种味道，看着老头儿逐渐干瘪的左边身子和大腿根被纸尿裤捂得红红的皮肤，心里立即泛起一种深深的同情来，就想：俗话说，不怕生错命，就怕得错病，就是皇帝佬儿得错了病也没办法！这样想着，就又把老头儿放平了，然后说：“大爷，你等等，我去打水来给你洗！”

兴琼走到卫生间，打开热水龙头，接了半盆热水，将一根白毛巾放到盆子里，端着走了过来，将水盆放到床前一张塑料方凳上。她将老头儿的两条大腿往两边稍微掰了掰，从水盆里提起毛巾，稍稍拧了拧，贴到老头儿左边大腿根发红的地方。老头儿大约是觉得舒坦，从歪斜的嘴角里发出“咝”的一声欢叫，接着额头上几道皱纹也蚯蚓似的闪动起来。兴琼手里的热毛巾在老头儿左边大腿根捂了一会儿以后，又移到了右边腿上，老头儿的脸上同样露出了刚才的表情。兴琼捂了一阵，又将毛巾丢到水盆里搓了搓，拿起来拧干，再次放到老头儿大腿根上，可这次她不是给老头儿热敷，而是擦。她小心翼翼地从左边大腿根擦到右边大腿根，又从右边大腿根擦到左边大腿根，然后她用另一只手，从后面用力抬起他的屁股，想把毛巾伸到后面去给他擦一擦。可就在这时，她发现老头儿那原本软耷耷的生殖器明显比刚才膨胀了一些，那龟头一跳一跳的，想翘却又昂不起来的样子。兴琼刚把手收回来，老头儿突然嘴里一边“噢噢”地叫着，一边用右边那只手抓住了她的手并把它往大腿中间拖。兴琼以为老头儿大腿中间哪个地方不舒服，要她给他抓痒痒，便大声问他：“大爷，你哪个地方痒?”老头儿嘴角一边流着涎水，一边从小眼睛里迸发出一种猥亵下流的目光看着兴琼，同时把兴琼的手放到他那根半举不举的丑陋物什上，并做出让兴琼握住它揉搓的动作。兴琼一下明白了，脸顿时羞得绯红，觉得受了侮辱。她想抽回自己的手，可没想到老头儿也不知从哪儿来的力气，竟然抓得很紧。兴琼急了，急忙丢下另一只手上的毛巾，在老头儿的手背上狠狠掐了一把，老头儿这才“噢”地叫了一声，松开了兴琼的手。兴琼急忙直起身来，将毛巾丢进水盆里，对老头儿狠狠地说了一声：“你这么大的年龄了，想作死!”说完也不想推老头出去走了，连纸尿裤也不想给他穿，端着水盆便怒气冲冲地走了。倒了水，她掏出手机想给黄姐打电话，可想了想又犹豫了，要是黄姐问老头子到底对自己做了什么，她该怎么说呢?倒不如等黄姐回来了再细细给她摆谈一下！这样一想，兴琼又将手机重新装回了衣服口袋里。

代婷婷

代婷婷胆怯地敲了敲董事长办公室的门，听到屋子里答应了一声：“请进!”婷婷才推门进去。这是婷婷第二次进董事长办公室，第一次是在她来到这个叫“腾飞科技集团”的第二天，白总叫她去问话。白总的办公室很大，差不多占了整整两间屋子，里面的大班桌、书柜和绛色鳄鱼皮大班椅都是真资格的意大利红木做成的。大班桌和书柜都大得惊人，书柜里摆的却是一些古董，婷婷也不知道那些古董叫什么名字，但总的感觉就是一个古董陈列柜。办公桌上有一部红色电话和一部黑色电话，一台十七英寸的白色苹果笔记本电脑，还有一台连接监控的液晶显示屏，只要白总愿意，他从监控器里便能看到公司每个办公室的运行情况。办公桌后面那把可移动和旋转的椅子很高，后面挂着一幅古色古香的猛虎下山的卷轴，白总坐在椅子上，就像是一个坐在高高的龙椅上的君王。屋顶天花板的装饰也很别致，是一个十分精美的雕花吊顶，正中央悬挂着一组豪华水晶吊灯，大白天也亮着柔和、温馨的光芒。

当然，婷婷觉得整个公司不光是白总的办公室才这样气派，就是进驻这幢二十多层外墙全用雪白的人工大理石装饰而成的写字楼的其他公司，也都是一样，这里是一个显示豪华、权力和财富的世界。他们腾飞集团租了最上面的三层，第一层是接待区，走出电梯，出现在眼前的便是一个宽敞明亮的接待厅，有点像是一座五星级宾馆的前台大厅，有好几个保安人员在厅的四周站立。大厅正面有一个很大的弧形接待台，台上摆着两台电脑，两个看上去还像是中学生模样的女孩坐在电脑后面。接待区两边分别是几个经理或部门主管的办公室、集团会议室和总经理办公室等等。二楼才是他们这样各个部门工作人员的办公室，虽然几个人挤一间屋子，但仍然很宽敞，办公桌也都是红木的。三楼除了白总的办公室外，还有专门的董事长会议室和一个专供白总放松和健身的小型运动及按摩房。因为占据了顶层之便，白总还叫人在楼顶做了一个巨大的霓虹灯广告牌，上面写着“腾飞科技”几个大字。白天，这几个字在阳光照耀下奕奕夺目，夜晚霓虹灯则闪闪烁烁，整个公司因而在夜色中更加突显。

可是婷婷来公司将近三个月了，还没弄清公司到底是干什么的，只知道它做的生意很大，在全省都有影响，赚的钱也很多，要不办公室也不会装修得这样豪华了。她每天的任务便是给员工打打卡、接接电话、送送文件，有时也填填报表什么的。公司又有规定，不该问的不问，不该听的不听，因此她虽然心里疑惑，却也不打听，只坚信公司做的是正经生意，而且前途无量，领导说什么，她就干什么，干好就是。

婷婷走进白总办公室，双脚并拢，躬身对白总问了一句：“白总，你叫我?”白总有一张宽大的面孔和一头浓密的头发，穿了一身米黄色的休闲服，尽管才五十多岁，平时保养也很好，可脸上的皮肤明显已经松弛，脖子上也堆起了一层层赘肉。他抬起头，从眼镜片后面露出疲惫的眼神，居高临下地俯视了婷婷一眼，然后挥了一下手，说：“坐!”婷婷便拘谨地在沙发上双腿并拢地坐下了，又用小兔子般忐忑的目光望着白总。白总又挥了一下手，说："不要紧张，小代，喊你来就是问问工作习惯没有？"婷婷忙答："谢谢白总，习惯了！"白总微笑了一下，又问："喜欢眼前的工作吗？"婷婷又忙说："喜欢！"怎么能不喜欢呢？这可是我十分向往的职业。我可是看过很多电视，我对电视里那些白领可是羡慕极了！你看，他们穿着鲜亮的衣服，工作就是坐在宽敞明亮的办公室里，吹着空调，对着电脑，或写写画画，或见见客户，开着奔驰宝马，工作朝九晚五，轻松充实，一下班不是泡酒吧就是唱歌跳舞，那可既是地位和气质的象征，也是快乐和幸福的源泉呀！如今虽说自己还没房没车，也泡不起酒吧和进不起歌厅，可已经有了宽敞明亮的办公室，有了吹着空调、对着电脑写写画画轻松的工作，其他的慢慢来吧。再说，自己文化不高，也没什么专长，能有这样一份工作，还有什么不喜欢的？真是太喜欢了！真还要感谢白总呢！我和黄曦在人才招聘市场转了很久，来招聘的单位很多，到处都竖着牌子，可适合我的岗位很少。我到省城都好几天了，一直在黄曦那儿白吃白喝。我不能再在她那儿住下去了，我一定要找到工作。我们在人群中穿来穿去，头上都冒出了汗水。终于在一个招聘牌上看到了一个招聘秘书的广告，上面写着：秘书，女性，十八到二十五岁，身高一米六以上，五官端正，形象好。黄曦忙拉着我转到广告牌后面找到了那家单位。桌子后面坐着一位穿莫代尔灰色立领厚绒打底衫的中年女人，她看了一眼黄曦，脸上露出了欣喜的神色，问："你来应聘吗？"黄曦说："不，是我朋友！"说着把我推到女人面前，女人脸色马上变得冷冰冰起来："你们可看清楚了我们的招聘条件，你有一米六吗？"我脸马上红了，我没有一米六，可离一米六也只差那么三四公分呀，有什么了不得的？我像受了侮辱似的拉了黄曦又在人缝和一片嘈杂的声音中钻来钻去。在一个招聘摊位前，我又看到了一个招前台服务员的工作岗位，可一看人家的条件，全日制本科毕业！晕，一个前台服务员也要本科毕业，我还有什么希望？看来我只有去饭店洗碗什么的了！我拉着黄曦往外走，可这时黄曦却看见一家单位的招聘广告上写着：文员一人，女，二十到二十二岁，声音甜美，形象气质佳，会电脑，普通话标准，倒是没限文化和身高。黄曦拉了我又走，我都泄气了，黄曦说，你的普通话不是说得很好吗？这倒是真的，在学校时，我还是校园电视台的节目主持人呢！我犹豫了一会儿，心里说：死马当活马医吧！便随黄曦一起挤过去。招聘台后面是一位穿春秋碎花两件套的年轻女人，旁边还站着一个五十来岁的中年男人，里面穿了一件白衬衣，外面是一件米色的中长薄款翻领休闲风衣，看起来风度翩翩。年轻女人问：“带简历没有?”我愣了：“没……”女人的目光在我身上扫了一眼，又问：“以前做过文秘工作吗?”我又摇了摇头，看来没指望了。正要走，女人忽然递过来一张表：“一边填去!”我接过表，却又迟疑了，我对女人说：“可我没工作经历。”女人说：“没工作经历就不填嘛，有什么就填什么!”可我还没走，又对她说：“我没笔……”女人突然“扑哧”一笑，露出了整齐洁白的牙齿：“没有简历，连笔也没带，你以为是在菜市场买白菜呀?”这话说得我窘迫不已，我还真以为招聘就像菜市场买白菜，看准了谈好价钱带走就是呢。女人给我递过一支笔来，我和黄曦到一边填了表，还好，我的钢笔字倒写得不赖，有力，老师都说我的字像男人的字。女人接过表看了一看，像是很满意，对我笑了一笑，又马上拿过一张报纸，指了一篇文章对我说：“你用普通话念念!”我接过来朝周围看了一看，有些不好意思，女人又说：“人多，声音大一些!”我见女人旁边那个穿风衣的中年男人在目不转睛地看着我，我心一横，咳了一下，大声念了起来，念完一段还要念，女人挥手让我停下了，回头看了看身边的中年男人。我看见那个穿风衣的中年男人对她微微点了一下头，女人便回头对我说：“你被我们公司录用了!”天哪，我简直没想到！后来我才知道女人就是我们公司的人事部长，那个穿风衣的中年男人就是董事长白总。哈，我可是白总亲自挑选进来的！我不知道白总看上了我什么？大概是我的字和普通话吧！看来，人终究要有点长处才好！多谢白总！

白总见婷婷回答了“喜欢”两字便不回答了，停了停又从眼镜片后面闪出亲切的微笑，对婷婷说：“喜欢就好，就怕你不喜欢呢!”可说完却话锋一转，看着婷婷问：“小代，你今年多大年龄了?”婷婷一惊，问我年龄干什么？那天我在表上不就填了吗?“二十。”婷婷过了一会儿才答。“哦，二十岁，好年轻呀!”白总像是十分羡慕，把头靠在椅背上说了一声，可说完后却又坐直了身子，目光仍落在婷婷脸上问：“耍男朋友了吗，小代?”他怎么又问这个了？婷婷又是一惊，避开了白总的目光，然后才不好意思地回答了一声：“没。”白总马上又问：“是现在没耍，还是从来没耍过?”婷婷的脸浮上了两朵晚霞似的红晕，她没敢看白总，但她知道白总的目光一直没离开自己。这时，她又听见白总在说：“别不好意思，随便问问!”见婷婷仍未回答，白总又说，“公司领导嘛，总得关心一下职工的生活，是不是?”一听这话，婷婷才像是放心了一些，轻轻回答了一句：“从来没。”白总听了这话，像是满意了，立即道：“好，好，没耍过好!”没耍过朋友还好，什么意思？别是要给我介绍男朋友吧，别是老男人吧，那我可不答应！可真要是这样，我可该怎么说？婷婷心里“扑通扑通”跳了起来，脸也火烧火燎地发着烫。幸好白总叫了几声“好”以后没再说什么，婷婷慢慢地放下心来。可没过一会儿，白总又对婷婷说：“你现在就和我们一起出去吃饭……”婷婷一听这话，惊得马上叫了起来：“白总，我、我……”白总忙看着她说：“别紧张，小代，不就是出去吃顿饭嘛！办公室工作人员，不学会应酬怎么行呢……”可婷婷还是红着脸，手指捻着裙边，用了乞求的目光对白总说：“白总，我、我可不、不会喝酒……”白总听了这话，挥了一下手说：“你放心，有我在，没人敢劝你喝酒！我只是想带你见见世面，对你会有好处的！”婷婷听了这话，知道白总不会改变主意，心一横：去就去，我不信你们能把我吃了！这样一想，便对白总说：“谢谢白总，那我下去拿个包！”白总说：“去吧去吧，我在楼下等你！”说着也从大班椅上站了起来。

婷婷来到自己的办公室，大伙儿都下班了，婷婷拿了自己那个方形小包，办公室的门有点不好关，婷婷关了几下，没关上。这幢建筑外表看起来十分精美堂皇，可内里很多地方都变了形，有些地方甚至在糟朽了。婷婷见关不上，狠狠用脚将门板踹了几下，还是不行。婷婷没法，平时关门都是小张。小张是男孩，力气大，抓住门把手使劲一拉，门才会“哐啷”一声关上。婷婷只得放下小包，双手拧了门把手，一边往后退，一边使出全身力气往后一拉，终于把门关上了。婷婷如释重负地出了一口气，嘴里骂了一句：“马屎面面光，里头一包糠！”说完从地上拾起包，挂在肩上，又拍了拍手，这才去摁电梯按钮，下楼去了。

贺华斌

贺冬梅跨进贺华斌的“贵族公寓”便叫了起来：“华斌哥哥住这儿呀？”冬梅今天穿了一件棉麻休闲宽松T恤，一条侧边开衩的阔腿高腰条纹裤，看起来像个能干的家庭主妇。华斌听了她的话，说：“能住上这样的屋子，已经很不错了，还能怎么样？冬梅你快坐！”一边说一边把电脑桌底下的小凳子扯了出来。冬梅今天是特地来看华斌的，早给华斌打了电话，华斌也把屋子稍稍收拾了一下，可是仍然很乱，枕头上到处扔着书，衣服零乱地挂在床上面的衣架上，有红的黑的花的三角和平脚的裤衩，也有冬天或黄或紫或蓝的内衣衬裤和厚厚的羽绒服。他原本想把那些东西收一下放到一个纸箱里塞到床底下，可床底已经塞得满满的，连个楔子都没法再加进去了。再一想，冬梅不是外人，也就罢了。冬梅把屋子看看，没在小凳子上坐，却一屁股在床上坐下了。华斌看见，急忙又去把电脑桌上那把小电扇移了一个方向，让它对着冬梅吹。这就是堂堂研究生住的地方，听说他住的地方叫“单身贵族公寓”，我以为至少也有四五十个平方米，啥也有呢，原来才是这样，还叫“贵族”，真可怜！冬梅的眉心跳了几下，眼睛里掠过一种无比怜悯的光芒，看着华斌问：“哥，你怎么不租大一点的屋子？”华斌说：“就这个每月还要一千八百元租金呢！”说完不等冬梅继续问，马上又说，“你猜我过去住在什么地方的？地下室……”冬梅没等华斌说完，露出了不相信的样子，叫道：“地下室？”华斌说：“可不是！翠坪里中三段塔楼小区的地下室，原来那儿可能是开发商修的地下停车场，但后来政府在不远处修了一个很大的公共停车场，加上开发商看到改造成地下室出租比卖停车位更能赚钱，于是便把上下两层全改成了地下室。每层有七十多间房，大的和我这间差不多，能放下一张大床或两张小床，外加一个小桌子，两张小凳子。小的只有两平方，只能摆下一张小床，开门就上床，两只破箱子塞到床底下。中等的有三四平方，除了能摆一张床外，床边还有一小条窄道，窄道另一边可以放一个小桌子。我那时还没找到工作，在第二层租了一间两平方的小屋。不能从小区进地下室，因为小区的人怕住地下室的人会偷他们的东西，开发商就从小区后门的花坛旁边开了一个不大的口子，从那儿下二十多级台阶便进入地下室。地下的入口处有一间值班室，安得有监控，守值班室的是一个六十多岁的刀条脸老头，他的眼睛比老鹰的眼睛还贼，能准确地辨认出你是不是地下室的住户。值班室门口有一道铁栅门，是进出地下室的唯一出入口，平时开着，晚上十一点后便关上。跨过铁栅门，就是一个个出租的房间了。大约是为了增光的缘故，地板砖都是白色的，但墙却漆成了绿色，门也是浅黄色的。墙是用三层板隔出来的，一敲便‘啌啌’作响。过道很窄，刚好能过一个人。门呈窄条状，也刚好能挤进一个人。门都朝过道开，进屋后必须把门马上拉过来，不然就会挡住别人去路……”

华斌还要说，冬梅打断了他的话：“华斌哥哥，不要再说了，我听了心里好难过！”华斌说：“有什么难过的，我不是过来了吗？”可冬梅仍是皱了皱眉，说：“华斌哥哥，你去租套好一点的房屋吧，我给你付租金……”华斌一听这话，眼睛顿时瞪圆了，一动不动地看着冬梅，像是不认识她了一样。冬梅被他瞪得有些不好意思了，便问："华斌哥哥，你瞪我做啥?"华斌这才回过神，眼睛像进了虫子似的眨了眨，才对冬梅问："妹，你是不是还在做……站街女?"冬梅的神色也一下变了，反问华斌道："你那天说不嫌弃我，是不是说的假话?"华斌急忙说："不是假话，真的不是假话，有半句假话我都不得好死!"冬梅放轻了说话的口气，像哄孩子一样对华斌说："那你今后不要问我这些话了，好不好?"华斌说："好，我不问了，可我不能要你的钱!"冬梅立即又做出生气的样子说："是不是嫌我的钱不干净?"华斌又急忙说："不是，不是，冬梅，我一点没有那个意思！我是想，我是一个男子汉，我应该凭自己的力量，去打拼出一个属于自己的天下，怎么能要你一个小妹妹的钱?"冬梅说："想法是好的，可眼下你这个样子，要是来个女朋友，一看你这屋子连一个多余的凳子都没有，又这么一个破电扇，人家怎么看得上你?"华斌顿时被触痛了心事，同时一股温暖的感觉又油然而生，他不知道该说什么，只好低下了头。冬梅见华斌不吭声，过了一会儿又推心置腹地说："华斌哥哥，我这样的人是破罐子破摔，这辈子也不打算嫁人了，可你比我大六岁，都三十二了，又读过研究生，难道你这辈子也不打算结婚了?"华斌听见冬梅这话又是一震，冬梅妹妹，你知道我为什么要每月花一千八百元租这间"单身贵族公寓"吗？正是为了女朋友，为了爱情呀！我还没告诉你，我原来的女朋友叫孙蓉，可是个好女孩呢！从我读研究生时她就和我好上了，可我们一直没有自己的爱情小巢。我研究生毕业后，住在地下室里，她和她一个女同事合租一间房，我们实在憋不住了，要么花几十块钱去宾馆开一到两个小时的房，那种甜蜜的爱情对我们来说不但时间太短，而且过后总有一种划不着的感觉。要么就是在夜里躲到公园没人的地方或其他僻静角落，互相摸摸解解馋，可不敢有什么实质性的动作。我也曾经把她带到我的地下室去过，可那张摇摇晃晃的小床只要我们一压上去，便像不堪重负一样发出"吱嘎吱嘎"即将塌下去的怪响，何况那所谓的墙只是用薄薄的层板做出来的，我们在上面享受爱情比做贼还难受。孙蓉来过两次便说什么也不愿来了。那时候我就下定决心，作为男人，一定要为自己筑一个温暖的爱情小巢。于是我咬紧牙关，在去年下半年租了这间"贵族公寓"。可没想到，"爱情小巢"筑好了，孙蓉却和我"拜拜"了，你说我这是怎么回事呀……算了，这些还是不告诉她了！华斌沉默了一会儿便接过冬梅的话说："冬梅，这有什么要紧的，没人看得上不结婚就是了！世界上这么多人打光棍，又不是只有我一个人!"

冬梅听了这话，却沉了脸说："那可不行，华斌哥哥!"

说完，冬梅像是有意想转移这个沉重的话题，便看着华斌问："哥，厨房能做饭不?"华斌说："能呀……"冬梅顿时露出了天真和活泼的神色，说："那好呀，刚才我来的时候，看见对面就有个'家家乐'超市，我去买点菜回来，我们自己做饭吃……"华斌立即说："做什么饭?你到了我这儿，我还会让你自己做饭吃……"冬梅说："看哥说的，好像我做饭就受了委屈一样。我很小就开始做饭，虽然做得不好，可粗茶淡饭还是做得出来的。今天就让妹妹做点贺家湾风味的家常便饭给你吃，让你看看我的手艺还在不在?"华斌一听这话，真的勾起了对家的向往，便道："好哇，那就做家常便饭，最好煮红苕稀饭，炒点青菜萝卜丝就行了!"冬梅笑了笑说："那也太简单了点!"说着便要走，华斌又喊住了她："等等，我们一起去!"说着爬到床上，从衣架上取下一件丝光棉的黑色短袖T恤，也没回避冬梅，脱下了身上那件有些泛黄的翻领修身衫，将T恤套在身上，便和冬梅一起出去了。

到了超市，冬梅先去买了米、清油、酱油、醋、味精，又去买了两根红薯、两根山药、三根莴笋，一两葱子，二两生姜、三个大蒜，最后才去鲜肉柜台买了两斤猪排和一斤精肉，塞了满满当当两大包，一人提了一包回去了。一回到屋子，冬梅就开始忙了起来，她先洗了红薯和山药，去了皮，切成段。然后在电饭煲里加了水和米，放进红薯块，焖起红薯干饭来。接着将猪排剁成段，接通电磁炉，在电磁锅里加上水，将水烧成半沸，将猪排倒进水里，大约煮了三分钟左右，又漉出来，倒掉水，重新加上清水，这才将猪排重新倒进去，再放入山药，最后盖上锅盖，炖起山药排骨汤来。一边做这些的时候，冬梅一边说："要是有点大枣和枸杞就好了!"做完这些，冬梅才洗了生姜、葱子，剥了大蒜，细细地剁起姜、葱花，捣起蒜泥来……看着冬梅有条不紊地做着这一切，华斌突然觉得这屋子里立刻充满了家的温暖和甜蜜，这一切都源自于一个能干和温柔善良的女人。冬梅冬梅，你要不是和我同姓，我真想……混蛋，怎么能对妹妹这么想……可她并不是我的亲妹妹……那也不行，你们是一起长大的……要不是一起长大，怎么能说是青梅竹马呢……那怎么办……就是，怎么办……我真的喜欢她……望着冬梅忙碌的身影，华斌帮不上忙，却突然产生了一些荒唐的念头。这念头说不出口，却搅得他心神不宁，然后两种声音便在心里打起架来。

贺兴琼

贺姐，真是对不起，这个死老头子做出这样下作的事，不但让你难为情，就是我这张脸也不知该往哪儿放了！对不起，我代这个死老头子给你赔礼了！唉，说起来真是丢人现眼了。这死老头子要是没这点毛病，贺姐你也不会到我们家来了。贺姐，听我慢慢说。唉，我真不知道该从哪儿开口！俗话说家丑不可外扬，可事到如今，我不得不把实话告诉贺姐。再说，我今天不告诉你，你迟早也会知道！我不告诉你，别人也会告诉你，因为这小区的人，哪个不知道我老爹这个毛病？真是丢死个人了！我这个老爹呀，年轻时就是一个花花公子。你知道他最早是干什么的吗？县上川剧团的小生演员，专演唐伯虎、梁山伯一类的风流情种，那做派、那唱腔、那身段、那眼神……真像是勾魂鬼一样，迷倒了县城很多年轻姑娘和媳妇。我那老爹呀，也真把现实生活当作了戏剧，以为他也可以像台上的唐伯虎一样在现实中来随意点“秋香”。“秋香”是点着了，可也被人告发了。那时候“生活作风”可是大问题呀，我老爹咎由自取，被剧团开除，到乡下一所最偏远的小学做音乐教师。可没过多久，他又和学校一位女老师搞上了。我从懂事起，就知道我妈整天都在抹眼泪，只要我老爹一回来，他们就一定会吵架摔东西。唉，我也不知道我妈是怎么过过来的……长话短说吧，贺姐，后来我妈死了，我这老爹也退休回到了家里，我以为他都一把年纪了，这下该不会像年轻时那样风流了吧。可没想到没了我妈的约束，他那颗色心愈发张狂得没个样子了。有一天我回家，小区一个阿姨问我：“黄总，你爸什么时候给你娶后妈呀？”我说：“娶后妈？没那回事，我从没听我爸说过呀！”阿姨说：“没那回事？你爸隔一两天就要带一个女人回来，怎么没那回事？”我这才明白，怪不得我爸这段时间，自己的一份退休工资花完了不说，还问我要钱。我上去对他说：“爸，你要给我娶个后妈我不反对，可一定要真心对别人好！”但真要说起这事，他不是说这个脾气不好，就是嫌那个性格不合，还是走马灯一样往家里带女人……你问哪儿会有那么多女人愿意跟他胡来？贺姐你就不知道了，你看广场上那些跳舞的大妈有多少？我爸虽然早就不唱戏了，可基本功还在，舞也跳得好，身段子也还不错，你看他尽管在床上瘫了三四年，不也还有那个样子吗？那些跳舞的大妈中，就有很多当年仰慕他的粉丝呢！后来我渐渐看明白了，我那老爹说这个女人不好，那个女人不行，都是借口，他就是想这样三天两头换女人，他才新鲜呢……唉，贺姐，说起我脸都发烧。我还是给你说说他是怎么犯病的吧！那天我正在上班，忽然电话响了，掏出来一看是老爹的，我立即对话筒喂了一声，问："爸，什么事呀？"电话里却传来一个女人慌慌张张的声音："你是黄仁田的女儿吧？快回来，快回来，你爸高血压中风了……"我一惊，忙问："你是谁？"可电话已经挂了机。我那老爹有高血压，但平常也不是很高，我是知道的。我急忙跑回去，一看，哎呀，真是羞死个人！我那老爹脱得光光的，躺在床上眼歪口斜，手脚只是乱抖。后来我才知道，那天他又带了一个女人回去，上床前，他吃了三颗性药，后来我从枕头底下搜出了那药，说明书上注明每次只能吃一颗，可那天他却吃了三颗，贺姐你说他这是不是在找死？果真他一爬到那女人身上，脑溢血便爆发了。那女人见我老爹动着动着便趴在她身上不动了，推了他一下，还是不动，女人再用力一推，我那老爹终于滚到了一边。那女人爬起来一看，见我老爹口歪眼斜，周身乱抖，嘴角"咕噜咕噜"往外冒着泡沫，知道是犯脑溢血了，吓得抓起衣服就往门外跑，跑到门边，这才又想起什么，回来拿起我老爹的电话。我老爹存电话有个特点，他记我们的电话从不用人名，譬如我是他女儿，他就在电话簿里记"女儿"两个字，记我老公的电话就用"女婿"两字，记我儿子的电话就用"外孙"两字……女人翻到了我的电话，便给我打来了。打完以后，就一溜烟跑了。那女人还算有良心，幸好她打来了电话，我赶回来及时把他送到了医院，要不我老爸可能早没命了……唉，后来你都知道了，命虽然给他保住了，可成了现在这样子……

他这一犯病，那些经常被他带回家的女人一下子销声匿迹了，我以为这下子他该彻底收心了，可没想到新的问题又来了。起初我找了一个男护工来照顾他，我当时想，尽管他是个老男人，又是个瘫痪病人，要给他揩屎揩尿擦身子什么的，女人还是不方便。开始他还好，可没过多久，他便显出不耐烦的样子来，不是对护工"呜里哇啦"地大叫，就是对人家吹胡子瞪眼睛。

我以为是这个护工责任心不强，没把他护理好，他有意见，我就又换了一个。没想到这一个他干脆不配合了，比如说护工给他喂饭，他不吃，像是要绝食，或者干脆将人家手里的饭打倒。又比如说人家费了很大力气，好不容易才给他把纸尿裤穿上，他又扯了下来，把屎尿拉在裤子里。那个护工见是这样，向我要了几天工资，就“拜拜”了。我可气极了，反复问他，他口齿不清地说了半天，我才弄清楚他要一个女人来照顾他。我又一想，大概护理这样的病人，男人粗手粗脚确实不大合适，于是我便以高出男人一半的价钱，去给找一个女护工来。那些小姑娘年轻媳妇我问都不敢问，最后找了一个和你年纪差不多的乡下女人来。人家来看了看我们家里和病人的情况，也很满意，可是令我没想到的是，人家只干了半个月就不干了。我问她为什么不干了？她才告诉我这个死老头子趁人家给他换裤子的时候，也像你告诉我的一样，他把人家的手往他那儿按。那次人家挣脱了他，也没告诉我，可第二天，这个死老头子得寸进尺，竟然抓住人家裤子往下拉。人家便不干了，炒了我的鱿鱼。没办法，我只得又四处去给他找呀，可没一个能干上半年，像走马灯似的换。有个保姆，这死老头子拉了她两次裤子后，一次人家给他擦身子时，他把人家往床上拉，还示意她骑到他上面去，人家一生气，收拾起东西就跑了，连那个月的工资也没要。我回来看见了，心想，人家也没错，错的是这个死老头子，怎么能不要工资呢？我给她打电话，让她告诉我一个银行卡，然后把钱给她打到了卡上。人要讲良心，是不是贺姐？好，我再说说你来以前那个婆娘的事，说起来真是丢人现眼。那个女人比你大，大约有五十多岁了，一张盘子脸，看起来人也很老实，可没想到她做出了这样的事。当然，这主要是怪我这个死老爹，他要不是个风流鬼，别人怎么会骗他呢？事情是这样的：当她来到我们家没几天后，我这个风流鬼老爹像过去对其他女人一样，把她的手按到他的生殖器上，又拉她的裤子，可这个女人没像以前的女人那样坚决拒绝，而是半推半就，像迁就孩子一样迁就着他。我老爹拉她裤子，她就让他拉；我老爹拍拍床示意她到床上去，她就果真爬到我老爹身边躺下。可当我老爹示意她骑到他身上时，她却不答应了。不但如此，她有时还主动去挑逗我老爹，把我老爹挑得性起，她又走一边去了。有次我老爹忍不住，便从枕头底下拿出他的工资卡，对她表示只要她骑到他身上了，他把工资卡给她让她去取钱。她故意说：“你这卡是假的，要不你把密码告诉我，我到银行试一试，如果是真的，我就回来和你干！”我那老爹一是糊涂，二是欲火烧身，想也没想便让她去找出一支笔和一张纸，颤颤抖抖地在纸上写了银行卡密码。那女人拿着银行卡便往外走，走到门边突然又回来将我老爹的裤子拉到脚踝处，然后对我老爹说：“黄老头，你等着，我一会儿回来就和干好事！”我这糊涂风流的老爹果然在床上等，可一直等到天黑也没见这女人回来。那天像是有感应一样，一下午我都心绪不宁，下了班我就赶过来，一看我老爹裸着下半身直挺挺地躺在床上，女人也没见了，我才问我老爹是怎么回事？我老爹连比带画“呜里哇啦”地说了半天，我才大致听明白。我当即知道我这老爹是被骗了，可当时已经是晚上，第二天银行一开门，我便到银行去查，卡上一万多块钱果然没了。我想去派出所报案，可一想这事说出来也不好听，就忍了！我向银行挂了失，重新补办了一张银行卡，这张卡我就没有再给我那老爹，现在还在我身上，然后我就到劳务市场来，这才认识了贺姐你。

贺姐，我看你也是个忠厚善良的人，我把这些也给你说了，你说我该怎么办？说实话，贺姐，你别看我在外面大小是个老板，在商场里一呼百应，人模人样的，可一走进这个小区，我就觉得抬不起头。俗话说好事不出门，坏事传千里，我老爹过去那些风流事谁不知道？以前他又隔三岔五往家里带女人，更给了众人一个老流氓、老色鬼的印象。现在见我们家里一年保姆都要换好几茬，知道的，是人家保姆守身如玉，不愿干走人的。不知道的，还说那老爷子自己能动的时候是自己出去往家里带女人，现在不能动了，又有一个既有钱又孝顺的女儿给他往家里找女人，老头子腻烦了就换人，腻烦了就换人。这样的话我都听见过好几次了，所以我一走进小区，那些人都用一种打量怪物的眼光打量我，可我能说什么？他是我的亲生父亲，我又不能丢下他不管，我要丢下他不管，众人又不知道会说什么！幸好这死老头只能那样，用文人的话说，就是找点刺激，找点感觉，当然我这样说，不是要贺姐答应他，我知道这些事对一个正派的女人来说，确实不能接受。不看僧面看佛面，我只求贺姐看在我的面上，能忍就忍一些，我现在为他真说得上是心力交瘁了，只希望贺姐能够在我们家干得长久些，我绝不会亏待你的！

听了黄姐的话，兴琼说道：“黄姐，你把话都说到这个份上了，我还能说什么呢？说实话，黄姐，我还真的打算不在这儿干了。俗话说人活脸，树活皮，这侍候人的事，尤其是给这样一个老男人揩屎揩尿洗身子，本身就觉得十分下贱，如果他再对我动手动脚，想入非非，尽管他不能干实质性的事，可让我还有什么做女人的尊严？不过黄姐没把我当外人，将心比心，你遇到这样的老人，也实在没有办法。我答应黄姐再干一段时间，如果老头儿还这样，我一定走人!”“谢谢，谢谢贺姐！这个月快满了，从下个月起，每月我再给你涨五百块钱的工资!”“那我也谢谢黄姐了!”

贺华彦

贺华彦一觉睡到太阳即将落山的时候，起来打了一个长长的呵欠，坐在床上便给在凰冠夜总会认识的叫小琳的小姐打电话：“喂，你在干什么?”小琳大约也没睡醒，拖着长长的声音慵懒地回答道：“干什么呀?”华彦说：“出来玩……”小琳没等他说完，便发着嗲说：“这么热……”华彦说：“太阳都快下山了，热什么热？我先拉着你出去兜风，等凉快了我们再到好吃街吃麻辣串！你不是喜欢吃麻辣串吗?”小琳说：“可我要上班……”华彦立即说：“一晚上不上班不行吗?”小琳拉长声音说：“不行的，老板会扣我钱的……”华彦马上说：“她敢，她要扣了你的钱，我们以后都不去凰冠玩了！我给你老板说!”可说完又说，“她扣你多少钱，我给你!”小琳在电话里沉默了，似乎在犹豫。华彦没听见小琳的回答，又压低了声音，显出几分神秘的语气说：“我有东西给你!”小琳终于动摇了：“那好吧!”华彦显得高兴起来：“你等着，我马上来接你!”说罢挂了电话，跳下床，将一件马克华菲的纯棉刺袖衫套在身上，到卫生间对着镜子梳了梳头发，又返回屋子里，从床头柜的抽屉里取出一只精致的小盒子塞到宽大的裤子口袋里，拿起床头柜上的摩托车钥匙便出门去了。下了楼，他一边舞着摩托车钥匙，一边吹着口哨，走到小区后大门的车棚里取车。这是一辆崭新的150无级变速带闪灯的祖玛摩托，是不久前才缠着兴仁给他买的。当时他才参加了公务员考试回来，成绩还没出，兴仁以为他会考得很好，便花了七千多块钱遂了他的心愿。兴仁对他说：“等你考上了公务员，我给你换一辆‘宝马’，你上下班也方便!”可惜他只有坐祖玛的命，不过华彦觉得坐祖玛摩托也没什么，反正他现在也只是偶尔坐出去玩玩。他把车推出小区后大门，一蹁腿跨上去，将车发动起来，一溜烟便向前冲去了。

华彦在小琳的楼下等了一会儿，小琳才下楼来。这个小婊子，真有些让人心动！大约因为天气热的缘故，小琳今天穿了一套宽松的韩版学生纹套装，上黑下红，裙子很短，刚好能遮住大腿根。脚上也是一双粉红色韩版尖头高跟浅口鞋，肩上斜挂了一只拉菲斯汀太妃红牛皮单肩挎包，挎包上又挂了一只圆圆的白色小绒球，随着她的脚步甩来甩去，仍显得十分奔放和时尚的样子。看见华彦，她像孩子似的蹦跳着，几步就跑到华彦面前，直通通地对华彦问："什么礼物?"华彦把身子斜靠在摩托车上，看着她说："你猜!"小琳扑闪了几下大眼睛，马上说："巧克力!"华彦摇了摇头。小琳又说："太妃糖!"华彦又摇了摇头。小琳便露出失望的样子："猜不着……"话音未落，华彦从裤兜里掏出盒子，一把递到小琳面前。小琳目光落到盒子上看了一眼，立即"哇"地叫了起来，双手接过去，打开盒子，取出了一条细细的金项链，拿到手里对着阳光照了照，才对华彦喜不自禁地说："真给我的?"华彦说："你说我给谁的?"小琳又把项链对着阳光照了照，露出了怀疑的神色对华彦问："别是假的吧?"华彦说："笑话，你看看说明书和质保卡，还有发票，一千二百多块钱呢!"小琳果然取出说明书读起来，只见上面印着："2016新款18K金项链经典可调节纯天然海水珍珠吊坠百搭项饰……"她虽然读得有些结结巴巴，却对华彦的话深信不疑了，忙扑过来将双手吊在华彦的脖子上，喊了一声："谢谢你……"一边说，一边在华彦脸上嘬了一口。华彦立即说："别逗了，我们走吧!"小琳这才松开华彦，把项链重新装进盒子放进自己挎包里。华彦重新将摩托发动了起来，对小琳说："上!"小琳往上一跳，就跳到了摩托车后座上，坐正了身子，双手扶着华彦的腰，华彦一踩油门，摩托车便"突突"地跑了起来。

摩托车驶上绕城公路，华彦加大了油门，摩托车便风驰电掣地奔跑起来。一股股强劲的风从他们耳边刮过，驱赶了空气中的暑气，使他们都感到十分舒坦。劲风掠起小琳火红的头发，使她像一个红发魔女，但她觉得十分刺激。她突然松开华彦，平举着双手大喊："啊——啊——"仿佛要凌空翱翔一样。她的叫喊更刺激了华彦，他将摩托车加到最大挡，摩托车顿时像飞了起来，惊得过往的司机都从车窗里探出头，惊讶地看着这个不要命的小伙子。过了一会儿，华彦才把速度放慢下来。他从绕城的西边开到东边，过了大桥又开到了北边，刚开过新建的开发区旁边，小琳看见一个扎马尾辫的胖乎乎的圆脸庞女孩，穿了一件浅绿色T恤，黑色运动短裤，露出两条胖胖的腿，一边走一边举着一只雪糕吸吮，小琳便拍着华彦的背像个小女孩一样撒娇地叫道："我也要吃雪糕！我也要吃雪糕——"华彦回过头对小琳说："这儿哪有雪糕？到前面惠民广场再说吧！"说着又加了油门，摩托车又狂飙了一会儿，下了绕城公路，从一条小路开了下来，不久又进入了城市。没开多久，前面出现了一个广场，这时天变得阴沉起来，从建筑上空传下一股儿一股儿的风，像是要下雨的样子。一队身穿大红大绿衣服的老女人脸上敷了很厚的白粉，似乎要将她们脸上的皱纹都抹平一样，嘴唇又涂抹得血红，手里举着一把大红绢扇在广场一边跳舞，嘴里跟着扩音器在唱："二月里来是新春，是新春……"身子往前走两步又退两步。另一边是几个穿白衣白裤、扎着脚边、脚着白色运动鞋的老头在打太极拳，一招一式收放自如，静如处子，动如脱兔，倒显得不急不躁不喧闹的样子。华彦从广场旁边绕过去，来到一家冰激凌店，跳下车，去买了两支雪糕回来。小琳将雪糕接到手里，像是等不及似的对华彦说："我们去看看好吃街的麻辣串摊摆出来没有？"华彦说："哪儿这么早？我们再兜一会儿。"说着跨上摩托，又开着走了。小琳撕了雪糕的包装，一手举着一支，一会儿吮吮这支，一会儿又吮吮那支，也不说什么。

又兜了一会儿，华彦才把车往好吃街开去。所谓好吃街，不过就是滨河路上面一条临河的小街。华彦把车开到这里，这才看见那些一个挨一个的烧烤摊不但早摆出来了，而且一些早行者已经在那些矮桌子小板凳上光着膀子大呼小叫地干上了。满街飘着油烟和食物烧烤的香味，一些摊主还拿着一把大蒲扇在"呼呼"地往炉子里扇火，每个老板各拥有三五张桌子不等，几张桌子中间，"呼呼"转动着一把油腻腻、黑乎乎的电风扇。华彦把车找地方停好以后，过来拉着小琳的手便往里走。小琳看见一张桌子没人坐，便说："我们就在这儿……"华彦打断了她的话，说："在这儿干啥？我给你找个好地方！"拉着小琳又继续走。走了一阵，看见有一个店，上面写着"香辣王酒家"，华彦一掀塑料门帘就走了进去，大叫："老板……"小琳进去一看，原来还真是一家专卖麻辣串的小店。店面虽然不大，只有挤挤挨挨的四张桌子，但店里亮着白色的日光灯管，桌子上铺着白色塑料桌布，虽然很薄，但看起来还是比较干净，两边墙上又各有两把摇头扇在扇着风，也比外面凉快。华彦拉着小琳在一张桌子上面对面坐下了，这时一个瘦高个的中年男人走了过来，满身油乎乎的，像是被油浸过了的一样，目光先从华彦和小琳身上扫过，才问："两位吃什么?"华彦马上用了命令的口气说："少啰唆，拿菜单来!"男人果然递过一份菜单来。华彦将菜单往小琳面前一递，说："想吃什么，尽着点!"小琳也不客气，便在纸上从上往下地画了起来。画完，又把菜单交给华彦，华彦看也没看便递给了老板，说："就按这个上!"说完又问，"有冰啤没有?"老板急忙说："有有有……"话还没说完，小琳却说："我要喝奶茶!"华彦又马上问："有奶茶没有?"老板又忙答："有有有!"华彦便说："先来三瓶冰啤，两杯奶茶!"老板答应一声去了。

没一时，一大盆麻辣串便端上来了，冰啤和奶茶也上来了。原来这麻辣串只不过是将麻辣烫的菜串在一根根长长的竹签上，放在火锅汤里边煮边吃。老板将锅盆放到桌子中间的火锅灶上，打燃了火，没一时，那汤料便沸腾起来，没过一会儿，满桌子便飘溢起又浓又香又辣的气味。小琳像是等不住了，不停地用手去翻动着锅盆边缘的竹签。那些食物都是加工过的，不耐煮，又过了片刻，小琳便捞起一根竹签往嘴里送。刚送到嘴边便辣得满嘴"咝咝"地吐着热气，急忙抓起奶茶喝了一口，再接着往嘴里送竹签，然后再从嘴里"咝咝"往外送气，一副"痛并快乐着"的样子。华彦见了，立即将锅盆里的竹签全捞了起来，分别放到两人面前的一只粗糙的白瓷盘子里，关了火。竹签上的菜渐渐冷了下来，表面很快结上一层油膜，两人这才大快朵颐起来。没一时，桌上的竹签堆了一大堆，桌下擦嘴的纸也遍地都是。

吃了一会儿，小琳像是再也塞不下去了，站起来将嘴一抹，突然说："我去上班了……"一听这话，华彦像是惊住了，看着小琳不解地说："这时候还去上什么班?"小琳说："夏天客人来得晚，这时去正合适!"华彦露出了失望的神色，望着小琳说："不去行不行?"小琳打了一个嗝，十分坚决地说："不行!"说完像是想起了什么，突然又对华彦问，"这段时间，怎么没见你到夜总会来玩了?"华彦说："你不知道，我老爸这个小地主见我公务员没考好，生气了，这段时间把我管得特严，晚上十点以前如果没回去，第二天一定要盘问我半天!"小琳一听这话，明白了，说："原来你还怕你老爹!"华彦说："不是怕，我是暂时忍耐着，等这段时间过了，他哪还管得着我?"小琳说："那好，我等你来玩!"一边说一边往外走。华彦见小琳执意要去上班，也不好挽留，便说："那好，你等我去结了账，我用摩托车送你!"说完便去老板那儿结账了。

贺世龙

贺世龙走出小区大门，天色已近黄昏，地面开始凉爽，街道两边的人行道上，那些推着婴儿车的年轻妈妈，手挽手的情侣，奔跑跳跃的小孩，身着纯棉老粗布短袖衫或圆领T恤满脸打皱的老几几以及穿着宽松印花T恤或短袖衬衣的半老或全老的老孃子……如过江之鲫一群一群地从贺世龙面前走过。这小城就是人多，尤其是在这傍晚时候，似乎所有的人都从家里倾巢而出了。贺世龙朝左边街道看看，又朝右边街道看看，保姆晁姐曾带贺世龙到右边街道去过，他知道走过两条街，再往右拐走一段路，旁边就是一个大广场，里面有很多老几几和老孃子在跳舞。第一次看见这么大的广场，贺世龙便十分不解，他问晁姐："这城里又一不晒粮食，二不晒柴草，修这么大的坝坝干啥?"晁姐对他解释："这不是坝坝，是广场，专门修起给城市人耍的!"老几几还是不明白，说："这城里人就是玩格，耍还要修个坝子，真是糟蹋土地!"左边呢，贺世龙没有去过，晁姐对他说过："左边有公路，过了公路是状元山公园，山上小路多，你走岔了就会走不回来，贺总特地交代了的，叫不要带你去状元山公园!"可眼下晁姐不在身边，贺世龙便突发奇想，想从左边街道过去看一看。

自从有了助听器后，兴仁果然便叫晁姐在早晚天气凉爽的时候，把他带到小区和附近街上走一走。尽管兴仁教了贺世龙好几遍如何调试助听器的程序和音量，但老几几一直没有记住，每次出门时，都得靠晁姐给他调试好了戴在耳朵上，才带着他出门。可刚才晁姐对他说："爷爷，你在家里先待一会儿，我去买点晚上的绿叶蔬菜回来，就带你出去!"晁姐刚挎着篮子出门，老几几便像等不及似的自己出来了。

贺世龙以为这街和别的街道一样，也是笔直的，可没走多久，街道却拐了弯。他顺着弧形的街道继续往前走，走了没多远，又拐了弯，就像鸡肠子一样。大约拐了三四个弯，街道才直了。老几几又走过这条直街，终于看见了前面的公路。公路很宽，两边跑的车子川流不息，从他眼前呼啸着一晃而过，可他却没有听见车子任何一点的喇叭叫声。他觉得奇怪，下意识地去摸了摸耳朵，这才发现耳朵根是空的——他没戴助听器，怪不得耳朵里这么安静。他想回去取，可想起晁姐不在家，他也没钥匙，回去也取不出来。即使取出来了，他也不会调试，也是白走一趟，反正走一走就回去，听不见就不和人说话就是了。这么一想，便打消了回去取的念头。他看见一群人站在公路的几条白线边，晁姐曾教过他，说那叫斑马线，还对他说过斑马线时，要看看前面柱子上的绿灯亮没亮？还对他说："你要是记不住'红灯停、绿灯行'的话，只要看见别人走，你也跟到走，别人停，你也跟着停就是了！"他见那些人站在路边，也就走了过去，果然没一会儿，两边的车子都停下了，那些人开始往对面走，他也跟在他们后面走。过了公路，旁边又有一条小公路从主公路上分了出去。贺世龙顺着这条小公路往前面看去，果然看见一座山耸立在霞光之中。山虽然不大，却郁郁葱葱，煞是幽静。一看见山，老几几顿时精神一振，他看见前面有两个老几几，年龄像是比他小一些，一个穿了藏青色短袖棉质T恤，背上背了一只黄色帆布双肩包，一个穿了一件米黄色短袖绸缎唐装，皮带上别了一只红色的小扩音器，里面正唱着川戏，一会儿锣鼓大响，一会儿一个女人"咿咿呀呀"拖长声音唱，两人手里都拄了一根油光锃亮的龙头拐杖往山上走。贺世龙知道他们是上山，也立即跟了上去。走了一阵，公路拐了弯，路旁台地上一座庙子，阳光下金碧辉煌，贺世龙耳朵听不见，也不知道里面在没在做法事，不过空气中倒是弥漫着一种香火味。路边有只垃圾筒，垃圾筒旁边扔着一堆花花绿绿的衣服。一个头上戴着软边布草帽、身穿紫色大码印花衬衣的老孃子，肩膀上挂着一只大尼龙袋子，手里拿着一只长长的铁钩子，正在垃圾桶里翻着什么。她翻出了一只矿泉水瓶子，用钩子钩出来，放到地上踩瘪，然后丢进挎着的尼龙口袋里。接着又翻出了一只空的易拉罐罐子，放到地上"啪"的一声踩扁，又丢进尼龙口袋里。翻完垃圾筒，老孃子又过来翻地上的衣服，翻出了一件带帽子的儿童羽绒服，拿起来翻来覆去地看了看，也塞进了口袋里。贺世龙看见衣服堆里还有一床果绿色毛绒毯子，老孃子用铁钩子钩起来看了看，摇了摇头又放下了。贺世龙看见那毯子只是旧和脏了一点，也没破，他过去用手摸了摸，发觉两面的绒毛还十分柔软，便抬起头对老孃子说："还是好的，拿回去洗一下还盖得，你不要？"他不知道老孃子是怎样回答他的，用铁钩子把毯子拍了两下，转身走了。贺世龙老几几看着那堆衣服说了一句："唉，还是好好的东西就拿出来丢了，真是糟蹋东西呀！"说完他又往前走，可走了几步，像是被什么挂着，又走回来，将那床毯子拿起来折好，夹在胳膊底下这才走了。可这时那穿藏青色短袖棉质T恤和穿米黄色短袖绸缎唐装的两个老几几已经不见了。贺世龙只好一个人顺着公路往前走。又拐了好几个弯，终于到了山脚下，山上树木“簌簌”有声，送来一阵阵清凉的风，让人神清气爽。可这时公路又分成了许多岔路，有的路上面浇了水泥，有的路上面铺了光滑的石板，有的则是嵌了密密麻麻的鹅卵石，贺世龙不知该走哪条路了。正犹豫着，忽然旁边一边小路上走着三个老孃子，一个上穿冰丝印花大码短袖T恤，下着黑色肥筒裤；两个穿着中长的圆领连衣裙，一个是玫红色的，一个是湖蓝色的。贺世龙想：“跟着她们走，肯定没错！”于是又便跟了过去。三个老孃子一边走，一边说着什么，一会儿又哈哈大笑，但贺世龙一句也听不清楚。三个老孃子发觉后面有人跟着她们，回头看了一眼，见是个老几几，胳膊窝里还夹着一床旧毯子，十分诧异，但也没说什么。三个老孃子在盘山小路上东绕西转地走了一会儿，看看天色已晚，这才往山下走去。过了公路，三个老孃子互相挥了挥手，各自走开了。

贺世龙却站在公路边，仔细辨认着方向，他觉得刚才自己也是从这儿过来的。可不是，出来时不是也走的是一条直直的大街，过的是公路上的斑马线吗？这两样东西不都在这儿吗？不错，肯定没错，从这儿过去拐两个弯就到了小区门口！贺世龙这样想着，果然就过了公路，朝那条笔直的大街走去。可是走了很久，他却没有看见街道拐弯，而是越走越宽，最后走到一条十字街口，前后左右都跑着车，行人也很多，路口的信号灯忽红忽绿，行人和车辆也走走停停，贺世龙一下糊涂了。他不知道自己来到了什么地方，他想问问身边的人，可想起自己耳背，别人即使回答了也听不见，更重要的是，他在城里住了好几个月，还不知道儿子那个小区叫什么名字，更不知道儿子、孙子和范春兰的电话，他怎么问人家呢？他一下慌了起来。一着急，便感到膀胱隐隐胀了起来。这些年他常常犯这样的毛病，只要心里一着急，他便想尿尿。眼下便是这样，他想忍一忍，可越忍尿意越强烈，最后膀胱传来一阵刺痛。他朝四周看了一下，到处都是人，他又找不到厕所，感觉就要尿到裤子里了。最后他想起古人说的“屎尿无情”，就走到墙边，背过身去，解开裤子，正要冲着墙撒，猛听得身后一声大喝：“干什么？”接着一双大手把住他的肩上往后一扳，把他扳了过来。他一惊，膀胱里的废水便淅淅沥沥地顺着裤腿撒了下来。他看见一个壮汉站在他面前，以为要打他，便紧缩了身子。那汉子只看了他两眼，见他抱着一床脏兮兮的毯子，以为是个流浪的老头，便推了他一把，说了一句：“滚！”把他放开了。他便随着人流又往前走了。

现在，贺世龙踯躅在这个小城的街头，夜已经很晚了，大街小巷都亮着明晃晃的灯，倒是使他感觉不到夜晚的来临，只是他越走越觉得大腿僵硬，步子越来越缓慢。这个城市，他年轻时倒是每年都会来一两次，或者是挑粮食来卖给粮站，或者来往家里担煤炭。可自从七十岁以后，他就再没来过了。没想到十多年间城市变化会这么大，到处都是一样的高楼，一样的马路，一样的灯光，一样的树，到处又都是熙熙攘攘的人群，不像贺家湾那样，哪个房屋前有棵核桃树，哪家屋背后有棵柑子树，一眼就看得清楚，可这城里，你就是有火眼金睛，也没法看出来。老几几一边在街头踯躅，一边努力瞪着昏花的眼睛瞅着街道两边的建筑。他记得儿子的小区前面有一道很长的铁栅栏门，看见车来了可以自动收缩，行人都从旁边的小门里进出。进门后有一个圆坝子，用红砖铺的地，坝子后面有座用石头垒起的假山，能从石头缝里往外喷水。然后房子是一排一排的，中间栽得有很多树。他想，只要找到了有铁栅栏门、圆坝子、假山和很多树的地方，就一定是儿子住的小区了。可是他眼睛都看酸了，也没在街道两边看见这样的地方。他不知道，儿子的小区属于这个城市的新区，而他则进到了老城区，方向完全错了，他怎么能找得到呢？

不知又走了多久，贺世龙突然看见一条大河，在夜晚，河水不是蓝而是墨色，两边建筑上的灯光在河水里拉长着脸对他眨眼。老几几一下记起来了，他来到了上十字码头边，下了码头可以坐渡船到对岸，往左走是这个城市的北门，往右走是南门。但是他不知道这个码头早就废弃不用了，因为河上架起了三座大桥，码头旁边的空地建成了劳务市场，他的女儿兴琼就是在这个劳务市场里找到做护工的职业的。早年他担着竹篾篓、筲箕、背篼来卖的河街，如今也变成了好吃一条街。他虽然不知道这些，但可以肯定儿子的小区没在河边。这样一想，贺世龙绝望起来了。他还想走，可感觉两只脚已经变成了两根棍子，再也挪不动半步了。他靠着街边一幢建筑的墙壁站了下来，朝两边街道看了看，他看到长长的街道两边摆满烧烤食物的摊子，很多人都光着膀子坐在街道中间的小桌子上胡吃海喝，一阵阵食物的香味夹杂着一种烟火的味道向他袭了过来，顿时他肚子又“咕咕”地叫了起来。他明白肚子在像他发出抗议了，可再叫唤也没办法。他想返回去继续走，可两腿却乏得不行。又靠着墙站了一会儿，才决定先坐下来歇一会儿，于是便把那床毯子抱在怀里，顺着墙坐了下去。坐下不久，老几几突然看见一个年轻小伙子，像是他的孙子华彦，拉着一个染红头发姑娘的手，匆匆地从他面前几步远的街中间走了过去。他想喊，却又怕喊错了，急忙眨了几下眼，又使劲地甩了两下头，等他再睁开那对昏花的老眼看时，那像孙子的小伙子和姑娘已经拐过街角不见了。贺世龙又失望地收回目光，像平时一样把脑袋垂在胸前，没一时便睡过去了。

秋之卷

贺兴仁

德兴高速十三标段段家沟大桥浇灌桥墩的混凝土搅拌车，要经过段家沟村一点五公里左右的村级公路，这天上午司机小贾开着一车搅拌好的混凝土往工地上去，驶上这段村级公路不久，便看见前面公路两边分别立着一根木头桩子，上面绑着一根竹竿拦在路上，旁边坐着几个老几几。小贾立即停了车，打开车门下来问："怎么回事？啊，怎么回事？"几个老几几像是没听见，也不回答，只顾摆着自己的龙门阵。小贾又大声问了一句："拦着干什么，啊？"听见小贾的口气很冲，一个稍年轻的老几几才白了小贾一眼，说："干什么，收费！"小贾一惊，问："收什么费，啊？"老几几像是不耐烦了，也大声说："过路费你都不知道？叫你们当官的来和我们说！"说完再不理他。这时又有几辆混凝土车开了过来，小贾没法，便给他们班长打电话，班长赶过来和那些老几几疏通，可那些老几几哪儿理他？说："不和你说，你算哪把尿壶？喊你们头儿来！"班长只得又给工程部张部长打电话。张部长是兴仁从外面高薪聘请来的工程师，专门负责工程施工，一个文质彬彬的老头儿。他看见公路上停了一长溜混凝土车，尽管车上装混凝土的圆筒罐在不断地旋转，以防止罐内的水泥浆凝固，但停得太久也不行，便急忙推了推眼镜片，掏出烟过去对那些老几几说："老哥子，请抽烟，请抽烟！"把烟敬完了才说，"请老哥子们高抬贵手，这水泥浆子在车里放久了可不行……"可话还没完，那些老几几一边抽着他的烟一边说："放行可以，拿过路费来！你们的车把我们的公路轧坏了，还不该拿钱维修？”张部长一听这话，想了一会儿才软中带硬地说：“收费可以，只要有上面允许收费的文件，我们该给多少给就是……”老几几却说：“我们维修自己的路，要什么文件？我们就是文件！”张部长又问：“是不是你们村委会决定的收费？”老几几见张部长这样问，马上七嘴八舌地说：“我们自己的事要哪个决定？”“少啰唆，拿钱就走路！”一边说，一边像是示威似的，把椅子全搬到公路中间坐下了。张部长没辙了，便打电话向兴仁汇报。

兴仁接了电话，立即说：“不要慌，不要慌，我马上和他们村上乡上联系！”说完翻出段家沟村段支书的电话打过去，电话里一个温柔的声音却提示：“您拨打的电话已关机！”兴仁又给石垭乡姚书记打，电话响铃两声后，却突然断了，接着传来一条信息：“正在县委开会，请稍后再拨。”兴仁气得擂了一下桌子，又接着给派出所邬所长打。邬所长的电话倒是打通了，可他却对兴仁说：“哎呀贺总，十分不凑巧，我正在参加县局的‘两学一做’活动，实在分身乏术、分身乏术是不是？再说这事嘛，不过是几个老头所为，我们即使出警，还能把几个老头怎么样？我看呀你最好还是请乡上和村上领导出面，不怕官就怕管嘛，是不是？”兴仁听了这话，只简单地说了一个“谢谢”，便把电话挂了。

兴仁窝了一肚子火，好不容易挨到中午时候，才又给姚书记把电话打过去。还没等兴仁说话，姚书记便在电话里打着哈哈说：“哎呀，是贺总呀，老弟你好！你好！好久我都说来拜访老弟，可一直都没抽出时间，实在抱歉！抱歉！等我从县上学习回来后，一定登门赔罪，啊……”兴仁立即打断他的话说：“姚书记，赔罪的该是我，我在这里先对你说一声对不起了……”说着不等他再把话题往一边引，便急急地把发生的事对他说了。姚书记听完，像是不相信地问：“真有这样的事？”兴仁说：“姚书记，我的十多辆混凝土车现在就暴晒在太阳底下，眼看罐里的水泥就要报废了，真是踩到火石要水浇，还敢乱说吗？”姚书记这才说，“好，好，贺总不要着急，我马上问问村里是怎么回事……”兴仁立即说：“我刚才给段支书打电话，手机关了机……”姚书记马上恍然大悟地说：“哦，我记起来了，段支书向我告了几天假，去石家庄看他闺女去了！不过你放心，我问问他们曾主任，了解情况后我立即向贺总汇报，啊……”说完挂了电话。

可兴仁等到下午上班的时候，没见姓姚的给他回电话，忍不住又给他打过去，姓姚的又在电话里打起哈哈来：“贺总呀，我正准备给你汇报，你又打过来了，真是心有灵犀一点通呀！”说完不等兴仁问，便说，“情况我都了解了，听村委会曾主任讲，确实有很多村民不断向他们反映，说你们的混凝土车把村里的公路轧坏了，但考虑到支援国家建设，村上从来没有讨论过向你们收费的问题，估计是个别群众干的！”可说到这儿，姓姚的忽然压低了声音，对兴仁说：“哎呀贺总，你看这事，国家建设我们固然要支持，不过村民的合理要求我们也不能置之不理，你说是不是？一把胡椒顺口气，一颗胡椒也是顺口气，我看要不贺总你们就适当让点步怎么样……”听到这里，兴仁立即说：“姚书记，这不是让步不让步的问题！只要有上级收费许可证，我们就执行，没有，你说我怎么让步……”姚书记一听又打哈哈说：“老弟呀，你说上级怎么会为这么一点小事发个文件？你们那混凝土车，我记得全是三一重工的吧，再装上混凝土，那么重的车难免不把公路轧坏嘛……”不等兴仁回答，又接着说，“当然，贺总，我这只是一个建议，一个建议，我为难呀，贺总，别看是几个村民，我要搁不平也不行呀，是不是贺总？对不起，马上开会了，我得关机了！”说完真的就挂了机。

兴仁又气得在桌子上擂了一拳，公关部宁部长在旁边把他们通话的内容听得一清二楚，这时便对兴仁说：“既然只是几个村民所为，找几个人把竿子给他们拔了，把车开过去就是……”兴仁没等他说完，便挥了挥手，然后把头仰靠在椅背上，显得有些疲惫地说：“没那么简单！”宁部长说：“我知道没那么简单！我曾经提醒过你，我们是在人家的地盘上，强龙压不过地头蛇！”说完又看着兴仁问：“那现在该怎么办？”兴仁闭着眼想了一会儿，才对宁部长说：“通知张部长，让水泥车全部退回去……”话音没落，宁部长叫了起来：“退回去？几十车搅拌好的混凝土，退回去就全报废了……”兴仁说：“你刚才说得对，强龙压不过地头蛇，我们还要在人家地盘上待三四年，还是尽量避免冲突为好……”宁部长又问：“那就给他们钱？”兴仁说：“钱千万不能给，只要我们退了一步，人家就要进十步！”看见宁部长不明白的样子，马上说：“你到城里‘帝豪’酒楼订个雅间，请个陪酒小姐，然后到县委门口等着，只要姓姚的一散会，就把他给我拉来！”宁部长一听明白了，立即说：“行，我这就去准备！”可说完又对兴仁问，“还请其他人不？”兴仁有些不高兴地说：“这种事，人越少越好，你难道还不知道？”宁部长不再说什么，转向便去了。

一下班，兴仁便开着车子，径直到了县城最豪华的帝豪酒楼，穿着桑蚕丝旗袍的服务员把他引到三楼一间“888”的雅间，屋子里铺着厚厚的猩红色桌毯，桌上铺着雪白的桌布，已经摆了几个凉菜和一瓶茅台、一瓶法国拉维干红葡萄酒。

兴仁见姓姚的还没来，便坐在旁边沙发上，一边看着墙壁上挂着的几幅不知出自什么人之手的不入流的画，一边等他，旁边放着他鼓鼓囊囊的皮包，里面有五万元“子弹”，准备等会儿打麻将输给姓姚的。等了一阵，看看快到中央台“新闻联播”时间了，姓姚的还没来，正准备打电话问宁部长，只见宁部长一头闯了进来。兴仁见只有他一人，便问：“姓姚的呢？”宁部长喘着气，脸上带着几分无奈的表情，说：“不来……”兴仁吃了一惊，忙追着问：“另外有人请他？”宁部长又停了一会儿，才愤愤地说：“有没有人请他，我不知道。只知道我在县委门口等了他一个多小时，才把他等着，把他拉到一边，轻声对他说：‘书记大人，我们贺总想请您老聚一聚……’可我话还没说完，他便说：‘我已经吃过饭了！’我知道他是说假话，哪有才散会就把饭吃了的？可我还是笑着对他说：‘吃了也去喝杯酒嘛，我们贺总在帝豪等着呢……’可他马上打断了我的话：‘不行！’我问：‘怎么了？’他说：‘你知道今天开的是什么会？就是反腐倡廉的，我可不能在这个时候犯错误，你们也不要害我！’一听说害他两个字，我心里有些不高兴了，但仍赔着笑脸说：‘怎么可能呢？我们只吃点便餐！再说，就只贺总和你我三个人……’可他还是绷着脸说：‘那也不行，还是以后吧！’我动手拉他，你猜他怎么说？他说：‘你快放开我，再这样，我就只有向纪委反映了！’贺总你听听他这话，我见他实在不来，就一个人跑回来了……”话没说完，兴仁已经紧紧咬着牙关，鼓突着两边腮帮狠狠地骂了一句：“狗日的，鸡脚神戴眼镜——装正神了？”骂完突然对宁部长大声命令地说：“叫服务员不要上菜了，我们走！”说着将包拿起来夹在胳肢窝下面，气冲冲地往外面走去了。走到楼梯边，才回头对跟过来的宁部长说：“通知各部门负责人，明天上班后一起到现场看看！”说完便“咚咚”地下了楼。

贺华斌

贺华斌在天亮时做了一个梦，他梦见自己来到了一个地方，天很黑，街道两边只有稀稀朗朗儿盏昏黄的路灯，高大的法国梧桐投下浓重的阴影，使整个城市都显得有些阴森恐怖。他看见冬梅穿一件娃娃领的杏黄色雪纺宽松连衣裙，袖边像荷叶一样张开，给人飘飘欲飞的感觉。他的身后跟着一个三四十岁的男人，头发像乱鸡窝一样，穿一件皱皱巴巴的短袖 T 恤，裤子上沾满了水泥的痕渍，脚上是一双破旧的皮鞋。他喊了冬梅一声，冬梅没有答应，带着男人只顾朝前面走，他急忙追过去，可怎么也追不上。没一会儿，冬梅和男人拐进了一条巷子，他也拐了进去。巷子里很黑，他不知拌着了什么东西，“扑通”一声摔了下去，幸喜摔得不重。他爬起来一看，冬梅和那男人已经消失不见了，他于是大声喊了起来：“冬梅！冬梅……”喊声在周围回荡，发出“嗡嗡”的声音。突然一扇门打开了，他看见冬梅和那男人躺在床上，身上脱得光光的。他突然怒发冲冠，正想冲过去揍那男人，男人却一下揪住冬梅的头发，扬起拳头对着冬梅就打。冬梅在床上反抗起来，男人又马上从背后掏出一把砍刀，把刀刃架在冬梅的脖子上说：“你这个婊子是要钱还是要命？”冬梅吓得浑身直打哆嗦，对男人说：“要命……”说着从枕头底下掏出一沓钱来。男人一把将钱抢了过去，可他并没有放开冬梅，又接着狠狠地掐住冬梅的脖子，将她颈项上的项链一把拉了下来。冬梅爬起来跪地求饶，那人却举起刀，对着冬梅一刀砍了下去……他大叫了一声：“冬梅——”一下惊醒了。

华斌醒来，心里兀自“扑通扑通”地跳个不停，一摸额头，还沁出了一层细密的汗珠。他奇怪自己为什么做了这样一个梦？想了一阵，才记起昨天晚上睡觉前，从一本书上读到了一篇文章——《广场“黑玫瑰”的险恶人生》，写一个站街女被嫖客杀害的故事。他当时正是想起冬梅，才把这篇文章读下去的。真是日有所思，夜有所梦呀！可他还是有些不放心，看看天已经大亮了，于是坐起来便给冬梅打电话，电话响了很久的铃，却没人接。华斌想：“大概在睡觉吧！”于是挂了机，起床洗漱完毕，到楼下的小食店吃了两只包子，喝了一碗粥，回到屋子里又打，仍是没人接。华斌以为冬梅仍在睡觉，也没在意。今天是周六，不上班，他出去蹓跶了一圈，回到屋子又打开电脑上了一会儿网，眼看快到十点钟了，华斌又给冬梅打电话，可电话还是一直空响着。华斌这时有点着急了，想她再怎么着，这时也该起床了，可怎么不接电话呢？于是他又给冬梅发了一条短信：“见信急回电！”他以为冬梅很快会回，可一晃又两个多小时过去了，冬梅也没回电话，华斌又打电话，仍是没人接，华斌这下真的着急起来。他想起小时候奶奶曾告诉他，人有时候做梦是非常灵的，尤其是亲人之间，要死了就会托梦给你。这是怎么回事？睡懒觉也睡不到这个时候呀？莫非她真的遇到了不测……华斌更加不安起来。他想立即赶到冬梅住的地方去，可冬梅只告诉了他小区名字，没告诉他具体住的几楼几单元几号，小区那么大，他去了又怎么找？

正这么想着，电话突然响了起来。他抓过来一看，正是冬梅的，这死婆娘，吓死我了……哎呀，我心都快跳出来了……华斌刚要叫，听见冬梅问：“华斌哥哥，什么事？”华斌忍不住生气了，立即捂了胸口大声说：“什么事什么事，你怎么不接电话？”冬梅说：“我在睡觉，电话开的静音，没听见呀……”华斌说：“都什么时候了，你还不睡到晚上才起来？”冬梅说：“华斌哥哥，你知道我们这职业，晚上要当大半夜鬼，到凌晨四五点钟的时候才回家睡觉，一睡就睡过去了。”说完又对华斌问，“怎么了，华斌哥哥？”华斌想把做梦的事告诉她，可想了一会儿却说：“别问那么多，吃过饭你把我带到你……”他仔细在心里推敲了一下，才接着说：“做生意的地方看一下……”冬梅没听完，便吃惊地叫起来：“那地方那么肮脏，有什么看的？”华斌口气十分坚定地说：“有什么肮脏的？我正要见识见识！”冬梅还是说：“不行，华斌哥哥，我不能带你去！”华斌一听这话，有些生气了，大声说：“你是不是并没有把我当你亲人……”冬梅一听这话便沉默了，过了一会儿终于说：“好吧，华斌哥哥，吃过午饭，你在家里等着，我打车过来接你！”华斌说：“你只告诉我地方，我坐公交车去就行……”冬梅说：“你找不着地方。”华斌听了这话，才不说什么了。

华斌又叫了外卖，刚吃完，冬梅便上楼来了。冬梅的穿着真和他梦里的一模一样，不由得惊叫起来：“冬梅，你真穿着这件裙子呀？”冬梅有些疑惑起来，对华斌问：“这件裙子怎么了？那天我买来给你看，你不是说好看吗？怎么，现在不好看了？”华斌急忙说：“不是，不是……”可到底是什么，他没说出来。冬梅见他吞吞吐吐的，又问：“华斌哥哥，你为什么要到那儿去看？”华斌说：“不为什么，我就想去看看了。”冬梅不再说什么，和华斌一起下了楼。走出来，华斌说去坐公交车好了，冬梅却拦了一辆出租车，带着华斌去了。

出租车开到动物园北街一个巷口停下，冬梅和华斌下了车，走进了一条巷子，巷子很窄，两边的房屋全都破旧不堪。冬梅在一座四层楼房前停住。华斌一看，楼房像是过去的集体宿舍，门窗全是木头的，有的地方玻璃已经掉了，贴着报纸，墙面斑斑驳驳，不是掉了石灰便是豁了缝。华斌一问，果然是动物园建于20世纪70年代初的职工宿舍。冬梅见华斌发愣，便对他说：“这片地区早就规划拆了，可还没拆。”说完又叮嘱了华斌一句：“地板有点滑，小心点……”话音还没完，华斌脚下果然一趔，身子往一旁歪去，幸好冬梅拉住了他。华斌低头一看，地板脏兮兮的，又黑又湿，像是涂抹了一层油。再一看墙壁上贴着花花绿绿的纸片，有宣传社会主义核心价值观的，有各种通知之类的，也有“开锁”、“疏通下水道”之类的小广告，也有“再往楼道扔垃圾不得好死”之类的咒语。冬梅领着华斌上了二楼，楼道里很黑，和他早上梦里见到的完全一样。冬梅大声“嘿”了一声，又顿了一下脚，顶上才亮起一团昏黄的灯光。华斌借着灯光一看，只见楼道里乱糟糟的，一些门口还摆着燃气炉和小桌子。冬梅在一间房前站住，掏出钥匙打开了房门，说了一声：“华斌哥哥，这儿！”华斌一听这话，急忙跨了进去，接着冬梅也进来了，返身将门“哐当”一声关上，摸到墙壁上的电灯开关，一按，屋子顿时亮起来。华斌一看，屋子大约有十来个平方的样子，靠中间隔墙摆了一张一米五的双人床，对面一个简易的双人坐布艺沙发，沙发和床之间一个小床头柜，床头柜上放着一个还没来得及清理的烟灰缸，里面立满了各式各样的烟头，半卷粗糙的卫生纸，还有一个十分暧昧的小纸盒子。华斌正想拿起来看，却被冬梅一把抢过去扔到了布艺沙发旁边的一只装满纸团的垃圾筒里。在那一瞬间，华斌看清了是一只避孕套的外包装盒子。华斌心里下意识地跳了一下，没说什么，继续在屋子里打量，他发现屋子总共不过十三四平方米，却在进门处用砖隔了一个四五平方米的卫生间。冬梅像是看出了华斌的怀疑，便对他说：“这里的屋子都这样……”华斌问：“怎么会每间屋子都有卫生间？”冬梅脸红了，半天才说：“你忘了这儿过去是‘红灯区’，住的都是小姐，老板专门这样改造的呢！”华斌一下明白了，不再问，他过去拉开卫生间的门，发现里面除了一个淋浴器外，还有一个浴缸和一只马桶，浴缸对面挂着一面窄窄的穿衣镜，镜面模糊，落满了灰尘，看来不是经常使用，镜子上方有一排挂衣钩，有一件很薄的丝质睡衣和一条毛巾挂在上面，遮住了镜子的一大半。镜子旁边有一个洗手盆，盆的表面有些发黄了，沾满了褐色的水渍和头发。洗手盆上挂着一个带镜子的塑料架，架子上放着一瓶冲凉液和其他什么东西，一些瓶的表面开始发霉了，地下还有两双塑料拖鞋。华斌细细看了一遍，又走出来看了看那张床，床上的床单和枕头看起来还行，虽然不新，便还显得很干净，可床单却是皱皱巴巴的。他回忆起了早上的梦，想起冬梅就是在这间屋子里，在这张床上脱得一丝不挂，和那些或丑或老的男人做爱，心里突然“轰”的一声，像有什么爆炸了，下意识里忽然冒出了一种渴望和冲动。他定定地看着冬梅，透过她身上那件宽松的娃娃领荷叶袖雪纺连衣裙，他似乎看清了她身上的一切，他的心不由得猛烈地抽搐起来。冬梅是多么漂亮呀！她的皮肤是那么细嫩白皙，她的眼睛是那么明媚清澈，她的乳房是那么结实饱满，她的大腿是那么光滑圆润。可是这样的身子，怎么能在这样一个丑陋的地方被一些肮脏的大手和冰冷的嘴唇去抚摸、去亲吻？她身子上那处宝贵的地方，又怎能让那些毫无感情、只有欲火的男人去撞击……不，她是他的妹妹，他绝不能允许她再这样下去了……他见冬梅也在怔怔地望着他，像是十分不理解的样子，突然一下扑过来将冬梅紧紧抱住了。他感到自己的心脏不仅在"咚咚"地跳，而且身子也像在被火烤着一样，同时，他的生殖器也膨胀了起来，高高地顶着裤子。冬梅像是被他吓着了，立即喊了一声："哥，你要干什么?"华斌一惊，猛然惊醒过来，突然在心里骂了一声："混蛋!"马上松开了冬梅。见冬梅还是瞪着小鹿似的眼睛看着他，华斌这才叫起来："妹，我不能再让你干这事了！你知道吗，早上天亮的时候，我做了一个恐怖的梦！我梦见你被一个嫖客抢走了钱和项链，他还举起刀要砍你，把我吓醒了，我整个上午都在为你担心!"说完见冬梅还在不明白地看着他，便又解释说，"你不知道，昨天晚上我看了一本社会纪实的书，专门写站街女的。上面举了很多例子，有的站街女被嫖客带出去，不但被劫了钱财还送了性命，有的站街女遇到一些变态狂，受尽折磨。还有一些站街女就在自己做生意的屋子里遭到抢劫和毒打……"华斌话还没完，冬梅像是明白过来了，突然笑了一下，然后神情有些黯然地说："这样的事有什么奇怪的……"华斌一听这话，急忙盯着冬梅问："你遇到过?"冬梅没有答话，过了一会儿，她的嘴唇突然哆嗦了起来，像是要哭的样子，但她忍住了。但没过多久，她也突然扑过去紧紧抱住了华斌，然后将头搁在华斌肩上，颤抖着喊了一声："哥……"然后眼泪便"簌簌"地落下来。华斌感到了冬梅的热泪，也感到了她身子的颤抖，也抱住了她。这不是以前那种礼节性的拥抱，而是两具火热的身体紧紧地贴在了一起。华斌感到了从一个成熟女人的身上传来的体香和热量，身体不由自主地再一次膨胀。他意识到了这种膨胀的危险，马上松开了冬梅并将她推了一下，冬梅也似乎明白了过来，往后退了两步，这才看着华斌泪眼婆娑地说："哥，我早就不想做这事了，可找了好几次工作，都高不成低不就的……"华斌打断她的话说："你的目标不要定高了嘛!"冬梅又马上说："是，哥，我会记住你的话的!"说完又破涕一笑。华斌这才放了心，说："好，冬梅，等你找到了工作，我为你庆贺!"说完似乎害怕再待在这屋子里，便又对冬梅说："我们走吧，妹!"冬梅点了点头，说："哥，你等等我，我去擦擦脸。"说罢进了卫生间，接着从卫生间里传来了"哗哗"的自来水声和洗漱的声音。

贺华彦

贺华彦上次花了一千多块钱，给小琳买了项链，又把她带出来兜风，请她吃串串香，可她吃完一抹嘴却上班去了，令他有种失败了的感觉。可他却没有灰心，他知道钓女孩需要耐心，马上就和你上床的女孩也不一定是好女孩。这天下午，他又给小琳打电话："步行街那儿新开了一家德克士店，我带你去吃德克士炸鸡……"小琳说："我才不吃德克士炸鸡呢，我要吃冰激凌！"华彦说："冰激凌也有呀，你想吃什么都行！"小琳撒娇说："我才不吃它店里的冰激凌呢，我要吃'可爱雪'的鸡蛋仔冰激凌和魔性酸奶冰激凌！"华彦急忙说："那也行，我带你去就是了！"小琳沉默了一会儿，最后才拖长声音说："那——好——吧！"华彦便说："你出来，在门口等着我！"华彦说完，又下楼骑上他那辆祖玛摩托，"突突"地开到了小琳楼下。小琳外面穿了一件皮红色的薄开衫，贴身是一件白色针织内衣，下面一条青色裙子，腿上套着长长的丝袜，脚上一双黑色皮鞋，果然在大门口等着他了。华彦没下车，将摩托掉了头，让小琳跳上来抱着他的腰，就往"快乐洋城"的"可爱雪"冰激凌店驶去了。那冰激凌店并不大，只有五平方米左右，可店里的冰激凌品种却很齐全。摩托车开到那儿，小琳跳下车，她却并没有去选冰激凌，而是要了一盒香蕉巧克力妙脆，一杯迷你双层酸奶，一盒芭菲甜精灵。她就在店门口把酸奶喝了，把芭菲甜精灵也消灭了，然后才捧着香蕉巧克力妙脆，说："走吧，去德克士店！"说着又跳上了华彦的摩托车。华彦又只得拉着她往老城的步行街来。到了那家新开的德克士店，小琳又要了一只麻辣脆皮鸡排，一块黄金是棒，一份草莓圣代，直吃得嗝声连连，额头上冒出了细密的汗珠方罢，临走时又要了一包薯片抱在怀里。华彦吸取了上次的教训，结了账后对她说："你不会这么早就去上班吧？"小琳说："是不是吃痛了你，要赶我走了？"华彦说："你只要肚子装得下，把这德克士店里的东西吃光，这才几个钱？"小琳说："那你问我去不去上班是什么意思？"华彦说："你不去上班，我就送你回家去！"小琳笑了起来，说："这还差不多！"说着将裙子一撩，一蹁腿便坐在了摩托车后座上，华彦将车发动起来，载着小琳走了。

到了小琳楼下，贺华彦对小琳说："我要到你屋子里看看！"小琳说："我早看出来了你的歹意，有什么不能看的？"华彦突然觉得心脏"咚咚"地跳了起来，急忙去停好车，便跟着小琳上楼了。这是一幢二十多年前小城时兴的传统居民楼，十一层高，没有电梯。小琳住在顶楼，两人气喘吁吁地爬上来，小琳开了门，华彦看见门口堆着一大堆鞋子，有平跟的，半高跟的，也有高跟的；有高筒的，也有低筒的；有白色的、黑色的、红色的，也有黄色和棕色的，屋子里弥漫着一股皮革和脚臭的味道。华彦见小琳将脚上的鞋一蹭，蹭进了鞋堆里，趿拉上了唯一一双小巧的绒毛拖鞋，便问："还有没有拖鞋？"小琳说："我可没给你准备。"华彦便说："那我就这样进来了哟？"小琳说："随你便！"华彦便一步跨了进去。进屋一看，才发现这是个一室一厅的小居室，厅很小，只有五六平方，靠墙摆着一张小方桌，上面乱七八糟地放了许多东西，旁边两把老式的翻板椅子，椅面上落满了灰尘，看得出从来没人在上面坐过。卧室比客厅大了许多，除一张大床和一只大衣柜外，还有一个梳妆台，上面放着一些瓶瓶罐罐。旁边还有一只单人沙发，上面胡乱甩着一件睡衣，一条蕾丝边三角裤衩，估计是小琳才换下来的。不但如此，卧室还套着一个卫生间。华彦看了看卧室的门，才发现这屋子是经过改造的，估计原来有三室两厅，被一分为二，改造成了这样。一问小琳，果然是这样。小琳这一室一厅，是原来的主卧和客卧，那一面，除原来的客厅和次卧外，还多出一个饭厅和厨房，但租金却要比小琳这边每月高出两百元。华彦问："没厨房你做饭怎么办？"小琳说："我才不需要做饭呢！"说完又对华彦说，"你要上卫生间，直接去就是！"华彦一听，果然感到了尿意，于是便从小琳卧室进了卫生间。卫生间大约有两三个平方，靠墙一只白色大浴缸，放了满满一缸水，旁边紧挨着还放了一只很大的红色塑料桶，盖着盖子，盖子上放着一把水瓢。马桶脏兮兮的，像是没冲干净。华彦尿了尿，一按水箱上的按钮，却没有水，便冲外面小琳叫："马桶怎么没有水？"小琳答："坏了，用水瓢舀水冲！"华彦这才知道小琳在塑料桶盖上放一把水瓢的意思了，果然拿起瓢来，从浴缸里舀起两瓢水，将马桶冲了，终于明白马桶脏兮兮的原因了。

贺华彦走出来，发现小琳已经坐在卧室的单人沙发上，拿着刚才买的薯片正一片一片地往嘴里送。华彦便说："明天我找人来把马桶给你修一修……"小琳马上说："修不了！"华彦问："怎么修不了？"小琳说："你不看看是什么年代的东西了，比我们年纪还大，早没配件了，怎么修得了？"说着把手里的薯片递到了华彦面前："你吃不吃？"华彦拿了一片在嘴里，小琳说："你哪儿坐呢？就坐床上吧……"小琳还没说完，忽然打了一个长长的呵欠，像是瞌睡来了的样子，接着一道清鼻涕从鼻孔淌了出来。华彦以为薯片把小琳辣着了，便说："薯片不辣呀！"小琳没答，又长长地打了一个呵欠，不但继续往下淌清鼻涕，连眼睛也水汪汪起来，仿佛受了委屈马上就要哭出来似的。华彦又看着小琳着急地问："你怎么了？"小琳仍是不答，却一下从沙发上跳了起来，丢了薯片，跑到床边，从枕头底下掏一只小瓶子，从里面倒出两颗药片，跑到客厅里拿来半瓶矿泉水，将其中一颗丢进嘴里，再仰脖"咕咚咕咚"喝下几口矿泉水，将药片吞了下去。华彦一看，便问："你吃的是什么呀？"小琳这时像是感到舒服了些，说："'粮食'呀……"华彦又盯着她问："什么'粮食'？"小琳说："'粮食'就是'粮食'，还有什么'粮食'？吃了很舒服的，你来不来一颗？"说着便把剩下的那颗药片向华彦递了过去。华彦接过药片一看，原来是一颗像阿司匹林似的白色药片，不过比阿司匹林还要厚一点，白一点。华彦看了一阵，蓦然明白了，便又对小琳吃惊地问："这不是毒品吧！你怎么吃这个？"小琳说："什么毒品，你连'粮食'也没见过？吃了真的很舒服，不信你试试！"华彦看见小琳两眼熠熠放光，一动不动地看着他，有些犹豫了，说："我听别人说吸毒后很舒服，可没经历过。"小琳说："你胆子真小，连我都敢吃，你却不敢……"华彦一听这话，似乎想在小琳面前逞英雄，便说："谁说我不敢？不就是一颗药吗，把水给我！"小琳果然把矿泉水递给了华彦。华彦张开大嘴，将药片丢进去，像小琳刚才一样，"咕咚咕咚"喝了几口水，吞下了药片。药片滑过喉咙时，他也没感觉到什么。

没一时，小琳脸颊上便出现两砣酡红的颜色，眼里冒着一种半是兴奋半是迷醉的光芒，忽然像是控制不住似的摇头晃脑起来。她扑过来将华彦一把按到床上，嘟长了嘴要亲他，像是迷糊了的样子。华彦这时也有了一种晕晕乎乎的感觉，他正想抱住小琳，没想到小琳又像兔子一样挣脱了他，跳到屋子中间一边自顾自摇头晃脑，一边扭着身子唱起歌来："茫茫人海遇见你/恰似前生的约定/冥冥之中的默契/仿佛有天意/曾经孤单的日子/只为等到对的你/两情相悦在一起/为爱去远行/混混情路有勇气/红尘做伴且珍惜……"扭着唱着，她像是怕热一样，开始脱衣服。她先脱下了外面那件皮红色薄开衫，把它往沙发上一扔，接着抓住里面的针织内衣，将双手往上一举，从头顶褪了下来，也扔在沙发上。再接着，她侧过手，拉开了裙子的拉链，让裙子自动掉到了地上，然后一边扭，一边把脚从裙子中跨出来。她也不去将裙子拾起来和衣服丢到一起，而只是让它像一堆破布似的瘫在地上。现在，小琳身上就只有一只黑色的蕾丝胸罩和一条粉红色的低腰三角性感内裤。可扭着扭着，小琳又背过手去，解开了背后胸罩的扣子，那两只发育过度的乳房顿时像两只小鸽子似的弹跳出来。小琳将胸罩也扔在了沙发上，然后抓住内裤的边，慢慢地将它褪到脚踝边，用脚尖把它和裙子踢到了一起，一边扭着胯，一边朝华彦扑了过去。而此时华彦的身子也早已飘浮起来。啊，啊，这是一个多么神奇的世界，多么幸福和特别的感受呀！我在飘，不，是在飞，在高高的天空飞翔。我的脖子有些发痒，接着是鼻子，像打喷嚏却又打不出，又像有只小虫子在往里面爬。我的舌头仿佛涂抹了一层润滑剂，格外湿润，是那么柔软，那么灵巧。我的身体也像在膨胀，肚腹上像是长出一层厚厚的脂肪，温温的，润润的，一团丹气聚于心田。我蓦然发现自己来到了一个从没到过的地方，目光所及都是鲜花、骏马和美丽的姑娘，姑娘围着我翩翩起舞，歌声是那么优美，舞姿是那么妙曼。我想看清姑娘的面容，可她身上像是蒙了一层面纱，我眨眨眼睛，可她的面容仍是影影绰绰，但她过来拥抱我了。……我心满意足，狂喜充满全身，多么自由、多么幸福的时刻呀！我们的身子时而贴在一起，时而分开，她的身体散发出玫瑰花似的芳香，我全身充满快感，神魂颠倒，这种感受牢牢控制住了我，我完全丧失了自我，陷入了空无的深渊。然后，然后……

天快黑的时候，贺华彦醒过来了，这才发现他和小琳都赤条条地紧紧拥抱在一起。他急忙起来穿上了衣服。

贺兴仁

贺兴仁来到段家沟村民拦车收费的村道现场时，不但公司中层以上的领导全到了那儿，小贾等十多个开混凝土搅拌车的司机和桥墩浇灌班的几十个工人，因为没事可做，也都围在旁边，一边指责村民，一边看热闹。村民方面呢，像是知道兴仁今天会带人来似的，也聚了七八十个人在那里，除了老几几和老孃子外，还有十多个年轻的汉子。昨天用以拦车的木桩和竹竿，一夜之间，变成了三个方方正正的水泥墩，像是要和贺兴仁他们打持久战的样子。兴仁一见，不由得怒火中烧，却又不得不克制下去。他走到前面，对坐在路中间的村民喊道："你们谁是这儿负责的?"喊了两遍没人应声，宁部长便站出来说："听见没有，我们总经理问谁是负责人?"一个穿着一件皱巴巴脏兮兮浅蓝色工作服、留寸头的中年大高个男人这时才梗着脖子对宁部长反问："你问这个干什么?"宁部长说："我们贺总想找你们负责人谈一谈，有什么可以商量嘛，光这样拦着解决什么问题?"那个汉子却说："我们这儿没有负责人……"话音还没落，那些人像商量好了似的，马上跟着说："对，我们都是负责人，要谈跟我们谈就是!"兴仁咽了一口口水，忍住了满腔怒火，于是便问："你们究竟有什么要求?"村民马上异口同声地说了起来："你们把我们公路轧坏了，看你们怎么说嘛!"兴仁于是大声说："我在这儿代表公司庄严承诺，桥墩浇灌完毕后，公路损坏了多少，我们一定负责修好……"可话还没有说完，村民中便有人喊了起来："承诺有屁用，这年头承诺还少呀，可有多少承诺兑了现？到时候你们屁股一拍走了，我们找鬼大爷去呀!"话音一落，更多村民也跟在后面喊："就是，我们不相信承诺!"兴仁脖子上的青筋"突突"跳着，过了一会儿才又问："那你们说怎么办?"村民这才说："钱，钱，我们要钱，你先把抵押金交给我们，你们的车子随便怎么在公路上过，我们都不管!"听了这话，兴仁忙问："你们说说要多少抵押金?"那些人又像早就开会研究了一样，马上脱口叫道："两百万，我们修这路花了两百万，你们就先交两百万……"小贾等混凝土搅拌车司机听到这里，不由得叫了起来："你们这截鸡肠子路，窄得刚够一辆搅拌车通过，就花了两百万，腐败也太严重了吧!"村民中那十多个年轻的汉子说："腐败怎么了？我们愿意腐败你管得着?"这时工程部张部长推了推鼻梁上的眼镜，也站出来说："乡亲们，我就是专门搞工程的，你们这路花了两百万，也太夸张了一点吧？这可不是想诚心诚意解决问题的态度……"张部长还想劝一劝村民，但那十多个年轻村民已经喊了起来："不是就不是，反正我们这路花了两百万，拿钱你们就过，不拿钱就别想过！来来来，打牌打牌!"说完，果然便在路上摆开了场合。兴仁黑着脸，像老鼠磨牙一般将牙齿咬得"嘎吱嘎吱"直响。他把那伙人看了半晌，突然回头对张部长说："通知搅拌场，暂停水泥砂浆的搅拌!"张部长说："昨天下午已经停下来了!"兴仁说："那好!"接着挥了一下手，继续说："各部门负责人回办公室开会，其余的人都散了，散了!"说完转身便朝自己的车去了。

回到项目部，贺兴仁径直去了会议室。他刚在椅子上坐下，各部门的领导便陆续走了进来，一个个脸上挂着肃穆庄重和愤愤不平的神色。兴仁等他们坐下后，便开门见山地说："事情大家都亲眼见到了，现在请各位充分发表意见，看该怎么办？"众人都没吭声，兴仁又朝大家扫了一眼，催促说："说呀，三个臭皮匠，顶个诸葛亮嘛！"半晌，办公室曹主任才从鼻孔里喷出一口粗气，然后愤愤地说："讹诈，这简直是讹诈！"话音一落，监理部李部长也说："土匪，真是一群土匪，没见过这样不要脸的土匪！"财务部周部长说："一开口就是两百万，好像我们是造钱的一样！"工程部张部长等众人说完，才忧心忡忡地说："这事要尽快解决才好！通常在气温达到二十五摄氏度时，混凝土从装料、运输到卸料，延续时间不得超过一个小时。在气温低于二十五摄氏度时，上述时间也不得超过一个半小时。昨天我们已经报废了几十车混凝土，加起来是一笔不小的损失，何况还有几十个浇灌桥墩工人停工，光工资也要损失一万多块钱呢！"张部长刚说完，宁部长接着说："这明显是一起有组织有预谋的活动……"宁部长话没说完，安全部肖部长便把话接了过去："对，我看这事和乡上村上的干部脱不了干系！"宣传部伍部长说："我们这是国家工程，他们这样做是违法的！依我看，我们还是先和乡上姚书记和村上段支书讲明利害，不行我们就找县交通局……"宁部长忙说："高速公路并不归县交通局管！"肖部长马上又说："那就向省高速公路管理局和总公司反映……"张部长又忙说："等慢慢反映下来，损失就更大了！"肖部长说："那怎么办？天下这么大，难道就没个说理的地方了？"监理部李部长沉吟了一下，突然对兴仁说："贺总，干脆直接去找县委书记，我不相信国家的重点工程在他地盘上受到阻碍，他能坐视不管？"众人听了，都一齐望兴仁。兴仁不是没这个想法，而且他相信只要把这事捅到了县委陈书记那里，也一定会得到解决。可这样一来，等于也是和姓姚的及姓段的撕破了脸皮，以后在施工中说不定还会给他找更多麻烦。可现在一看，也只有这样了。

兴仁正想回答，小廖忽然大惊失色地跑了进来，不等兴仁问，便叫了起来："不好了，不好了，工人和段家沟村的村民打起来了……"兴仁一听这话，早把即将出口的话吓得吞回去了，急忙盯着小廖问："怎么回事，你说清楚点！"小廖停了停，又才捂着胸口说："拉混凝土的司机和我们桥墩施工班的工人跟段家沟的村民打起来了，施工班的刘班长给打的电话，说伤了好几个人呢……"大家一听，突然都张着嘴面面相觑起来。兴仁忙说："你快给我接通刘班长的电话！"原来兴仁开会有个规矩，那就是任何人不得接打手机，他自己也一样，因此只要一开会，大家都会自觉地把电话关了，今天也一样。刘班长给工程部张部长打电话没打通，才打到办公室的。小廖听了兴仁的话，急忙用自己的手机拨通了刘班长的电话，然后把电话递给了兴仁。兴仁将手机贴到耳边，便听见里面传出一片嘈杂的呐喊声和哭声，立即大声问："刘班长，怎么回事?"那边刘班长听出了兴仁的声音，也大声说："贺总，听不清楚，我到一边给你说!"兴仁没把电话取下来，他听到了刘班长喘气的声音。过了一阵，刘班长才说："贺总，不得了，一共伤了七八个……"兴仁说："现在情况怎么样?"刘班长说："现在虽然没打了，可双方还在骂，村民那边已经又有人回去组织人了，我怕等会儿又要打起来呢……"兴仁忙问："怎么打起来的?"刘班长说："贺总你是知道的，开搅拌车的司机做的可是计件活儿，多拉多得，不拉不得，昨天他们歇了一天，起码每个人少收入了一两百块钱，今天见又不能动工，心里有气呢！你们刚走，小贾和几个司机心里不爽，便冲村民说了几句'土匪''强盗'的话，惹恼了村民里面那十几个年轻人，便冲到小贾他们面前问谁是土匪和强盗?还骂小贾他们是'大■■不硬小■■硬'，小贾他们也不示弱，两边的人你一言我一语，互不相让，吵着吵着，也不知谁先动的手，就打起来了。我们施工班的人见村民打小贾他们，便一拥而上去帮小贾他们的忙，这样就打起来了!"说完，马上又带着一点兴奋的口气说："贺总，我们这方胜利了！他们的人虽然比我们多，可除了老几几和老孃子，年轻人只有十多个，哪是我们的对手?我们只有小贾和大孙受了轻伤，剩下的伤员都是他们的……"兴仁还没听完，便狠狠地骂了一句："混蛋!"说完又对刘班长下命令说："赶快报警……"刘班长急忙说："报了，报了，我先报了警，打了120急救电话，才给办公室打的电话……"兴仁马上大声说："好，你等着，我们马上赶来!"说完挂了电话，对张部长指示说："通知施工班，立即把工人撤回到工棚，没事一个也不准出来!"说完才对其他人说："走，去现场!"说罢带头走出会议室，来到院子里停车的地方，钻进汽车，将车发动起来便往公路上驶去了。刚开上公路，一辆110的防爆警车和两辆120急救车从他车旁呼啸而过，他一看放心了，猛地一踩油门，抢在了110和120的前面。

代婷婷

婷婷一下出租车，便急速地向酒店走去。这是省城闻名遐迩的大酒店，外面看不出有什么特别的，只是墙壁上并排的五颗五角星十分显眼。来到大门前，一个保安拦住了她，婷婷大方地说："腾飞公司吃饭的！"保安挥了一下手，婷婷便进了大门。进去一看，里面是一个比三四个足球场还要大的院子，院子两边是几幢高层建筑，后面却是一幢幢只有三层或四层高的像是别墅一样的欧式建筑，隐藏在一片蓊蓊郁郁的树丛中。一条绒面红地毯，从大门口往四面八方像射线一样延伸开去，地毯两边亭亭玉立着四位身着紫色旗袍、比模特儿还标致的姑娘，看见婷婷，都一齐弯腰喊了一声："晚上好！"婷婷没有答应，这时一个姑娘问："小姐哪座楼？"婷婷才说："玉竹楼。"姑娘玉手一指，微笑着说："请直走，左拐，第二幢便是！"婷婷只矜持地点了点头，便顺着红地毯往前走了。天啦，竟然差点把这事忘了，"小代，今晚上公司有位非常重要客人来，白总让你去陪一陪！""主任，我不去行不行？""不行，白总亲自交代的！""主任，我真不想去！""今晚上这客人非同一般，是从北京来的一位领导，可以说关系到我们公司的前途和命运，你一定要去！""好吧，主任。"原来还有这样吃饭的地方，幸好来了，也正好见识见识。只不知这个客人是位什么领导？但只从吃饭的地方看，一定也是位大领导！婷婷顺着红地毯大约走了三百米，真的看见了一个写着"玉竹楼"几个字的建筑，便又顺着地毯走过去。门口也站了两个穿绿色旗袍的姑娘，看见婷婷，也躬身问："小姐哪个厅？"婷婷说："满庭芳。"一个小姐马上说："跟我来！"说罢转身前引。楼梯上也铺了厚厚的绒面地毯，两只脚踏在上面没发出一点声响。到了二楼，婷婷一看，到处都是一排排绿茵茵的竹子。竹子在屋子里，怎么长得这么好？婷婷顺手捋了一片竹叶，拿到眼前一看，原来才是塑料的。带领她的小姐淡淡地笑了一笑，忽然掉过身去，面朝着婷婷倒退着往前走，婷婷忙说："你怎么退着走？"小姐仍是带着笑意，说："这是我们这儿的规矩。"婷婷便不说什么，跟着她拐了好几个弯，觉得像是来到了一座迷宫里。婷婷一边走，一边朝两边开着门的屋子看，只见每间屋子都有一间教室大，屋子里沙发、茶几这些不说，光那一张桌子少说也有半亩地大，我天，得够几十个人坐吧？乖乖，我可开眼界了！

婷婷进去时，桌子上已坐了一大圈人，看来他们已吃喝过一阵了，一个个脸上放着红彤彤的光芒。她正不知该怎么办时，白总看见了她，立即说："小代，你怎么来晚了？"婷婷见白总脸上有埋怨的神色，急忙对他躬了一下身，说："对不起，白总，路上堵车……"白总挥手打断了她的话："别说了，我来介绍一下！"说着便指了他身边一个脸上比他皱纹还要多、眼神也比他疲惫、眼袋松弛下垂的男人说："这是多年来一直对我们公司大力支持的张总！"说完又对那张总说："这是我们公司的小代！"这就是从北京来的领导？也没什么嘛，像是痨病鬼似的，肯定比我们白总年龄还大，怕离退休也不远了吧？婷婷听了白总的介绍还来不及说什么，那痨病鬼张总便朝婷婷伸出了胖乎乎的手，婷婷也只好将自己的手伸过去，张总拉了婷婷的手，脸上的皱纹抖了几下，然后才说："幸会幸会！"一边说，一边在婷婷的手上捏了捏，像是检查什么。婷婷急忙把手从张总的手抽了回来，这时白总拍了拍张总旁边一个空着的座位说："这个位置早给你留着了！"婷婷只得挨着张总坐下来。白总说："小代你来晚了，我们都敬过张总了，看你怎么说？"婷婷自知逃不过，好在这段时间她随白总参加过好几次饭局，多少能喝上一点白酒了，于是便说："没说的，我敬张叔叔就是！"白总忙说："怎么喊起张叔叔来了？"婷婷红了脸："那我还喊张总！"说着便拿过张总面前的分酒器，给张总的杯子里斟上，又给自己斟上，然后站起来举起酒杯对张总说："感谢张总多年来对我们公司的关怀，小代敬你了！"张总见了，也要站起来，白总忙按住了他说："张总不站，张总不站！"张总说："这么漂亮的小姑娘敬我酒，我怎么能不站？"说着也举起酒杯站了起来，眼睛却像钩子一样落在了婷婷脸上。婷婷被张总看得有些不好意思了，忙说："张总，我先干为敬！"说罢，将杯举到嘴边，一仰脖便干了。白总鼓起掌来，说："好，好，小代好！"张总眼睛看着婷婷，也将杯里的酒一口喝了下去。喝完坐了下去，拈了一箸菜在嘴里才对婷婷问："小代哪所大学毕业？"婷婷不好意思了，急忙说："我没上过大学。"张总露出了不相信的神色："真的！"白总像是有意夸奖自己的员工，又像是在奉承张总，立即说："我们小代没上过大学，可比一些上过大学的人强多了！"张总却没接白总的话，而是用筷子指着婷婷说："你们看，小代像不像一个求职面试的大学生？"众人齐刷刷把目光落到婷婷身上，然后都笑着说："可不是，穿得这样隆重，真像一个求职面试的！"婷婷也朝自己身上看了看，不由得脸上泛出桃花一样鲜艳的颜色。原来婷婷一直嫌自己穿裙子显得像个高中学生，一点也不成熟，看见已经立了秋，天气一天比一天凉快，便去买了一套灰色的职业套装，今天听主任说是陪一位十分重要的客人便特地穿上了。里面是一件中长的连衣裙，中间围着一根腰带，外面是一件长袖的紧身小西装，显得既朴素又大方，看起来确实比过去成熟多了。张总见婷婷不好意思的样子，急忙拿起面前的匙子，从一只大盘子里舀了一勺子黄灿灿的东西倒在婷婷的碗里。婷婷一看，马上吃惊地叫了起来："这是什么？"张总拍了拍她的肩说："蚕蛹……"话还没完，婷婷喉咙里忽然像是爬上一条蛔虫，恶心得想吐，急忙说："我不吃这东西……"张总又拍了拍她的肩，说："怎么不吃呢？这可是美容的，在南方一些城市，没蚕蛹女士都不会上桌的，知道吧？可好吃呢，你尝尝！"说着又给她舀了一勺子。见婷婷迟迟没动筷子，白总也对她说："张总的好意，你可一定要尝尝！"婷婷没法，只好夹起一只丢进嘴里。感觉有点绵软，用门牙咬了一下，也没什么味道，还有些香，终于大着胆子嚼了几下吞进了肚子里，却再不肯吃了。张总见了，又马上把自己和婷婷面前的酒杯斟满，说："刚才小代敬了我，现在我也回敬小代一杯，怎么样？"婷婷本想说自己不喝了，可看样子不行，只好喝了下去。两杯酒下去，婷婷感到面颊火烧火燎起来。白总忙拿过婷婷的碗，把里面的蚕蛹倒进自己的盘子里，在一只白瓷瓦钵中舀了一碗汤，又用公筷夹了几片肉在碗里，然后端给婷婷说："小代尝尝这是什么？"婷婷一闻，只觉得一阵异香扑鼻，再一看那几片肉，一片片晶莹透亮，细嫩光滑，夹起一片丢进嘴里，还没细嚼便化了。婷婷忙问："这是什么，怎么这么香，这么嫩？"白总一阵哈哈大笑，说："说出来吓死你，这是野生河豚，天下第一美食……"婷婷一听，马上放下了碗，说："河豚不是有毒吗？"白总说："要是没毒，还有这样好吃吗？你放心，我们刚才都吃过了，不会毒死你的！"说着，像是要打消婷婷顾虑，从瓦钵中夹起一片肉丢进了嘴里。婷婷见了，便再不说什么，自顾吃起来。他们那儿，又给张总敬起酒来。正吃喝着，服务员又端了一盘菜上来，大叫："本店王牌菜——红花烧海参来了！"众人像是早就等着这盘菜似的，齐声叫起好来。服务员把菜放到桌子上后，便对众人介绍开了："本店这道菜，所用的红花可不是一般的红花，可是正宗的西藏藏红花，海参也不是一般的海参，是专门找渔民从大连长海海域捕捞上的野生海参，参龄至少也在五年以上，可真是补肾益精的好东西！本店烧海参的大师傅的手艺，也可称天下一绝，各位尝尝，看味道如何？"白总急忙把盘子转到张总面前，说："张总，请！"张总不客气，夹起一块丢进嘴里嚼了嚼，说："不错，不错，果然是天下美味，名不虚传，名不虚传！"白总说："好吃张总就多吃吃，这家伙吃了厉害！"说完又对婷婷说："小代，你给张总拈一条在碗里！"婷婷果然拿起公筷，给张总碗里夹了一条。总共只有两条，张总见了急忙说："大家都吃，大家都吃！"说着把桌子转了一转，众人一见，也都纷纷伸过筷子来。婷婷也夹了一块丢进嘴里，果然是味道醇厚，口感柔美，婷婷还想夹一块细细嚼嚼时，可盘子早已空了。接着又上了一道果子狸煲，但众人都明显露出吃不下去的样子了。白总对张总说："张总，非常对不起，我要了一只云南穿山甲，可老板说这段时间打击得严，没法弄到货，只有等下次……"张总忙说："这就够了！这就够了！"说着又长长地打出了一个嗝，露出了一副醉态的样子，接着说："喝醉了，喝醉了，我看大家散了吧！"白总说："喝点汤醒醒酒吧？这家的醒酒汤做得不错……"张总说："喝不下去了，喝不下去了，还是回去喝点茶醒醒吧！"白总听了，便看着大家说："好，好，那大家就散了吧！"说完又对婷婷说："小代，你扶张总到后面他住的房间里，给他沏壶茶醒醒酒。"婷婷本不想去，但老总这样交代了，她又不好拒绝，只得答应了一声"是"，于是过去搀住了张总。众人把张总让到前面，下了楼，又过来和张总握手告别，握完，张总便转身趔趔趄趄地往后面走，一边走一边对婷婷说："醉了，醉了，对不起，麻烦小代了，麻烦小代了！"婷婷正想答应，便听见白总在后面叮嘱她说："小代，一定要照顾好张总，啊！"婷婷又只好答应了一声："是！"说完，她想叫他们等着她，可见白总他们已经朝大门口走去，便把话咽了回去。

贺兴琼

黄姐提了一网兜雪梨、一袋百合和一包冰糖回来，对贺兴琼说："贺姐，老头子这几天有些咳嗽，你先抓一撮百合用水泡了，再把雪梨削了皮，剜去中间的核，切成片，和百合、冰糖一起，放在文火上蒸了给老头子吃，每次一个，每天两次。"说完又说，"药补不如食补，百合、梨子、冰糖都有润肺止咳的功效，秋天干燥，贺姐你不妨也吃一点，这东西也不贵，没有了我拿回来就是！"兴琼答应了。临走的时候黄姐又悄悄问兴琼："老头子这段时间毛病没犯吧？"兴琼红了红脸，说："倒是没有了。"黄姐听了这话，像是放了心，说："没再犯过就好！上次我回来，你没在家里，我狠狠地说了他，警告他如果还这样，我就让他死到这床上！"兴琼心里冷笑了一声，想说："虽然没再犯那毛病，却把我折磨得够呛！"可她怕黄姐责怪，没把这话说出来。

原来，自从贺兴琼拒绝了这老头的骚扰后，老头便像和兴琼有深仇大恨似的，再不配合兴琼的护理了。兴琼去给他穿纸尿裤，他像小孩子一样在床上扭来扭去，手又抓又撕，脚也又是蹬又是踢。兴琼费了九牛二虎之力，累得满头大汗，好不容易给他穿上，可等兴琼一转身，他就扯了下来，然后把屎尿都拉在裤子里。兴琼每次去给他换裤子，都臭气熏天，满裤裆都是黄糊糊的大便，弄得兴琼叫苦连天。她想把这事给黄姐说一说，又怕引起黄姐责怪，说自己没把老头子照顾好，便没告诉她。可兴琼也不是那么容易驯服的，心想，你不是想折磨我吗？那我们看看，到底谁折磨了谁？于是她干脆不去给老头穿什么纸尿裤了，你想怎么拉就怎么拉。黄姐通常隔一天才回来一次，有时甚至两三天才回来看看。兴琼掌握了这个规律，便只在黄姐要回来以前，才会去把老头子的裤子给换了，平时就让他躺在屎尿里。坚持了一段日子，黄老头自己熬不住了，便"哇哇"地在床上大叫起来。兴琼知道差不多了，过去脱了他的屎裤子一看，大腿和屁股上的肉红得像是婴儿的皮肤一样，有的地方还起了一颗颗红红的疙瘩。兴琼的心忽地又软了，便对他说："黄大爷，你这又是何必呢？你想找死，你尽管找好了，看到底哪个难受！"老头子一声不吭，一下听话了许多。兴琼忙把他的裤子脱了，又去打来热水，细细把他屁股和大腿中间的屎锅巴给擦洗干净，又去找来爽身粉，在他红红的皮肤上扑了一层。做这些的时候，老头子像个十分规矩的小孩，兴琼叫他怎么样他就怎么样。做完这些以后，兴琼才给他穿上纸尿裤，又换了一条干净裤子，扶着他的身子，把他抱到轮椅上，把床上的床单和褥子都换下来，铺上新的。从此以后，老头子便再没有为难过兴琼。

黄姐走后，兴琼抓了一小撮百合用温水泡了，然后削了一只雪梨，从中间剖开，用小刀剜去了里面的核，在砧板上切成了片，放进一只不锈钢碗里，等百合泡了一会后，捞起来放到了梨碗里，又倒了几粒冰糖在上面，放进蒸锅里蒸了起来。在做着这些的时候，兴琼禁不住想："多孝顺的女儿呀，却遇到这样一个混账的爹，也真够黄姐受的！要是自己的爹这样，我还会不会管他呢？也可能会，也可能不会，唉，说到底是自己的爹，不管又怎么能行？这个黄老头，真是身在福中不知福，要不是有这么一个孝顺的女儿，说不定早就去见阎王爷了！可他还想精想怪，真是热酒不喝喝卤水——自找死路！”这么想着时，心里不禁又对老头产生了几分同情。上周四，黄姐回来对她说：“贺姐，你把老头子衣柜里的衣服整理一下，穿不着的便拿出去扔了。”她听了后去给他整理，在衣柜下层的抽屉里，他忽然发现一本影集。要在过去，她是不会去动这些东西的，可是这天却忍不住翻了一下。一看，全是老头子过去的照片，有的已经发黄了，禁不住细细翻看起来。这老头子年轻时可真是一表人才，怪不得有那么多女人迷恋他。老头子看见她翻看他的老照片，像是非常高兴，急忙一边叫，一边向她招手，示意她把影集拿过去。她果然走到床边，对他说：“黄大爷，你年轻时真的很不错呀！”老头子听了这话，像是有些不好意思地笑了笑，又“哇哇”地说了句什么，可是她没有听明白。老头子叫她把影集给他拿近些，然后伸出手，一边哆哆嗦嗦地指着照片，眼睛里一边放着很明亮的光芒对她说着什么，可是她仍然听不清楚，大概是在对她说着他各个时期的事。后来她翻到了十多张女人的照片，突然想了起来，便对他问：“哪一个是黄姐的妈妈？”老头又哆嗦着手指，指了照片中一个女人。兴琼一看，这女人胖胖的、圆圆的，明显不如照片中其他女人漂亮，仔细看上去，脸庞倒有点儿像黄姐，可眉眼一点儿也不像。她一看，不由得纳闷了，他当时那么英俊，有那么多追求他的人，可怎么娶了这样一个十分普通的女人？怪不得他后来和那么多女人私通，黄姐的妈妈也没有离婚，这里面一定有原因。她想问老头儿，但老头儿现在这个样子，又怎么能够给她说清楚？她想等黄姐回来问问她，一想这是人家的私事，还是别去问为好，又打消了这个念头。但一代人有一代人的故事，她在电视里看到过，那个年代的人，许多事都不能由自己做主，因此老头儿的婚姻也一定有许多外人不知道的地方，要不他也不会发生那么多的事了。可不管怎么说，都到了现在这个样子，再有什么事，老头儿也不该有那些花花肠子了。

贺兴琼把梨子蒸好以后，端出蒸锅凉了一会儿，才去把老头儿扶起来坐在轮椅上，又给他脖子上围了一条毛巾，把碗端进去，用一把不锈钢汤匙在里面搅了搅，舀起一匙糖水在舌尖上试了试温度，才往他嘴里喂去。老头儿张着歪斜的嘴角来接，兴琼将一汤匙梨水倒进他嘴里，老头儿的舌头在嘴里转了转，脸上露出了高兴的神情，“咿呀”地说了一句什么。兴琼从他口形和声音里，知道他是在问：“这是什么？”兴琼便大声说：“给你蒸的冰糖雪梨，你女儿买回来的，专门止咳润肺的！”老头儿明白了，脸上又露出了欣喜的笑容。兴琼又用汤匙舀起一片梨肉，噘起嘴唇吹了吹，给老头儿喂去。老头儿又张嘴接过去，嘴里立即发出了“吧嗒吧嗒”的咀嚼声。兴琼看见老头儿这嗷嗷待哺的样子，立即想起小时候看见的屋梁下燕窝里的小燕子张嘴来接老燕子口里的食物的样子。你看他张嘴来接食物的样子，多像一个婴儿呀！兴琼心里立即又产生了一种强烈的怜悯，觉得这老头儿是既可恨又可怜，于是一边给他喂食，一边又忍不住地对他说：“你看你女儿多孝顺嘛，夏天专门给你买了一个榨汁机回来，让我榨水果汁你喝，现在又让我把水果蒸了你吃，世界上哪里找这样孝顺的女儿……”老头儿听兴琼夸他的女儿，脸上又顿时浮现出灿烂的笑容，一边点头，一边又含混不清地说着什么。可兴琼却突然神色一变，对老头儿嗔怪说：“你还有脸笑，也不想想自己做了什么？都这个样子了，你还花心不死！你忘了自己是怎样得病的，硬是想死在花下是不是？那些女人是你女儿好心好意请来服侍你的，可你不但不感谢和尊重人家，还想打人家的主意！人家再穷，可身上到底还都是好肉，可你是什么？就好比是一张烂膏药了。你想用自己的烂膏药去贴人家的好肉，你不怕什么，反正自己是张烂膏药，耗子舔猫的鼻子——找死，可人家还怕一旦贴上去撕不下来呢……”老头儿听兴琼这么说，马上不吭声了，只嚅动着嘴唇“吧嗒吧嗒”地嚼着食物。兴琼又停了一会儿，才又接着说：“你家里三天两头换保姆，知道小区里的人是怎么议论的吗？好事不出门，坏事传千里，那些话实在太难听了！你女儿每次回来，都不敢和小区的人打招呼呢！你女儿对你这样好，你说你对不对得起她……”老头儿还是没吭声，像是一点没有听见兴琼的话，但兴琼知道他都听见了，于是便又接着说了下去，“说句老实话，要不是看到你女儿黄姐的面子上，我也早就不在你这儿干了！我们都是下力人，只要有力气就挣得到钱，你以为只在这儿给你擦屎擦尿洗澡喂饭还要接受你的骚扰才挣得到钱呀……”老头儿听到这里，突然抬头看着兴琼，眼里流露出了一种乞求的神色，嘴里一面“呀呀”地咕哝着什么，一面对兴琼挥着手。兴琼看出了他眼里的意思，便对他问：“你不想我走是不是？”老头儿马上一边点头一边“唔唔”地叫起来。兴琼说：“既然不想我走，那你以后就要听话……”老头儿立即像刚才一样又点头又“唔唔”地答应。兴琼又说：“可不能再像过去那样，脑壳里又产生些下流的念头了……”老头儿又急忙点头。兴琼见老头儿这样，心里一阵感动，便对老头儿说：“那好，我就不走了嘛！”老头儿听了兴琼这话，脸上马上露出了孩子似的笑容。说话间，兴琼已经将碗里的梨子给老头儿喂完了，她取下老头子脖子上的毛巾，给他擦了嘴，扶起来坐到床沿上，脱了外面的衣服和裤子，一只手穿过老头儿大腿，一只手托住老头儿的背，用力将他抱起来放平，让他躺下了，再盖上一床薄被子，然后才拿了碗走出去。

代婷婷

婷婷扶着张总来到酒店后面一座建筑前，上了两步台阶，张总从衬衣口袋里掏出房卡开了门，婷婷又扶着他进了房。刚走进去，张总用脚勾住门，“哐”的一声就把门关上了。婷婷一看，屋子很大，外面是一间会客室，地上铺着厚厚的纯手工制作的羊毛地毯，中间是一朵盛开的牡丹图案。屋子中央一只长方形的复古红木大茶几，围着茶几的是一套古色古香的雕花真皮沙发，又占了屋子的一半。沙发背后墙壁上是一幅大型的万里长城挂毯画，婷婷不知道那画是印在毛毯上的，还是本身就是用毛线织出来的。沙发正面墙上一部55英寸的全高清曲面纤薄液晶电视，靠窗一面墙壁被两面厚厚的米兰达黄色提花落地窗帘给遮住了，透不进一点灯光来。屋顶是一盏象牙白的锌合金蜡烛水晶吊灯，发着柔和的光芒。卧室和会客室紧密相连，屋子里一张两米宽的大床，也有一套真皮沙发、一张红木茶几和一部液晶电视，不过比会客室的稍小，床头的墙壁上，挂着一幅半裸的抱瓦罐的美女人体艺术油画，落地窗也拉得严丝合缝。最让婷婷感到惊讶的是卫生间，比普通人家的一间屋子还大，一只白得晃眼的冲浪浴缸，似乎可以容纳几个人同时洗澡。世界上竟还有这样的地方，这大概就是书上说的别墅了吧，真是开眼界了！这个张总，也不知到底是什么人，白总把他安排到这儿吃饭和睡觉，今晚吃什么了？油炸蚕蛹，野生河豚，藏红花烧野海参，还有果子狸……都是从没听说过的东西，得值多少钱？两三万块也恐怕打不住！两三万块，我一年的工资呢！还不知道住一晚上得多少钱呢？啧啧，这个像痨病鬼的张总对白总来说，肯定比他爹还要重要！婷婷把张总扶到沙发上坐下，对他说：“张总，我去给你沏茶!”张总却拍了拍身边的沙发，说：“不用忙，不用忙，来坐坐，小代!”一边说，一边伸手来拉婷婷，可婷婷一闪身躲开了。她把肩上那只棕色迷你小方包取下来放到茶几下，仍对张总说：“我先给你把茶沏上，张总!”说着便走到外面会客室，取出煮水的电水壶，接上矿泉水桶里的纯净水，放到电热器上煮起来。她没到里屋去，就站到外面等着水开。没一会儿，水沸了，婷婷见桌上有好几样茶，便走到门口问："张总，你喝什么茶?"张总两只眼睛定定地看着她，说："随便!"婷婷想了想说："那就铁观音吧，铁观音味淡一些!"说着又退出来，倒了一撮安溪铁观音在一只紫砂茶壶里，掺上开水，盖上壶盖，又过去问："张总，你有自己的杯子没有?"张总看着婷婷，仍是心不在焉地说："就用宾馆的杯子吧。"婷婷听了，又转过身，过来端起茶壶和茶杯走了进去。

婷婷将茶杯放到张总面前的茶几上，正要往杯里斟茶，张总突然按住了婷婷的手。婷婷一惊，忙将茶壶放下，这才抬头来看张总。只见张总眼睛发红，从里面迸出两道暧昧和猥琐的光芒，松弛的眼袋一跳一跳，配合着脸上一种奇怪的表情。婷婷有些紧张起来，忙问："张总，你怎么了?"张总没答，只发出了两声"嘿嘿"的干笑，笑声有点吓人。婷婷想把手抽回来，可已经被张总紧紧抓住了。他把婷婷的手举到眼皮底下，细细地抚摸，然后突然俯下头，在婷婷细嫩的手背上嘬了一口。婷婷的心猛地一收缩，像是被黄蜂蜇了一下，身上也不由自主地泛起了一层疙瘩。她一边红着脸叫了一声："张总……"一边更用力往外抽自己的手，可张总不但将她的手攥得更紧，而且另一只手也伸了过来，把婷婷的两只手都抓住了。婷婷又红着脸叫了一声，然后像是乞求地说："张总，别，我给你沏茶……"张总不但没放婷婷，而且用力将婷婷往自己面前拉。婷婷只觉得身上的血都涌到脸上来了，火烧火燎地发着烫。她一边用双手撑着张总的身子，一边又抬起眼睛像是身陷绝境的小动物般望着张总，继续说："张总，别、别这样……"可婷婷越这样，张总像是越高兴，他突然一用力，便把婷婷紧紧抱在了怀里，接着便要来亲婷婷。婷婷将头摇来摇去，一边躲避着他的嘴唇，一边扭动着身子，用了哀求的声音对张总说："别、别，我不是那样的人！张总，我、我出去给你叫、叫个小姐来……"

张总一听这话，像是受了侮辱似的，马上沉下了脸，一把松开了婷婷，并且盯着她十分奇怪地问："你说什么，我是他妈的玩小姐的人吗……"婷婷听见张总这么说，慌得不知该怎么回答。张总看了她一眼，像是更生气了，突然气咻咻地说："你们老板向我保证你是百分之百的处女，我他妈才想干你的！你要不是处女，凭你这模样，我他妈还看不上呢！你以为我他妈的是玩小姐的人?"说完又突然说，"你他妈的是不是要钱？要钱你就早说呀，何必羞羞答答地跟我装×!"说着突然拿过沙发上一只皮包，从里面抽出一沓钱来，往沙发上重重一拍，说："这是一万块，够不够开一个处？不够我再加！”说着又从包里拿了一沓钱，“啪”地压在了刚才那沓钱上。婷婷脸红得像是要淌血，却又不知道该怎么办，只得像个犯错误的小孩子一样低着头站在那里。张总见婷婷没说话，以为婷婷同意了，立即又扑过来，用一只手抱住婷婷，一只手迫不及待地去拉婷婷的裙子拉链。婷婷一见，又在张总怀里一边挣扎一边喊：“不，不，我绝不……”张总拉了半天没拉开，又见婷婷又喊又叫，突然像是恼羞成怒了。他不再去拉婷婷的裙子了，突然将手从婷婷的衣领伸进来，把乳罩抓到了一边，捉住了婷婷那只微微上翘、不大却十分圆润的乳房。婷婷不由得大叫了一声：“啊……”她紧张、愤怒、羞愧到了极点，想大声呼救却又不敢，想反抗却又没有力量。正在这时，她突然看见张总袒露在她面前的一截手腕，离她的牙齿仅一两寸远。她也来不及多想，张开嘴唇一口就朝手腕咬了下去。她没有想到自己用力那么大，咬着了之后，还像一头狮子咬住猎物那样撕了两下。只见张总一下跳了起来，急忙从婷婷的衣服里抽出手，用另一只手紧紧捏着，一边“嗷嗷”地叫着，一边在原地转着圈子。趁此机会，婷婷抓起茶几上自己那只迷你小包，几步跑到外面，打开房门就冲了出去。她的心“咚咚”跳着，像是做了贼一般。她怕张总冲出来拦住她，来到外面，不敢停留，只匆匆往前跑去。跑到吃饭的玉竹楼前面，她又怕自己这样慌慌张张地引起保安的怀疑，只得强压住心里的恐惧和不安，放慢了脚步，走到离大门不远的地方，婷婷的心简直就像要跳出来了。直到出了大门，来到大街上，她才舒了一口气，可心脏仍狂跳不止。

现在，婷婷站在大街上，她却不知该往哪儿去？她知道今天晚上闯祸了，而且不是一般的祸，是大祸。她完全明白自己那一口咬得有多深，当自己松开牙齿的时候，她已经明显感觉到了口里的血腥味。活该，活该，咬死你才好，谁叫你要流氓！可我现在该怎么办？我得罪了老板最重要的客人，白总肯定不会轻易放过我。炒我的鱿鱼倒不要紧，可公司上上下下的人还不知怎样看我？可不回去我又到哪儿去？何况我的东西还在公司里。哦，幸好我把银行卡、身份证和钱这些重要东西，都放在我随身带的包里了，公司里只有几件换洗衣服和那只拉杆箱子了，值不了多少钱，可再值不了多少钱，也是钱呀……怎么办？怎么办？让我好好想想，好好想想！唉，平常看起来这也不怕那也不怕的，怎么一下没主意了？要是妈妈在就好了！啊，啊，不要想妈妈，不要想妈妈，再想我就要哭了！啊，我真的哭了，真的哭了，眼泪说流就流出来了！不要哭，不要哭，大街上哭起多让人笑话？真倒霉，包里连餐巾纸也没有。不哭了，不哭了，不过我真想妈妈了。“婷婷，你在哪儿？”“我在北大街同学家里！”“这大一晚上了怎么还不回家……”“才十点都不到，多大一晚上，我还要耍一会儿……”“快出来，我骑电动车来北大街街口接你……”“妈，你以为我还是幼儿园的小朋友呀？还要来接我，你烦不烦呀……”“少啰嗦，快出来，我一会儿就到北大街口！”啊，妈，要是你今晚上也来接我就好了！“世上只有妈妈好……”啊，妈妈，眼泪又流出来了……

丁零零，丁零零……婷婷从沉思中猛然惊醒，急忙用手背擦了一把脸上的泪水，从包里掏出手机，一看，正是白总打来的。她的心一紧，手也不由自主地哆嗦起来。婷婷知道白总这时给她打电话一定不是什么好事，犹豫了半天才把电话贴到耳边。她想喊一声白总，可喉咙里像有什么堵着，没发出声音，她只轻轻“喂”了一声，便听见白总在里面咆哮了起来：“代婷婷，你他妈坏了老子大事，你知道不知道？老子几千万的项目就砸在你手上了！不识抬举！陪好了张总，还会亏待你？老子养兵千日，用兵一时，养你几个月，就是为了今天！你以为老子看起了你其他什么？你立即给老子滚，滚得远远的，不要再让我看见……”婷婷目瞪口呆，仿佛像是被雷击中了，她不愿再听下去了，把手机拿下来重新放进了包里，可嘴唇和身子却抖得十分厉害。抖着抖着，她突然蹲在人行道上，“哇”的一声便伤伤心心地哭了起来。行人听到哭声，全都一下站了下来，接着就向她围了过来，纷纷问道：“怎么了？怎么了？”婷婷也不答应，只顾蹲在地上哭。她见人越围越多，突然一下又站起来冲出人群，朝前面跑去，一边跑一边仍在“嘤嘤”地哭。后面有人对她高喊：“姑娘，千万别想不开哟！”一个出租车司机听见这话，果然像是不放心似的，便开着车跟了过去。走到婷婷身边，司机从车窗里伸出头，对婷婷好心地说：“姑娘，你住哪儿？上车吧，我把你送回去！”婷婷看了他一眼，没回答他。这个世界太凶险、太丑恶，哪儿都是陷阱，除了爸爸妈妈，她现在什么人也不相信了！是的，不相信了，不相信了！她只顾往前跑，哭声渐渐小了下来。出租车司机跟了一阵，便不跟了。婷婷跑过了好几条街，她也不知到了哪儿，渐渐地有些跑不动了，她才站下来。她倚着一座建筑外面的铁栅栏站了很久，这才拦了一辆出租车，又往王朝国际大酒店黄曦那儿去了。

贺世龙

贺世龙老几几提着一只鼓鼓囊囊的尼龙口袋，走到他儿子小区前面的和谐广场，现在气候凉爽，广场上十分热闹。左边是一群穿红衣绿裤，腰上又缠着一条黄丝带的老嬢子在跳秧歌舞，旁边还有两个老几几给她们敲鼓和打镲子。敲鼓的老几几把鼓挂在胸前，一手持着一根鼓槌，“咚咚锵，咚咚锵，咚咚咚咚咚咚锵!”敲得十分有节奏。打镲子的老几几则把镲子高高地举在头顶，“镲——镲——镲——……”，老几几的手臂一扬一俯，镲子发出的声音一高一低，镲上的红丝带映着晚霞也随着老几几的手臂一飞一扬。老嬢子们便随着鼓点和镲子的声音，手扯着腰上的丝带，一边扭一边唱：“一送里格红军介支个下了山，秋风里格细雨介支个缠绵绵……”广场另一边的亭子里，则围着一群人，听一个老嬢子唱歌。老嬢子看起来六十多岁，亭子外面的地上放着一个大音箱，亭子栏杆上坐着几个伴奏的老几几。老嬢子手持话筒在唱：“一座座——青山——紧相连，一朵朵——白云——绕山——间……”她唱得断断续续，有点像吊不起气的样子，但音箱开得很大，贺世龙戴着助听器，所以他感觉连空气都在他面前颤动。广场右边还有一群蹦迪的年轻人，他们都穿着牛仔裤，把屁股绷得很紧，做着各种怪异的动作，和左边跳舞的老嬢子互不干扰。广场上还有很多半大小子，他们脚上穿着带轮子的鞋，“嗖”的一声便从人丛穿过去了，“嗖”的一声又从人丛钻过来了。一个中年女人腰上拴着白围裙，推着一辆小车，在人群中间一边走一边叫：“可乐冰茶矿泉水，花生瓜子牛肉干，香烟酸奶打火机……”一个五十多岁的老嬢子，穿一件墨绿色的纯棉宽身上衣，袖子卷得很高，裸出青筋毕露的手，举着一串比斗框还大的充满气的花花绿绿的气球，也不叫唤，只默默地从人群中走过……贺世龙觉得在广场上瞧热闹，比回家去冷冷清清，也没人和自己说话好多了，于是便不想急着回去。他看见那边唱歌的亭子里还有座位，本想过去坐的，但一听那音箱发出的声音那么大，便在边上随便找了个脏兮兮的木条椅坐下，把尼龙口袋放到面前，看着老嬢子们跳秧歌舞。

自从上次迷路被找回来后，贺世龙便不敢再走远了。他的活动半径只固定在这广场周围，往上，他至多只走到笔架山公园那座庙子的垃圾筒旁边，往下，也至多走到下面的人行天桥处就又折回来。可是只要有了这个广场，他就觉得够了。广场是他的大千世界，他虽然不爱热闹，却可以在这里看到那些喜欢唱歌跳舞的老几几和老孃子，感受到他们一样的快乐。他现在还喜欢上了另一个职业——拾破烂。上次他把在庙子边垃圾筒地上拾回来的那床半新旧的毛绒毯子让保姆晁姐给洗干净了，现在晚上正好用得着。他觉得自己是拾对了，这么好的东西怎么就可以随便扔了呢？产生这样的念头后，他便产生了像那个老孃子一样去拾荒的信念。这几个月，闲得他四肢都快生锈了，一旦有了这样的想法，他便立即付诸行动，可他不好向儿子要口袋和铁箝子，便自己出来找。他终于在一只垃圾筒边找到了一根别人扔掉的尼龙口袋，拿起来抖开看了看，只是破了一个小洞，并不影响装那些拾来的东西。没有铁箝子，他便用手到垃圾筒里去翻。刚开始的时候，他还有些不好意思，以为别人会笑话他。可是拾了两天，发觉并没有人笑话他，这才意识到这城里除了儿子、孙子和儿媳妇范春兰以及那个保姆晁姐外，并没有人认识他这个老几几，便放了心。拾了一段时间，老几几突然觉得这城市里简直遍地都是宝贝，又觉得这城市里人真是不会过日子，比如说衣服，连补丁也没有一个，就拿出来扔了；又比如说鞋子，不过是旧了一些，或只掉了一个跟，或裂了一点缝，修一修补一补完全可以穿；还有那些雨伞，不过是坏了一根伞骨，换根伞骨就可以当新的用，怎么就可以随便扔了呢……他们真是没有过过苦日子，不知道缺吃少穿的艰难呀！起初，他只是觉得这些东西扔了可惜，可慢慢地，他养成了一种为拾而拾的习惯，只要看见这些东西不拾起来周身便有一种不舒服的感觉。他把拾回去的东西分门别类地放到自己房里。不久，他房里的空间便被这些衣服、鞋帽、雨伞、精致的食品包装盒、漂亮的纸板木板、形形色色的塑料瓶子等装满了。他想，这些东西说不定今后自己还用得着，即使用不着，以后拿回贺家湾，谁用得着谁就来取也是好的！

不知什么时候，跳舞的老孃子们已经把“红军”送完了，来到了“美丽草原我的家”：“美丽草原我的家，风吹绿草遍地花；彩蝶纷飞百鸟儿唱，一湾碧水映晚霞……”贺世龙基本听懂了歌词的意思，真美呀，好像就是说的贺家湾。要是自己会唱，也跟着她们唱了。他只会唱《不忘阶级苦》这首歌。那时生产队里天天晚上开会忆苦思甜，开会前大家都要唱：“天上布满星，月牙亮晶晶，生产队里开大会，诉苦把冤伸……”唱完了就挨一挨二诉苦。轮着他时，不知道该诉什么？

便诉六一、六二年大饥荒，他爹饿死的事，可刚开口，支书郑锋就叫他不能诉新社会的苦，只能诉旧社会的苦，还说新社会再苦也比旧社会甜。这么想着的时候，老孃子们又从“美丽草原”来到了“边疆”喝“泉水”：“边疆的泉水清又纯，边疆的歌儿暖人心，暖人心，清清泉水流不尽，声声赞歌唱亲人……”大概老孃子跑得太快，贺世龙有点跟不上趟了，他忽然觉得睡意上来了，便又把头垂到胸前，张着嘴，开始一下一下地打起瞌睡来。这样不知过了多久，忽然听得耳边一声大喊：“贺爷爷……”他猛地惊醒，睁开眼睛一看，才是保姆晁姐，便吃惊地道：“怎么了?”晁姐说：“你让人好找，还以为你又走远了呢!”接着又责怪地说，“都什么时候了，还不回家吃饭，一家人都等着你呢……”贺世龙一听这话，又惊讶地说：“这么早就吃饭?人家跳舞的还没回去吃饭呢!”晁姐说：“你知道啥?人家是吃了饭才出来跳舞的呢!”贺世龙听说，像是不相信一样看着晁姐，说：“真是吃了饭才出来的?”晁姐说：“都什么时间了，还没吃饭?快跟我回来，范姐生了好几次气了!”贺世龙听了这话，才站起来。晁姐要去帮他提尼龙口袋，老几几却生怕晁姐会偷了他口袋里的东西似的，抢在手里就提着走了。

自从上次吵架以后，范春兰只要一见到贺世龙，脸上就没有好颜色。她本来对贺世龙拾垃圾就很有气，不但丢人现眼，而且搞得屋子里全是垃圾的味儿，现在又见他这么晚了还要人去找才回来，心里更不高兴了，一见他便道：“你好忙哟，忙得连饭都顾不上吃了!”老几几和范春兰一样，从吵过一次后，自己看儿媳妇也像是隔了一层。他虽然八十多岁，背驼了，耳背了，可头脑仍十分清晰，好话赖话分得很清楚，因此一听范春兰这话，便以牙还牙地说：“你就知道晚了?平时打麻将深更半夜才回来，你怎么也不嫌晚?”范春兰的脸顿时黑得像是雷雨前的天空，说：“我打麻将怎么了?我有这个命，该打!”贺世龙说：“不是我一把屎一把尿把儿子带大，你有什么命……”话还没说完，范春兰突然勃然大怒了，大声叫道：“你这么大一晚上还要人去找才回来，还有理了?输不输我把你手里的破烂给扔出去……”贺世龙听了这话，似乎有点被吓住了，可过了一会儿仍忍不住说：“你敢给扔了……”话还没完，范春兰果然一把抢过贺世龙手里的尼龙口袋，打开房门，“啪”的一声，便将口袋扔在了楼道里。贺世龙见儿媳妇真的给他把口袋扔了，脸上的皱纹急剧抖了几下，然后才带着哭腔无可奈何地说：“你、你真、真给我扔了……”范春兰说：“扔了又怎样?”说完又对晁姐命令地说：“明天给我把他屋子里的破烂全拿出去扔了……”贺世龙一听还要把他屋子里的东西给扔出去，便说："我的东西又没碍着你，凭什么给我扔了？"范春兰说："没碍着我？你闻闻，你好好闻闻，这屋子还要怎么臭？"贺世龙也不示弱，说："我怎么没闻到臭？就你那鼻子闻到臭……"范春兰马上过来拉住贺世龙说："你没闻到臭？你进来闻闻，进来闻闻！"一边说，一边将贺世龙往他屋子里拉。到了屋子里，范春兰指着贺世龙的床下说："你勾下去闻闻，勾下去闻闻是什么味道？"可老几几却犟着不动，范春兰便去按贺世龙的脑袋。贺世龙便叫了起来："打人了，打人了……"范春兰一听急忙松了手，可贺世龙却哭了起来，一边哭一边说："老婆子呀，你怎么扔下我一个人走了哟？我现在在儿子家里吃受气饭哟……"范春兰气得脸青面黑，急忙走了出去。贺世龙像是受了很大委屈想讨回公道似的，也跟着儿媳妇来到客厅里，不依不饶地对范春兰说："你打吧，你打吧，把我打死算了……"范春兰气得直顿脚，也突然流下了眼泪说："我怎么遇到这么个老东西？怎么遇到这么个老东西……"正说着，兴仁突然开门进来了，一见屋里哭的哭，吵的吵，便沉着脸道："又是哪股水发了，啊？"范春兰见丈夫回来了，像是有了底气，于是便对兴仁大声吼道："贺兴仁，明天你不把这个老东西给我送走，我们就离婚……"兴仁心里正没好气，听了这话，便又冲范春兰大声问了一句："吵什么吵？要离婚就离，有什么大不了的！"说完这才又问，"到底是怎么回事？"范春兰说："怎么回事？你问问晁姐！他捡破烂捡到现在都没回来，还是晁姐把他找回来，我说了他几句便不依教了……"兴仁大致明白了，便又走到贺世龙面前没好气地说："叫你别去捡那些垃圾，你为什么不听？"贺世龙本来以为儿子会帮自己说话的，却没想到兴仁也指责他，更觉委屈，便一边抹着眼泪一边说："儿呀，你是好了疮疤忘了痛，那些衣服好好的，怎么就是垃圾？你小时穿你哥哥的衣服，疤上都托疤了，你怎么不嫌是垃圾？那年你放学回来去爬树，把裤裆撕破了，你妈怕你第二天没裤子去上学，睡到半夜，都起来给你补裤裆，你怎么就忘了……"兴仁一听这话，心里立即涌起一阵酸楚，刚想说什么，却又听得贺世龙说："我现在儿子也带大了，不中用了，你们也把我抱出去扔了吧……"一听这话，兴仁更觉万箭穿心。正在这时，范春兰又突然对他说："你听，你听听他这话，还讲不讲理？反正跟他在一起，我没法过了，不是他走就是我走……"兴仁两头作难，不等范春兰说完，便马上大声说："你们都不走，我走……"说完打开门，果然生气地走了出去，然后"哐"地关了门。范春兰和贺世龙顿时哑了声。过了一会儿，范春兰流着眼泪进了屋，贺世龙却在沙发里坐了下来，没一会儿，像是什么都忘记了，又把脑袋垂在胸前睡着了。

贺华斌

贺华斌走进丽苑天宫花园小区的耳门，便被保安拦住了。到底是高档小区，保安不是坐在门卫室伸出脑袋来问，而是直接在专供行人进出的耳门边摆了一张桌子，站在桌子后边问。华斌说了冬梅的名字，又说了她的楼牌号码，可保安并没放他走，而是将一本“来访登记册”推到他面前，说：“请登记一下！”华斌只好按上面的要求，在登记册上写了自己的姓名、身份证号码和冬梅的楼牌号码及姓名。写完正要走，保安又拦住他，说：“请等等！”说完，拨了电话说：“有个贺先生来拜访你！”说完等了一会儿，保安才放下电话，毕恭毕敬地对华斌说：“请你稍等，先生，贺女士马上来接你！”华斌只好在门口站下来。

没一时，冬梅果然就跑来了。今天她穿了一件黑底米花连衣裙，裙裾张开，像朵盛开的喇叭花，裸露着圆润的小腿，脚上是一双银灰色镂空透气的粗跟凉鞋，鞋尖像是一只张开的鱼嘴，显得既朴素又别致。一见华斌便喊了起来：“哥，你可来了！”一边喊，一边跑过来挽了华斌的胳膊就往里面走，走了两步才扭身扬起小手对保安做了个再见的动作。华斌一边走，一边对冬梅说：“你们这里的保安很严格嘛！”冬梅立即说：“严格些好呀，严格些才安全嘛！”说完又看了华斌一眼，然后才补充说，“要不是看到这儿安全，我怎么会在这里买房子？这里不但房价高，就是物业管理费，每个月也要比别的小区高几十块钱呢！”华斌一听这话，不觉脱口而出：“照你这么说，平时你一定是在不安全的环境里生活，所以才向往安全！”冬梅一下脸红了，便噘了嘴说：“你不要哪壶不开提哪壶嘛！”华斌猛然想起那天早晨做的那个梦和冬梅对他说的话，心里不禁产生了一种自责，他没再说什么，却把冬梅靠得更紧了，像是要保护她一样。

到了楼上，冬梅开了门，华斌进去一看，发现虽然只有两室一厅，却收拾得十分整洁、干净，客厅里一只灰白色的布艺沙发，上面放着几只软靠垫。一只咖啡色的玻璃茶几，正好和沙发的颜色形成一深一浅，十分醒目。一部42英寸的液晶电视，电视柜两边各放着一盆棕竹，为小小客厅增加了几分既淡雅又浪漫的情调。主卧室里一张一米八的蓝灰色大床，十分别致的是床头那面墙壁也喷成了天蓝色，和床的颜色浑然一体。不但如此，床上的床单、床罩也全是浅蓝色的，窗户在床的左边，坐在床上，就可以望见外面碧蓝的天空。窗帘也是青绿色的，和整个床体、床上用品及墙壁的颜色完全协调一致。床对面一只小电视柜，柜上立着一只32英寸的液晶电视，电视柜两边各有一盆又青又绿的袖珍椰子。对着窗子那面墙壁，则是一只原木色的佰丽兹衣柜。另一个卧室不大，大约只有六七个平方，屋子里除了一张一米五的床和两只床头柜外，没其他什么，也没布置。厨房和饭厅连在一起，华斌进去一看，灶台上摆着一块牛肉、一把青菜、一块豆腐、几只西红柿和香菇，还有豆瓣酱、花椒、辣椒等作料。华斌一见便说："哟，准备这么多东西呀?"冬梅听华斌这样说，像是有些不好意思了，说："有什么呀?说了多久请哥吃饭，都没兑现，今天我给你做红烧牛肉、麻婆豆腐、香菇炒青菜和鸡蛋番茄汤怎么样?"华斌一听便叫道："好哇，好哇！红烧牛肉和麻婆豆腐都是我最爱吃的了！"冬梅听华斌这样说，也高兴起来，说："那好，华斌哥哥，时间还早，我来把牛肉用盐和酱油腌一腌，然后我们去游泳池游会儿泳，再回来做饭。"华斌说："小区里还有游泳池?"冬梅说："我们的游泳池可大呢，还不是露天的！我们小区的人游一次十五元，要是外面的人可得三十元呢！我办了月票，两百块钱可以无限次去，还可以享受换衣处的热水浴和蒸汽浴呢！"华斌一听有这样的好事，便说："真的，那我们去，我好久都没游过泳了！"冬梅说："你小时候泳游得那么好，还说教我呢！有一次我和你下了水，还没有游，就呛了几口水，回去又挨了妈妈一顿打，说女娃儿不能随便在男娃儿面前脱裤子……"说着，冬梅突然脸红了。华斌立即说："你还记得那些，我都忘了！"冬梅仍红着脸说："我可不会忘呢！"说着，果然过来在牛肉上抹了盐和酱油让它慢慢腌制，然后去给华斌找了一条泳裤，自己也拿了一件泳衣便和华斌一同出去了。

到了游泳池，华斌一看，那游泳池比一个篮球场还大，上面焊着巨大的钢架，盖着蓝色的耐力合金板，与下面蔚蓝色的池水遥相呼应。池子分作儿童区、浅水区和深水区。华斌去更衣室换了衣服，走出来，看见冬梅正在更衣室门口等他。华斌的目光只往冬梅身上瞥了一下，便觉得头晕目眩起来。冬梅的泳衣很薄，紧紧箍着她的皮肤，使她身子的轮廓纤毫毕露地呈现在他的眼前。那饱满的胸部、平坦的小腹和洁白修长的大腿，都像是在向他发出诱惑似的。他突然感到口干舌燥起来，急忙把目光从冬梅身上移开，心里隐隐生起一种罪孽感。冬梅见了，像是很奇怪似的，忙问："华斌哥哥，你怎么了？走哇！"华斌这才回过神，急忙咽了一口口水，说："没什么，走吧！"说着，便和冬梅一起往池边去了。一到池子里，冬梅一边轻舒双臂，一边交替地蹬着双脚，便往前边游去了，华斌却只顾望着冬梅那漂亮的身子和轻盈的动作发愣，像是呆了一般。蓝色的池水托着冬梅轻轻摇晃，她很快就游到了深水区，然后一个翻身，就仰卧在了水面上，双臂交叉地搭在胸前，凝望着头顶蓝色的顶棚，一动也不动，仿佛游累了休憩似的。

躺了一会儿，冬梅又翻过身来，看见华斌还站在下水的地方目光痴痴地看着自己，便奇怪地叫了起来："华斌哥哥，你怎么不游呀？"一边说一边又游了过来，继续说，"华斌哥哥，你来追我，看我们谁游得快？"说完马上转过身去，一边往前面游一边回头喊道，"来呀，来呀，快追呀！"他只得跟在她后面游去。看着水里冬梅那两条灵活的长腿和脚踝以及足底优美的弧线，华斌游得有些心猿意马。有两次眼看就要抓着冬梅的大腿了，可冬梅往前用力一蹬，又窜到前面去了。游了一会儿，华斌突然说："不游了，冬梅……"冬梅马上停下来奇怪地看着他，说："华斌哥哥，你像是不高兴的样子，怎么了？"华斌急忙红着脸说："没有，没有，我没想到你游得这样好！"冬梅听了这话，脸上立即露出了一副骄傲的神情，说："我可是经常坚持游！"说完忽然拍了拍平坦的小腹，继续对华斌说，"电视里说，游泳是最好的锻炼，可以消耗身体里的脂肪。你看，我肚子上一点多余的脂肪都没有！"华斌听了这话，又朝冬梅那苗条的身子看了一眼，更觉得心里像有一只怪兽蠢蠢欲动，便对冬梅说："你再游一会儿吧，我起去了！"冬梅见华斌真没心思游了，便说："那你可以先去蒸一会儿蒸汽，我再游两圈就起来！"

华斌去换衣处的热水龙头下冲了一下身子，没去蒸蒸汽，穿好衣服就出来了。他在泳池边上的一把椅子上坐下，静静地欣赏冬梅在水里曼妙的身子和优雅的动作，看着看着，心里便爬上了一条邪恶的毒蛇，他觉得冬梅是自己见过的最漂亮的姑娘，他想占有她，完完全全占有她！这么想着的时候，他像是被毒蛇的毒液完全控制住了，身子急剧地膨胀起来。他感到难受，又一次像口渴似的往下咽着口水。冬梅见华斌在上面等她，只游了两圈，便也起来了，对华斌说："华斌哥哥，你等着，我去冲冲热水就来！"说完便进里面换衣处去了。果然没一时，冬梅便出来了，拉了华斌说："走吧，华斌哥哥！"

回到家里，冬梅突然打开客厅电视，对华斌说："华斌哥哥，你先看看电视，我要到里面屋子擦点润肤霜！"说完又对华斌问，"你知道游完泳过后为什么要往身上擦润肤霜吗？"华斌说："不知道。"冬梅说："因为游泳池的水容易使皮肤干燥，擦了润肤霜才会使皮肤保持弹性!”说完进了卧室，却又将头伸出来说：“哥，你可要老实待在外面哟!”华斌的心跳得像是打鼓，却说：“你擦吧，我难道会来看你?”冬梅笑了一笑，说：“这还差不多。”说完将头退回去，又将门轻轻掩上了。华斌心里却更加波涛汹涌，他在脑海里尽情想着冬梅脱光衣服往光洁的皮肤上抹润肤霜的模样，可却是怎么也想不真切。他真想推开门去看看，却又没有勇气，心“咚咚”地跳着，眼皮也直哆嗦，脸烧得像是烤火。他把电视声音关得小小的，想努力捕捉从卧室里传来的声音，却是没有。他觉得时间像是过了一万年。正在这时，卧室的房门开了，冬梅走了出来。原来冬梅在里面不但抹了润肤霜，还重新换了衣服。现在冬梅上身穿了一件黑白相间的条纹衬衫，领上打着小巧的领结，下身是一条黄色的半身裙，显得既热烈又含蓄。她在华斌面前旋转了一圈，然后才像是撒娇似的问：“华斌哥哥，我这衣服好看不?”华斌定定地看着她，心里那条毒蛇更加凶猛地对他喷起毒液来，又“咕咚”地咽下一口口水，接着大脑像是失去了控制自己的能力，猛地扑过去抱住了冬梅。冬梅马上叫了起来：“华斌哥哥，你干什么……”华斌没答，一边把满嘴的粗气喷到冬梅脸上，一边去扯冬梅的裙子。冬梅急忙用双手拉住了裙子，一边又着急地问：“华斌哥哥，你这是干、干什么……”华斌喘息了一会儿，这才像是结巴地说：“冬梅，我、我爱、爱你，我、我要娶、娶你……”冬梅急忙在华斌的手背上打了一下，说：“你疯了，我是你妹……”可华斌没等她说完，像是早就想好答案似的马上说：“我们不是亲的……”冬梅又说：“虽然不是亲的，可是一个祖宗下来的……”华斌又立即说：“一个祖宗下来的不、不假，可都过了一二十代了，按《婚姻法》的规、规定，可以结婚……”冬梅又说：“《婚姻法》是《婚姻法》，可贺家湾的规矩是不允许的……”华斌说：“你在城里都买起房子了，难道还回贺家湾住？管什么贺、贺家湾规矩……”说着又去拉冬梅的裙子。但冬梅还是紧紧护着，说：“那也不行，传回贺家湾人人都要骂我们的……”华斌见冬梅紧紧护着裙子不放，有些生气了，便说：“我们只不过是一个姓罢了，一个姓结婚的多的是，你怕什么？何况……”说到这儿，突然把话打住了。可冬梅却听出了华斌话里的意思，突然将手松开，看着华斌说：“何况我什么？何况我是个小姐，站街女，被千人万人骑过，你也就想来骑一骑是不是?”华斌一听冬梅把他的话说破了，急忙红着脸说：“我不是那个意思，真的不是那个意思！我真的爱你，真的想和你结婚……”冬梅却冷笑一声，沉了脸说：“你别说了，华斌哥哥，什么结婚不结婚，我想也没想！你说得对，反正我已经是个破罐子了，还有什么脸面顾？你口口声声说不嫌我，不嫌我，原来才是这样的不嫌我？你那话我十分明白，但我也不责怪你，你是男人，何况都三十来岁了，别人骑得我，如果你真不嫌我脏，你要骑我给你骑就是！不劳你拉我的裙子，我自己给你脱就是……”说完果然就要去解自己的裙子。华斌此时却已是羞得无地自容，急忙按住了冬梅的手，说：“冬梅妹妹，我真的不是你想的那样！如有半句假话，让天雷劈死我！”冬梅一听这话，突然抬起头像是不认识地看着华斌，眼里慢慢蓄上了泪水，过了一会儿才抽泣地说：“昨天我看到两份招聘广告，一个是沃尔玛超市招收银员，工资四千元，一个是金都大酒店招前台和客房服务员，广告上说底薪加提成，干好了最高可以达到六千元，今天我请你来，就是想叫你给我参谋参谋，看我干什么合适？可没想到你却……”说着说着就哭出了声。华斌一见，心里更加懊悔，此时也顾不得冬梅接受不接受，一把将她揽在了怀里，一边摩挲着她的头发一边慢慢说：“对不起，对不起，是我不对！可我不是故意的，真不是故意的！要是有半点欺负你的意思，我都不得好死！我爱你，一定要和你结婚，这是真的！这个想法不是从今天才有，从那天晚上在动物园街上碰见你以后，我就有了这个想法，只不过今天才向你说出来！你要是不相信我们能结婚，抽个时间我们一同到婚姻登记部门去问问，如果他们说不行，我就死了这条心！如果他们说行，你又不嫁给我，我就一辈子等你，直到你答应那一天！行不行，好妹妹……”冬梅没答，突然推开华斌，转身冲到卧室里往床上一扑，“哇”的一声大哭了起来。

贺兴仁

贺兴仁刚到办公室，工程部张部长、宣传部伍部长和公关部宁部长就进来了，他们显然在等着他。昨天晚上，兴仁几乎没有睡觉，一方面，父亲和妻子再次争吵，他被夹到中间心里很难受，更重要的是工程队和段家沟村民发生冲突后，事件迅速升级，昨天段家沟一百多个村民，打着“严惩凶手，还农民公道”的横幅到县委县政府请愿。他知道这些村民请愿的目的是想给县委、县政府施加压力，逼迫公司拿更多的钱出来赔偿他们。这年头，会哭的孩子有奶吃，谁的喉咙大，喊得凶，谁他妈就有理；谁不会咋呼，谁他妈就肯定是输家。他知道后，把张部长、伍部长、宁部长喊来商量了一会儿，最后决定让施工班刘班长带着拉混凝土的司机和几十个桥墩浇灌工人，也同样去县委、县政府请愿。他们打的横幅更醒目："严惩村匪路霸，保卫国家重点工程建设"和"揪出幕后黑手，维护施工安全"。两拨人在县委大院里针尖对麦芒地吵了半天，最后又差点打了起来。不但如此，城里居民听说了这事，纷纷赶到县委大院看热闹，把县委大门堵了个严严实实，连县委门前那条街也是水泄不通的人群，一些人唯恐天下不乱，趁机在人群中煽动闹事，最后还是出动了两百多名公安人员，才将人群散开。到天黑的时候，县委办公室才打来电话，通知十三项目部的领导去县上协商解决这件事。兴仁便叫工程部张部长、宣传部伍部长和公关部宁部长代表项目部去参加协商会，临走前把自己的想法告诉了他们，张、伍、宁领命而去。

贺兴仁见张、伍、宁三人脚跟脚走进了办公室，知道他们是要跟他汇报昨天晚上县上协商会的情况，不等他们开口，便红着眼睛首先问："情况怎么样？"张、伍、宁三人互相看了一眼，宁部长才说："情况不太乐观……"兴仁急忙问："怎么回事？"宁部长说："事情明摆着嘛，虽然我们是受害方，可对方受伤的人比我们多，这年头大家都同情弱者，我们有理也变成没理了！"兴仁一想事情也确实是这样，当事情刚发生听刘班长说自己的人只伤了两个，而对方伤了六七个时，他就有这种预感。现在一听宁部长这么说，他便把话题岔开了："乡上姓姚的和村上姓段的参会没有？"伍部长忙说："没！乡上只来了一个副乡长，村上只去了村委会主任和几个村民代表，我们这边除我们三个人外，还有刘班长和小贾几个代表……"话还没完，宁部长忙打断了伍部长的话说："还有县交通局、县路政执法大队、运政稽查大队的人呢……"兴仁忙吃惊地盯着宁部长问："和他们有什么干系？"宁部长说："谁知道呢？反正他们也来开会了。不但来开会，而且在会上发言说我们的混凝土车经常超重，不但对村道乡道损坏严重，就是对国道省道的损坏也不小呢……"兴仁一听这话，便道："这就怪了，我们和村民的纠纷，他们横起来插一脚干什么？"伍部长冷笑了一声，说："贺总你就不知道了，地方保护主义呗……"可话还没说完，张部长马上说："可不是地方保护主义那么简单……"兴仁又急忙不明白地问："那又是为什么？"张部长推了推鼻梁上的眼镜，才慢条斯理地说："我帮好几个高速公路标段施过工，多少知道一点里面的弯弯绕。你们知道，一个县交通局管什么？不就是管国道省道县道乡道什么的吗？县路政执法大队和运政稽查大队在国道省道县道乡道上设卡收费和检查车辆罚款什么的，就是他们的职责。可高速路建好后，归省高速公路局，县交通局管不着，却要损害县交管部门很多利益呢，你说他们心里会痛快吗?”说到这里，又朝兴仁看了一眼，像是有什么话不好开口似的。可过了一会儿还是说了：“还有一点，也不知当说不当说……”兴仁忙说：“都是自己人，有什么话就直说吧!”张部长于是便看着兴仁问：“也不知贺总在开工前，和县路政执法大队、运政稽查大队这些部门勾兑没有?”兴仁说：“县上召开德兴高速开工协调会时，他们在会上都表了态……”张部长说：“光表态算什么？我指的是……”说着他用右手大拇指和食指做了一个数钱的动作，然后才接着说：“我四年前在贵州帮一家路桥公司施工，县路政执法大队和运政稽查大队经常去查他们混凝土车超重呀、司机资质呀、驾驶证呀什么的，动不动就是罚款、扣车，查得人家烦不胜烦，最后公司去和他们这个了……”张部长又伸出右手拇指和食指搓了搓，然后又补充了一句，“像他们这样只是在会上说几句落井下石的话，还算是好的!”

兴仁听完张部长的话，一下明白了，但他没有在脸上表现出来，却继续问：“领导在会上怎么说?”宁部长说：“还能怎么说？主持调解会的县委林副书记，一听村民要求赔偿公路损失和伤员的医药费、治疗费、误工费、护理费等要求时，强调了好几次要保护好农民利益，可当我们说村上必须赔偿我们水泥和因停工造成的损失时，姓林的就一句话都不吭了。最后见我们达不成协议，才宣布让我们继续垫付伤员的医疗费，等伤员出院以后再进行第二次调解。”停了一下，又补充了一句，“所以我刚才说情况有点不太乐观呢!”兴仁听了，像是想给部下打气似的，马上说：“不要紧，姓林的不过是个副书记嘛，昨天早晨我给县委陈书记通了电话，陈书记说一定公平公正地处理这事……”兴仁还想继续说下去，宁部长又从鼻孔哼了一声，像是有点嘲笑兴仁的幼稚一样，说：“公平公正，贺总，没那么容易吧……”兴仁也是一惊，忙又盯着宁部长问：“难道一个县委副书记就能把县委书记架空……”宁部长忙说：“不是那个意思，贺总！你知道石埡乡这个姓姚的，和市上毕副市长是什么关系吗?”兴仁说：“他们能有什么关系?”宁部长说：“姓姚的女儿是毕副市长的儿媳妇……”话没说完，兴仁惊得叫了起来：“什么?我以前怎么没听说过?”宁部长说：“我们也是昨天晚上协调会后才听说的。姓毕的儿子和姓姚的女儿是在大学里耍起的，又在大学里结的婚，所以地方上很多人都没听说。我们不知道，但县上那些当官的，他们不可能不知道，要不，姓林的怎么就屁股坐在了村民一边?”兴仁听了这话，眼睛望着窗外，咬着牙不吭声了，像是陷入了沉思。

正在这时，小廖拿着她的那部小米手机匆匆跑了上来，脸上挂着惊慌失措的慌乱神色，走到门前，连惯常的礼节也没顾上，便一头冲进屋子里对兴仁说：“总经理，不好了，网上出现了很多关于我们公司的帖子……”兴仁马上瞪圆了眼睛问：“什么样的帖子?”小廖说：“全是负面的，说我们野蛮施工，轧坏村民公路不说，还行凶打伤维权的村民……”兴仁还没听完，立即对小廖说：“在哪儿，给我看看!”小廖立即把手机递了过去。张部长、伍部长和宁部长听了小廖的话，也急忙掏出自己的手机去搜索，果然搜出了几十条关于打架事件的帖子，标题都十分耸人听闻：“头顶三尺有神明，天理难容盼青天——段家沟村民的血泪控诉!”“农民维权被打，何处申冤雪恨?”“公道在哪儿?”……每篇帖子后面都附有打架和受伤村民的图片。兴仁看完，忽然紧绷了脸，两眼闪着怒火，将牙齿咬得“咯吱咯吱”响。宁部长见了，便说：“这真是恶人先告状!”张部长说：“他们这是故意想把水搅浑，给我们施压!”伍部长毕竟是搞宣传的，过了一会儿才说：“这些帖子肯定是昨天晚上才发出去的，一定和县上有关!你们想，县上不是专门有个控制舆情的机构，叫什么网络舆情监察中心吗?这些帖子主要发在县上的‘凤凰论坛’和市上的‘乌市雷动网’，然后才被其他网站转用的。如果和县上无关，这些帖子是怎么躲过网络舆情监察中心的?”兴仁咬了一阵牙，突然对张、伍、宁三人问：“那天打架时，我们有没有人拍照片?”张部长马上说：“有哇，刘班长用手机拍了的，还给我看过!”

兴仁正要答，手机忽然响了，拿出来一看，吃了一惊，原来是幺爸贺世海打来的，急忙打开，做出轻松的口气说：“幺爸，你好，我正说给你打电话呢，你又打来了……”谁知他还没有说完，贺世海便在电话里说：“好哇，你小子现在可能了，闹出了这么大的动静……”兴仁没想到贺世海对他说这些，有些慌了，忙说：“幺爸，没什么，是和村民发生了一点小冲突，我准备把事情解决了以后再给你老人家汇报……”贺世海又忙打断了他的话，像是有些生气了，说：“还是小冲突?网络上关于你们打人的帖子都满天飞了!你知道网络舆情意味着什么吗?意味着你小子吃不了兜着走!”说完突然大喝一声，“三鑫公司是我的，我还不想让它垮下去!是怎么回事，你快给老子细细说来!”兴仁一听，急忙鸡啄米似的点着头说：“是，是，幺爸，我现在就给你老人家汇报!”说完，便把如何接到石垭乡党委姚书记孙儿满月的请帖，他和宁部长如何去赴宴，姓姚的如何要卖河沙给他，他又怎样拒绝了，段家沟村段支书又如何想把他已经七十的老头塞到公司来看炸药库，也被他拒绝等事说了一遍，说完才告诉贺世海发生纠纷的经过以及姓姚的和市上毕副市长的关系，足足说了半个小时。贺世海听后，半天没吭声，过了一会儿才突然愤愤地说："原来还是这样，原来还是这样！他妈的，几个阴沟里的小虾子就想掀起大江大河里的波浪？你叫宣传部伍部长把事情的经过详细整理一下给我发过来，我找几家网站组织网络水军来对付他们！……"说着停了一下，才又像是突然想起似的，接着说，"你把石垭乡这个姓姚的狗杂种借孙儿满月收受礼金的事，一并给我传来，中央反腐败阵仗搞得这么大，他狗杂种还敢变着法儿违反八项规定！打蛇打七寸，我们把这事和腐败连在一起在网上炒，别说他有副市长亲家，就是中央有人，在这种大气候下看还有没有人敢保他？"兴仁一听这话，立即心悦诚服地说："幺爸，你这一招实在是太高了，侄儿愚钝，怎么就没有想到这一招呢？"贺世海说："你小子就再好好历练历练吧！"说完又吩咐说，"你们抓紧去办，争取下午下班以前，把材料全部传给我！"兴仁立即回答了一声："是，幺爸！"

兴仁放下电话，脸上露出了释然的表情。张、伍、宁三人见了，都有些不解地望着他。兴仁立即把贺世海的话告诉了他们，三人一听，也都立即叫起好来："到底姜是老的辣，董事长这一招确实很高！"兴仁便安排伍部长去落实整理发生纠纷的前后经过，包括将刘班长拍摄的手机照片都一并搜集起来，下班以前一定要发给董事长。宁部长那天也去石垭乡吃过姚书记孙儿的满月酒，兴仁便叫他把那天的情况一一写出来。并且对他说："堡垒是最容易从内部攻破的，如果你能去收买一两个乡上的工作人员，多搜集一些姓姚的搞腐败的事就更好了！"说到这儿，兴仁也想起了什么，急忙拉开抽屉，从里面找出了姓姚的发给他的请帖，又对宁部长说："把这个拍下来，也一齐给董事长发去！"宁部长对兴仁的话心领神会，答应了一声："是！"说完，张、伍、宁三人便像打了胜仗似的喜滋滋地出去了。

小廖也要走，兴仁却喊住了她。小廖回头看着他，问："还有什么事，贺总？"兴仁笑着说："你现在可以叫我表姑爷，因为我是私人的事找你。"小廖扑闪着一对大眼，有点疑惑地看着兴仁，过了一会儿才也笑着问："表姑爷，有什么事？"兴仁说："你坐下吧！"小廖就拘谨地坐下了。兴仁便看着她说："这两天你抽点时间，到城里去给我租一套房子……”话还没完，小廖瞪大了眼睛，吃惊地望着他。兴仁忙说：“你不要多心，不是我住，只给华彦的爷爷住！”一听这话，小廖长长地舒出了一口气，然后才说：“华彦爷爷不是跟你们一起住吗？”兴仁说：“小廖，你还年轻，不知道家家都有本难念的经！”说着，便把父亲和她表姑两次吵架以及他夹在中间作难的事，对小廖说了一遍。小廖听完，心里立即对兴仁产生了一种深深的同情。她没想到在外面风风光光的总经理在家里却也有狼狈的时候，于是便说：“表姑爷，我表姑这个人文化不高，就是那么一副脾气，你也别生她的气……”她还想说什么，兴仁却打断了她的话：“我没生她的气，也不责怪她。真要怪，还是要怪华彦的爷爷，可又有什么办法？人老了就会有许多古怪的举动和倔脾气，最好还是不住在一起！所以你去帮我租套房子，地段、大小、租金多少都无所谓，租金最好一季度一付，因为那么大岁数的老年人了，不定什么时候就走了！这是一。房子租好了，你还要到那些劳务中介公司去给他找个保姆，八十多岁的老年人，没人照顾也不行！保姆的工资你和她谈，我还是那句话，钱多点少点都没关系，只要我不像现在这样操心就行！”小廖朝兴仁脸上看了看，发现兴仁这阵果然瘦了许多，脸上也挂着一种疲惫的神色，心里更涌起一种说不出的柔情来，于是便说：“表姑爷放心，侄女一定办好！”兴仁点了点头说：“那就先谢谢你！”说完非常疲倦地将头靠在椅背上，又对小廖说：“出去的时候给我把门拉上，我想休息一会儿！”小廖急忙说：“表姑爷，你到我床上去躺一躺吧！”小廖因为要值班，所以在办公室隔壁有一间屋子。贺兴仁听了小廖这话，目光亲切地落在她身上又看了一阵，似乎有些犹豫的样子。但过了一会儿，他还是摇了摇头，说：“算了，我还是在椅子上躺一躺！”小廖没再说什么，果然站起来走了出去并轻轻把门拉上了。

贺兴琮

兴琮肩上挂着那只好又多超市的购物袋，像回娘家似的，不慌不忙地来到劳务市场。她发觉才几个月时间，劳务市场变化很大。首先是到市场里寻活干的人多了，他们大多三五成群，背着行囊或提着工具，在市场里甚至外面的滨河路上到处游荡，一看就是忙完了秋收秋种的农活以后，到城里来寻短工的乡下人。其次，大概是因为求职的人多了，市场里显得更嘈杂和混乱。为了给求职的人提供坐的地方，政府原来在蓝色彩涂钢板棚下安装一些成本低廉的塑料椅子，可现在椅面大多已被损坏，只留下了一根根丑陋的钢铁支架，要不是有很粗的螺丝把这些铁架子焊在水泥地里，恐怕也早被人搬走了。可尽管如此，兴琼却看见那个叫“孙猴子”的干瘦民工，竟然将一根扁担横在一排支架上，底下枕着几张纸板，竟安然地仰躺在上面睡觉。一个五十多岁穿红背心的清洁女工，背上背着一只竹篾背篼，一边挥舞扫帚清扫地面上的劣质烟头、甘蔗壳、塑料袋、方便面盒等垃圾，一边将一些可用的东西拾起来丢到背篼里。扫到孙猴子的临时“卧榻”边时，女人突然用扫帚拍打起他来。一边拍打一边叫：“起来！起来！”孙猴子一觉惊醒，马上坐了起来，看着女人道：“干什么？干什么？”女人用命令的口气说：“把纸板拿出来？”孙猴子说：“你又不是管理员，我要不拿出来呢？”女人没有回答，却放下背篼，气势汹汹地用手将椅子支架上的纸板“呼”地扯过来，用脚踩住卷起来，塞到了背篼里。孙猴子大约被女人的样子吓住了，或者这样的事他经历多了，不想和她计较，便只嘟哝地说了一句：“两张纸壳子也看得起！”一边说，一边拿着扁担离开了。兴琼看见他走了过来，便迎着他叫了一句：“孙猴子，你昨晚上做贼去了，那铁架架上也睡得着？”孙猴子一见兴琼，眼睛顿时亮了，便说：“哟，是贺幺妹呀？几个月不见，贺幺妹真是越长越乖了！”说完又回答道，“昨晚上确实做贼了，可不是偷东西，是偷人，偷了五六个呢！”兴琼听了这话，便讥笑地说：“你这个样儿还偷得到人，做梦去吧！”说完也才正经问：“这段时间活儿怎么样？”孙猴子马上苦着脸说：“莫摆了，贺幺妹，昨天一整天才挣三十多块钱，喝稀饭都不够，生意真是糟惨了！”说完也对兴琼问，“贺幺妹这几个月到哪里发财去了？”兴琼说：“发什么财？在家里耍呢！”她不想把护理一个老男人的事告诉孙猴子，觉得这还是有些丢人。

兴琼确实不想再护理这个瘫老头了，这个鬼老头，真像狗一样永远改不了吃屎的本性。自从上次兴琼折磨了他并说了他一顿以后，倒是规矩了起来，兴琼见他两个多月都没对自己动手动脚，以为他真的改邪归正了。可没想到昨天她去给他擦身子时，他大腿中间那个疲软的东西竟然又硬了起来，竟一边流着哈喇子一边把她往床上拉。兴琼看了看老头脸上那副怪诞的笑容，突然感到一阵恶心。她眼睛落到他大腿中间那个一跳一跳丑陋的东西上，突然用另一只手拧起水里的湿毛巾，一下盖在了他的大腿中间。那水有些烫，老头马上发出一阵“嗷嗷”的怪叫，兴琼趁机跑了出去。晚上兴琼躺在床上反反复复地想不能再在这儿干了！这个死老头，真拿他没办法。你要对他不好，像上次一样让他把屎尿都拉在裤裆里，兴琼又感到良心不安。可你要尽心尽力像亲人一样侍候他，对他好，他隔一段时间老毛病又会重犯。……这么想着的时候，她更坚定了离开的想法。可一想到走人，她又有些犹豫了。一是觉得对不起黄姐，从三个月试用期满后，黄姐给她把工资涨到了每个月四千元，更重要的是，这个家里吃的、用的以及黄姐对她的态度，都是别的雇主家里很少有的。如果不是老头儿这个毛病，她倒乐意就在这个家里一直做下去，直到老头儿寿终正寝那天。第二，她又害怕马上离开了，这小城不比大城市，活儿很不好找，当初这个活儿，不是也找了很久才找到吗？要是一月两月都找不到活儿，闲着就很不合算了！想来想去，她决定也不告诉黄姐，先到劳务市场看看，如果好找活儿，那就对黄老头儿说再见。如果不好找活儿，那就再走一步看一步。于是兴琼就往劳务市场来了。

离开孙猴子后，兴琼便往那边妇女堆走去。她远远看见做家政工的赵姐正和身边几个说说笑笑，便大声喊了起来："赵姐！"一边喊，一边紧走几步，来到了人堆前。赵姐抬起头一看，便也喊了起来："贺姐，是你呀！"兴琼一看，又认出了几个熟悉的人，便也喊道："吴姐、郑妹、任姐，你们都在呀？"几个被喊的人也笑着和兴琼打了招呼，另外几个不认识的人便好奇地望着她。赵姐便给她介绍："这是曾姐！这是刘姐！这是张姐……"兴琼又忙对她们点头致意。赵姐介绍完毕，突然对兴琼问："贺姐，你娘家是黄石岭乡吧？"兴琼说："可不是！"赵姐就指了张姐说："张姐可也是黄石岭乡人呢！"兴琼忙把目光落到张姐身上，见她年纪和自己差不多，穿了一件军绿色的夹克外套，一条藏青色裤子，一张微圆的胖脸有些往下软软地垂着，头发梳得整整齐齐，屁股下垫着一只红布口袋，显得十分整洁的样子。兴琼突然对她产生了几分好感，于是便对她问："黄石岭乡哪儿的人？"张姐急忙说："张家沟！"说完又反问兴琼，"贺姐你呢？"兴琼说："贺家湾……"张姐马上叫了起来："贺家湾我知道，我表姐就嫁到贺家湾呢！"兴琼一听又忙问："表姐是谁？"张姐说："王娇呀！"兴琼急忙说："王娇是你表姐呀？她是我端阳老弟的老婆，这么说起来，我们也是老表了！"张姐忙说："可不是，可不是，没想到在这儿还认识了一个表姐！"两人越说越亲热，兴琼也把肩上的购物袋拿下来垫在地上坐了下去，张姐一见，就急忙挪到兴琼旁边坐了下来。兴琼看着她们说："你们怎么没去找活儿？"赵姐听后忙说："有活儿还在这儿坐着？"兴琼做出惊诧的样子，说："活儿不好找?"张姐说："昨天我们坐了一天也没找着活儿!"赵姐说："你没看见市场上突然来了这么多人？人一多，有点活儿大家都互相杀价！前天'便宜坊'饭店来招两个洗菜工，我把工资都谈好了，每月二千元，可不知从哪里杀出两个野婆娘，一千五百元她们也干，结果就把我的生意抢走了!"赵姐说到这儿，脸上露出了愤愤的神色。

说完，赵姐又突然看着兴琼问："贺姐，你还在那户人家做?"兴琼点了点头说："是呀!"赵姐马上问："给你多少钱一个月?"兴琼说："三个月试用期时是三千五百元，现在每个月是四千元……"话未说完，女人们都惊讶地叫起来："那么高的工资，做什么呀?"兴琼还没回答，赵姐便口气酸酸地说："你们知道她做什么吗？照顾一个瘫子，还是个老男人，给我再多的钱我也不会干……"张姐马上说："那有什么？相当于人家两个保姆的工资了，只要给我那么高的钱，我什么都可以干!"赵姐说："不但要给人家揩屎擦尿，还要脱得光光的给他洗澡，擦了前面擦后面，你干吗?"张姐说："那有什么，不就是洗个澡吗?"赵姐又露出不屑的口气说："那看给什么人洗澡！我这辈子只看自己男人的身子，看别的什么男人可不行……"兴琼一听这话立即红了脸，半晌才说："赵姐，天下男人的身子还不是一个样，你心里不要去乱想就行了嘛!"说完便站了起来，"我是路过这儿，顺便来看看你们，我可得回去了!"说完便往外走。张姐急忙说："表姐儿，我送送你!"说着也站起来，陪了兴琼往外面走。走出蓝色彩涂钢板棚，张姐才对兴琼说："表姐儿，你不要生气，姓赵的是狐狸吃不到葡萄就说葡萄酸，她自己就不是好东西，既要树牌坊，又要当婊子!"兴琼一听这话，忙问："怎么了?"张姐说："这几天没活儿，她可能着急了。昨天下午市场要关门时，一个老头大约七十来岁了，到市场来眼睛色眯眯地在我们女人身上打转，我看见她过去和老头嘀嘀咕咕说了一会儿话，便过来对我们说：'我先走了!'说着便出去了。可我多了心，悄悄跟了过去，却看见刚到滨河路，她和那个老头就钻进了一辆出租车。你说她和一个陌生老头一起出去干什么？还不是去陪老头睡觉了!"兴琼早就知道这劳务市场里不但有虔心来找职业的，也有小偷、好吃懒做者，还有张姐刚才说的那种情况，她们虽然不叫"小姐"，但在找不到工作时也会客串一下"小姐"的职业。于是她便对张姐说："这里面各色各样的人都有，只要自己不去做那事就行了!"张姐忙说："那是，那是，我也只是随便说说!"说完又对兴琼说，"表姐儿，你不要听姓赵这个女人的话，人家给你那么高的工资，你一定要好好干!"兴琼说："我知道，你回去吧！”张姐却说：“表姐儿，你帮我打听打听，看还有没有人家需要雇保姆……”兴琼知道她的意思，忙说：“行，我帮你问问！”说完就走了。可走出去，心里却沉沉的、闷闷的，像塞了一团棉花，不由得从胸腔吁出一口长长的浊气来，然后在心里说：“看来真还得继续干下去了！”可一想起还得继续干下去，眼前又浮现出黄老头那干巴巴的皮肤、僵硬怪异的笑容、猥亵的目光……心里又立即像是吃了一只苍蝇一样难受，又莫名其妙地骂了起来：“这个鬼老头，这个鬼老头……”可骂的什么，她自己也不知道。

代婷婷

婷婷里面穿着一件蓝色衬衫，外面一件藏青色外套，下面也是一条藏青色短裙，手里提着她那只棕黄色的小包，走进了培训室。她现在已经是一家被称作“城市幸福生活”国际城的一名新员工了，今天参加的便是公司为新员工举办的职前培训会。她十分满意身上的这套装束，衣料质量很好，穿在身上很有垂坠感，一点不像平时自己穿的衣服那样轻飘飘的。剪裁、做工都很好，很合身，像是专为自己定做的一样。这是会所发给新员工的工作装，除了现在穿在身上的外，还有一条长裤，也是藏青色的，是准备冬天穿的。穿上这身衣服，婷婷感到这才像是真正的白领，既端庄又大方，人都显得格外精神一些。

婷婷走进培训室一看，屋子里已经坐满了人，全是这次新进的员工，每个人都像她一样身着正装，脸上挂着几分兴奋和新奇的表情。因为大家都还不熟悉，所以也没人和她打招呼。但她认出前面讲坛上站立的那个和同样穿藏青色套裙的三十来岁的女人，是礼仪部罗部长，因为前天面试时，就是她给自己提问题的。她看见罗部长也像是认出了她似的朝自己笑了一下，婷婷立即为自己来晚了感到几分不好意思，她朝教室里看了一下，便在后面找了一个低矮的金属凳子坐下来。她身后的墙壁上是一幅培训班的广告画，画面是一个穿白衬衫、藏蓝马甲、藏蓝西装、藏蓝裙子、结红领带的含齿而笑的美女，下面几句广告词是：“提高礼仪造诣，展现性格魅力，追求幸福生活！”

婷婷刚坐下，罗部长拿起桌子上一根棍子轻轻敲了一下，又咳了一声，教室里顿时安静得连掉根针也听得见。罗部长对大家笑了一笑，说："各位姐妹，各位城市幸福生活国际城的新员工，大家上午好！"说完便向大家深深鞠了一躬。众人像是被罗部长优雅的举止和悦耳动听的声音迷住了，一时忘了该怎么办。过了几秒钟，婷婷才突然明白过来，带头鼓起了掌。罗部长抬起头又对大家笑了一笑，才接着款款而说："我叫罗群芳，是城市幸福生活国际城礼仪部负责人，也是这次礼仪培训班的主讲老师，大家叫我罗姐好了！"大家又要鼓掌，却被罗姐制止了。罗姐接着说："欢迎各位参加为期一周的礼仪培训！我们城市幸福生活是整个省城唯一一家集美食、娱乐、休闲、购物于一体的、引领西部城市生活潮流的综合性国际消费场所，大家能成为这个大家庭的一员，是非常荣幸和值得骄傲的，因此我代表公司向大家表示热烈的祝贺！"说罢举起双手鼓了鼓掌。大家听了这话，脸上都洋溢着一种幸福的光彩，也跟着鼓起掌来。掌声停后，罗姐才接着说："今天是培训第一天，主要是给大家讲一些注意事项。下面我将发一份《城市幸福生活国际城员工守则》给你们，这里面有我们公司所有制度，比如考勤制度、请假制度、上班制度、安全制度、卫生制度、文明制度等等，这些规章制度我就不一一给大家讲解了，大家一定要认认真真地看，把这些制度都记在心里并自觉遵守，以免今后引起不必要的麻烦！我还要发给大家一张表，因为我们城市幸福生活国际城是二十四小时营业，每天三班倒，大家愿意上哪个班，可以自己选择！"说完，她对前排两个女孩招了招手，把面前的《守则》和表给了她们，两个女孩便款款地走出来向大家分发了。

婷婷接过《守则》和表，先翻开《守则》迅速地看了看，发现一共有十多个制度，每个制度后面都有具体的考核标准和奖惩措施，婷婷决定回去以后仔细阅读。她翻到后面的《辞（离）职制度》，只见上面写着："一、需辞（离）职的员工，需在一周前提出书面申请，由所在班（组）填写辞（离）职申请书，主管签字后交所在部门。二、所在部门接到申请后，一周内给予员工是否同意辞（离）职的答复并填写同意辞（离）职申请书，交人事部审核。三、人事部接到申请书后，一周内给予员工是否同意辞（离）职的答复，并且人事部长签字。四、辞（离）职员工班组去人事部取回由人事部部长亲笔签字的同意该员工辞（离）职申请，交辞（离）职员工。五、辞（离）职员工持人事部部长亲笔签字的辞（离）职申请，去人事部办理相关辞（离）职手续，领取工资和转移必要的关系，否则不予办理……"看到这里，婷婷不由得伸了伸舌头。天，这么复杂，还不把人的脑壳都转晕了！婷婷把《守则》放到一边，又拿过那张表看了看，只见上面写着：早班：凌晨四点半到中午十二点半；中班：中午十二点半到晚上八点半；夜班：晚上八点半到次日凌晨四点半。后面附着说明：早、中班包含三十分钟吃饭时间，你选择哪班，请在后面打勾并写上姓名。哪个班好呢？婷婷把笔含在嘴里，她看见教室里所有的姐妹都在交头接耳，她旁边的一个女孩也用胳膊拐了她一下，问："你选哪一班？"婷婷却又反问她："你呢？"女孩说："当然是中班哟，要不早班也行！你想，晚上八点半到第二天早上四点半，谁受得了？"婷婷说："那是！"女孩听了这话，马上便在中班上打了钩。婷婷却没有忙，大家肯定都会选中班或早班，可中班或早班哪需要那么多人？这说不定是领导故意出的一道题，要考考大家是否怕吃苦呢？那就选个早班吧，从早上四点半钟上到中午十二点半，虽说早上要起床早一点，但下午可以睡觉，要不就逛逛街，班也上了，玩也玩了，真是一举两得！哈哈，打钩打钩！别忙，要是领导真是在考验大家，那还不如再表现好一点，干脆选夜班得了！听别人说，现在领导专在一些细节上考验员工呢！夜班就夜班，即使累，也累不死人，白天就可以睡一整天了！

婷婷刚在表上打了钩，写了自己的名字，刚才发《守则》和表的两位学员便过来把大家的表收起来交给了罗姐。罗姐接过去翻了翻，说："大多数同志选择的都是中班，少数同志选的是早班，只有代婷婷选择的是夜班！"说完突然一笑，"可你们知道吗，我们国际城什么时候客人最多？我告诉大家，就是晚上八点到十二点，一部分客人会玩到第二天凌晨三四点，所以夜班的工资几乎是中班和早班的两到三倍，还不包括客人给的小费！有时客人给的小费比工资还高呢……"话没说完，教室里突然响起了"呀"的一声叫喊，许多人脸上都露出了一种意外的样子，接着又迅速转化为遗憾和十分后悔的神情。罗姐扫了大家一眼，才接着说："是的，我知道大家都清楚上夜班比上中班和早班辛苦得多，可一分耕耘一分收获，只有梦想是不够的，还需要辛勤的付出！"说到这里，她大约是看出了大家眼里的失望，马上又安慰大家说："不过不要紧，既然晚上客人最多，那么我们需要的服务员也比早班和中班多得多，因此我们会根据培训后考试考核的结果，对大家值班时间做出合理的安排！"一听这话，学员们又都"哦"了一声，脸上才露出释然的表情。罗姐又扫了扫大家，突然问："谁是代婷婷？"婷婷马上站起来回答了一句："我！"罗姐马上看着她问："你怎么会选择夜班？"婷婷的脸一下红了，半天没回答出来。罗姐便又鼓励地对她说："大胆地说，没什么！"婷婷又红了一会儿脸，这才说：“我见大家都选了早班和中班，便想早班和中班怎么用得着这么多人？于是就选了夜班。”罗姐说：“这么说，你是有意盯着冷门的选？”婷婷“嗯”了一声。罗姐却十分赞赏地对婷婷点了点头，说：“非常好，不千军万马去挤独木桥，而专选众人不愿走的地方走，你一定会取得更大的成功，祝贺你！”说着带头鼓起掌来。学员们一边跟着鼓掌，一边都扭过头看着婷婷。婷婷一张脸羞得绯红，心里却非常得意。没想到歪打正着，一开始我就得到老师和全体姐妹们的注意，这可是个好兆头！什么腾飞科技集团，什么白老板张老板……去你们妈的！姑奶奶离了张屠户，也没吃混毛猪，看着吧，姑奶奶不混出个名堂誓不为人！

罗姐等大家掌声停下去后，才招呼婷婷坐下，然后对大家说：“好，现在我们开始正式培训，今天主要给大家讲一些礼仪的基本常识！”说完，转身就在黑板上写下几行字：如何塑造良好的礼仪形象？第一讲：衣着妆容，一、怎样穿衣服才最好看？二、让你美丽起来——化妆的基本常识。第二讲：举止，一、手势；二、站姿；三、坐姿；四、微笑……学员们一见每项内容都非常新奇，又听罗姐刚才说了要根据考试考核的成绩来安排上班班次，一个个顿时都把眼睛瞪得溜圆看着黑板，然后又急急地往本子上记，生怕漏掉一个字似的。

贺兴仁

贺兴仁下了县委办公大楼楼梯，来到院子里自己车前，打开车门坐进去，拴上安全带，把汽车发动起来。在做这些的时候，他脸上看不出任何表情，一副什么也没发生的样子，可刚把车开出县委大门，他的眉毛开始弯曲起来，白白的四方脸上挂起了一副难以掩饰的笑容。刚才，省高速公路局和市委联合调查组在县委会议室，宣布了他们对段家沟村民与德兴高速十三标段施工班发生纠纷的调查结果及处理意见。这个意见对他太有利了，正义终于得到了伸张，恶人终于受到惩罚，他怎么能不高兴呢？他拧开车载收音机，老天爷也像知道他的喜事似的，收音机里正播着一首老歌《今儿个真高兴》：“咱老百姓/今儿晚上真呀真高兴/咱老百姓/今儿晚上真呀真高兴/咱老百姓/今儿晚上真呀真高兴……”是呀，今儿咱老百姓真高兴！兴仁嘴角上翘，眼睛呈现出三角形，他跟着收音机里的歌声哼了几句，猛然看见前面红灯，急忙把车刹住，才不哼了，可心里的高兴劲儿并没有过去，还是偷着乐吧，哈哈！真是姜老的才辣，要不是幺爸在紧急关头力挽狂澜，把他们发给他的材料找人整理后发到网上，同时又找了很多水军在后面跟帖，一时舆情逆转，尤其是对网上披露的乡党委书记变着法儿敛钱和强行卖沙给高速路施工队等腐败行为，网友们更是深恶痛绝，声讨的文章一时铺天盖地，形势迅速朝着对他们有利的方向转。更重要的是，贺世海在找人整理的帖子里，已经隐约点出了姓姚的乡党委书记和市上某副市长的关系，这一下市上、县上坐不住了，省高速公路局因为牵涉到高速公路施工方的利益，也主动介入，于是便和市委组成了联合调查组，开到县上来了。经过近半个月的调查，事实清楚，证据确凿，这次事件是由于村、乡两级领导人没达到个人私利，出于报复和勒索的目的而指使部分村民故意而为，性质恶劣，影响极坏。石垭乡党委书记并有顶风违纪、借孙子满月收受礼金，家属违规与人投资合股办企业和其他腐败行为。为严肃党风党纪，保障国家重点建设顺利进行，特做如下处理：一、给予石垭乡党委书记姚德栋同志党内严重警告处分，免去中共石垭乡党委委员、书记职务。二、开除石垭乡段家沟村段从国中国共产党党籍，撤销中共段家沟村党支部委员、书记职务……当然，他们并不是就一点没有损失，他们提出的村、乡两级应当赔偿施工方因村民堵路造成的损失，在调查组的处理意见中却只字未提。不但如此，调查组在处理意见中，还明确了伤员的医疗费、护理费、误工费等由施工方负责。他算了一下，为此公司将多付出二三十万元。可钱算什么？无非是公司少些利润罢了，可他们却搬掉了两只拦路虎，扫清了前进路上的障碍，更重要的意义还在于，从此以后一些心术不正的人想打他的主意就要掂量掂量了！两相比较，他损失二三十万块钱真算不了什么！哈哈，姓姚的，这可怪不得我一根眉毛扯下来就把脸盖住——不认人了，是你自己仗着上面有人，错误估计了形势，搬起石头砸了自己的脚！你也不看看现在是什么形势？反腐反腐，老虎苍蝇一起打，哈哈，你一边哭着去吧……

贺兴仁把车开到上十字街口，往右是回家的方向，往左是二桥，然后是丽丽住的芝兰小区。兴仁稍稍犹豫了一下，便将方向盘往左一打，车子慢慢驶上大桥引桥。从施工队和段家沟村民发生纠纷以来，他被搅得焦头烂额，很久都没去过丽丽那儿了。范春兰和父亲吵架那天晚上，他赌气走出来，家事和公司的事搅在一起，心里像有扇磨盘压着一样闷得慌，原准备去丽丽那儿散散心，刚想去地下室开车，可又担心老头子和范春兰之间的战争再次爆发，不敢离开，只得在小区里转了一会儿又上楼了。回去一看，两人已经偃旗息鼓，可这时他又不好离开了。现在，他和姓姚的争斗已经大获全胜，施工早已恢复正常，老父亲也在原来国土局家属院另外给他租了房子、雇了一个二十多岁的保姆，搬出去住了。真是人逢喜事精神爽，今天终于有时间来看看宝贝儿了！哈哈，你等着，丽丽！

兴仁在芝兰小区泊好车，像平时一样将随身携带的那只烟草色平式拉链牛皮包往胳膊窝里一夹，便朝丽丽的楼房走去了。上楼时，一个大约二十来岁的小伙子从楼上下来，和他劈面相逢。小伙子长着一张长方形的脸，粗胳膊粗腿，壮实得像是一个乡下铁匠，但皮肤很白，鼻子也很大，两条眉又短又粗，头上四周的头发都剃光了，只在头顶高高耸起一撮螺旋式乱发，给人怪怪的感觉，好像刚从电视里走出的日本武士。他上面穿了一件黑色的棒球领运动服，下面是一条灰绿色的直筒休闲裤，屁股上、大腿两侧和膝盖边都是口袋。兴仁看了小伙子一下，小伙子也看了兴仁一下，然后交错走开了。

兴仁开了门，发现丽丽贴身穿了一件黑色的沙滩比基尼罩衫，外面一件白色的加大码针织外衣，显得既暴露又性感，正在卫生间对着镜子梳头，脚上趿拉着一双人字拖鞋。听见门响，回头看见是兴仁，先是愣了一下，可随即便像平时一样，马上丢了梳子，披散着头发跑出来将身子吊在了兴仁脖子上，又娇滴滴地说："怎么又不声不响地来了，也不打声招呼？"兴仁拥抱了她一下说："都老夫老妻了，还用打什么招呼？"说罢目光又落到丽丽身上，问："怎么穿成这样？"丽丽嘟了嘴说："人家睡了觉才起来嘛，正准备换衣服呢！"说完又把外面的针织外衣故意撩开，露出里面被比基尼绷得紧紧的身子说："这样穿难道不好吗？"兴仁说："天气转凉，可别感冒了！"丽丽又翘着嘴说："才不会呢，这衫子可是全绒毛的！"说着，两人从卫生间出来，兴仁忽然看见茶几上多了一只烟灰缸，里面还有几只烟蒂，兴仁马上问："怎么，你抽烟了？"丽丽听见兴仁问，长长的睫毛抖了几下，像是眼睛里进了一只小虫子般，可她马上显出没事的样子，接了兴仁的话说："可不是抽了几支嘛！"兴仁说："不是从来没见过你过抽烟吗？"丽丽听了这话，又过去将双手掉在兴仁脖子上，撒着娇说："那还不是因为你吗？你想想，哪个夜总会小姐不抽烟？"兴仁又问："那你现在怎么想起抽烟了？"丽丽又摇了摇兴仁说："谁叫你这么长时间都不来了？我还以为你忘了我呢！人家心里烦嘛……"兴仁一听，一切都合情合理，于是不再说什么，马上在她脸上亲了一口说："我怎么会忘了你呢，我的宝贝儿？我这段时间也烦死了，要不怎么今天才来看你！”说完便把这段时间发生的事简单地对丽丽说了一遍。丽丽听完，一副心疼不已的表情把兴仁抱得更紧了，说：“老公，你太辛苦了，可我帮不到你的忙……”兴仁听了忙说：“要你帮什么忙？只要你爱我，就是对我最大的安慰和帮助！”丽丽马上又搂住了兴仁说：“亲爱的，我爱你，我永远爱你……”兴仁听了，像是无比感动，突然将丽丽推开一点，一把将她外面的针织外衫撩开，眼睛落到里面的比基尼上。兴仁的目光像探雷器一样细细地探过了丽丽的身子，最后落到了丽丽大腿中间那块柔软而又微微突起、中间若隐若现出一道凹陷的地方。和往常一样，他的性欲像一粒火星扔进一堆柴火中，顿时熊熊燃烧起来。他什么也没说，抱起丽丽就进了卧室。

完事以后，他们互相抚摸着对方，坐在床上又说了一会儿闲话，才穿好衣服出来。兴仁拿过自己那只皮包，拉开拉链，从里面取出两沓钱来，对丽丽说：“这么久没来，你们娘俩的生活费也没按时给，真是对不起！”丽丽听了这话才说：“不要紧，我还有钱花……”兴仁没等她说完，便说：“你哪来的钱？还不是平时从牙缝里省下来的！”说完又关心地说，“你该花就花，可不要太节省了，啊！”丽丽听了这话，十分感激地点了点头。兴仁把钱放到茶几上，又突然想起什么似的看着丽丽，脉脉含情地嘱咐道：“可不要再抽烟了，抽烟不好，听见没有？”丽丽忙说：“不抽了，不抽了，老公！”说着又过来亲了兴仁一下。兴仁又用手摸了摸丽丽那张娇艳的面孔，这才离开了。

冬之卷

贺华斌

贺华斌所在的那家民营文化公司到了下半年，生意竟出奇地好了起来。据说是他们老板和省上一家重要部门的领导搭上了线，揽了许多官方的活儿。华斌每天晚上都要在办公室加班到十点左右，保底工资也涨到了每月五千元，加上提成，每个月差不多可以拿到八千到一万元了。这天晚上，华斌提前了半个小时离开办公室，打了一辆出租车直奔冬梅上班的沃尔玛超市。选择到沃尔玛超市去应聘，是华斌给冬梅拿的主意。虽说到金都大酒店去做服务员比到沃尔玛超市做收银员工资要高，但华斌担心冬梅到了酒店那种鱼龙混杂的地方，经不住诱惑又会旧病复发。冬梅像是看出了华斌的心思，欣然接受了他的建议。超市收银员是两班倒，冬梅上的是下午班，从下午两点半上到晚上九点半，但超市关门后，她们收银员还得把当班的账结清楚，所以一般是晚上十点左右才能下班。华斌在超市大门口下了出租车，他已经给冬梅打了电话，说自己要去接她，因此便站在门口等起来。

现在，他们已经相爱了。那天冬梅听了华斌的一番剖心剖肺的表白后，尽管她相信华斌没有骗她，可仍然不相信他们之间能结婚。华斌为了打消她的顾虑，真的把她拉到了民政部门去咨询。婚姻登记处的人告诉他们，只要不是直系亲属或者三代以内的旁系血亲都是可以结婚的。冬梅还是不肯相信，又对工作人员说："可我们不但是一个姓，还是一个祖宗下来的……"工作人员说："一个姓结婚的多着呢！说到一个祖宗，我们都是炎黄子孙，这么说起来都不能结婚了？古代还有出了五服就可以相互通婚的说法呢！”说完又详细地对她解释了“三代以内旁系血亲”的范围，冬梅这才半信半疑地接受了。再后来，冬梅就再没拒绝华斌的示爱，但表现得并不十分热烈，好像他们中间还是隔着些什么。华斌知道冬梅心里的顾虑不是一时半会就能打消的，需要时间，需要事实，他有那份热度和耐心来慢慢温暖和等待。

华斌没等一会儿，冬梅便出来了，她还穿着商场统一的职业装，里面是一件白衬衣，外面是一件西装气质的黑色条纹马甲，下面一条黑色西裤，右手手臂上搭着一件灰粉色的风衣外套，肩上挂着一只红色挎包，一副淑女名媛的形象。看见华斌，急忙跑了过来，叫道：“哥，来多久了？”华斌在她脸上亲了一下，说：“刚来，还不快把外套穿上！”冬梅说：“不冷，我衬衣里面还有一件保暖衫呢！”华斌说：“再有保暖衫，外面风大，快穿上！”冬梅果然将外套穿好，才挽住华斌的手往不远处的公交站台走去了。他们刚好赶上最后一班公交车，车上人很少，他们一上去，便找了一个位置紧紧挨着坐下了。华斌把冬梅的两只小手攥在自己手里，冬梅则把头靠在华斌肩上，眼睛定定地看着窗外不断闪过的路灯。

回到屋子里，冬梅刚把门关上，华斌转过身来就一把抱住了冬梅，接着迫不及待地用自己宽厚发烫的嘴唇，裹着了冬梅那两片柔嫩如花瓣一样的小嘴。冬梅感到了他的唇间那种不可抗拒的力量，也闻到了从他身上散发出的带着一点微酸的男子汉气息。冬梅的身体又像触电似的抖了一下，从喉咙里再次发出一声低弱含混的叫喊，双手也不由自主地将华斌紧紧抱住。

激情过后，两人还紧紧靠在一起，华斌的手继续停留在冬梅大腿内侧，不时动一下，像是意犹未尽的样子。冬梅把毯子拉过来盖在两人身上，也侧过身子专注地看着华斌。华斌见冬梅这样看他，用另一只手轻轻摸了摸了冬梅的脸，问道：“看什么？”冬梅说：“你看起来还是很好看的……”华斌说：“你现在才发现？”冬梅“嗯”了一声，华斌又问：“什么地方好看？”冬梅也摸了一下华斌的鼻子，又摸了摸了华斌的嘴，说：“鼻子好看，嘴也好看，不说话时像个害羞的大男孩！”华斌说：“我像个大男孩，你便是个大女孩！”说着，华斌又要去亲冬梅，冬梅却推开了他，翻过身来，将半个身子压在了华斌身上，然后胳膊肘支在枕头上，支着头看着华斌认真地问：“我就不明白，你究竟爱我什么？”华斌看着冬梅想了一会儿才说：“该说的我都说过了，只有一点还没说，你把耳朵伸过来，我悄悄给你说！”冬梅把头从手上放下来凑了过去，华斌于是把嘴附到她耳朵边说了一句话，冬梅立即羞得满脸通红，举起手捶打着华斌说："哥，你坏，你坏，我可是认真的……"华斌也忙说："我也认真的，冬梅！"说完停了一会才对冬梅继续说："性愉悦也是爱情重要的一部分，只不过人们不敢说出来！……"后面的话，冬梅却没有听到。谈到这个话题，冬梅不由自主地想到了自己的过去，每次接到客人不得不曲意逢迎，心里却如同木头，从来没有感到过这种愉悦。如今华斌打开了她的心，她却不知道这种愉悦能够保持多久。她突然严肃地看着华斌说："你以后会后悔的！"华斌问："我为什么会后悔呢？"冬梅了解男人，华斌也不例外，他今后肯定会后悔，唉，可有什么办法？后悔就后悔吧，眼下不是有句话，叫不求天长地久，只求一时拥有么？反正这辈子我是一只破罐子了，也没想到嫁人，更没想到他要和我结婚。现在事情到这一步了，那就只好走到哪算哪，到时候他厌烦了，后悔了，不想一同走下去了，那该分手就分手，我只当什么事也没发生那么想了！唉，有什么法？有什么法？罢，罢，罢，就这么着！华斌见冬梅怔怔不语，便有些急迫地说："我给你发誓……"说着果然举起手来，冬梅立即捂住华斌的嘴，说："动不动就是死呀活的，我不想听！"说完又盯着华斌认真地问，"贺家湾我们这辈子可以不回去，他们再怎么议论我们都听不见，可你爸你妈我们总不能一辈子不见吧？要是他们不答应，我们怎么办？"华斌似乎也被冬梅的话难住了，过了一会儿才说："我都这么大个人了，他们还能够管住我的事？"说完像是给冬梅信心，突然将冬梅的头捧在自己手里，说："你放心，一切还有我呢！"说着，像是不给冬梅继续提问的机会，又用厚实的嘴唇去含住了冬梅果冻一样的小嘴。

代婷婷

代婷婷下了班，到更衣室打开挂在墙壁上的铁皮箱子。在这里，每个员工都有这样一个小箱子，像小区里投递信件的信箱一样，上面编了号。婷婷取出里面自己的衣服和包，脱下身上那套曾经引以为豪的工作服，折叠工整放进箱子里，穿上自己那件加厚的绿色高领针织羊毛衫，再在外面套上那件驼色毛呢外套和深蓝色的秋装牛仔喇叭裤，锁了箱门，挎着小包往外走。

走出来，婷婷的身子禁不住打了几个哆嗦，她感到一阵寒气像刀子似的袭来，现在是凌晨四点多钟，她虽然说不清温度究竟有多低，却知道这是一天中最冷的时候。她缩了缩脖子，突然想起了“冰火两重天”这个词，是的，确实是“冰火两重天”！在会所里，中央空调二十四小时送着热风，使室内的温度永远保持在二十三四度，真是四季如春。在里面，她只穿着一件衬衣和一件外套，连马甲都不用穿就完全够了。可一到外面，尽管她已经穿上了一件加厚的羊毛衣和一件同样很厚的毛呢外套及一条牛仔长裤，可仍然感到身子瑟瑟发抖。现在，婷婷急需往身子里补充热量。虽说在昨天晚上来上班之前，她和常人一样吃过晚饭，但常人和她不一样的是，他们是在床上养精蓄锐，而她则是在上班，消耗着精力和体力，因此她现在感到肚子已非常饿了。更重要的是只要她一回去，往床上一倒便会睡得哪怕天塌地陷了都会不知道，根本醒不过来吃早饭。因此，她现在既是像农村说的“宵二道夜”，为身体“充电”，又是吃早饭。可是她现在拿不定主意到哪儿去吃？

这个城市幸福生活国际城占地面积很大，有多大，婷婷也说不清楚。只记得有天她不上班，和一个姐妹在里面好奇地转了大半天，把腿也走酸了，她也没看完。是的，就像罗姐在礼仪培训开班那天对她们讲的，这是一家集美食、娱乐、休闲、购物于一体的综合性消费场所。就像这个场所的名称一样，在这里，婷婷才终于看到了什么才是“幸福生活”！这里到处都是精致的美食，高价的时装，昂贵的酒吧、咖啡厅、KTV会所和专供贵妇人出入的养生馆、美容馆。婷婷也正是从这里才真正懂得了“土豪”、“大款”和“花钱如流水”的概念。婷婷见识了几万块一件的时装、几万块钱一只的手表，几万块钱一只的小包，几万块钱一件的首饰及几千块一支的化妆品。可见识归见识，她连伸手去摸一摸这些东西的勇气也没有。可就在和这个幸福生活一墙之隔的地方，却是低矮破旧、等着拆迁改造的房屋、坑洼不平的街道和肮脏的农贸市场及里面起早摸黑扯着喉咙叫唤的小贩。婷婷终于知道了穷人和富人的含义与区别，虽然她现在每个月能挣几千块钱，可在这些幸福生活面前，自己只能算是一个彻头彻尾的穷人。而这几千块钱，主要还是依靠父母所给的这具年轻漂亮的身子和脸蛋所获得的，一旦以后自己不再年轻了又该怎么办？婷婷一旦明白了这点，突然一下像是长大了，明白了妈妈舍不得花钱的道理。现在，她知道了钱的重要，也终于知道将一分钱掰成两分钱来花了。在这点上，她觉得自己变得越来越像妈妈了。

凌晨四点多钟，正是这个城市最安静的时候，除大街的路灯外，所有的建筑都基本上没了灯光，可在这幸福生活里还灯光璀璨，恍若人间仙境。婷婷在灯光下站了一会儿，还是没有拿定主意往哪儿走。左边是幸福生活广场，那里有两家餐馆，装修豪华，十分高档，也是二十四小时营业，可那儿的东西很贵，即使是只吃一份配饭加上饮料也要八十五元，除了那些像罗姐一样的中层管理者和收入很高的白领能经常去吃外，她们这样的服务生一般连想也不敢去想的。可她今天运气不错，几个客人很大方地给了她两百块小费，她便想破例去尝一尝这八十五元一份的配饭是什么滋味。可一想起一份配饭就要八十五元，她又有些心疼起来。只要走出大门，对面就有许多通宵营业的小餐馆，这些小餐馆就是专门针对她们这些幸福生活里不幸福的底层服务生的，一碗热腾腾的炸酱面才七块钱，既经济又实惠。以前每次下班，她都是到一家叫“老味道”的小餐馆吃碗炸酱面，和那个女老板都已经熟了。婷婷想了半天，实在舍不得花八十五元去满足一次幸福生活，便走了出来。

一走到小餐馆，婷婷又立即感到了一股热烘烘的气息扑面而来。店里有十多个正在吃饭的客人，都是和她一样从幸福生活下晚班出来的年轻人。尽管都在幸福生活里上班，可除了自己班组的几个姐妹以外，大家都不认识，所以也没人和婷婷打招呼，婷婷自然也没和她们打招呼，像是陌生人一样。好在店老板已经认识婷婷，一见她走进来，便热情地走过来问：“小代，又是一碗炸酱面?”婷婷说：“可不是，多放一点辣椒!”店老板答应了一声：“好——呢——”便进厨房忙去了。

婷婷找了一个位子坐下来，趁老板煮面的当儿，她从包里掏出一面小镜子瞧起自己脸上的妆容来。幸福生活里规定，凡是女孩必须化妆，好像化妆也是幸福生活重要的一部分，所以那次培训罗姐把化妆的方法讲得十分详细。可婷婷一直不喜欢化妆，一是她觉得自己本身年轻漂亮，皮肤又很白，不用化妆都很好看，二是从小她就没往脸上涂抹过那些油脂护肤膏什么的，觉得好好的皮肤涂上那些东西一定会很难受。第一天上班她没化妆，便被主管扣了工资。第二天又被扣了一次，这次是因为虽然化了妆，可由于是才上班，不习惯，尤其到了下半夜，她觉得困得不行，连走路都在打瞌睡，她只得不断地用手去摁鼻子，结果把鼻梁摁得一塌糊涂，被主管发现了，又因为妆容不整受到了惩罚。不过现在她知道了，化妆不单单是使自己变得更好看，更重要的是在这个幸福生活里漂亮本身就是一种商品，更容易成为那些有钱人的消费对象，哪怕这种消费只是精神上的。婷婷已经屡试不爽，哪次把自己打扮得更漂亮，她得到的小费就越多。像昨天晚上她提前了一个小时便往脸上精心地施各种脂粉，刚上班不久，一个客人看见她，给了她五十元小费，一会儿另一个客人也给了她五十元小费，再后来一个客人更大方，一下便给了她一百元。除此以外，化妆还能像传说中的遮羞布一样掩饰自己疲倦的颜容。譬如自己，现在已经困得不行，如果有床，她一定会倒下去就睡，假如脸上没有这些脂粉遮掩，她想自己的样子一定憔悴得很难看。可因为有了这些脂粉的掩盖，她的这张面容还是艳如桃花，哈哈，这都是化妆的好处，今后可得多往脸上涂抹这些脂粉呢！

婷婷正对着镜子照着，面条端上来了。婷婷把镜子重新放进小包里，端过碗，急忙挑起面条像饿极了一样送进嘴里。面条有些烫，她咧开嘴唇，发出了“咝咝”的声音。将面条咽下去后，她觉得不辣，便又冲老板叫道：“老板，还有没有‘老干妈’？”老板在厨房里笑着问：“小代，你是不是辣椒虫变的？”一边说，一边拿了半瓶老干妈辣酱出来。婷婷接过来，将瓶子里的辣椒酱挑了一多半在碗里，面条和汤全都染成了红色，婷婷这才心满意足，伏在桌子上慢慢地吃起来。没一会儿，她觉得身子不但暖和了起来，头上还冒出了毛毛汗，身上也觉得精神了些。尽管她被辣得龇牙咧嘴，但仍然感到很舒服，最后连半碗汤也喝下了。而这时，天边已露出了曙光，新的一天即将来临。但对于婷婷来说，却正是“黑夜”的开始。

贺华彦

贺华彦紧紧攥着小琳的手，坐在惠民广场一座硕大的帐篷里一把塑料椅子上，在等待着号称“中国心连心马戏团”的演出。刚才他和小琳在街上无所事事地闲逛，忽然一辆画着老虎、狮子、猴子等动物和一个搔首弄姿的美女的宣传车开了过来，一个男人用粗厚生硬的普通话在喇叭里大叫：“中国心连心马戏团下午四点和晚上八点倾情奉献野兽之欢、虎狮争霸、美女与野兽、龙腾虎跃等精彩节目，动物表演、杂耍国粹、奇人异技等难得一见，惊险刺激，千万不要错过……”小琳一听便要去看，华彦说：“就几只臭烘烘的动物，有什么看头？”小琳摇着他的手说："不嘛，不嘛，我就要去看！"贺华彦没法，只得陪她去了。这帐篷很大，几乎占了惠民广场一半，可观众只有稀稀拉拉几个人，还多是一些女人陪着孩子来看的。冬天的天空始终像一个哭丧妇阴沉而忧郁的脸，加上一顶脏兮兮的篷布遮挡，帐篷里显得十分昏暗，像是天已经黑了一般。帐篷中央围着一圈高高的铁栅栏，那是等会儿动物表演的场地，铁栅栏中间又竖了一根更高的铁杆，铁杆顶上挂着一盏大灯泡。没一时，灯泡突然亮了，帐篷里一下明亮起来。华彦便附在小琳耳边高兴地说："快演了，快演了！"刚说完，果然一个漂亮的女人出来报幕，说："欢迎各位观看我们心连心马戏团的精彩表演，愿我团的演出陪您度过一个美好的下午！"说完退了下去。接着一个穿紧身表演服的青年男人手持一根鞭子走上来，对观众鞠了一躬，然后又退回去，朝一只还躺在铁笼子里打瞌睡的大狮子抽了两鞭子，那大狮子睁开惺忪的睡眼，极不情愿地从铁笼子里慢慢走出来。场上的孩子们立即响起了一片惊呼，小琳也惊叫了一声，华彦马上把她的身子抱在了怀里。狮子慢慢走到场中，显得极不耐烦的样子，它身上毛发稀疏，不知是因为老了还是营养不良。还没走到场中央，男人忽然拿过一只火圈，滚到场子中间，又在狮子身上抽了一下，狮子便懒洋洋地朝火圈钻去。可是它却把火圈碰倒了，没钻过去。男人又抽打了它几下，狮子像是生气了，立即露出几颗稀稀疏疏的牙齿对男人咆哮了几声，场上女人和小孩又发出一声惊叫。可是男人没有惧怕，又对着狮子一顿猛抽，然后再甩出一个火圈，这次狮子顺利钻过去了。接着一只大黑熊又被男人赶出来，在脏兮兮的水泥地上翻了几个筋斗，它显得比狮子还在笨拙。随后，它表演了走梅花桩和跳跃的动作。在看这些表演的时候，华彦开始打呵欠和不断擤鼻涕，还没等演出结束，他便对小琳兴味索然地说："不看了，不看了，我们回'凰冠'跳舞吧！"小琳说："这么早就去跳舞？"华彦说："我们跳下午场吧！"小琳一看华彦的样子，知道他是瘾上来了，于是便说："那好吧！"两人便牵着手出来了。

华彦自从上次在小琳那里吃过"粮食"以后，便再控制不住自己了。他喜欢吃了"粮食"后那种似真似幻、天马行空的感觉，他再没有给小琳买过礼物，从父亲那儿要来的钱，大多变成了"粮食"满足了两个人虚幻和充满激情与快乐的生活。可是他不敢在家里吸，要么是在小琳那里，要么是在凰冠夜总会里。凰冠夜总会里的"粮食"分为两种，一种是像在小琳家里吃的那种白色药片，可剂量要比在小琳家里吃的小得多，吃了只是十分兴奋，再怎么跳舞也不会累。另一种是把“粮食”掺在饮料里，喝了会呈现出一种半兴奋半迷醉的状态，有点像酒稍稍饮过头的感觉。华彦更喜欢到凰冠夜总会去吃那种不是十分强烈却又能把人带入半醉半醒感觉的“粮食”。况且那儿人多、热闹，有着高亢的音乐，每次他置身在那儿，会感觉到整个身心都在颤抖，更容易脱离现实的世界。有一次，华彦曾问小琳是怎么吃上“粮食”的？小琳当时只简单地回答了两个字：“爽呀！”后来小琳才对他解释，说她也是听夜总会一些小姐说吃了“粮食”后跳舞会更爽，就能够感觉到愉快、轻松和活跃，即使整夜不休息，也不会疲惫。她说那时只要陪客人太久，就会感到疲倦，只好靠抽烟来赶跑涌上的瞌睡。可尼古丁的效果有限，于是便也抱着试一试的心情吃了一颗，果然人一下特别兴奋，感觉格外有精神。她还告诉华彦，吃了“粮食”如果出台，不但兴奋，而且也会忘记内心的纠结和痛苦！不然的话，有时根本不想出台，不想让男人碰自己。华彦这时才明白，过去常常看见一些人玩到深夜不但不累，还越玩越高兴、精力越来越足，自己老想像他们那样却做不到，原来才是吃了“粮食”的缘故。现在他不但自己进入了这个圈子，还把自己两个最要好的朋友，即夏天时随他一起到凰冠总统套房消费的那个国字脸、滚圆结实满脸长着青春痘疙瘩的胖子朋友和两腮凹陷皮肤黑得像非洲友人的瘦高个朋友，也一齐拉下了水。现在，几个人会不时在凰冠碰到。当然，他们这个圈子里还有更多的男男女女。

华彦和小琳走进凰冠，老板娘像是十分会意，只对他们说了一声：“总统房！”华彦和小琳便直接去了。走到门口，门却关着，但从厚厚的门帘和玻璃门后面，却传来嘈杂的声音。华彦推开玻璃门，撩开门帘走进去一看，只见里面已经有了十多个男男女女。头顶上的灯没有开，只有墙壁上几只浅紫色的小灯淡淡地开着，华彦只模糊地看见沙发上男男女女搂抱的身子，却没法分清谁是谁。但借着他掀门帘时透进来的光线，屋子里的人却都认出了他和小琳。于是从旁边沙发上传来一个声音问：“你们怎么这时才来？”华彦听出了是他胖子朋友的声音，便说：“我们去看马戏了？”胖子朋友马上感兴趣地问：“听说马戏团有个节目叫美女和野兽，是不是美女和野兽交配？”华彦长长地打了一个呵欠，有气无力地问：“怎么不开灯？”一个声音说：“开灯干什么？”华彦用命令的口气说：“开灯，开灯！”话音刚落，天花板一角一盏黑色的射灯真的开了，从那里发射出三束绿光，闪烁不定，依次从每个人的脸上晃过，虽然还是无法把每个人都看得十分真切，但基本上能够认出来了。华彦看见他那胖子朋友大腿上坐了一个身穿水绿色 V 形领 T 恤的小姐，面容虽说不上非常漂亮，但看上去十分性感、丰满和诱惑。华彦感到屋子里温度很高，急忙脱了外套挂着墙角衣架上。小琳不但脱了外套，连里面的薄毛衣也脱了，只剩下了贴身那件浅灰色的低领衬衫。华彦也拉着小琳去沙发上坐了，看见茶几上有烟，也不问是谁的，抓过来抽出两支，一支递给了小琳，一支自己叼在嘴角上，点燃，便大口大口地吸起来。屋子里早已是烟雾弥漫，现在又多了两个人喷云吐雾，空气便更加混浊起来。

华彦刚把一支烟抽完，门帘一亮，两个服务生托了十多杯饮料进来，放到茶几上。刚放下，十多只手便一齐伸过来，迫不及待地端起一杯便像渴极了一样"咕咚咕咚"喝了下去，然后将杯子放回茶几，又坐到沙发上。这时大家的话多了起来，一边抽烟，一边又聊些别的，服务生进来收了杯子。没过多久，音箱里音乐突然响了起来，液晶电视的大屏幕上，出现一个男人手持话筒在唱："我喜欢那朵未开的花蕾/时常勾起我初恋的回味/心动的感觉无法表达/以心传心有滋有味……"大家一见便叫了起来："跳舞！跳舞……"一对一对搂抱着走到屋子中间随着音乐摇动起来。一曲跳完，音乐骤然一变，劲爆的迪斯科舞曲响起。众人顿时像打了鸡血针一样兴奋起来，男人们纷纷脱掉外衣，华彦将马甲也脱掉了，他的胖子朋友甚至将贴身的T恤也脱掉了，露出了一身肥肉，女孩们也都只穿着内衣，都随着音乐的节奏狂舞起来。起初，他们还互相搂着抱着，可跳着跳着就被对方给推开了，只顾低着头像疯了一般使劲摇着、晃着，头发被甩得飞来飞去。屋子里排风不畅，刚才吐出的烟雾还在弥漫，从那盏黑色的激光灯散发出来的微光更加黯淡。音箱开到了最大，音乐咚咚震耳欲聋，更刺激了这些人的疯狂，幽暗的灯光下像是群魔乱舞。

一曲终了，音乐停了下来，可有人还继续在不停地摇摆。华彦看见胖子朋友的女友从茶几上烟盒里抽出一支烟，她的步伐已经有点踉跄，可她把烟点燃含在嘴里后，走到屋子中间继续摇摆着，似乎要把脑袋从脖子上摇下来的样子。华彦站在音箱旁边，双手扶着音箱，头虽然还在晃，身子却没有动，意识也还算清醒。他一边身不由己地晃着脑袋，一边从微弱的光线中去寻找小琳，但在晃着的人中没看见。一回头，却见她像喝醉了一般躺在他那个胖子朋友的怀里，那个胖子朋友坐在沙发上，一边晃头，一边手也闲不住似的在小琳身上乱摸。华彦突然松开音箱，趔趄着朝胖子朋友冲过去，一拳打在了他的胖脸上。胖子朋友猛地将小琳一推，站起来也给了华彦一拳，但华彦躲过了，胖子朋友一拳打空，扑到了地上。

华彦正还想打，胖子的女友却已堵在了华彦面前，她先是双手箍住华彦，将两只大乳紧紧贴到华彦胸脯上，一边扭动屁股，一边嘟长了嘴去亲华彦，接着一只手移下来，拉开华彦裤子拉链，将手伸进去……幸好灯光很暗，大家沉浸在自己的快乐中，没人注意。华彦只觉得身子里轰的一声，像有什么爆炸了，也忘了打架的事，抱着胖子的女友开始摇晃起来。这时音乐声又响了起来，于是所有的人又沉浸在了“粮食”给自己带来的快感中。

贺世龙

贺世龙老几几没再到处捡破烂了，因为那天兴仁送他到这儿来住的时候，曾像老师教学生一样耐心开导他，说这些破烂看起来确是好好的，可拾起来没用，你就是白送人也没人要，要不别人怎么会扔掉呢？就说农村人吧，你看现在农村人还有几个穿补疤衣服的？我知道老汉你是受过苦的人，可现在社会进步了，你就不要用老眼光来看新事物了！不信你把这些拾来的旧衣服旧鞋子什么的拿回贺家湾，看有没有人要？贺世龙一想也确实是这样，这些年不管是大人小孩，身上都穿得新崭崭的，像是过年一样。别说补疤衣服，就是稍微旧一点的衣服也很少见人穿了。于是老几几的思想就慢慢动摇了起来。兴仁又吓他说那些垃圾上有很多细菌，你放到屋子里，那些细菌繁殖起来，要得很多怪病，说着又编造了几个病例说某某老头也是拾垃圾得了红斑狼疮，死的时候全身都皮肤都溃烂了，臭得没人去把他往棺材里放。又说某某因感染得了不知什么怪病，死的时候全身肿得棺材都装不下……说完又对老几几问：“你还想不想多活几年？”尽管老几几早到了“阎王不叫自己去”的年纪，可他仍然还想在这个世界上再赖几年，于是便真的不再去拾那些垃圾了。

老几几虽然不再拾破烂了，却又犯起另一个浑来：每次从外面回来，腋下都夹着一捆木柴。这些木柴有来自建筑工地的，有那些家居和门市装修时的边角废料，也有状元山公园里的枯木朽枝。保姆小何看见他抱着一捆木柴回来，便说：“大爷，你这是干什么？”老几几说：“烧呗！”小何吃惊地看着他道：“大爷，城里都是用天然气做饭，谁烧木柴呀？”老几几问：“烧那臭气不花钱呀？”小何反问他："大爷，你说城里哪样不花钱？"老几几说："别人花钱我不管，我儿子挣钱不容易，我们能节约一个是一个。从现在起，你就给我用木柴做饭……"小何听了哭笑不得，便笑着说："大爷，别说不能烧木柴，就是能烧，我也没法给你烧！你看看这灶怎么烧木柴？"老几几到厨房里歪着头看了半天，没看见能烧木柴的灶，心里便想："这城里人也真是，做灶也不挖一个灶膛！"但他又对小何说："你年纪轻轻的，难道不会想办法？"小何说："我能想什么办法？"老几几说："你脚轻手快的，到外面搬点砖头回来，我在堂屋里垒个灶就是！"小何只以为他说的是糊涂话，便顺口答应道："好，好，大爷，下次我看见砖头了，给你搬回来就是！"谁知老几几却认了真，更加勤奋地往屋子里抱木柴回来。没多久，屋子各个角落及阳台上全都堆满了码得整整齐齐的木柴。他又不断催问小何怎么还不把砖搬回来？言语间带着不满。小何没法，只得一遍又一遍地哄他："大爷，我没看到哪儿有砖头呀？"老几几说："怎么没看见？到处都有砖块呢！"小何说："那些砖块是建筑工地的，抓着了要罚款！"老几几说："你就说讨两块砖堵家里的耗子洞，两块砖罚什么款？"小何说："可是城里没耗子洞，别人怎么会相信？"老几几听了这话不吭声了，却自己从外面搬起砖块来。小何一见老头子认了真，一是觉得荒唐，在人家客厅里砌一个土灶像什么话？二见屋子里到处都是木柴，老头子又抽烟，要是引发了火灾怎么办？加上她早就不想在这里干了，于是便给小廖打了电话。

中午下了班，兴仁和小廖便急匆匆地赶了过来。一见满屋子的木柴和客厅里的砖块，兴仁便对小何问："这是怎么回事？"小何说："你问贺爷爷好了！"兴仁便看着贺世龙问："这又是你弄回来的？"说也奇怪，贺世龙一见儿子责备的眼光，就老实得像犯了错的孩子，这时规规矩矩地低着头不说话了。小何才把事情经过说了一遍，兴仁和小廖一听，又是气又是好笑。兴仁不由得沉了脸，对老几几大声说："老汉，你是不是真的老糊涂了？烧点天然气花得到多少钱？你要把人家屋子熏黑了，我还要花多的！假如引起了火灾，不但你跑不掉，连我也会猫儿抓糍粑粑——脱不了爪爪！你看到城里哪个还在烧木柴？"贺世龙半天才像顶嘴似的轻轻回了一句："好端端的木柴……"兴仁知道他要说什么，便又吼了他一句："城里好东西多得很，你可惜得完？"说完不等他再说什么，便回头对小何吩咐说："小何你给我把这些柴和砖块都搬出去扔了……"

话还没说完，小何马上说："贺叔叔，你找别人搬吧……"兴仁问："怎么了？"小何说："贺叔叔，我不干了！我把东西都收拾好了，就等你们来，我给你们说一声就走……”兴仁吃惊得瞪大了眼睛，问：“你嫌工资少了？”小何摇了摇头。兴仁又问：“嫌活儿重了？”小何又回答了一声：“不是！”兴仁便不明白了：“那究竟是为什么？”小何嘟了嘴，像是十分委屈地对兴仁回答了一句：“不瞒贺叔叔说，我都半个月没吃肉了，肚子里馋虫都长满了……”一听这话，兴仁立即大惊道：“我给你们的生活费呢？”小何对着贺世龙老几几努了努嘴又说：“你问贺爷爷……”兴仁没等她说完，便说：“你不要叫我问他了，究竟是怎么回事？”小何才说：“你第一个月的生活费是我负责开支的，我见他年纪这么大，贺叔叔你又再三交代我要把他照顾好，我就比着你给的钱开支，每天去给他买点好肉好蛋好菜好果子，可贺爷爷看见了，却说天天都吃肉，哪有那么大的家务？还说你们贺家湾过去有个大地主叫贺银庭，家里几百亩地，还不会天天吃肉呢！他要我隔几天才买一次肉，我没听，他便说钱不是我挣的，花起来不心疼！还说我买肉是为了我自己吃，照这样，再给我多少钱也不够我吃！这个月，小廖姐姐把钱一给我，贺爷爷便来要了过去，说他要吃什么自己去买。我就把钱给了他，可贺爷爷这个月只买了两次肉！不买肉也罢了，我炒菜油倒多了一点，他也要唠叨半天，说我不当家不知盐米贵，还说都是为我好……”说着停了一下，然后又嘟着嘴说，“这些都不说，你们看看他买的些什么菜？”说着走到厨房里抱出两把蔬菜出来，兴仁和小廖一看，果然菜叶又黄又老，像是别人扔掉不要的。小何接着说：“我说：‘爷爷你不能图相因买老牛，这菜怎么吃？’可爷爷说：‘怎么不能吃？总比六一、六二年闹大饥荒吃草根树叶好些！’贺叔叔和小廖姐姐听听，怎么光和过去比，不和现在比比？”一听这话，兴仁明白了，便又大声对贺世龙说：“老汉儿，你怎么能这样？钱我们是专门交给小何来安排生活的，你要去干什么？你把钱节约起是想背到棺材里去呀？我在外面吃一顿饭就花几千几千，你才在家里吃黄菜叶子，传出去让我脸往哪儿放？”说完又去安慰小何。小何比代婷婷大不了多少，看起来还是个孩子，正是嘴馋的时候，一听说这个月“老几几”只买了两回肉，将心比心，心里便疼得不行，于是便对小何说：“实在对不起，小何，让你受委屈了！从下个月起，钱还是由你开支！你能吃我多少……”可小何没等兴仁说完，就说：“贺叔叔，没有下个月了，你们把这个月的工资给我，还是另外去找人吧……”小廖听了，也忙过去拉着小何的手说：“小何妹妹，怎么要小孩子脾气了？贺总都说了，从下个月起……”小何仍是说：“小廖姐姐，你也不要劝了，我是真不会在这里干了！也不是光为这一点，我妈说，宁服侍小，不服侍老！小的是越带越可爱，越带越亲，老的是越服侍越讨人嫌恶，因为人越老性情会越古怪，这是真的，我去给人家带小孩都行……”兴仁见小何真的要去，便说：“小何，你的话很对，人老了就越来越讨人嫌。你本身还是孩子，真的要去我们也不强求你，不过请你还留几天，等我们把新的保姆找着了以后你再走，行不行?”小何一听这话，便十分诚恳地说：“贺叔叔，廖姐姐，我看你们都是好人，可你们为什么还要去找保姆呢……”兴仁张了张嘴正要答话，小何又像是十分懂事地接着说：“城里这么多养老院，你们为什么不把爷爷送到那儿去呢？你们把租房子的钱、保姆工资和生活费加起来，让爷爷住多好的养老院都够了……”兴仁听到这里，眉毛一扬，拍了拍头突然叫出了声：“是呀，是呀，这倒是个办法!”小何像是得到了鼓励，又说：“我先前做了一家，也有一个像爷爷这样的老年人，儿女们再怎么照顾都不满意，后来几兄妹一商量，把他送到了仁爱养老堂。老头一到那儿，有专人照顾，又有老头老太婆摆龙门阵，也不觉得孤独了，生活得很好，儿女们也省了心，倒比在家里好多了!”兴仁听完，便拿眼去看小廖，似乎征求她的意见。小廖便说：“表姑爷，我看这行!”兴仁想了想便对她说：“我觉得小何这个建议很好，你去仁爱养老堂看看他们还有没有空床位？最好是一个人一间屋子那样的，我们多花点钱就是！如果有，我们就按小何说的办!”小廖答应了一声，果然去了。贺世龙一听要把他送到养老院，却叫了起来：“我不去，我不去，我有儿有女，进什么养老院……”兴仁便对他说：“老汉儿，城里人老了都兴进养老院，又不是丢人的事……”可贺世龙还是说：“不去，不去，你们嫌我没用了，把我抱出去随便扔哪儿都行，我就是不去……”兴仁听到这儿也有些火了，便大声说：“你还要怎么折磨人，啊？在家里和儿媳妇搞不到一起，单独把房子给你租起了，你又和保姆搞不到一起，你想把我折磨死是不是?”说完又坚决地说了一句，“你不去拖也要把你拖去!”贺世龙一听，突然哭了起来，肩膀一耸一耸，似乎还十分伤心，声音苍老粗哑，一边哭一边叫：“老婆子，你怎么丢下我走了呀？贺兴仁不孝，把我东弄西弄的，你怎么不来把我接走哟……”兴仁听了这话，又气又恨，又没有办法，自己也莫名其妙地有了一种想哭的感觉。

代婷婷

婷婷回到出租屋，一屋子的女孩子有的还在睡觉，有的已经起床离去了。婷婷说不清楚该怎样来形容现在栖身这个地方？说它是屋子，可她在这屋子里只有一张床才是属于自己的，说它不是屋子，它又是什么呢？城市幸福生活虽然美好，可它不为员工提供住宿。才到城市幸福生活上班的时候，婷婷还是只有去黄曦王朝国际大酒店的宿舍和黄曦挤在一起。可王朝国际大酒店在城东，城市幸福生活国际城在城西，隔了很远，坐公交车得要一个小时。更要命的是，公交车得早上六点半才发车，有一次，婷婷在公交站台上傍着站牌冰冷的不锈钢柱子睡着了。还有一次是在公交车上睡着了，司机发现这女孩兜了一个大圈也没下车，才过来摇醒她。即使没坐过站，婷婷也觉得住在朋友这里很不方便，因为黄曦要九点钟才上班，七八点钟的时候睡得正香，可她在这时赶回来，十有九次都要把黄曦吵醒，黄曦虽然没说什么，可她觉得很对不起朋友。她想就在城市幸福生活一带找一间屋子，可那一带除她上班的城市幸福生活国际城外，还有许多大公司，白领多，不但房屋租金比别的地方高许多，而且根本没有房源。有一天，同班一个叫小荷的小姐妹告诉她，说离城市幸福生活不远的铜匠街，有人出租床位，五百块钱一个月。婷婷觉得新奇："有租房的，可从没听说过租床的，这租床位是怎么回事?"小荷说："我是在来上班的路上看到小广告，便把上面的电话给你抄了来，你想知道是怎么回事，自己去问吧!"说完便将一张纸条交给了婷婷。婷婷果然打电话去问，对方也是一个女孩的声音，说："对对对，有个床位出租，要租就快点过来，不然别人就租了!"婷婷还想问"租床位"是怎么回事，可对方已经挂了机。婷婷没法，只好向主管请了一个小时的假，循着小荷给的地址找了过去。远倒是不远，从城市幸福生活大门出来，走过升平街，出凤凰巷进入丽春北街，再往前走三百米左右便是铜匠街。婷婷找到了那家要出租床位的楼房，又按照纸条上的号码把电话打过去。还是刚才那个女孩，让她稍等等。婷婷便在楼下等了起来。没一时，果然有一个二十三四岁的圆脸庞姑娘，穿了一件黑色高领毛衣，外面套着一件红色西装外套，下面一条黑色铅笔裤，急匆匆地跑了过来。婷婷一看，便知道她也是在附近公司或就是城市幸福生活的员工。她看见婷婷站在楼洞门口，便过来问："是你要租床位?"婷婷"嗯"了一声，女孩便说："跟我来!"说着带婷婷上了楼。打开房门，映入婷婷眼帘的，首先是客厅里一架架横七竖八摆着的高低床架，有的床空着，有的床上还有人蒙头大睡，窗帘都紧紧拉着，屋子里只有朦胧的光线。婷婷数了数，客厅里一共摆了八架床。婷婷正看着，忽然卫生间里"哗啦"一声水响，把婷婷吓了一跳。婷婷往水响的方向看去，只见卫生间门口立着两个等待的女孩。正迟疑间，卫生间的门开了，从卫生间出来一个头发蓬乱、身着睡衣的女孩，立在门边的一个女孩急忙抢了进去。出来的女孩路过婷婷和红衣女孩身边时，狠狠瞪了她们一眼，像是和她们有仇似的，然后进了旁边卧室。红衣女孩把婷婷带到另一间卧室，婷婷一看，这大约是一间次卧，靠着三面墙壁摆了六张高低床，中间只有一条很窄的过道，窗帘也是严严地拉着。婷婷同样看见有的床上有人，有的床上没人，但床上都凌乱地放着东西。红衣女孩拍了拍靠门一张床的上铺对婷婷说："就是这张床，现在给我五百块钱，床就是你的了!"婷婷马上问："下个月呢?"红衣女孩说："下个月就是房东来收，我不管了。"婷婷有点犹豫，红衣女孩像是看出了她的心思，说："有什么犹豫的，不就是睡个觉吗?"婷婷一想也确是这样，正想回答，红衣女孩又说，"过了这个村，就没这个店了，想租的人多得很!"婷婷听说，便说："行，我要了……"话没说完，对面床上一个女孩忽然探出头来，看着婷婷想说什么却没说，婷婷看着她耳朵里插着耳塞，手里握着手机，正听着音乐，还以为她睡着了呢。婷婷对红衣女孩问："现在就给钱?"红衣女孩说："就是，你给了钱，我就把钥匙给你!"婷婷马上从包里掏出五百块给她，那女孩数了数，果然把手里的一把钥匙给了婷婷，然后对婷婷挥了挥手说："床是你的了，我要回去上班了，拜拜!"说罢就像来时一样匆匆地下楼去了。她刚走，对面床上听音乐的女孩从耳朵里扯下耳塞，对婷婷说了一句："她多要了你一百块钱!"因为屋子里光线暗，婷婷只能看见女孩脸上的大致轮廓，是一张瓜子脸，便对她问："怎么多收了一百块?"女孩说："房东租出来，每张床是四百块，她是转租出来的，不是多收了你一百吗?再说，房东每月一号来收当月的房租，现在十号都过了，这个月你实际上只租了二十天!"婷婷一听这话，才知道上了当，可现在后悔已来不及了。

婷婷轻轻推开门，因为天还没大亮，屋子里更昏暗，她想开灯，可是不敢，因为这会影响别人睡觉。曾经有些女孩回来因为开灯影响了别人睡觉，屋子里还曾发生过争吵。刚开始住进来时，婷婷很不习惯。尽管她上了一晚上的班已经困得不行，可她睡觉十分敏感，常常被其他姐妹上床、下床、开门、关门以及洗漱、沐浴和冲马桶的声音惊醒。可住了一段时间就慢慢适应了，不但能一倒头便睡着，而且一觉能睡到下午三四点钟，除非房子着了火，她基本不会醒来。在这屋子里住了两个多月，她还叫不出其他姐妹的名字，也不知道她们在哪儿上班。实际上，她也不需要知道她们的名字，因为大家都是错着上班的，有的上早班，有的上中班，有的和她一样上晚班。等她下班回来时，上早班的姐妹已经走了，上中班的姐妹正在蒙头大睡，等她下午三四点醒来的时候，上中班的姐妹已不在床上，上早班的姐妹这时虽然回来，却也沉入了梦乡，她自然不好去打扰人家，因此，就连睡在她下床的姐妹，她也只见过两次她睡着的样子。同样，别人也不知道她姓甚名谁。因为屋子里二十四小时都有女孩子睡觉，保护隐私就成了每个女孩子的当然责任，所以无论白天黑夜，屋子里的窗帘从没拉开过，昏暗模糊的光线适合上演一些情节恐怖的电视连续剧。

婷婷尽量把脚步放轻，想回到自己的床位上，可是当目光不自觉地从卫生间掠过时，不由得一阵惊喜——卫生间的门开着，里面没人，哎呀，这真是千载难逢的机会！三十多个女孩子，就一个卫生间蹲位，一个冲澡的莲蓬头，尽管姑娘们轮换着上班，可哪里够用？所以在这所屋子里，最繁忙的便是那个卫生间了。女孩子们之间的龃龉和矛盾，也大多是由争卫生间引发。现在见卫生间没人，婷婷便想抓住这个机会去洗个澡——她已经好几天没洗澡了，一直想洗，却又一直没找着机会。这个念头一经产生，婷婷便觉得身上痒痒的不舒服起来。她急忙跑到自己的床位边，抓住扶梯，尽量轻手轻脚地爬上去，在床里边一堆衣服里找出一件睡衣，一根浴巾，又从一只小纸箱里拿出一瓶沐浴露，退下来，像打仗一样争分夺秒脱掉身上的衣服甩到床上，只穿了贴身的汗衫和短裤，将睡衣裹到身上，拿着沐浴露走了出去。可就在她刚才换衣服的时候，有人已经抢占了卫生间。婷婷走出来一看卫生间的门又关上了，心里一边抱怨一边敲了敲门，里面一个声音粗声粗气地答道："有人!"像是十分不满的样子，婷婷只好在门边等。她感到了一丝寒冷，急忙又把浴巾也裹在身上，可身子仍然禁不住发抖。她正想放弃，卫生间的门突然开了，一个穿一字领白色条纹 T 恤的女孩走了出来，婷婷急忙冲进去，关上门，把睡衣、浴巾挂在门后的铁钩上，把沐浴露放到莲蓬头下面墙壁的架子上，打燃热水器，迅速褪下了内衣和短裤，站到了莲蓬头下。热热的水流立即漫过皮肤，柔柔的，使她感到无比舒服。婷婷闭着眼睛不由得长长地舒出了一口气，像是从没有享受过这样惬意的时刻。她用手轻轻在自己皮肤上搓了一会儿，这才从瓶子里倒出沐浴露细细地抹了起来。沐浴露一抹到身上，她感觉到皮肤更加细腻滑润，并且散发出一股茉莉花的清香。她又用手在身上细细揉搓，手指掠过胸部、大腿，都使她的身子不由自主地产生一阵战栗，仿佛触电了一般。她想，要是就这样让温水浸泡着自己，洗上一两个钟头该多好呀……可是就要这时，卫生间的门被“咚咚”地敲响了，声音很急，敲门的人像是憋不住了的样子。婷婷猛然一惊，急忙回答了一句：“正在洗澡……”话还没完，门外有人不满地喊：“洗什么澡？快点！”婷婷急忙站在莲蓬头下，一边让清水冲着身子，一边回答：“就好！就好！”说着也不管冲没冲干净，急忙过去扯下浴巾一阵乱擦，然后将睡衣往身上一裹，一手抱着内衣内裤和沐浴露，一手拉开了门。还没等她走出去，门外的人便冲了进来。尽管这样，婷婷还是很高兴，好歹她洗了一次澡。她爬到床上，连内衣内裤也没穿，只裹着睡衣往被窝里一躺，很快便睡过去了。

贺兴琼

黄姐提着一只鼓鼓囊囊的大塑料袋，走进屋里便对兴琼问：“贺姐，吃没有？”兴琼从厨房里走出来，回答说：“还没有！”随后又反问黄姐，“黄姐吃没？我好炒菜……”话没说完，黄姐急忙说：“不用炒菜了，不用炒菜了，菜我带回来了！”一边说，一边将袋子里的塑料饭盒一一取出来放在桌子上。兴琼一见，立即夸张地叫了起来：“黄姐买这么多菜做什么？”黄姐说：“也不是专门给你们买的，我今天请县上领导吃饭，这都是剩下的，我打包回来了。趁还是热的，贺姐快来吃！”兴琼说：“那我先给你爸喂了再吃吧……”黄姐却说：“先拿些菜在锅里给他热着，你吃了再给他喂！”说完选了两盒菜交给兴琼，然后又从塑料口袋里掏出大半瓶葡萄酒来，对兴琼说：“还有红酒呢，贺姐！这可是从外国进口的洋酒，你今中午一定得喝两杯！”兴琼把黄姐给老头子挑选的菜拿到厨房放到锅里后，才出来说：“黄姐，你知道的，我可不会喝酒……”黄姐马上露出有些不满意的样子打断了她的话：“不会喝也得喝点，不然就是看不起我了！拿杯子来，贺姐，我都再陪贺姐喝两杯!”说完看着兴琼仍有些疑惑不解的样子，这才说：“我今天高兴，贺姐!不哄你说，我们怡海商城两边的住户马上就要拆迁了，县上领导已经正式决定，拆迁后的土地就给我们怡海商城。我们怡海商城将建成全县最大的集商贸、饮食、娱乐为一体的商业中心，要不我今天怎么会请领导吃饭呢！哈哈，到时候我们怡海商城就鸟枪换大炮了，你说我值不值得多喝两杯?”兴琼听了这话，仔细往黄姐身上一瞧，这才发现她今天不但一双眼睛十分明亮，清澈得像是没有一丝云彩的天空，而且声音里也充满了柔情和喜悦。平时回到家里只要一说到父亲，她不是唉声叹气，就是蹙额皱眉，一副烦不胜烦的模样。可现在她一句一个哈哈，露出白白的牙齿，像个快乐的小女孩。再看她的穿戴，好像也在衬托她的喜事，全身上下一片橘黄色：橘黄色的阔腿裤，橘黄色的针织羊毛长外套，橘黄色的紧身加厚毛衣，胸前挂着一串深绿色的翡翠项链，显得高雅、富贵又年轻了许多。兴琼看见黄姐喜气洋洋的样子，自然不愿扫她的兴，便马上说：“怎么不该喝，黄姐?那我今天也舍命陪君子，和黄姐喝两杯!”说着果然进厨房拿出两只杯子和碗筷。

黄姐接过杯子，倒了满满两杯红葡萄酒，兴琼打开那些塑料饭盒，认不出里面是些什么东西，黄姐便对她一一介绍：“这是芦笋鸡八块，这是酸梅竹节虾，这是黑椒猪排骨，这是花雕鸡油蟹，这是红烧大乌参，这是香菇八大鸭，这是腰果炒西芹……”兴琼见有的菜连筷子也没动过，不由得叹了一口气，心里说：“这些菜我连听都没听说过，幸好黄姐打包回来了，不然浪费了多可惜!”兴琼叹息之间，黄姐把一杯酒递了过来，说：“来，贺姐，我敬你……”兴琼忙说：“黄姐，我该敬你才是！来，来，黄姐，我祝怡海商城早日改建成功，祝黄姐发大财，当更大的老板!”说着先把一杯酒喝了。这酒虽然不像白酒那样刺喉，可有股酸酸的、怪怪的味道，兴琼有些喝不惯，皱了皱眉。黄姐急忙给兴琼夹了几只竹节虾在碗里，说：“吃点菜，贺姐，这些都是平时很难吃到的!”说着，又将两只杯子斟满了，然后举起杯子对兴琼说：“贺姐，这杯酒我诚心诚意敬你，感谢你对我工作和事业的支持……”兴琼说：“黄姐，我可没支持到你啥……”黄姐说：“你把我父亲照顾好了，使我能全身心地投入到事业上，就是对我最大的支持了……”兴琼说：“这都是应该的，黄姐!”黄姐说：“虽说是应该的，可经过了这么多保姆，你是让我最放心的，所以这杯酒无论如何你都要喝!”兴琼听黄姐这么说，也只得喝了，然后兴琼说：“黄姐，不喝了……”黄姐却说：“怎么能不喝了呢？我还有重要的话没给贺姐说呢!”兴琼说：“有什么话黄姐你尽管说!”说完又对黄姐问，“黄姐刚才也肯定喝了不少酒吧？”兴琼已经看出来了，黄姐今天的话特别多，像是已经带了些酒意。可黄姐却说：“放心，贺姐，这点酒我还能对付！”说完又给自己和兴琼斟上了，接着拈了两颗腰果在嘴里嚼了嚼，才对兴琼说：“贺姐，我今天回来，就是特地拜托你这件事的，从现在起，我一定会非常忙了，要操心的事特别特别多，你一定要把我父亲照顾好，免除我的后顾之忧！”说着眼睛落到兴琼脸上，似乎等着兴琼答复，兴琼却没有回答。黄姐等了一会儿才又说：“我一定不会忘记你！”说完突然看着兴琼问，“上次你对我说，你还有个女儿在外面打工，是不是？”兴琼说：“可不是……”黄姐急忙说：“一个女孩子，到外面打什么工？等我怡海商城建好了，叫她到我这儿来，有我吃的，就有你们娘俩吃的，我一定不会亏待她！”兴琼一听这话，忙说：“那就多谢黄姐了，可这鬼丫头脾气倔，还不知她愿不愿意回来？”

黄姐见兴琼仍有些冷淡，皱了皱眉，像是想起了什么，突然对兴琼小声问：“我老爹那毛病又、又犯过没有……”兴琼一听红了脸，过了半晌才说：“黄姐，你不问，我倒真没脸再说了！你想让他改掉那坏毛病，怕是三十晚上望月亮——没指望……”黄姐听兴琼这么说，做出了惊讶的样子说：“怎么，他还在对你动手动脚？”兴琼说：“怎么不是？上次我给他擦身子，他要把我往床上拉，我挣脱了。昨天我给他换衣服，他又突然抓住我的衣领，又要把我往床上拉，我挣不掉，在他手背上狠狠拧了一下，他才放开我。”说完，兴琼又补了一句，“都那么大的年龄了，想起来都让人恶心！”

黄姐听兴琼说完，像是陷入了沉思，半晌没有说话。过了一会儿，突然将一杯酒倒进喉咙里，然后又将杯子斟上。兴琼见黄姐这样，以为她听了自己的话心里难受，便忙说：“黄姐，你别这样喝了，你们虽然是父女，可父亲是父亲，你是你，这也不关你的事……”黄姐瞥了兴琼一眼，突然推心置腹地说：“贺姐，我说句不该说的话，你真的很保守……”兴琼听黄姐说她“保守”，便不解地问：“黄姐，我怎么保守了？”黄姐看着兴琼笑了一笑，才说：“贺姐，我们都这把年纪了，男人那点事也不是没经历过！你说老头这把年纪了，还能干什么？不过就是想找点感觉吗？他要摸一摸你，你就让他摸一摸，何必那么在意……”兴琼一听黄姐这话，立即像是不认识地瞪着她，说：“黄姐，你是不是喝醉了？”黄姐说：“我没醉，贺姐，即使我醉了，我心里也十分明白，我和你说的是开诚布公的话！”兴琼立即像是受了侮辱地红着脸说：“黄姐，你这话我不喜欢听！你说我保守，我确实保守。我在农村长大，父母从小就管得很严，结了婚以后，除了自己的丈夫，我没被任何男人摸过，所以你说的话我做不到……”黄姐听到这儿，马上挥手打断了兴琼的话，说：“贺姐，话不要说得那么满嘛！人为财死，鸟为食亡，我们女人不就那么回事吗？你只要顺了老头的意，让我能够全身心投到怡海商城的改建中，我自然会感谢你！”说完便看着兴琼问，“要什么样的感谢，贺姐你现在就开个条件……”兴琼说：“我什么条件也没有！”黄姐见兴琼不愿讲，便自作主张地说了起来：“那就这样，你如果顺了老头的意，等老头死了后，这套房子就归你！口说无凭，现在我就和你签协议……”兴琼突然冷笑一声，问：“协议怎么签？我做你父亲的二奶还是小三……”黄姐说：“话不要说得那么难听嘛，贺姐！老头还活得到多少年？这房子少说也值五六十万，这生意难道还不能做？”兴琼看着黄姐，突然觉得她十分可怜，想了想才说：“黄姐，既然是这样，你为什么不给老头子正正经经找个老伴，让他们住在一起，不是更好吗？”黄姐听了兴琼的话，也突然笑出了声：“贺姐，你当我傻呀？他现在这样子了，别说没女人肯嫁给他，就是有，给他找个年纪大的老孃子吧，我恐怕还要多服侍一个老年人；找个年轻一点的吧，我不但现在要供她吃、供她喝，以后说不定还要给她养老送终，我寻只虱子在头上咬呀？”

一听这话，兴琼明白了，原来黄姐的“孝顺”是这么回事，到底是做生意的，算盘打得多精呀！和给老头子光明正大找个老伴比起来，只花很少的钱请一个既是保姆又能顺便履行一下“继母”义务的女人，那当然合算得多！兴琼又看了看黄姐，发现黄姐无论是身架子还是脸蛋皮肤，都继承了老头子的所有优点，现在四十六七了还这么漂亮，二十、三十岁的时候，还不知有多少男人被她迷得神颠魂倒！一想到这里，黄姐刚才那句“我们女人不就那么回事”的话马上在耳边响了起来。兴琼不由自主地产生了一个疑问：黄姐的成功是不是也靠了“女人不就那么回事”？要不，老头子当初只是一个发配到边远学校教书的教师，她一个普普通通的女孩，怎么会把事业做到现在这么大？就说怡海商城两边的地，那可是整个县城的黄金地段呀，背后要没有权有势的男人，怎么就能轻易拿到？再说，俗话说有其父就必有其子，老头子在男女关系上都是那么一个随便的人，黄姐她就没有受到一点影响么？兴琼又想起黄姐过去对她说的话，顿时觉得黄姐既虚伪无耻又十分丑陋，便有些看不起她了。可她又想，‘万一是我想错了，黄姐不是那样的人呢？’但不管怎么样，兴琼自然不会把心里的话说出来，想了半天才看着黄姐说：“黄姐，不瞒你说，我原来打算做到年底，过了年和女儿一起到她爸爸那儿去。可听了你刚才的话，我觉得比你爸爸的骚扰更让我难受，因此我打算从明天起，就不在你们家干了……”黄姐十分惊讶地打断了她的话：“为什么，贺姐，难道我说错了？”兴琼说：“你说得没错，黄姐，可这话对我不合适！你即使把房屋给我，可我老公和女儿问我，你只给别人当了几年保姆，人家就把几十万的房子给你，是怎么回事？你说我怎么对他们解释……”黄姐说：“那有什么？你就说我喜欢你，我们结拜成了干姐妹……”兴琼说：“那更不行！如果我们结拜成了干姐妹，我又去满足你父亲的‘感觉’，那不是乱伦了……”兴琼说到这儿，见黄姐又要插话，马上又接着说：“黄姐，我不是小姐，要不你去给他找个小姐好了！”黄姐听了这话，用不解的眼光看着兴琼，半天才说：“贺姐，你难道不是劳务市场的人吗……”兴琼突然沉下了脸问：“黄姐，你这话是什么意思？劳务市场的人又怎么了？”黄姐见兴琼动了气，知道说漏了嘴，马上说：“对不起，对不起，贺姐！我以前都是从职业介绍所找的保姆，没干多久就走了，后来我听说劳务市场的女人在男女关系上随便些……”兴琼不等她说完，便说：“黄姐，你没说错，劳务市场里确实有这样的女人，可不是每个人都这样，至少我不是这样的人！”说完又对黄姐说，“就这样了，黄姐，我明天就走！”黄姐一见兴琼真要走，又马上给兴琼赔礼道歉，说：“贺姐，我错了，你就当我什么都没有说，再干一段时间行不行？”兴琼说：“不行，黄姐，我明天一定得走！”黄姐一听这话，脸也黑下来，端起面前的酒杯又一饮而尽。喝完又要去倒，兴琼却一把抓住了酒瓶，说：“黄姐，你不能再喝了！你去歇歇，我去给老头子喂饭，站好最后一班岗！”说罢，兴琼收了酒瓶、酒杯，从厨房锅里端起饭进了老头子的房间。

贺兴仁

贺兴仁眼看就要出城了，却又把车头掉过来重新开了回去。昨天晚上他梦见牛牛满身满脸都是血，一边哭一边追着他“爸爸、爸爸”地喊，他张开手去抱他，牛牛却突然不见了。他四处大喊：“儿子！儿子——”正要去找，范春兰摇醒了他，问：“你发什么梦忡呀？”他这才知道是个梦。但牛牛的样子和喊声还犹在眼前和耳旁，心口还“扑通扑通”地跳个不停。他不知怎么会做这样一个噩梦，心理学上有个词叫“感应”，莫非牛牛真出了什么事？想到这儿，兴仁有点紧张了。他觉得自己很对不起这个孩子，过了年他就满五岁，可他还没有见过他几次，也没像当年带华彦那样，把他抱在怀里，骑在肩上，亲不够、爱不够，更没有亲自给他买过一块糖、一个玩具、一件衣服，这一切都是丽丽的母亲在办，可他毕竟是自己的儿子呀！刚才走出门外，他想打电话问丽丽牛牛是不是病了或真出了什么事？可一看手机又没电了。坐在车上，兴仁还是有些不放心，一想起牛牛梦中的样子，他就忍不住心慌意乱，于是走着走着，便又返回来了。他决定亲自去丽丽那儿问问，再约一个时间，让丽丽回去把儿子带来让他看看。

兴仁以前到丽丽这儿来，一般都是下午或傍晚，很少在上午尤其是这么一大早来和丽丽幽会。一是因为这个时候丽丽还在睡懒觉，她很不喜欢兴仁在这时去看见她蓬头垢面、衣着不整，像个乡下邋遢妇人的样子。二是因为公司里上午的事特别多，他既要安排一天的活儿，也需要耐心听取下级和员工的汇报并及时答复他们，即使想去她那儿也没时间。今天要不是昨晚那个梦，他也不会去。

来到芝兰小区，兴仁把车停在丽丽楼下，上了楼，像往常一样掏出钥匙开了门。一走进屋去，他发觉门后多了一双奥康男式皮鞋，而自己那双露趾牛皮拖鞋没见了。他忽然意识到有什么不对头，几步冲到卧室，果然见丽丽和上次他在楼梯上看见的那个留日本武士头、穿棒球运动服的小伙子互相搂抱着睡在一起。也许昨晚折腾累了，连兴仁开门和进来的脚步声也没把他们惊醒。兴仁只觉得浑身的血液全涌到头上来了，他眼睛冒着火，鼓突起腮帮，“咯吱咯吱”咬着牙齿，右手五指紧紧地攥拢来，左手猛地掀开被子。两人身上都只穿着一条短裤和一件内衣，“呀”地叫了一声便惊慌失措地坐了起来。兴仁没等小伙子回过神，“咚”的一拳打在了他身上。小伙子身子比兴仁结实，他一下跳下床，却没和兴仁对打，兴仁又一拳打在他胸脯上，嘴里叫道：“哪里的野杂种，敢睡我的女人？”那小伙子愣了一会儿，像是才回过神，突然冲兴仁挑衅地叫道：“你他妈是谁……”兴仁又将拳头举起来，说：“老子来告诉你我是谁……”小伙子这次躲开了，兴仁还要打，丽丽突然扑过来抱住了他，并对小伙子说：“你还不快走！”小伙子一下明白过来，果然从床上抱起衣服就往外面冲。兴仁要去追，却被丽丽死死地箍住了。兴仁拖着丽丽往外面走，拖到卧室门口，丽丽用脚抵住墙根，兴仁拖不动了。那小伙子在客厅里胡乱套上衣服，开了门，一溜烟便跑了出去。

兴仁见小伙子跑了，不禁怒从心上起，突然返过身子，抓住丽丽的头发，便把她往床边拖。然后把她重重地掼在床上，抡开巴掌，先在丽丽脸上狠狠扇了两巴掌，接着也像刚才揍小伙子一样，攥起拳头，也不问什么地方，就像打沙袋一样在丽丽身上揍了起来。丽丽也不哭，也不喊，也不还手，打了一阵，兴仁自己觉得没意思了，这才住了手，站在一旁从鼻孔里“呼呼”地往外扇着粗气。丽丽这才爬起来，理了理身上那只宝蓝色的镂空蕾丝文胸，抓起衣服往身上穿。兴仁看见丽丽洁白细嫩的皮肤上现出了一道道青紫的颜色。丽丽穿好了衣服，回头看着兴仁，突然鼻子一抽，这才哭了起来。她又扑过去抱住了兴仁，兴仁又将她推开了，可她没有气馁，又向兴仁扑了过去，哽咽着说了一句：“他是、是我丈夫，我们结婚都七八年了……”兴仁的头脑“轰”地响了一声，像有什么爆炸了，接着便像被雷击中了一样惊得半天说不出话来。

我说，我都告诉你，我以前骗了你，实在对不起！我曾经给你说过，我老家那儿很穷，家里除了种点粮食没别的经济来源。可粮食又卖不起钱，爸爸出去打了几年工，没挣到钱，我和姐姐五六岁时就开始干农活，我们家里养了一头牛，爸爸妈妈指望靠这头牛生小牛来赚钱。我和姐姐的主要任务就是喂这头牛。姐姐比我大，她主要负责割牛草，我则是放牛。早上大约五六点钟的时候，我们两姐妹便被父母叫起来，父母说早晨的露水草最养牛。我们便把牛往山上赶，到了山上，因为太困，有时就倒在石板或大树底下睡着了。睡到吃早饭的时候醒来，衣服都被露水打湿了。姐姐比我辛苦，因为她要割草，所以没法睡觉。除了放牛以外，我和姐姐还有一个任务——放鸭子。我们家养了一群鸭子，大约有十多只，那也是我们家的钱罐子。我们每天把鸭子赶到水田里，然后去山坡上寻山螺蛳，也就是城里人说的蜗牛，蜗牛是鸭子最喜欢吃的食物。我和姐姐从小就背背抬抬，譬如抬水桶，背猪草，背柴火，抬水桶的时候，姐姐那头长些，我这头短些。有时猪草、柴火背不动了，我们就把背篼放到地上，拴一根绳子在上面，我们两姊妹就像纤夫拉船一样将绳子搭在肩上往前拉。我念书念到初二就不想念了，觉得念书没有用，就想出去打工，哪怕就是帮别人洗洗碗、扫扫地都行，只要有钱挣，挣到钱好买新衣服。那时见到别人穿新衣服就特别羡慕。

我老公家里比我们更穷，他父亲得了食道癌，我们那儿把这种病叫作“梗食症”，得这种病的人很多。他父亲到省城医院去动手术，花了二十多万块钱，人没治好，拉下了一屁股账。他原先有女朋友，一见他家拉了那么多债，便退了婚，我和他是一个村的，别人又把他介绍给我，我们也是穷人家，看见他人好，我便答应了。结婚以后，我和他一起出去打工，先在一家火锅店干，但挣不了钱，我们得赶紧挣钱还账呀！他后来到了一家建筑工地，我就提出到夜总会去干，他先不答应，我说我绝不去做坐台小姐，只做服务员，他这才同意了。起初我也拒绝陪任何男人睡，可那是一口大染缸，既然到了那儿，哪由得我？渐渐地我就开始坐台了。我早就从小姐妹们那儿知道了你是这个城里的大老板，做我们这行的，每个人都想傍住一个大树，既能挣到更多的钱又能保证不被人欺负。那天晚上你陪秃头局长到“凰冠”来，我很高兴你点了我，可这时我的手机突然“嘀嘀”地叫了起来，我掏出来一看，天啦，是我丈夫发来的短信，说他已经从市上的建筑工地回来，现在正在凰冠的大门口。我一看，心里慌乱起来，我得先把他安顿下来才行呀！要不，他如果闯进来看见多不好？于是我也没有给你打招呼，便跑出去了。我先打了一辆的士，把他带到了我的出租屋里，对他说：“你先在这儿坐着，我一会儿就回来！”说完我才赶回来。我知道你会生气，所以我不等你发作，就假装赔礼的样子抓起桌子上的啤酒就喝，然后我就装醉，其实我是很能喝的，我一方面想引起你的同情，另一方面，我想起丈夫还一个人在家里，我很想赶回去和他团聚，毕竟我们很久没见面了。更重要的，我知道像你们这种年龄的男人，都喜欢单纯、质朴一些的女孩，觉得这样的女孩可靠，所以我就尽量做出清纯、不懂事的样子，你果然上当了。不但不断用餐巾纸给我擦汗，还让妈咪叫人把我送回去休息。这样，我就及时回到了丈夫身边。第二次你想和我发生性关系，我又故意做出不好意思的样子，说自己从没有和人做过，更把你胃口吊起来了。然后你就要包我，我才半推半就地答应了。

我们这些做小姐的，有人包养，自然比到夜总会坐台好得多，一是钱不会缺，第二也安全得多。不哄你说，起初我确是图你有钱，可过了一段时间，我发现你和别的男人不一样，没有把我这个做过小姐的女人当玩物，你对我真的很好，渐渐地，我在心里爱上了你。那段时间，我心里十分矛盾，我想和他离婚，可又不忍心。你不知道，我和他结婚以后，他和他们家里的人只差没把我像先人一样供起来了。再说，即使我和他离了婚，你也不可能公开娶我，因为你有老婆。但我丈夫在市里的活儿完了工，我让他又到别处去找活儿，可是他不去，他说把我一个人留在这儿不放心，他在这个城市里找了一个保安的活儿。后来我把你包我的事告诉了他，他起初也像你刚才一样打了我，骂我不要脸，是婊子，可等他冷静后，我把你的为人告诉了他，又把家里欠的账，我们以后的生活等事情对他说了一遍，他慢慢地也想通了。可都在一个城里，我又是他合法的妻子，他不可能不来和我过性生活。不过我慢慢地摸到了你来我这儿的规律，他们保安也是三班倒，他上的是中班，刚好上午和晚上都有空，这样，我就在你们中间走起钢丝绳，在上午和晚上的时间里，要么我去他那儿，要么他来我这儿，其余时间才是你的，没想到你今天上午……兴仁没等丽丽再说下去，便像一头暴怒的狮子般咆哮着对丽丽吼道："滚，我不想再看见你！"说着又在丽丽脸上扇了一巴掌，然后才黑着一张脸，胸脯一鼓一鼓地转身走了。

贺兴琼

贺兴琼肩上又挎着那只购物袋来到劳务市场。这时的劳务市场比春天、秋天和夏天冷清了许多，主要是天气越来越冷，除了万不得已，一般人不会来这儿找冻受。特别是那些下苦力的"棒棒"，他们的活儿都是临时性的，兴琼走进蓝色彩涂钢板棚下，没看到那个平时喜欢和她开玩笑的孙猴子，也没看见那些东一堆、西一伙，把扁担垫在屁股底下大呼小叫打牌的人，她知道现在这些人又不顾城管的劝阻，重新回到了大街上游走，虽然找不到多少活儿，但起码可以通过不断走动来使身子产生热量，比干坐在这儿好得多。钢板棚下大约有几十个人，面前摆放着吃饭的工具，每个人都穿着厚厚的羽绒服，缩头耸肩地蹲在地上，一个个全像电视里播放的企鹅一样。兴琼知道这些都是想揽长期活儿的人。她瞧了瞧妇女堆，没看见赵姐和上次在这儿认识的那个姓张的"表姐"。她朝人堆走了过去，有人认出了她，便叫道："贺姐，你又来了？"贺兴琼也认出了她，姓伍，便说："伍姐，这地方好嘛，我们哪个一年不来几次？"大家一听她的话都笑了起来。兴琼又对伍姐问："怎么没见赵姐和张姐？"伍姐回答："好久都没见她们了，怕是在家里准备过年货了！"兴琼说："这么早就准备过年货？"伍姐说："说早也不早，一晃就到了……"

正说着，一男一女推着一辆平板车从前面管理处旁边的斜坡走了下来，车上堆着一大堆花花绿绿的衣服。男的四十来岁，穿一件黑色的罗纹领羽绒服，女的明显比男的年龄小，只穿了一件灰色的人造海马毛高领加厚套衫，戴着蓝色袖套，肩上斜挂了一只小包，头发拢在脑后，显得十分利落和精干的样子。一走进钢板棚，女的便用清脆的嗓音喊："买衣服，买衣服，怡海商城促销商品，跳楼大甩卖，买一送一……"一听这话，一群女人立即围了过去。兴琼一听怡海商城四个字，像是有什么触动了她的神经，于是也跟着大伙过去，看见车上的衣服不但颜色十分陈旧，而且皱皱巴巴的，看起来完全是些经过洗涤和重新染色后的二手货，便看着卖衣服的女人问："大妹子，你们真是怡海商城的？"那女人说："不是怡海商城的，你说我们是哪儿的？"兴琼又问："你们怡海商城的老板叫什么名字？"卖衣服的女人一下噎住了，又看了看兴琼才说："我们是帮怡海商城搞促销的，老板叫什么关我们什么事？大家都是找口饭吃，大姐你要买就买，可不要盘摊哟！"说完又像刚才一样大声喊了起来。兴琼一听卖衣服女人的话，便知他们不是怡海商城的，卖的也不是怡海商城的货。过去也有许多小贩到劳务市场来兜售各种货物，大多以次充好，以假冒真，农民工图便宜，买回去才大呼上当。兴琼知道这一点，所以她说完后，便站在一旁静静观看。那男人看见一群女人只顾在衣服堆里翻来翻去，便不高兴地大喊起来："要买就买，不买就不要乱翻，看把我衣服翻成啥样了？"可话音刚落，卖衣服的女人便瞪着他斥责起来："人家不挑怎么知道合适不合适？"说完又对女人们说："翻，随便你们翻！"那男人一听立即不吭声了。兴琼一看，便知这家里是女人说了算。刚才和兴琼说话的伍姐挑了一件红黑相间的条纹毛衣在胸前比画着，卖衣服的女人忙说："这件衣服穿在你身上特好看！"伍姐说："我穿小了一点，颜色也旧了一些……"卖衣服的女人马上说："大姐，你好好看看，这可是恒源祥的，牌子货，在商场里至少五六百元！"说完又把毛衣从伍姐手中接过来，拉了拉对她说："大姐，你再看看，哪儿小呀？再说，现在时兴穿小的，紧身才保暖，是不是？你看有些女人大冬天里只穿一条丝袜，为什么？就因为丝袜紧，贴身嘛！"这么一忽悠，伍姐像是动摇了，又把毛衣接过来反复看了看，说："倒不是我穿，我想给我女儿买回去！"说完便对卖衣服的女人问："多少钱？"卖衣服的女人说："两百块，一口价！"伍姐说："太贵了，不要！"说着又把毛衣丢到了板车上。旁边男人马上对伍姐问："大姐你给多少钱？"伍姐想了想，说："说齐天，杵齐地，最多一百块钱！"卖衣服的女人马上叫起来："大姐，你是想让我们把裤儿都卖掉呀。"说完不等伍姐回答，又马上说，"算了，算了，头回生二回熟，我们交个朋友，两头往中间走，一百五十块钱，你拿走！"可伍姐没拿，说："我再添二十块钱，你卖就卖，不卖拉倒！"说着做出往外走的样子。卖衣服的女人急忙把毛衣塞到伍姐手里，说：“成交，成交，大姐，我今天的本可是亏大了!”兴琼急忙对伍姐眨眼睛，可伍姐没看见，掏出一百二十块钱给了卖衣服的女人。卖衣服的女人把钱放在胸前的小包里，又开始扯起喉咙叫起来：“来来来，怡海商城商品大处理……”

一语未了，兴琼忽然瞥见黄姐上穿一件红色的大码宽松长袖风衣，扣着扣子，下着一条灰白色直筒休闲裤，肩上挂着一只黑色鳄鱼包出现在通往管理处的斜坡上，兴琼忙轻轻捅了卖衣服的女人一下，说：“别喊了，怡海商城的老板来了!”女人一惊，马上问：“在哪儿?”兴琼朝斜坡方向努了努嘴，卖衣服的女人还像是不相信的样子，问：“真的?”兴琼说：“你要不相信就喊嘛!”卖衣服的女人脸上立即浮现出一种慌乱的神色。幸好黄姐像是没有听见，急急忙忙又进了市场管理处的门。兴琼知道黄姐准又是来市场找护工的，心里顿时涌出一股十分复杂的感情，她既希望黄姐能在这群姐妹中找到一个称心如意的人，又希望她的愿望落空。她不想让黄姐看见她，便把羽绒服后面的帽子拉起来戴在头上，将脸孔遮住，但她心里还是有种对黄姐隐隐的同情。

果然没一会儿，市场管理人员又像上次一样，手里提着一只电动喇叭出来大声叫道：“保姆，保姆，怡海商城大老板招保姆一名，男的不要，男的不要……”一听这话，围在平板车前翻衣服的女人们立即丢了手里的衣服，呼啦啦的便跑了过去。兴琼却没有动，她退到旁边一把椅面坏了半边的塑料椅子上坐下，卖衣服的男女见人都跑光了，也推着平板车走了。市场上一时显得十分安静，只偶尔从管理处办公室传来一两句声音，但因为隔得远，她听不清楚具体内容，但她心里能猜个八九不离十。没过多久，一些人退了出来，脸上带着失望的表情。又过了半个小时左右，她才看见黄姐从办公室走出来，身后跟着喜气洋洋的伍姐。兴琼知道伍姐被黄姐选中了，心里一方面祝贺伍姐好运，一方面又替伍姐惋惜，不知道伍姐去了以后又会出现什么情况。她看见黄姐和伍姐朝这边走了过来，急忙把身子背了过去。

兴琼又坐了半关，也没见有人再来劳务市场招人，女人们冷得在地上跺脚。兴琼见时间不早了，上午恐怕不会有老板来了，便想回去吃了午饭再来，反正离家也不远。刚站起身来，忽然看见一个五十多岁的男人穿一件青色西装，也没打领带，一件有些发黄的白衬衣衣领翻到深灰色的毛衣外面，胳肢窝下夹着一只皮包，挺胸凸肚地从右边码头的石梯上往这儿走来了。他个子不高，加上肥胖，走起路来有点像鸭子摇摆。一走进钢板棚里，便扯起嗓子喊道：“招一个洗菜的女工，谁愿意来?”女人们一听，马上又像听到冲锋号似的跑过来把他围住了，兴琼也跑了过去，然后女人们七嘴八舌地问：“洗什么菜?”男人挥了一下胖手，说：“饭店里洗菜都不知道呀?”女人们又问：“哪个饭店?”男人显示出不耐烦的神气，说：“哪个饭店你别管，反正给你钱……”女人们听了这话，又紧接着追问：“多少钱一个月?”男人说：“一千五百块!”女人们一听，立即像是泄了气，说：“这么冷的天气，一千五百块钱，把手冻伤了，买冻疮药都不够!”男人立即说：“人又不是豆腐渣做的，哪就那么容易冻伤了？再说，洗菜的活儿也不重……”女人们还是纷纷说：“再不重，可那要花那么多时间，老板你太抠，这活儿干不得!”女人们一边说，一边退开了。兴琼觉得姐妹们说得有道理，可她没有走开。男人见兴琼没有走，便看着她问：“大姐你愿不愿干?”兴琼也本想走，见男人问她，便想再和他谈谈，于是便问：“包不包食宿?”男人说：“怎么不包，我们店里专门有职工住宿的房间，不过挤一点。包两餐饭，中午和晚上，早上你自己解决!”兴琼又问：“工资怎么结法？是做一天结一天还是一个月结一次?”男人说：“哪有做一天结一天的？肯定是一个月结一次!”说完又看着兴琼问：“你究竟想干还是不想干?”兴琼说：“干是想干，可不瞒你说，我只是打短工，最多春节后就不干了!”那男人听了这话，马上说：“你和我想到一起了!你知道的，从现在起到春节，是饭店生意最好的时期，所以我来雇一个短工，你要不主动说出来，我还不好说!”兴琼听了这话，便说：“既然是雇短工，你那点工资不行，起码得两千块，你干就干，不干就另去找人!”那男人想了想，突然说：“行，我看大姐也是个实诚人，就依你的，两千!”兴琼听男人这么说，又十分后悔把价钱叫低了。但转念又一想，两千就两千吧，总比在家里耍了强。这么一想，就和男人去市场管理办公室签协议去了。

贺兴仁

贺兴仁下午下了班，没有回家，又把车开进了丽丽的芝兰小区。自从半个多月前发现丽丽还有男人后，兴仁就再没去过丽丽那里，也没给丽丽打过电话。可随着时间慢慢过去，他又有些后悔起来，觉得那天不应该打丽丽，再想想丽丽对自己说的话，句句都实实在在，合情合理，设身处地为丽丽想想，她没把有丈夫的事告诉自己，也恐怕是想让自己一心一意爱她，哪个女人不希望得到一个男人全部的爱呢？这样一想又觉得丽丽没把有丈夫的事告诉他情有可原。越是这样想，又越觉得丽丽可爱。又想这些年他在丽丽那里得到的欢乐和幸福，人家又给自己生了一个孩子，古话说得好，一日夫妻百日恩，何况他们已经相处好几年了呢？想着想着，心里愈发对丽丽放不下了。他希望丽丽能给他打电话，可丽丽也没和他联系。丽丽生气也是应该的，谁叫他下手那么重呢？树怕剥皮，人怕伤心，看来解铃还须系铃人，还是自己先给丽丽道个歉，赔个不是，然后再开始新的生活吧。

贺兴仁走上熟悉的楼梯，来到门前，像往常一样掏出钥匙去开门，可插了几次也没把钥匙插进去。他以为拿错钥匙了，举到灯光下看了看，没错，就是过去开门的那把呀！他又插了一遍，还是插不进去。兴仁便知道丽丽换锁芯了，心里说："真是个小傻瓜，你再有气也不至于把锁芯也换了呀？"一边想，一边便举起手指敲门。敲了一会儿，门才"咔嗒"一声打开，可出现在门口的，却是一个三十多岁、长着一颗长长的橄榄形脑袋，肤色有些黝黑的陌生女人，她把着门把，十分警惕地看着兴仁问："你找谁？"兴仁一下愣了，半天才说："这不是江丽丽的家吗？你是……"话还没完，陌生女人马上说："江女士已经把房子卖给我了……"一听这话，兴仁的脑中又像有什么爆炸了似的，耳旁响着"嗡嗡"的声音，过了半天才木讷地说："真有这事，这、这是什么时候的、的事……"女人又将兴仁看了半天，突然想起似的问："先生姓贺是不是？"兴仁含混地"哦"了一声，又点了点头。女人忙说："江女士有封信让我转交给你，我放到里面屋子的梳妆台上的，你等等，我去给你拿。"说完，"咚咚"地跑进屋子，拿出一封信来。兴仁迟疑地把信接过来，心里有一种被突然掏空了的感觉，他对女人说："能不能让我再到房间里来看看？"女人说："有什么看的？昨天我们才把房间整理好！我丈夫没在家，你还是走吧！"说完"砰"地关上了门。

兴仁握着信站在门口，像是舍不得离开似的。他满心的希望不但化作了泡影，而且全身像是陷进了冰窟窿里，有些"瑟瑟"地发起抖来。"她把房子卖了？她怎么能把房子卖了？她到底打的什么主意？"他哆嗦着嘴唇，一遍又一遍在心里对自己发出追问，然后又猛地拍打起自己的脑袋来，说："都怪你，都怪你，怎么就没有想到这一层？"拍打一阵，像是急于想弄清答案似的，握着信走了下来。回到车里，他想马上看看丽丽在信上给他写了什么，可天已经十分昏暗，纸上的字模糊一片，他只好把车开出小区，来到外面一盏路灯底下，借着灯光看了起来。

贺总、贺老板，请允许我这样称呼你。那天你把我打得太狠了，我身上痛了好几天，现在还有不少瘀青，我恨你，真的恨你！现在我来告诉你是怎么回事吧！你一定会觉得奇怪，难道我那天晚上对你说的话不是真的？是的，只有我小时候的事是真的，其余都是假的。什么那小伙子是我丈夫，什么他父亲得了食道癌拉了账，什么我们一起出来打工……都是我害怕你继续打我，编出来骗你的同情心的！那小伙子不是我丈夫，我丈夫还在乡下，他是个不成器的东西，没有任何本事，出来打工又挣不到钱，便只有回到乡下，农忙的时候种点庄稼供自己吃，平时只知道打牌和喝酒。我在外面做小姐的事他都知道，他不但不管我，还巴不得呢！因为他自己没本事，我挣得越多他越有钱打牌喝酒，管了我谁给他钱供他喝酒打牌呢？我们那边男人都这样，只要女人能拿回钱去，他们就高兴，“老婆”“老婆”地喊得特别香，至于女人在外面做什么，他们都一概不管。他花的这些钱，都是我的，不，是你们的……我这么说你一定会很不高兴了吧？可这是实话，我也没办法，我只能怪自己投错了娘胎和嫁错了人！

你一定非常想知道那个和我睡觉的小伙子是谁吧？还用我再说吗？他是我的另一个情人！你别骂我不要脸，先检查检查你自己，你能睡我，难道别人就不能睡我？告诉你他是干什么的吧，是个开美容店的小老板。还记得你才包我的时候，我经常爱去美容店做头发的事吗？我每做一次头发，你都夸我越来越漂亮，我就是在做头发的时候认识他的。他的手艺好，每次都是他给我做，一来二去，我们熟悉了，他开始向我调情，说他老婆没在这里，想包我。我想，一个男人包我是包，两个男人包也是，只要他肯给钱，为什么不可以呢？况且他比你年轻了二十岁，比我小了七八岁。哦，我还没有告诉过你我的真实年龄，你一直还以为我才二十五岁，是吧？现在告诉你，我的实际年龄已经三十五岁了！只是因为我长了一张娃娃脸，又有你们这些男人供我去美容店做保养，所以看起来还像个小姑娘的样子。我想，你们男人可以老牛吃嫩草，为什么我们女人就不可以也吃吃嫩草？他虽然给我的钱不及你多，但他有更多的时间陪我，也比你温柔体贴得多，床上的功夫也比你强多了，我从他那儿得到的快乐比从你那儿多得多，所以我心里更喜欢他一些。正如你现在才知道他的存在一样，他也直到那天上午被你发现才知道你的存在。这么多年我都巧妙地把你们两个人瞒住了，以为还能继续瞒下去，没想到那天上午你突然闯回来露了馅！真是久走夜路必见鬼，要是那天早上我一早叫他走了，你也没法发现。这是天意，我也没什么后悔的。但我要告诉你的是，这么几年，你尽管给了我很多钱，我却压根儿没有爱上过你，不但没爱上，在心里还十分看不起你。我对你所说的那些甜言蜜语和“爱呀”“爱呀”的话，都像我在你面前表现出来的“清纯”一样，都是装出来的。别以为你拿钱包养了我，我就应该感谢你，不是这样。书上有句话不是叫作“逢场作戏”吗？是的，是的，我是真正的逢场作戏！书上不是又有一句话叫作“婊子无情”吗？是的，是的，婊子就应该无情，因为婊子如果有了情，那可就倒八辈子大霉了，受罪的不是你们这些男人，而是这些婊子！你一定在心里骂我“无耻”了吧？你骂，你尽情地骂，可是在我们眼里，你们这些男人更不是好东西！你是老板，知道买卖的道理，世界上有买才有卖，如果没有你们这些背着家里老婆孩子出来乱搞的花心和好色的男人，怎么会有我们这些小姐呢？我们坏，你们比我们更坏……那天上午你打了我，还叫我滚，说再不想看见我，我虽然还是有些舍不得，但知道事情都到了这个地步，再赖着你便没意思了，你说是不是？是的，该我们说再见的时候了！

是的，房子我卖了，尽管比市价低了三四万块钱，但没办法，多得不如少得，少得不如现得！我知道这样做很不地道，因为房子是你买的，可是不管我到了哪儿，我都需要有房住呀？对我来说，这几十万块钱十分重要，可对你来说，肯定算不上什么，你就当掉了那么想吧！哦，我还要告诉你，牛牛并不是你的儿子，他怎么会是你的儿子呢？你仔细看看他哪点儿像你？他老子再不成器，可仍是我光明正大的丈夫，我不能因为自己的错而让孩子今后受罪！谢谢你帮我养了几年儿子，孩子长得很好，我十分高兴！你不要找我，找也找不着，因为我拿着卖房和你以前给我的钱，到了另一个城市，我将在那里很好地生活……

兴仁看完信，身子突然像是被抽了筋一样瘫软下来，他想大喊大叫，想冲着什么发火，或者找人打上一架。他没想到事情竟然会是这样！啊，女人，这就是女人，他堂堂皇皇的一个成功企业家，这些年连亲大哥亲妹妹他都没怎么伸出过援助之手，而全心全意地投到一个女人身上，买房、包养、养孩子，花了多少钱，没想到这个女人却是一个骗子，而且一骗就是几年，将他瞒得滴水不漏，天啦，他还有什么面子活在这个世上？他相信这个女人这次说了真话，他先是猛地在方向盘上击了一掌，接着又像是惩罚自己似的狠狠地抽了自己一个嘴巴，像是彻底清醒过来的样子，驾起车往前猛地冲了起来。他没把车开回家，而是开到了绕城公路上，开了很久很久，找到了一段行人和车辆都较少的地方停了下来，然后在驾驶室内对着空旷的夜空突然大笑了起来。他既是笑先前的愚蠢，又是笑现在的醒悟，笑完，将丽丽的信撕得粉碎，摇下车窗玻璃扔了出来。再把车窗玻璃摇上去，将头伏在方向盘上，像是睡过去了一般久久没有动弹。

代婷婷

婷婷睡下不久，肚子突然一阵疼痛，小腹里像有一只小爪子在抓着一样，她不由得哼出了声，急忙用双手按住小腹，又把双脚蜷起来，身子弯成了一张弓，似乎这样会舒服些一样。也真的好了一点，可只过了一会儿，疼痛再次袭来，而且比刚才更痛，那只小爪子像是要把她肠子抓断一样。而且小腹那儿硬硬的，像长了一个包，接着从肚子里传来一阵“咕咕”的叫声，有什么东西在往下坠，像是要拉肚子。她急忙爬起来，披上羽绒服，下床来，双手提着睡裤便往卫生间跑。跑到门口一看，卫生间却关着门，她知道里面有人，便双手抱着肚子，用脚“咚咚”地踢起门来。里面的人不耐烦了，大声吼道：“拉完了我知道出来，踢什么?”婷婷听见这话，只得轻轻地央求道：“快点儿，我不行了……”话还没说完，从小腹那里又袭来一阵抓肠断肚般的痛感。婷婷感觉有什么东西就要从肚子里流出来了，一边拼命忍着，一边抱着肚子在门口蹲了下来，嘴里不断“哎哟哎哟”地哼着。过了一会儿，她终于听到了冲马桶的声音，急忙又站起来，厕所门刚打开，她就迫不及待地冲了进去。

婷婷坐到马桶上，这才松了一口气，她明明觉得刚才有什么东西从肚子里流了出来，可翻开内裤一看，却干干净净的什么也没有，而且也没拉出什么东西来。

但那种下坠的感觉仍然存在，疼痛也没有消失，只是比刚才轻了一些。她一边使劲用力，想把那些在肚子里捣乱的小鬼都拉出来，一边却在心里想：“今早上也没吃什么，怎么会闹肚子？闹肚子又拉不出来，是不是……”想到这儿，婷婷一下明白了，不是拉肚子，而是“大姨妈”要来了。上次来“大姨妈”的时候，肚子也像这样痛过，先也是以为吃了什么不干净的东西闹肚子，痛了两天，那带着一股腥臭的暗红色液体才从肚子里姗姗来迟。但这次痛比上次痛严重得多，不但说来就来，连点铺垫都没有，而且一痛起来便像刀子割一样。婷婷想不明白，过去“大姨妈”来，肚子虽然也要和她闹点小矛盾，可那是隐隐的，她完全可以忍受，也不影响正常的生活，而且时间也很短，只在来的时候痛那么一阵子。可上次就不一样了，一来就痛得直不起腰，像是要把她的肝肝肠肠都一寸一寸扯断的样子，她只好请假在床上躺了两天。这次看来比上次还要厉害，这是怎么回事呀？不但肚子痛，而且“大姨妈”来的时间也往后延了许多。上次晚了十天，这次比上次又晚了七八天，如果她和男人鬼混过，她一定会怀疑自己是不是怀了孕？可是她连男人碰都没有碰过，怎么会怀孕？其中的原因她弄不明白。

婷婷一边想，一边尽量放松自己，她感觉好了一些。尽管天气很冷，自己大腿和身子都有些发凉，但她还是愿意继续在马桶上坐下去。可这时一个女孩突然冒冒失失冲进来，正要解裤子，一眼看见马桶上坐着一个人，像是吓了一跳，便不满地说：“怎么不关门，等人来参观呀？”婷婷见自己半天也没拉出什么东西来，便说：“你来吧，我完了！”说着侧过身去放水冲了马桶，提着裤子站了起来。经过洗漱台墙上那面蒙着灰尘的镜子时，婷婷往里面看了看，镜子里立即映出一张苍白的脸，上面长了许多小痘痘，她摸了摸那些小痘痘，想看得清楚一些，可屋子里光线朦胧，她只能看个大概。那些小痘痘也是伴随着“大姨妈”来时的疼痛和错乱出现在她脸上的。最初只有稀稀的几颗，也不大，几乎看不出来。她吓了一跳，用手按按，也不痛，也不痒，她以为过一段时间自然会好，便使劲往脸上扑粉和打遮瑕膏，来掩饰那些难看的痘痘和倦容。可现在这些痘痘越长越多，也越来越大，她突然有些慌了。除了这些以外，婷婷还感觉这一段日子越来越不想吃饭。过去上完一晚上班，便迫不及待地想跑到城市幸福生活对面的小餐馆吃上一碗热腾腾、香喷喷，又辣又麻的炸酱面，一闻着那面的香味，便觉得是世界上最好的食物了。可现在不一样了，即使上了一整夜班，肚子不但没感到饿，还有一种饱胀的感觉，即使放再多的“老干妈”在碗里，她也感觉不出面条的味道，舌头似乎变成一截木头。今天早晨，尽管她咬着牙，下了很大决心也没把一碗面条吃完，但现在，伴随着她的肚子痛，她还感觉胃有些胀满，像是吃多了一样呢！婷婷闹不明白自己这么年轻，怎么身上的毛病比妈妈还要多呢？

坐了半天马桶，婷婷肚子的疼痛暂时得到了缓解，她不知道疼痛下次发作是什么时候，想趁这机会痛痛快快睡上一觉。回到床上，她使劲摇了摇头，想把脑子里那些疑问统统赶跑。她睡觉的姿势有点特别，侧着身子，蜷成一团，像母亲子宫里的胎儿一样，对女孩来讲，似乎这种姿势更安全。到底是累了，没一会儿婷婷便睡着了。

可是没过一会儿，婷婷又突然醒过来，因为她肚子里的小鬼又开始捣起了，而且一阵紧似一阵，仿佛不但肠子被拉断了，而且连五脏六腑都被小鬼挪移了位置，痛得她已经不能忍受。她真想抱着肚子在床上滚起来，可滚也无济于事。妈呀，我是不是要死了？死了也好，死了也就不会痛了！可是爸爸妈妈没在面前，我死了他们怎么知道？不，不，我得忍着，我不能死，也许这一阵痛过去就不痛了。婷婷又想拉了，急忙又爬起来披上羽绒服往卫生间跑。卫生间门自然又关着，婷婷听到了“哗哗”冲澡的水流声，便又敲起门来，可里面传来一个恶声恶气的声音：“早着呢，我才进来！”婷婷又想央求她快一点，可一想她才进去，再央求也没用，她想又像刚才一样蹲在门口等，可小腹那儿像有一只手在抓着拧一样，她不知能不能坚持到她出来的时候。她真想脱了裤子就在门口拉起来，那当然是不行的。正在没办法的时候，她突然想起了楼下大街对面的“家乐福”超市的厕所，有几次卫生间打挤，她曾经去那儿方便过。想到这儿，婷婷像抓到了救命稻草，她忍着肚子里袭来的一阵阵绞痛，迅速把羽绒服穿在身上，又跑回床边，从床上抓起一条长裤穿在腿上，将两只脚往地上那双浅口皮鞋里一塞，便抱着肚子往楼下跑去了。

婷婷感觉到自己身上和额头上都冒出了汗珠，她相信自己的脸色也一定非常难看，但她顾不得这些，到了超市直接乘电梯往二楼去。她尽量不朝别人看，也不让自己哼出声来。厕所在二楼东北角拐角处，婷婷一边往那儿走，一边在心里祈祷上苍保佑厕所里有空位。果然如她所愿，厕所里正好有一个空蹲位，她心里急忙叫了一声：“阿弥陀佛！”她冲进去，把蹲位的门关上，迅速拉下裤子便蹲了下来。可身上所有往下的通道似乎都被什么堵塞住了，仍然没有什么东西从肚子里拉出来。她又使劲用力，憋得满脸都红了，终于从大肠里滚出两粒像是羊粪一样的屎蛋蛋。她拉这样的粪疙瘩也有很长一段时间，从到城市幸福生活后不久就开始了。拉出一点羊粪疙瘩后，她感到轻松了一些，可小腹仍然胀痛，她继续蹲着，想从小腹里排出一些东西，可这想法让她落空了。她听到有人在敲门，可婷婷没管，那人在门边站了一会儿走了。一会儿又有人敲门，婷婷仍然没理她，那人又走了。婷婷又蹲了一阵，感觉肚子又好些了，再说腿也蹲麻了，这才站起来。

婷婷没有马上离开超市，她怕一离开肚子又痛起来。她想找地方坐一坐。二楼卖的是服装，有很多试衣的镜子，在从一只试衣镜前经过时，婷婷朝镜子里看了看自己的面孔，这一次她终于把自己一张脸看清楚了。这还是我的脸吗？怎么这么黄，黄中又带青，像是一片失去水分正在枯萎的老菜叶？眼圈这么大，又这么黑，像是大熊猫的眼睛，平时打着眼影遮掩过去了，可此时才发现是这么难看！这些痘痘，像是昨晚上一夜涌出来的，怎么这么多，又这么大，红得像是刚刚成熟的草莓。太吓人了，太吓人了，我这一定是病了，很厉害的病，比癌症还要厉害，要不怎么会成这样？妈妈，我怕真的要死了……婷婷像是被自己的容貌吓住了，嘴唇不断哆嗦，眼泪也在眼眶里团团打转，可她仍然忍住了。

婷婷想趁肚子的疼痛还没向她袭来的时候，打电话给主管请两天假，于是便从羽绒服口袋里掏出手机，走到一个僻静的角落，拨通了主管的电话。婷婷刚说出请假的话，主管便一口否决了，说："不行，这几天正忙，谁也不能请假！"婷婷说："我病了……"主管马上问："什么病？"婷婷说："我肚子痛得很厉害……"主管像是洞悉一切似的，说："那是什么病，哪有女孩子不肚子痛的？"婷婷说："主管，我真的不行，肚子痛得都直不起腰了……"可是主管仍用了坚决的口气说："不行就是不行，你要不来就按旷工处理！"说完就挂了电话。婷婷一下傻了，她的眼泪终于"哗哗"地流了下来，但她没让自己发出声音。过了一会儿，婷婷突然又想妈妈了。她想起过去在家里只要自己一生病，妈妈就要带她去医院。可她最怕去医院，尤其怕医生给她打针，也怕吃那些又苦又涩的药丸，可妈妈偏是哪壶不开提哪壶，不但让医生给她打针，还要监督她把那些药丸吃下去。她要不吃，妈妈不但会骂她，甚至打她，她那时真是烦死妈妈了！可现在，现在……婷婷想着，刚刚止息的眼泪又突然夺眶而出。她忽然产生了给妈妈打个电话的冲动，虽然隔这么远，妈妈不能帮助自己什么，可听听她的声音也是好的。于是她又眼睛蒙眬地拨起兴琼的电话来。电话刚响一声铃，婷婷就把电话贴到了耳朵边喊了一声："妈……"她想忍住不哭，可眼泪不争气，鼻子一抽，还是发出了抽泣的声音。兴琼忙问："婷婷，你哭什么?"婷婷紧紧咬住嘴唇没有说话。兴琼像是更急了，马上又问："婷婷，出了什么事，你怎么不说话?"婷婷这才用手背擦了擦眼角的泪水，颤抖着说了一句："妈，我病了……"还没等她说完，兴琼又忙问："什么病，去看医生没有?"婷婷说："我肚子痛，痛得很厉害……"兴琼说："去看医生嘛!"婷婷继续说："我月经也不正常，晚了将近二十天才来……"兴琼问："怎么会晚那么多天?"婷婷接着说："我脸上长了很多痘痘，红红的，像长的疮一样，很难看……"兴琼说："那是怎么回事?"婷婷又说："我不想吃饭……"话还没完，兴琼在电话那头就叫了起来："天啦，你个死婆娘儿年纪轻轻的，怎么就浑身都是病?你是不是想把我气死?你以为外头打工好呢，你不尝点尖尖辣椒怎么知道厉害?还不快回来我带你到医院里看……"婷婷也不回答，如果在过去，她一定会嫌母亲唠叨，可现在她却希望母亲多唠叨几句——她已经很久没听见母亲这样的唠叨了。兴琼没听见女儿的回答，便马上在电话里问："你个死婆娘儿在听我的话没有?"婷婷这才说："妈，我听着呢!"兴琼说："你马上回来，听见没有?"婷婷却说："妈，我有些舍不得现在这份工作?"兴琼说："有什么舍不得的?钱都挣得完?你才是出林的笋子，路还长着呢!身体搞垮了，今后拿什么赚钱?听妈的话，赶快回来，明年和我一起到你爸爸那儿去!世界上这好那好，都没有一家人团聚在一起好……"妈说得对呀!世界上的钱永远都赚不完，而像这个样子，能赚多少钱呢?这里的工作强度虽然不大，但是作息时间太乱了，可能正是这种黑白无常的工作损伤了我的身体!一定是这样的，一定是这样的。好，妈，我听你的，我也想和你们在一起了!婷婷第一次没和母亲顶嘴，而是像一个听话的孩子般对兴琼说："妈，我回来，我很快就回来，我太想你们、想外公了……"抽抽搭搭说完，又眼泪汪汪地补了一句："今年过年我们去、去给外婆烧纸……"兴琼一听这话，便在电话里呼唤起来："女呀，那你就快回来吧……"声音颤颤抖抖的，婷婷知道母亲也一定是在流眼泪了。

婷婷挂了电话，觉得心里好了许多，可这时小腹的疼痛休息了一阵又开始向她发起了攻击，婷婷又往超市厕所跑。这时她再不担心请假的事了，心里说：滚蛋吧，城市幸福生活，姑奶奶不愿干了!

贺兴仁

晚上一点多钟的时候，贺兴仁和范春兰睡得正香，一个女人忽然用略带忧伤与甜蜜的声音在屋子唱了起来："往事不要再提/人生已多风雨/纵然记忆抹不去/爱与恨都还在心里……"歌声把兴仁从睡梦中唤醒。他偏过头一看，放到床头柜上的手机荧光屏正一闪一闪。兴仁猛地一惊，这么大一晚上了，谁还给自己打电话？他们这些做工程的，随时都在提心吊胆地过日子。他以为又是工程上出什么事了，急忙开了床头灯，将手机抓了过来。一看，上面是个陌生的号码，那女人还在电话饶有兴趣地唱着，像传说中的妖女用声音勾引那些意志不坚定的男人一样。兴仁忙摁了接听键，将手机贴到了耳朵边。他刚"喂"了一声，电话里一个男人便用有几分浑厚和粗哑的嗓音问："你是贺兴仁先生吗？"兴仁一听这声音也不熟悉，心里更有几分忐忑了："莫非是又遇到了勒索自己的人？"他含混地答应了一声是，然后又对电话里的男人问："请问你是谁？"男人这才说："我是市公安局缉毒大队警察王安全……"一听是市公安局的警察，兴仁头脑又是一紧，市公安局缉毒警察和自己有什么关系？于是没等对方说完，兴仁便又问："请问你找我有什么事？"对方说："你的儿子贺华彦在凰冠夜总会吸毒，在今天晚上全市开展的打击吸毒贩毒专项活动中，被我们当场抓获……"兴仁一听这话，"腾"地就从床上坐了起来，对着电话大叫："什么，什么，你说什么？我儿子吸毒……"他的叫声早惊醒了范春兰，也立即从床上坐起来，瞪着一双惶恐的眼睛看着兴仁，半天才记起来将一件羽绒服披在丈夫身上。电话里的男人继续说："你儿子现暂时拘押在县公安局缉毒大队，他对吸毒的事已经供认不讳，我们将进一步对他的身体进行检查和对吸毒的经过以及毒品来源进行讯问，相关的手续我们会及时送达给你……"兴仁却早已像木了一般，眼睛盯着挂在对面墙壁上的一部42英寸的曲面液晶电视，似乎从电视里会走出和他通话的警察一般。他愣了半天，这才对着电话喊了起来："喂，喂……"可是电话里早没声音了。兴仁只好无力地把手放了下来。

屋子里十分寂静，从客厅里传来了石英钟"咔嗒咔嗒"的跳动声，仿佛是他们心脏跳动一样。沉默了一会儿，范春兰才像是忽然回过了神，两只手一边在被子上拍打，一边哭着叫了起来："天啦，这可怎么办？他怎么会去吸毒……天啦……"兴仁心里正烦乱得不行，听见范春兰叫喊，便冲着她说："哭哭哭，现在哭晚了！你管的好儿子……"范春兰听见兴仁这么说，便也冲着丈夫回答："怎么怪我？怎么怪我？我没管好，你怎么不管？"兴仁听了这话，更是气上加气，便又对范春兰吼道："我要有时间管，还要你做什么？成天就是打麻将、进美容院，这个家你管了多少？"范春兰觉得委屈，又冲兴仁说："我打麻将进美容院怎么了？他都那么大个人了，我怎么管得着？"兴仁想想范春兰这话也有道理，古人不是都说"儿大不由娘"吗？于是便不吭声了。范春兰见兴仁没说什么了，便一边哭一边推着他说："你还不赶快想法去把孩子弄出来？孩子长这么大，哪受过这样的罪？要是他们打他怎么办？"兴仁听了范春兰的话，气又重新来了，便对着她问："我怎么去弄？你没听见电话里说吗，是市公安局缉毒大队来抓的，我也不认识他们，怎么去弄……"话还没说完，范春兰哭得更凶了，一边仍然用力推着兴仁一边又对他说："你不是有钱吗？管他哪儿来抓，不是就冲着钱来的吗？县公安局不是有你的朋友吗，他们都是一个系统的，最起码你也该去打听打听，要是有人故意陷害我们孩子呢……"兴仁刚才也想向市公安局那个打电话的警察问问详细情况，可人家已经挂了机。现在听范春兰这么一说，想想也有道理。他也觉得确实该去打听清楚，至于能不能将华彦捞出来，又另当别论。想到这儿，兴仁便对范春兰说："好好，你也别哭了，我马上去问问就是了！"一边说，一边急忙起床，将一件加厚的高领毛衣套到身上，又穿上羽绒服，下床来穿上裤子和鞋袜，拿着手机就要走。范春兰却又叫住了他，说："等等！"一边说一边跳下床来，从衣架上取下兴仁那件驼色毛呢风衣，给他披在身上说，"穿上，外面天气冷！"兴仁十分感激，果然乖乖地穿上了。范春兰又说："可一定要把他带回来，啊……"兴仁说："我知道！"说完便走了。

兴仁在县公安局确实有许多朋友，而缉毒大队的蔡东大队长，就是他一个要好的哥们儿。这小子刚从警校毕业分到县公安局治安大队时，就没少得过他和幺爸的好处。干了些年，从一个普通警察升到了治安大队的副大队长，专门负责处理房屋拆迁和治安纠纷。大前年他从治安大队升任缉毒大队大队长，他们联系虽然少了，但感情还在，所以兴仁想找他并不难。兴仁原想开车去的，可又一想，从这儿到县公安局并不远，还是不那么张扬吧，于是便顺着街往前走去了。深夜的街道非常寂静，从路灯上洒下的光给人一种冰冷的感觉。兴仁走了一段，突然想起该先给蔡东打个电话，问问情况再说。但又不知道这么大一晚上打扰他是不是合适？可又一想，既然市公安局的人都在连夜办案，那县缉毒大队的岂能袖手旁观？

这样一想，兴仁便在一棵行道树的阴影下站定，掏出手机拨通了蔡东的电话。电话只响了两声，兴仁便听见了蔡东的声音："贺哥，是你呀？"兴仁忙压低了声音问："你那儿说话方便吗？"隔了一会儿蔡东才答："贺哥你等等，我出来和你说话。"兴仁果然听到了"咚咚咚"的脚步声，没一时，脚步声消失了，兴仁估计蔡东已经走到了一边，正想问，便听见电话里蔡东开门见山地问："贺哥，你是想捞人是不是？"一听这话，兴仁也直通通地反问："蔡队，你说有没有这个可能……"话音未落，蔡东马上用了斩钉截铁的语气说："不可能，贺哥！"说完不等兴仁说什么，便解释说，"你知道这次是谁在督察办案？是省厅，别说我们，就是市局也不敢怎么样！"兴仁像是不相信，问了一句："这么严重呀？"蔡东说："你老哥不知道，凰冠夜总会有人吸毒的事，省厅早得到了举报，卧底在夜总会蹲了几天，今晚统一行动，我们是集了合，市局的人又把我们的通信工具全收了以后才知道的。你知道他们吸的什么毒吗？除了摇头丸、可卡因，还有冰毒。参与的人之多，吸毒之严重，都是近几年少见的！"说完又补充了一句，"老板已经被抓起来了。"兴仁一听这话，有些绝望了，便又问："蔡队，你估计后果会怎么样？"蔡东问："你是指华彦吗？"兴仁说："就是。"蔡东说："他是被一个叫小琳的卖淫女引诱参加到吸毒中的，从现在讯问的情况来看，他除了参与吸毒外，倒没发现其他什么。不过，送戒毒所强制倒是必须的……"兴仁听说要送戒毒所，便叫了起来："蔡队，还有没有其他办法……"蔡东像是知道了他的意思，马上说："贺哥，送强制戒毒所还不好呀？不是我说贺哥的话，你们过去对他也太溺爱了一点，让他受点挫折，说不定还是好事！再说，不让他进强制戒毒所，你怎么把他的毒瘾去得掉？去不掉毒瘾，不但害他一辈子，连你们也受连累呢！"兴仁觉得蔡东说得有理，想了一想便没说什么，只对蔡东问："蔡队，我想来看看他行不行？"蔡东马上说："那可不行，贺哥，现在正在讯问，任何人也不能见！"听了这话，兴仁只得放弃了，最后只嘱咐了蔡东一句："蔡队，看在多年交情上，你给罩着点，千万别让人打他……"话还没完，蔡东便说："贺哥这点请放心，任何人都不会动他们一根指头！"说完挂了电话。

贺兴仁现在不知道该到哪儿去了。公安局肯定不能去了，去了也是白去。马上回家吧，范春兰又会追问他怎么这样快就回来了？他拿不定主意，趁夜晚清静，他想把头脑里的一团乱麻好好理一理，于是便顺着街头慢慢走了起来。蔡东的话响在他耳边，他觉得蔡东的话有道理，这些年华彦都是在蜜罐子里泡大，一点没经过人生的艰辛和磨难。小时候不说了，他记得从他读初中开始，他要什么就买什么，要多少钱就给多少钱。读高中时，其他农村同学一个月才两三百块钱的生活费，可他一个星期就要花五百多块钱。到了读大学时，就更不用说了，他和范春兰基本上就是他的一个提款机。他很忙，根本顾不上他，以为只要给他钱一切问题都迎刃而解。从大学毕业回来到现在也完全是这样，尽管他没有工作，可他从没短个钱。他和范春兰私下也谈过这个情况，两口子只以为他不过只是啃啃老，这年头年轻人谁不啃老呢，何况他还没有工作？没想到他拿着钱，却去夜总会交了些不三不四的朋友，直至出了这事。兴仁认为这是他两口子最大的失败，他们养了一个不争气的儿子。可这又能怪谁呢？说到底还是怪自己！想到这里，他突然觉得蔡东这次做了一件大好事，那就是提醒了他，是的，是该让华彦受受教育、经历经历人生的挫折了，使他从迷途中改邪归正。再说，根治毒瘾除了强制戒毒所，还有什么更好的地方呢？这么一想，兴仁突然豁然开朗，转身就朝家里走去了。

开门进去，见范春兰还拥着被子坐在床上等他。兴仁忙说："你怎么不睡？"范春兰的目光盯着兴仁背后看了一阵，突然问："怎么就只你一个人回来了……"兴仁没等她说完，便摇了摇头，说："我去找了人，也说了很多话，可这次是省上和市上公安局下来执行的任务，人没法弄出来……"范春兰还没听兴仁说完，又像刚才一样双手拍打着被子"哇"的哭了起来，叫道："我的儿呀，我的儿呀……"兴仁没劝她，默默地在床头坐了下来。

贺华斌

贺华斌在火车站出站口看见兴成和李红随着人流走了出来。兴成穿了一件黑色羽绒服，背上背着一只深灰色帆布包，头上顶着像鸡窝样乱糟糟的灰白相间的头发，像是一个进城打工的老农民。李红穿了一件印有福禄寿花型的钴蓝色翻领外套，纽子扣得工工整整，衣服质量还可以，可无论从花型还是颜色，华斌还是嫌老气了一些，手里提了一只拉链已经坏了、只能用一根塑料胶皮软带把整个包从底往上全部兜住的红色提包。华斌冲他们挥着手，大声喊道："爸，妈，我在这儿！"兴成和李红瞥了华斌一眼，却绷着脸没有吭声。华斌没管，等他们走出来，便过去对李红说："妈，把包给我！"李红却气粗粗地说："我提得动！"华斌说："我知道你提得动，妈，可儿子也要表示一下孝心嘛！"不由分说，从李红手里拿过了包来。这包还挺沉的，也不知他们在里面装了些什么。华斌又要去拿兴成的包，兴成却气昂昂地走了。华斌只得赶过去，引着他们去了出租车站。

贺华斌是在刚才快下班时，才突然接到父亲的电话，说他们已经在到省城的火车上，叫他去火车站接他们。华斌一听，顿时惊得半晌说不出话来。他十分清楚父母来省城的原因，心里不禁喃喃地说："我真不该把和冬梅的事告诉他们，真不该！"可是不告诉又怎么能行呢？冬梅那天晚上说得对，贺家湾可以不回去，可爸妈总不能不见吧？再说，纸怎么包得住火？犹豫了好长一段日子，只得硬起头皮先给李红打了个电话。"妈，我要结婚了！""真的？什么时候？""你们说什么时候就什么时候……""还有两个月就过年了，那就放到腊月或者正月吧，那时在外面打工的人也回来了，人多，闹热，我们可要热热闹闹办一场！你那老丈人终于是腊月三十天的磨子——想转了，儿子！""妈，不、不是孙蓉了，我、我和孙蓉早、早分手了……""什么，你们早分手了？那现在你和谁结婚？""妈，这个人从小你就认识。""是谁？我想了半天怎么也想不起来？""冬梅……""什么？你个不争气的，送你读了十多年书，怎么被鬼摸了脑壳，找到她？你难道不知道她是干什么的吗……""妈，冬梅怎么了？她不是一直在超市打工吗？""呸！你哄得到别人，还哄得到我们？她没在外面做烂货，她哥哥的房子能盖起来……""妈，冬梅真没那些事，人家一直在外面正正经经打工……""你不要替她遮了，麻雀飞过都有个影影，你以为我们都是聋子、瞎子？再说，一个湾的，同宗同姓，你不怕别人戳脊梁骨，我们还怕别人骂你祖宗八代呢！你赶快和她断了……""妈，我爱她，不能和她断！这是我的事，你们就不要管了……""你敢和她结婚，看我不死给你看！"华斌知道迟早有这么一天，但没想到他们没打招呼就匆匆赶了来。看来他们也和自己一样是吃了秤砣铁了心，不把他们打散不会善罢甘休。但华斌也早想好主意，那就是不管父母怎么逼，他只采取迂回曲折的战术，不和他们发生正面冲突。

果然一回到华斌那间“单身贵族”出租屋里，李红便黑着脸对华斌说：“那个狐狸精在哪儿？叫过来给我们看看，你是被她哪儿迷住了？”华斌一听这话便笑着说：“妈，你说话可要文明点，这是在城里呢……”李红立即瞪着华斌吼道：“我是农村婆娘，就是这么说话，你把她叫来！”华斌仍是笑嘻嘻地说：“妈，即使你们要见她，也等吃过饭再说吧？你们坐了大半天的车，难道还没饿？走，儿子带你们先去吃饭……”话没说完，李红又气鼓鼓地说：“我们气都吃饱了，还吃得下去饭？”华斌说：“爸，妈，你们也真是，气坏了身子我可没法照顾你们，啊……”李红马上说：“你没把我们气死都好，还说照顾？我们反正是指望不上你了……”说罢突然“呜呜”地哭了起来。华斌想安慰她又找不到合适的语言，只得任她哭下去。哭了一会儿，李红大约感到没意思，突然从衣服口袋里掏出一根绳子来，对华斌说：“你不和她分手，我反正也不想活着回去，绳子我都带来了，我就在这儿吊死算了……”华斌听了又笑着说：“那好，妈，你稍等一会儿，我先出去一趟！”说着站起来就要往外走，李红却又突然一声大喝：“站住……”华斌便又回过头问：“怎么了？”李红说：“你今天不答应和她分手，别想走出这个屋！”华斌说：“妈，你不是想在这屋子上吊吗？可你看看这屋子，哪儿能挂绳子？我出去找个打洞的人来，在墙上打个洞，你好挂绳子呀！”一听这话，李红的嘴角往上咧了咧，似乎想笑的样子，却没笑出来，反而又哭了，一边拍打膝盖一边说：“天啦，我怎么生了这么个混账儿子呀？一把屎一把尿把你带大，累死累活地挣钱让你读书，可你现在这样子来对待我们呀！老天爷，你睁睁眼吧……”华斌仍然让她哭，不吭声。等李红哭声小了些后，才进卫生间拿出一根毛巾，递给李红说：“擦擦眼泪吧，别哭了，擦了眼泪我们慢慢说话。”李红“呼”地抢过毛巾在脸上擦了一把，然后将毛巾又扔给华斌。

华斌接了毛巾，又看着母亲像是漫不经心地问：“妈，我今年多大了？”李红愣了一下，半天才气呼呼地说：“我知道你多大年龄了？”华斌又笑了一笑，说：“妈，我今年三十二岁！”说完正了脸色说：“妈，你和爸爸结婚说算晚的了，可爸爸在我这个年龄，我都上小学了，你们总不是想让我打一辈子光棍吧……”李红没让华斌继续往下说，便插话道：“世界上姑娘多的是……”华斌也马上打断了母亲的话，说：“世界上姑娘是多，可这么多年，有几个姑娘愿意跟我了？我多读了几年书不假，可我有房、有车还是有其他什么？不管冬梅做过什么，她在省城还挣了一套房子！你们就是把老骨头都丢在城里，也挣不了多少钱来帮我买房子，我自己就更不行了，不吃不喝，挣到五六十岁，也在省城买不起一套房子，我和冬梅结了婚，有什么不好……”话没说完，一直没开口的兴成忽然说话了：“儿啦，你是想把我们家的脸都丢尽，害得我们在贺家湾抬不起头呀……”华斌一听这话，也忙说：“爸，怎么是我给你们丢脸？明明是你们的观念不对嘛！退一万步讲，即使冬梅过去做过小姐，可关他们什么事？话说回来，即使我和冬梅分了手，你们就能保证给我找一个百分之百的黄花闺女？你以为还像你和妈那个年代，二十多岁的姑娘不入洞房就连男人的手也不会去碰？……”华斌说得兴起，还想继续给父母上课，可兴成又截住了他的话，说：“我没说冬梅做过小姐的事，你们周瑜打黄盖，一个愿打，一个愿挨，我和你妈也管不着！可你难道不知道冬梅和你同祖同宗，同姓结婚，贺家湾从来没有这个先例呀？要放到过去，这可是要遭沉塘或活埋的惩罚的呀……”

华斌听了这话，忽然大笑起来，说：“爸，让他们来把我们抓回去沉塘和活埋好了！”说完忽然又从鼻子喷出了一股粗气说，“我谅谁也没有那么大的胆子！”然后放低了声音，才慢慢对兴成问：“爸，你还记得我曾爷爷不？”兴成不知华斌这话是什么意思，想了一想才说：“你曾爷爷就是我的爷爷，怎么不记得？”华斌又问：“那爷爷的爷爷你还记得不？”兴成又说：“那么久远的人和事了，我怎么记得？”华斌忽然高兴起来，说：“那就对了，爸！爷爷的爷爷和我们才隔多远？不过才三四代人，你就记不得了，何况我和冬梅，不知隔了多少代，河水不犯井水，怎么就不能结婚呢？至于说从来没有先例，我读了这么多年书，为什么不能来破这个例？”接下来又非常诚恳地说，“爸，不瞒你们说，冬梅起初也是担心一个姓不能结婚，我们还到婚姻登记处去询问，人家说，只要不是三代以内的血亲关系，一个姓完全可以结婚！这是《婚姻法》规定的，你们担心什么？至于说湾里人要在背后说长道短，让他们说好了。等我和冬梅结了婚，就把你们接到省城来，你们耳不听为净！再说，冬梅的脾性你们也是知道的，她又没爹没娘了，一家人住在一起就把你们当亲爹亲娘了……”李红没等华斌说完，像是自己受了侮辱一般，仍气咻咻地对华斌说：“我们送你读了十多年书，知道说不过你，不和你说了，反正你想和贺冬梅结婚，门都没有！”华斌听母亲这话虽然仍没有让步的意思，可口气明显已经松多了。他想如果继续留在这儿，难免还会与他们斗嘴，再说，要是母亲一定坚持要他把冬梅叫来，他叫不好，不叫也不好，倒不如三十六计走为上，留下时间让他们慢慢想，反正话都说得差不多了。想到这里，华斌便又站起来对父母说："爸，妈，我们暂时不说这些了，天也不早了，我下去买点菜回来，吃了晚饭我们再慢慢说行不行?"兴成和李红听了都没吭声，华斌于是开门走出去了。走到外面大街上，华斌才掏出手机给兴成打电话说："爸，对不起，你和妈都看见的，我屋子里只一张床，你们睡了，我就没地方睡，我到同事家去了，这几天都不会回来！我电脑桌的抽屉里还有一把门钥匙和五千块钱。你和妈想做饭，就自己到下面超市买点菜，不想做饭就到下面餐馆里来吃！你们愿在省城耍几天就耍，不愿耍就自己买票回去，儿子就不送你们了，那五千块钱你们拿走。至于我和冬梅的事，你们就别咸吃萝卜淡操心了，我一定会让你们晚年幸福的!"说完就把电话关了。这时正好有一辆出租车开了过来，华斌招招手，钻进去便往冬梅那儿去了。

贺世龙

贺兴仁刚把手机的接听键按下来，电话里便传来了仁爱养老堂女老板焦急的声音："贺总，你老爸不见了……"一听这话，兴仁像是头上挨了一闷棒，呈现出一种傻了的样子，半天才问："怎么不见了的?"女老板说："我们也不知道，早上起来就没看见他，以为他出去溜达了，我心里还在说：'这老头子真是闲不住，这么冷的天还出去蹓早！'可吃早饭的时候他没回来，我们派人去找，没找着，现在都大半上午了，还没回来……"兴仁听到这里，急忙说："你别着急，我马上过来!"说完挂了手机，急忙"咚咚咚"地跑出办公室，连小廖也没叫，开着车便往仁爱养老堂去了。

仁爱养老堂就在状元山公园环山公路旁边。这状元山源自一个传说：古代有个秀才为了考上状元，到这山上来结了一间草庐，头悬梁锥刺股，熬到比范进中举还要大的年龄时，终于实现了自己的心愿。京城张贴黄榜那天，他看到了自己的名字，当场仰天大笑，可只笑出了一声，笑第二声时便倒在地下呜呼哀哉了。人虽去了，可状元山的名字却留了下来。仁爱养老堂原来只是一座民房，主人的老婆过去养过猪，有点经济头脑，她见这儿空气好，又清静，现在老人又有钱，就建议男人把房子改造成一个养老院，招些老人来住。过去养猪受市场波动，容易亏本，如今养老年人，是个包赚不赔的生意。男人听了她的话，真的把屋子改造成了一个养老院，取名为仁爱养老堂。广告打出去，果然就有十多个老人来住了。县上相关部门知道后，却带了人来要取缔，说这是生态公园，不允许办餐饮娱乐住宿等，再说，他搞养老院也没报县上批，是非法的。没想到的是县上有几个老干部，因为退下来心里烦，在家里老和儿子儿媳妇吵架，一气之下，也住进了这个养老院。现在见有人要来取缔，憋了一肚子的气便朝这伙人发开了："怎么，人走茶凉了不说，连呼吸一口新鲜空气的权利也不给我们，想赶尽杀绝呀?"又有的说："要取缔养老院，先将我们取缔了再说，来呀，来取缔我们呀!"这几个人过去都是在县委县政府办公大楼咳一声嗽，全县地皮都要抖三抖的人物，谁有那么大的胆子去把他们"取缔"了？只好灰溜溜下山去了，从此就再没人来过问过。老板抓住时机，将原来的平房改建成了三层洋房，又东扩一点，西延一点，前进一点，后伸一点，将养老院的规模从原来的十几张床位扩大到现在的一百多张床位。恰在这时，上面针对中国老龄化社会来临的实际情况，提出了要重视发展养老尤其是民间养老产业的号召，县上有关部门的态度忽然来了个一百八十度的大转弯，不但急忙给养老院补办了各种手续，还敲锣打鼓地送来了一块写有"为国家分忧，替儿女尽孝"的对联，以表彰她敢为天下先、积极投身全县"银发产业"所做出的成绩，后来又因为这方面的贡献，那位曾经养过猪的女老板又当了县人大代表。因为她本身也姓朱，大家便叫她为"朱代表"。朱代表参加人代会提交的第一份提案便是要求县上将状元山公园下面近一半的土地划给她，她要将养老院从现在的一百张床位增加到一万个床位，建成一个中国第一的"老人王国"。现在正在落实这个计划的关键时刻，养老堂却丢了一个老人，朱代表当然有些着急了。

兴仁赶到仁爱养老堂，朱代表和她手下一伙管理人员就围了上来，七嘴八舌地说："我们山上山下都找了好几遍，连影子也没见到一个……"兴仁忙说："别忙，我问问家里他是不是回去了?"说罢便给保姆晁姐打电话。电话响了很久，晁姐都没接，兴仁有些生气了，把电话往桌子上重重一搁，沉了脸说："这个晁姐越来越不像话了……"正说着，晁姐却又把电话打过来了。兴仁忙不客气地说："你刚才到哪儿去了，电话响了半天你都没接?"晁姐说："我在拖地，电话放到我屋子里，我正说来接，你又把电话挂了……"兴仁不等她说下去，便打断她的话问老头子回来没有？晁姐马上说："没有呀，贺爷爷从出去以后便没有回来过呀!"说完又对兴仁问，"怎么了，找不到他了?"兴仁听说他没回去，便说了一声："没什么，如果他回来了，就告诉我一声！”说完挂了电话，又看着围在他身边那伙人问：“大街上找没有？”那些人也说：“都找了，我们开着车把每条街都找了，连小巷子都去了，都没有！”兴仁的脑子立即高速转动起来。他究竟到什么地方去了呢？会不会回到他后来住的地方去了？可他又马上否定了这种想法，不可能，那地方除了原来那个小保姆，他连一个人都不认识，去那里做什么？转了一阵，他又对朱代表问：“他出走以前，你们看出他有什么异样没有？”朱代表马上说：“没有呀，和平常完全一样，怎么会有什么异样的表现……”兴仁又问：“他和人吵过架没有？”朱代表又急忙说：“没有，更没有，我们这儿大家都很和睦，绝对不会有吵架的事！”兴仁把眉头蹙在了一起，过了半天才突然对朱代表说：“你带我到他住的房间里看看！”朱代表果然带了兴仁往楼上走。

贺世龙老几几住的是二楼一个单间，这是当时兴仁担心老头子和人住不惯，特地让小廖给落实的。兴仁走进去一看，房间倒是不错，像是宾馆的单间，床上被褥、毯子什么的，也都是新的，日常用具也很齐全。房间里还有一个小衣柜，兴仁拉开柜门一看，里面空空的，兴仁马上问：“老头子平时衣服放到哪儿的？”一个管理员说：“就在衣柜里呀，每次换衣服，都是我给他找出来的，洗了的衣服也是我叠好放进去的……”兴仁说：“怎么衣服一件也没有了？”朱代表一看，也十分诧异，立即对兴仁说：“贺总，看来老头子是早有准备，要不我们报警吧……”兴仁立即对她挥了挥手，说：“别忙，我想起了一个地方，贺家湾……”话音未落，朱代表和管理人员都一齐叫了起来：“这么说他是回老家了？可他是怎么回去的呢？”兴仁说：“我也在怀疑，他连在城里转转都会迷了路，怎么能回贺家湾？”说完就给兴成打电话。电话打通了，却听见里面有很多嘈杂的人声。兴仁问：“哥，你在哪儿？”兴成说：“我在省城火车站，正等着上火车呢……”兴仁忙问：“你什么时候到省城去的？”兴成没正面回答，却反问：“有什么事？”兴仁想把老头失踪的事对兴成说说，可想了想又打住了，只问：“你那儿有没有贺家湾一些人的电话？”兴成说：“有是有，可我写在家里本本上的！你要他们的电话干什么？”兴仁还是没正面答，又说：“你没存到手机里？”兴成说，“我要会存，又不会专门找个本子来记了哟！”兴仁一听泄了气，只得挂了手机，见众人都还看着他，想了一想便对朱代表说：“走，回贺家湾！”一边说，一边便往楼下走去了。

兴仁和朱代表直接把车开到了贺世龙老房子的院子里，转过墙角，果然看见贺世龙坐在大门口台阶下，身旁围着贺世忠、贺凤山、贺天福、贺怀明几个老几儿正在摆龙门阵。一见兴仁和朱代表们的车子，大家都住了声，回头愣愣地看着他们。兴仁和朱代表打开车门走出来，还没说什么，贺世龙忽然抓住门框，像是受了惊吓地叫了起来：“我不到养老院去了！我不到养老院去了……”朱代表见了贺世龙，心里才像一颗石子落了地，过去对他说：“大爷，你怎么连声招呼也不打，就回来了？害得我们到处寻找……”贺世龙还是叫：“我不回去了，我不回去了，你们别抓我……”兴仁见老头这样，便对朱代表说：“没事了，没事了，朱总！要不你先回吧，老头交给我，他愿意回来，我把他带来就是，不愿意回来就算了！”朱代表巴不得不要再把老头送回去了，果然答应了一声，钻进车里便回去了。

这儿老头子仍像吓住了似的喃喃自语：“我不回去了，不回去了……”兴仁也正在气头上，他很想训斥老头子几句，看见有这么多老几几在场，只好把火气努力往下压，便看着他问：“你是怎么回来的？”贺世龙也不答，只看着地下咕咕哝哝，贺世忠便替他回答道：“看来他还没有老糊涂！他说他是走路下的山，到了城里，他身上有钱，就叫了一辆出租车把他送回来。一路上跟出租车司机念叨他是什么乡什么村什么湾，出租车司机就把他送回来了。”说完又对老头子笑，“老几几玩格，还坐的是专车呢！”兴仁听了这话哭笑不得，便又对老头子问：“你怎么想起要回来，啊？”贺世龙仍不回答，却像做错事一般低着头，嘴里还是说：“我不回去了，我就在贺家湾了……”贺世忠见老头子不肯说，便又替他回答：“他说他又打不来牌，唱歌跳舞也不会，城里那些老几几说的国家大事，他又听不懂，他说的那些话城里老几几又不爱听，所以嫌养老院像关犯人一样不好耍，便回来了……”兴仁听了这话，忽然叹息了一声，对贺世忠几个老几几说：“唉，你们几个老辈子不晓得，他进城这几个月，把我也怄伤了心，我真拿他没办法了！”说着就把老头子在城里发生的事，给几个老几几说了一遍。兴仁满以为会博得几个本家老几几的同情，没想到贺世忠听了却说：“大侄子，我说句不该说的话，他既然不愿意回去了，你就不要勉强他了嘛……”话还没完，贺凤山也说：“就是，金窝银窝都不如自己的狗窝，别人老了几千里路都要赶回老家来呢……”兴仁说：“我也想把他放到贺家湾，可谁来照顾他吃、照顾他喝……”

正说着，毕玉玲忽然走了过来，喊道：“大哥，吃饭了，吃饭了……”一眼瞥见了兴仁，便又急忙说，“兴仁什么时候回来的？没吃饭吧？那就到二妈这里吃便饭！”兴仁见二妈穿着一件厚厚的羽绒服，腰上拴着围裙，脸上挂着笑，心里忽地像被什么撞了一下，便说："二妈，你那儿给我爸做的饭呀？"毕玉玲仍笑吟吟地说："又不是外人，一两顿饭，就把二妈吃穷了？"贺世忠几个老几几也忙说："就是，就是，不过多添半瓢水、多抓半把米就是，一家人客气啥！"一边说，一边都起身走了。这儿兴仁忽然过去抓住了毕玉玲的手，说："二妈，谢谢你，真的谢谢你！"说罢眼睛落到毕玉玲身上看了又看，看得毕玉玲都有些不好意思，便对兴仁说："二妈脸没洗干净呀？"兴仁急忙说："不是的，二妈，你坐下来，侄儿有句话对你说！"毕玉玲迟迟疑疑地在先前几个老几几坐过的板凳上坐了下来。兴仁还拉着毕玉玲的手没放，也在她对面坐了下来，这才说："二妈，我想让你和我爸住到一起，你说行不行？"毕玉玲一听这话，显出了几分扭捏的样子，说："你娃儿说的啥子话？拿二妈来开玩笑……"兴仁立即摇了摇毕玉玲的手，说："二妈，我说的是真话！二爸不在了，我兴春老弟和兴燕妹子又在外面打工，你身边也没一个说话的人。我爸呢，也是一样，你们两个老人住在一起，既有了个说话的人，还可以互相照顾，贺家湾又有大伯子和兄弟媳妇转房的风俗，有什么不可以？"毕玉玲听了脸先红了一阵，然后才说："老都老了，转啥房……"兴仁又忙说："二妈，你现在不愿住在一起也行，吃饭先合在一起，等你们二老把对方的脾气都摸透了，再说住在一起的事，行不行？"说完不等毕玉玲回答，又马上接着说，"每月的生活费我交给二妈，二妈你想买什么就去买，你看怎么样？"毕玉玲想了半天才说："你爸那脾气，就和你那死二爸一样，就知道下死疙瘩力气干活，我有什么不知道的？二妈的门是开起的，灶是打起的，你爸要来吃就来吃，我哪儿会不让他来吃？"兴仁一听，便知毕玉玲同意了，于是高兴起来，刚想答话，突然想起这事还没和大哥、兴琼商量，何况二妈那儿还有兴春堂弟和兴燕堂妹，还不知道他们是什么态度？可转念又一想，大哥和兴琼那儿，只要不让他们出钱，他们什么话都好说。至于兴春和兴燕，他这样做明显减轻了他们的负担，他们又何乐而不为？再说，一个是自己亲大爸，一个是自己亲二妈，两边都打碎骨头连着筋，有什么不可以的？于是便说："好，二妈，那我们就这样说定了！"说完又回头对贺世龙老几几说："爸，从今往后，你就和二妈合伙吃饭，你要多听二妈的话，可不能由着性子乱来，听见没有？"贺世龙一听儿子这话，不由得咧开了嘴，像个小孩子一样露出了灿烂的笑容，说："只要你不把我往城里弄，怎么都行！"说完又看着毕玉玲问："他二妈你同意呀？"毕玉玲站起来大声说："啥同意不同意，菜炒起都冷了，还不快去吃！"贺世龙马上呵呵地笑了起来，说："是，是，吃，吃……"说着抓住门框站了起来。兴仁不由得长长地出了一口气，觉得终于给父亲找到了一个安度晚年的地方！唉，人呀，真像刚才贺凤山老几几说的话，一到年纪，你就是给他一个金窝银窝，也抵不过他这个老窝窝。还有，老伴老伴，老来一定要有个伴，有了伴他才不会觉得孤独，这是他今天最大的收获。要是早想到这个主意，这几个月他哪会在父亲身上花那么多精力？他又朝两个老人看了看，很为自己的做法感到骄傲，见他们都是一副颤颤巍巍的样子，便过去一手牵了老几几，一手牵了老孃子，像小时候父母执了他的手一样往前走了。

贺华彦

"贺总，请!"戒毒所周所长着一身警服，在县强制戒毒所大门外迎住贺兴仁和范春兰。这是一个看上去十分精神和干练的警察，四十岁出头了一点不现啤酒肚，走路身板挺得笔直，举手投足都透露着一股训练有素的感觉。他过去也在县公安局缉毒大队工作，正是通过现在蔡东大队长介绍，贺兴仁才得以受到他贵宾似的接待。这是贺华彦被送进戒毒所后，他和范春兰第一次来探望，也是他有生以来第一次走进戒毒所。他随周所长走进大门后，铁门在他们后面便"哐啷"一声关上了。进去一看，映入眼帘的首先是一个大操场，大约有两个篮球场那么大，操场上立着四只篮球架，两边有一排像是教室一样的房屋，墙壁上都写着斗大的标语。一边墙壁上写着："听从管教，努力学习，痛悔前非，重新做人!"另一边墙壁写着："下定决心，科学戒毒，增强毅力，克服心瘾!"兴仁见了，便笑着对周所长说："所长，要不是墙上这些标语，分明就是一所学校嘛!"周所长也笑了笑说："贺总说得不错，很多人觉得强制戒毒所很神秘，也很恐怖，其实不是那么回事。"兴仁又笑着说："我过去也是你所说的'很多人'中间的一个!"说着，周所长引着他们上了十多级台阶，迎面是一排低矮的建筑，大约有十多个房间，每个房间大小都一样，深褐色的铁门，门上方开着一个长约三十厘米、宽约二十厘米的小洞，每个门上都挂着一把大铁锁。建筑左边墙上挂着一只电热水器，旁边写着几个字："学员饮水处"。建筑的墙壁上也写着一排标语："欢迎检查，服从管理，接受治疗，感谢政府关心!"周所长见兴仁和范春兰不断往门上的长方形窗口上瞅，便对他们说：“这是戒毒人员宿舍！”范春兰一听是宿舍，便问：“华彦也住在这里？”周所长说：“是的！”范春兰便要去看看，周所长说：“嫂子，现在不行，等会你们从录像里能看见！”说着又带了他们往后面走，刚走过戒毒人员宿舍，一块草地出现在兴仁和范春兰眼前，两边又有花坛和各种景观树木，虽然在这个寒冬季节里，花坛和草地都有些凋零，但那些绿树却仍然郁郁葱葱，显示出这里别有一番景象，草地后面又有一幢四层楼高的建筑。周所长指了草地和后面的建筑对兴仁和范春兰说：“前面是监管区，这儿是干警的办公区和生活区！”说完带兴仁和范春兰穿过草地中间的甬道，往后面的办公楼去了。

周所长一进办公室，招呼兴仁和范春兰在沙发上坐下，又给他们各倒来一杯水，然后拉过一把椅子，在兴仁和范春兰对面坐了，这才对他们说：“我给贺总汇报一下……”兴仁听见这话，忙笑着说：“所长太客气了，什么汇报，你说错了，看老哥子下次罚你的酒哟！”这话立即拉近了兴仁和周所长的距离，周所长听了忙说：“好，好，不说汇报，介绍一下可以嘛？”兴仁仍笑着说：“这倒差不多！”周所长果然像背书一样说了起来：“我们戒毒所时间一般是这样安排的：早上六点，管教吹起床哨，戒毒人员起床、叠被。六点十分，各个床铺的被子都必须整齐地叠成有棱角的‘豆腐块’，戒毒人员轮流进行洗漱。七点钟吃早饭……”刚说到这儿，范春兰就问：“是到食堂统一吃吗？”周所长说：“不，是管教人员送到各个宿舍里去。等会儿你们也可以从录像上看到！”说完继续介绍，“吃过早饭，稍作休息后，戒毒人员开始上午的体育活动和接受劳动技能培训。十二点吃午饭，下午两点戒毒人员开始上学习课，管教们教他们道德和戒毒的一些相关知识。晚上六点吃晚饭，吃晚饭后稍事休息，晚上六点半在管教带领下，全体戒毒人员到操场开展娱乐活动和做广播体操，做完广播体操后戒毒人员回宿舍。晚上七点三十分，值班民警到戒毒人员宿舍了解当日学员的表现情况并训话和勉励。晚上八点，学员在宿舍看电视，晚上二十三点，学员睡觉。”兴仁觉得这位所长一会儿说“戒毒人员”，一会儿又说“学员”，似乎在称呼上有点乱，但没纠正他。说完戒毒人员一天的时间安排，所长又接着说：“戒毒所里的制度非常严格，定时作息，定时活动，不准抽烟，不准打扑克，除了中午和晚上，不准在床上坐卧，也不准佩戴首饰……”范春兰听到这里，突然叫了起来：“连首饰也不准戴呀？”所长点了点头，说：“是的，不管是首饰还是小圆镜什么的，一律不准带到宿舍里……”范春兰还是不理解，忙问：“为什么？”所长马上言简意赅地回答：“为了他们的安全，防止他们自残!”兴仁一下明白了，说：“原来是这样!”所长说：“你们现在看看录像吧!”说着便把录像打开了。

电视机里“沙沙”地闪了一会雪花，画面便出现了。兴仁和范春兰的目光便紧紧落到电视屏幕上。最初出现的是一间约四十平方米的房间，靠两边墙壁各有一溜大通铺，每溜通铺上各摆着十床折叠得工工整整、像是从机器里统一生产出来的棱角分明的被子，后面墙壁正中挂着一台液晶电视，一个有两个蹲位的室内厕所，两边墙壁上也写着标语，一边是：“珍爱生命，远离毒品。”一边是：“重塑自我，前途光明。”所长对他们解释说：“这就是戒毒人员宿舍内的全部设施。”范春兰有些不满地说：“这么简陋呀?”兴仁白了她一眼，范春兰便不吭声了。所长将录像快进了一会儿，电视上又出现了干警给戒毒人员送早饭和开水的画面。所谓“送饭”，就是一个干警和两个厨房炊事人员，挑着两大桶稀饭、两大筐馒头、一桶鸡蛋和一大盆咸菜，分别走到每间宿舍门前，干警对着门上长方形窗口喊一声：“吃早饭了——”喊声一停，便听见从屋子里面传出一片响亮的回答：“感谢政府!”接着又从窗口传来一个报数声：“一!”然后伸出一只塑料盆和一只手，一个厨房炊事员用长柄勺子往塑料盆里舀了一大勺稀饭，然后又舀了一小勺咸菜倒进稀饭里，另一个炊事员从筐里抓起两只白白的大馒头和一只鸡蛋递到从窗口伸出的手里，那人接过去退走了，马上又从窗口传出一个报数声：“二!”又是一只塑料盆和一只手从窗口伸出来。倒开水也是一样，先是管教人员用大水壶到挂在墙壁上的电热水器里接上开水，再走到戒毒人员的宿舍门口对里面喊一声：“倒开水了——”需要喝开水的人便从里面递出一只杯子来，管教人员把杯子倒满后，又从窗口递进去。范春兰看到这里，不由自主地说：“就这么吃饭呀……”兴仁又盯了她一眼，正在这时，一个干警在下面喊所长，周所长一听急忙下去了。范春兰便红了眼圈抽抽搭搭地对兴仁说：“我们孩子哪受过这样的罪……”话没说完，周所长又回来了，笑滋滋地对兴仁和范春兰说：“贺总和嫂子来得好，一会儿我们所里要举行文艺晚会，贺华彦也要上台表演，你们正好看一看，看完了后我再安排你们三人见面。贺华彦在这里表现很好，他戒毒的意志很强，别的吸毒人员毒瘾发作了，是又哭又吵，又拿头撞墙，几个人都摁不住，可他上次犯瘾后，硬是咬着牙没吭声!”

一听这话，兴仁和范春兰都似乎得到了安慰，范春兰也不哭了，说：“他能表演什么节目?”周所长说：“嗨，这孩子唱歌可有天赋呢，上次他到台上唱了一首歌，可真比得上刘德华了!”说完又语重心长地说，“毒品易戒，心瘾难除，为了使他们在精神上树立戒毒的坚强信心，重塑自我，所以我们组织他们开展一些文化活动，今晚的演出就是其中一项内容!”说罢又将录像快进了一些，让兴仁和范春兰再看看戒毒所的日常生活。可兴仁和范春兰的注意力已经集中在了华彦等会儿的表演上，没怎么去关心录像上的内容了。

果然没过多久，所长抬腕看了看表，对兴仁和范春兰说了一句：“差不多了，我们走吧!”兴仁和范春兰一听，便随所长出了屋子往前面的监管区走去。演出地点就在操场左边一间像是礼堂又像是会议室的大屋子里，兴仁、范春兰和周所长进去时，那些学员已经在屋子里坐好了。他们人人屁股底下一只小马扎，身上穿着统一的黑色棉袄，外面套着一件红背心，男的全理着寸头，女的留着短发，双手背在背上，双腿微微弯曲，身板挺得笔直，目光看着前面台上。除了台前音箱里轻柔的歌声外，偌大一屋子人，安静得像是没有一个人。兴仁不觉在心里连连称奇，不知这是怎么做到的。人群后面搭了几把椅子，所长对兴仁和范春兰说：“我们不去惊动他们，就在后面坐吧!”兴仁和范春兰便在椅子上坐下来。屋子里灯光十分明亮，范春兰一坐下后，便拿目光不断往人群中瞅。她想看看华彦在哪儿，可所有人的背影、坐姿都一模一样，她哪儿看得出？

没一会儿，晚会便开始了，一个同样穿着黑棉袄、红背心，背心上编着号的姑娘手持话筒走上了舞台，下面这才响起了热烈的掌声，掌声一完，学员们又将手背在背上了。姑娘朝会场深深鞠了一躬，开始用非常流利和标准的普通话主持起节目来。兴仁又是一惊，急忙轻声对所长问：“她以前是干什么的？一点也不亚于专业的节目主持人……”周所长也马上附在兴仁耳边说：“你说对了，她过去就是一家剧团的主持人……”兴仁一听这话，急忙感叹说：“可惜了，可惜了，真的可惜了!”所长听了也说：“是呀，这里面有很多人，过去都有光鲜的职业，可现在都只能在这里品尝同一种味道，就是为曾经的失足痛苦和忏悔呀!”兴仁马上想起华彦，心情不禁沉重起来。在他的感叹中，一个姑娘走到台上，开始唱了起来：“我来自偶然/像一颗尘土/有谁看出我的脆弱/我来自何方/我情归何处/谁在下一刻呼唤我……”兴仁被那歌声深深地吸引住了，旁边所长又轻轻捅了他一下说：“知道她过去是干什么的吗？夜总会的专业的歌手，参加全省青年歌手大赛还得过金奖的!”兴仁更是惊讶不已，说：“怪不得唱得这么好……”

这个学员唱完，另一个男孩上去，奇怪的是他没有穿黑棉袄和红背心，而是穿着一套藏青色西装，打着领带，梳着一个大背头，显得与众不同。他一上去，也恭恭敬敬往下面鞠了一躬，这才拿起话筒自我介绍道：“亲爱的领导，各位兄弟姐妹，我叫代明伍，我也曾经在魔鬼的引诱下吸过毒，成为像在座兄弟姐妹一样的一名学员。在所里领导和干警们的关心、帮助下，我于去年五月份戒除毒瘾，重新走向社会和回归家庭开始了新的生活。因为我在戒毒期间掌握了电子灯饰焊接手艺，现在被一工厂聘用，月薪四千元……”说到这里，学员们又鼓起掌来。代明伍又向台下鞠了一躬，接着说，“今天我被所里领导请回来，用我自身的经历告诉大家，只要有信心，有毅力，我们一定能战胜魔鬼！我今天把一首《从头再来》的歌献给各位兄弟姐妹……”说着清清嗓子就唱了起来，“昨天所有的荣誉已变成遥远的记忆/辛辛苦苦已过/今夜重走进风雨/我不能随波浮沉为了我至爱的亲人/再苦再难还要坚强/只为那些期待的眼神……”他唱得虽没前面那个学员好，但很投入。唱完后，学员们又送给他一阵热烈的掌声。

兴仁和范春兰又看了几个节目，终于轮到华彦上场了。兴仁和范春兰的心立即像是被抽紧了，他们不想让儿子看见，便努力蜷着身子，可目光却紧张地盯在台上。华彦和前面那些学员表演者一样，也穿着黑棉袄和红背心，远远看去像是瘦了。还没开始唱，范春兰就开始擦眼睛了，兴仁急忙抓住了她的手。华彦也和所有的表演者一样对台下鞠了一躬，然后说了几句自白的话：“我很后悔自己误入歧途，害了自己，也害了爸爸妈妈，我深深地感到对不起他们！我相信只要我们戒掉了毒瘾，我们的明天一定会美好！因此我把《明天会更好》这首歌献给大家！”说罢音乐响起，华彦便深情地唱了起来：“轻轻敲醒沉睡的心灵/慢慢张开你的眼睛/看看忙碌的世界/是否依然孤独地转个不停/春风不解风情/吹动少年的心/让昨日脸上的泪痕/随记忆风干了……”唱着唱着，华彦不知想起什么，脸上真的挂上了泪痕，声音也开始颤抖起来。范春兰见儿子快哭了，自己忍不住先“呜呜”地哭出了声。兴仁急忙拉了她一下，但仍然没让她把抽泣声止住。旁边周所长似乎害怕她会失控，便起身对旁边一个干警轻声说了句什么，然后过来对兴仁说：“贺总，演出也快结束了，我们回办公室吧！”兴仁听了这话，果然拉起范春兰走了。

回到所长办公室刚坐一会儿，便听到门外传来一个响亮的声音：“报告！”所长回答说：“进来！”声音刚落，华彦一脚跨了进来。一见兴仁和范春兰，像是压根儿没想到的样子，嘴唇哆嗦了半天才说：“爸，妈，你们来了……”兴仁和范春兰的眼睛都落到华彦脸上，可兴仁没看出华彦有什么变化，如果说有的话，那便是从他眼睛里面映出的驯服和懊丧的神色。范春兰看了一阵，突然颤抖着喊道："儿呀，来，到妈这儿来……"可华彦紧紧咬着嘴唇没动。周所长说："你爸爸妈妈专门来看你，你们好好谈谈吧！你爸爸妈妈刚才看了你的演出，他们很为你感到高兴！"兴仁的嘴唇轻轻地嚅动着，一时不知该说什么好。过了一会儿，华彦突然颤抖着喊了一声，说："爸，妈，我错了，我对不起你们……"话没说完，范春兰马上哭出了声。兴仁为儿子这句话也感到非常高兴，从他嘴里吐出这样的话真是不容易，于是便说："人哪有不犯错误的？知道错了就好！你刚才在台上说的那番话很好，希望你说到做到！"华彦说："我会的，爸，妈，你们放心！"说完又对兴仁说，"爸，我有一件事，你们下次来时，把上次从邢教授那儿买的公务员考试的复习资料给我带来？"兴仁一听这话，便知儿子真的是要洗心革面了，可是一想起他有了这个污点，考公务员恐怕更难了，于是便说："行，爸下次就给拿来，不过也不一定非要考公务员了，只要你真的想干事，爸的公司里有你干不完的事，我今后还指望你把公司的重担挑起来呢！"华彦听了这话又说："爸，妈，我一定不会再辜负你们的希望！你们回去吧，不要担心我，我一定能把毒瘾戒掉！回去代我向爷爷问好！"兴仁见他主动提起向爷爷问好，鼻头一酸，这孩子经过这样一回事，真的懂事了。他想把老头子已经回到了贺家湾的事告诉他，但想了想没说，只是说："好的，我们一定转达你的问候！"华彦听了这话便说："爸，妈，宿舍要点名了，我先回去了！"说罢对他们和周所长鞠了一躬，转身要走，范春兰忽然喊住他："儿啊，你要不要钱……"话还没说完，周所长马上说："你们交的费用什么都包括了，不再需要什么钱了。"华彦也说："妈，我什么都不需要，你们保重！"说罢就出去了。

范春兰一见儿子走了，又哭了起来。兴仁便对她说："你哭什么？你好好想想，孩子什么时候这样乖过？"范春兰说："我就是想他！"周所长听了这话，便说："嫂子，你想他多来看看就是。我们所里正在制定一个亲情计划，准备在每周一、三、五都开设家属探视时间，让戒毒人员充分感受来自家人的关心！"兴仁一听这话，便叫道："这个办法好呀！"说完，像是突然想起来似的看着周所长说，"所长，我有一个请求，不知行不行？"周所长说："贺总你尽管说！"兴仁于是说："今年春节，恰逢他奶奶烧周年香，我想在春节那两天，把他接回去和亲人团聚团聚，你看行不行？"周所长想了想说："如果只几天时间，倒是可以的，不过到时你一定要把他送来！"兴仁说："我保证会把他送来！"所长说："我这是为贺总你们家庭和孩子未来着想！尽管他吸毒时间不长，可要彻底戒掉，也需要三到六个月时间，不然以后犯了，再戒更困难!”兴仁又忙说：“我们知道，所长，你就放心吧!”所长说：“那就这样吧!”兴仁听了这话，急忙起身对周所长说了声“谢谢”，然后紧紧抓住了他的手。兴仁觉得这辈子他不知道对人说了多少声“谢谢”，唯有这次，这两个字他才是从肺腑发出来的。

尾　声

一家子

贺兴成和李红都在厨房里忙着。兴成身上还是穿了去年那条“中国移动××公司”的围裙，不过袖子上多了两只花袖套。李红还是穿着不久前去华斌那儿穿的那件印着福禄寿的钴蓝色翻领外套，胸前也多了一根围裙。案板上已摆了许多碟碟碗碗和做好的菜，高压锅、电饭煲和一只老式铁锅里还煮着什么，不断“咕咕”地往外喷出一股股诱人的香气。

几天以前，兴仁就对兴成说：“大哥，今年该给母亲烧周年香，兴琼说那大家又都回贺家湾过年，可我这儿不到腊月三十天恐怕没法走开，兴琼今年又在帮店，只有你先回去，和大嫂一起把家里拾掇拾掇！”兴成一想这是好事，何况自己是老大，理应挑起这个责任，于是兴仁工地一放假，他就回来了。李红则是从华斌那儿回来后，就再没有出去，因为就这点时间了，人家都在往家里赶，自己也没必要再往外走。两口儿便在家里把该洗的洗了，该擦的擦了，年货什么的也办了一大堆，反正这钱兴仁会悄悄给他们，他们两口儿落得充大方。可现在时间都快晌午了，饭菜也早就可以上桌，别的人家都“噼噼啪啪”放过迎接祖宗回家的鞭炮，可兴仁和兴琼还没回来，李红便有些不高兴了，对兴成说：“你打电话问问他们走到哪儿了，要不要我们拿轿子去接他们？”兴成说：“我刚才才打过电话，他们说已经在路上了！”话音刚落，门外忽然响起了两声汽车的喇叭声。两人急忙跑出来一看，可不是兴仁和兴琼他们回来了！兴仁一拱出车门，便对李红叫：“大嫂辛苦了，给你拜年!”说着真的拱了拱手。李红满脸乐得像个笑佛爷，说：“给我拜啥年，年在你们城里嘛!”兴仁说：“年哪在城里？父母在哪儿，年就在哪儿，你说是不是?”说话间一眼瞥见了坐在堂屋里的贺世龙老几几和毕玉玲老孃子，急忙走进去喊道：“爸，二妈，你们好!”贺世龙和毕玉玲没说什么，只是笑。代婷婷背着今年春上从怡海商城买的那只怪兽包从车上跳下来，对兴成、李红喊了一声：“大舅大舅妈你们好!”说罢，也一下跑到堂屋里，扑在贺世龙身上便对他说：“外公外公，我可想你了!”说着便在老几几脸上亲了一下。旁边兴成马上提醒她说：“婷婷，还有二外婆呢……”正如兴仁所料，不久前兴仁将父亲和二妈的事告诉兴成时，兴成心里一百个不愿意，他问兴仁：“她和老汉儿转了房，如果兴春和兴燕今后不管，谁给二妈养老送终?”兴仁说：“这个你不用担心，我不会让你出钱!”兴成一听不要他出钱，心里巴不得，于是便说：“那好吧，老二!”兴仁又找兴琼商量，兴琼先是说：“我是嫁出去的女，这事你们兄弟去定!”兴仁说：“怎么由我们兄弟定，人家不是说女儿才是父母贴身的小棉袄吗?”兴琼自知刚才的话有些理亏，便说：“二哥，我怎么不希望父亲晚年过得好？俗话说，一锅费柴，两锅费米，二妈如果同意，两家合成一家，那再好不过了，怎么不行?”兴成、兴琼都同意了，可和兴春、兴燕商量时，两个人却死活不同意让妈和大爸“转房”。兴仁知道他们是在死撑面子，便绕过他俩，回贺家湾找了贺世忠、贺凤山等老几几出面，说合毕玉玲和贺世龙住在了一起。兴春、兴燕也生了气，所以今年过年又没回来。婷婷已经听妈说了外公和二外婆“转房”的事，所以一听兴成的话，便马上说：“我知道，大舅!”说着也过去抱着毕玉玲在她脸上亲了一口，同样说：“二外婆，我可想你了!”毕玉玲老孃子听了这话，忽然说：“丫头你说假话，你想二外婆什么?”婷婷脑筋转得特快，马上说：“怎么不想，你即使不和我外公住在一起，还是我二外婆的嘛!”说得众人都笑了。这儿范春兰、兴琼也分别给兴成、李红打了招呼，又进屋对贺世龙和毕玉玲问了好，一家人其乐融融。倒是华彦有些拘谨的样子，除贺世龙和毕玉玲外，其余的人都知道华彦是因为什么事不太高兴，所以尽量避免提及。

兴成见人都来齐了，便说：“饭早做好了，就等老二和兴琼来开席呢!”兴仁说：“那就开席吧!”李红一听，便忙不迭地进厨房，兴琼也跟着去帮忙。没一时，七碗八碟、杯筷勺子都上了桌，兴仁去打开汽车后备厢，先从里面拿了一盘比筛子还大的鞭炮对华彦说：“放鞭炮去!”华彦果然十分听话地接过鞭炮往院子外面走了。兴仁又从车里取出一瓶五粮液，对大家说："今天团年，喝点好酒！"婷婷见华彦去放鞭炮，便也跟着去，华彦对她说："你走远点，这鞭炮可厉害了！"婷婷果然捂住耳朵跑到一边去了。华彦把鞭炮铺在地上，掏出打火机点燃，迅速跑开。那鞭炮的响声果然好，粒粒都像小钢炮一般，炸得地上的尘土都飞了起来。鞭炮声停止后，兴仁拧开酒瓶盖，用力摇了摇，把每只杯子都斟满了，兴成过来将筷子对齐，端端正正地插在饭碗里。婷婷问兴琼："妈，大舅舅在干什么？"兴琼打了她一下，说："少说话！"婷婷果然不吭声了。酒杯斟完，筷子也插好后，兴成忽然走到一边，对大门外喊道："妈，各位先人，今天过年，不孝儿孙贺兴成、贺兴仁、贺兴琼略备薄餐，恭请各位先人回家团年，妈，各位先人请——"说完低下头，兴仁、兴琼及李红、范春兰也都低下了头，气氛一时显得十分肃穆沉重。兴琼鼻孔呼了一下，还背过身去擦了擦眼睛。婷婷和华彦见大家肃穆的样子，也都把头低了下去。可婷婷十分不解，轻轻又对母亲问："妈，这是干什么？"兴琼又打了她一下，她便又住了嘴。过了大约三分钟，兴成才抬起头，对着桌子说了一句："妈，各位先人，你们可要吃好，啊！"说完又顿了顿，才对大家说："行了，入席吧！"婷婷对兴琼说："我知道了，过去你常常说三月清明七月半，腊月三十献年饭，原来才是这么回事！"说话间，兴成扶了贺世龙老几几，兴仁扶了毕玉玲老孃子在上席坐了，兴成、李红、兴仁、范春兰打横，兴琼和婷婷母女下首，华彦在母亲旁边加了一只塑料凳。兴琼见了，便说："要是婷婷她爸和华斌回来了，一张桌子还坐不下……"一句话勾起了李红的心事，眼圈不觉红了。兴成忙把话岔开了："那有什么，明年老二从城里买张大圆桌回来，再多的人都坐得下！"婷婷一听这话，马上想起了在省城玉竹楼看见的那些大桌子，便说："可不是，人家那桌子能坐几十个人呢！"兴仁瞥了婷婷一眼，忽地想起什么，便对婷婷问："婷婷，你在外面打工怎么样，给二舅说一说。"婷婷一听这话，一下红了脸，倒不知怎么开口了。兴仁一见，便说："明年不要出去了，到二舅公司来……"话还没完，兴琼先看了看兴仁，然后把目光移到范春兰脸上，笑着问："二嫂，腊月三十天的磨子，二哥今天怎么想转了？"范春兰知道小姑子这是故意和自己套近乎，于是也说："他哪是今天才想转了，早就有这个想法了！"兴琼一听，又回头对兴仁说："二哥，这是不是二嫂的功劳？"兴仁却没直接回答，只说："看兴琼你说的，不管是我还是你二嫂，哪没有关心你们？我们只是见婷婷年轻，有意让她出去磨炼磨炼，你们以为我们就那么绝情，心里真没有你们呀？"兴琼一听这话，忽地有些感动了，便对婷婷说："那还不谢谢二舅和二舅妈！"婷婷果然站起来对兴仁和范春兰鞠了一躬，说："谢谢二舅，谢谢二舅妈！"范春兰想趁机改善和兴琼的关系，便对婷婷说："我女好好干，你二舅敢欺负你，你就过来给我说！"婷婷马上说："是，二舅妈！"兴仁听了范春兰的话，像是想起了什么，便又对婷婷说："不过我话可要说到前头，婷婷，到了公司里，你就没有二舅了，只有老板，你要不好好干，我照样炒你的鱿鱼！"婷婷马上调皮地说："我知道，贺总！"众人一听又忍不住笑了。兴仁看了看婷婷，又看了看华彦，忽然感慨地说："我发觉才过一年，我儿子、外侄女儿都像是突然长大成熟了……"话没说完，兴琼立即接嘴说："可不是这样，吃一堑，长一智嘛……"说到这儿，见华彦低下了头，马上又把话打住了。兴成便端起酒杯站起来说："怎么光顾说话了？来，来，喝酒，喝酒，我们一起敬老汉儿和二妈！"众人听了这话，也纷纷举着杯站起来，各自喊着："敬老汉儿和二妈！""敬爷爷和二婆婆！""敬外公和二外婆！"说完正要喝，兴仁忽然又说："别忙，让我们一家子在祖屋里留个纪念吧！"说完掏出车钥匙给华彦，说，"我车里有根自拍杆，你去拿来！"华彦没一时果然取来了自拍杆，兴仁又掏出自己的苹果手机递过去，华彦接过去安在自拍杆上，找一只凳子架好，调好角度，然后跑了过来。大家这才举起酒杯，兴仁喊了一声："茄子，新年快乐！"众人一齐喊："新年快乐！"只听得手机"咔嚓"一声，永恒地定格了这家人的喜气和快乐。